Veröffentlicht von
DREAMSPINNER PRESS

5032 Capital Circle SW, Suite 2, PMB# 279, Tallahassee, FL 32305-7886 USA
www.dreamspinnerpress.com

Hol Dir einen Stern
Urheberrecht der deutschen Ausgabe © 2017 Dreamspinner Press.
Originaltitel: Chase the Stars
Urheberrecht © 2012 Ariel Tachna.
Original Erstausgabe. September 2012
Übersetzt von Anna Knaus.

Umschlagillustration
© 2012 Anne Cain.
annecain.art@gmail.com
Umschlaggestaltung
© 2012 Mara McKennen.
Die Illustrationen auf dem Einband bzw. Titelseite werden nur für darstellerische Zwecke genutzt. Jede abgebildete Person ist ein Model.

Deutsche ISBN. 978-1-63533-618-4
Deutsche eBook Ausgabe. 978-1-63533-619-1
Deutsche Erstausgabe. Februar 2017
v 1.0

Gedruckt in den Vereinigten Staaten von Amerika.

HOL DIR
EINEN
STERN

ARIEL TACHNA

Für Nicki, Emmet, Amy, Mary, und Andrew,
die mich dieses Buch nicht aufgeben ließen.

1

„HELFT MIR, bitte! Oh Gott, irgendjemand muss mir helfen!"

Die Schreie des Jungen, der mehr in das Yass Hotel fiel, als dass er hineinrannte, lenkten Caines Aufmerksamkeit von dem eigentlich geplanten, ruhigen Mittagessen mit seinem Liebhaber und Partner, den er vor drei Monaten gefunden hatte, ab.

„Sie werden ihn umbringen. Bitte, er ist alles, was ich habe."

„Wer?", fragte Macklin und stand vom Tisch auf.

„Diese Schläger." Der Junge weinte jetzt. „Sie haben ihn eine Schwuchtel genannt und gedroht, ihn dafür umzubringen."

Macklins Gesichtausdruck, den man generell nicht als sanft bezeichnen konnte, versteinerte. Caine hätte schwören können, dass Macklins Schultern mit jedem Schritt, den er auf den Jungen zuging, breiter wurden.

„Wo sind sie?"

Der Junge hatte seine Antwort kaum ausgesprochen, da war Macklin schon zur Tür hinaus.

„Neil ..."

„Ja, Boss", antwortete der Jackaroo am Nachbartisch, er war schon auf den Beinen und folgte Macklin nach draußen, ehe Caine seinen Satz beenden konnte. Dass Ian und Kyle, die anderen beiden Arbeiter, die mit ihnen nach Yass gekommen waren, um neue Helfer für Lang Downs anzuwerben, Neil ohne Aufforderung folgten, entlockte Caine trotz der ernsten Situation ein Lächeln. Es fiel ihm noch immer schwer zu glauben, dass er ihre Loyalität gewonnen hatte.

„Ich bin C-C-Caine Neiheisel." Caine näherte sich dem Jungen langsam. Sein Herz schlug so heftig in seiner Brust, dass es sich anfühlte, als würde ihm jemand die Rippen zusammenpressen, sodass es ihm schwerfiel zu atmen. Er konnte Macklin zwar nicht helfen, da er in einem Kampf nutzlos war, aber sein Körper reagierte auf die bedrohliche Situation mit einer typischen Kampf-oder-Flucht Reaktion. Er atmete tief durch und schüttelte die Hände aus, um das durch den Adrenalinschub ausgelöste Kribbeln loszuwerden. „W-Willst du dich s-setzen?"

„Sollten wir ihnen nicht helfen?"

Caine schüttelte den Kopf. „Macklin und die anderen werden sich d-d-darum kümmern, keine Sorge. W-Wie heißt du?"

„Seth. Bist du dir sicher?"

„Ich bin mir sicher. Macklin wird solchen Bockmist nicht zulassen", versprach Caine. Er war so zuversichtlich, dass er den Satz ohne zu stottern herausbrachte, trotz seiner Besorgnis über diese Art der Homophobie, die quasi in seinem eigenen Hinterhof auftrat, und der Gefahr, die sie auch für Macklin und ihn selbst bedeutete. „Woher kommst du?"

„Nirgendwo mehr", antwortete Seth mit solchem Schmerz in der Stimme, dass Caine ihn am liebsten in den Arm genommen hätte. Allerdings erinnerte er sich daran, wie er als Teenager gewesen war und verwarf den Gedanken. Seth hätte die Umarmung eines völlig Fremden wohl nicht zugelassen.

„Was ist mit deinen Eltern?"

„Mum ist vor sechs Monaten gestorben und dieser Bastard, den sie geheiratet hat, hat uns am Tag nach der Beerdigung rausgeworfen", sagte Seth. „Es sind nur noch ich und Chris übrig, wenn es der angsteinflößende Typ schafft, ihn zu retten."

„Dieser ‚angsteinflößende Typ' ist Macklin oder Mr. Armstrong für dich. Du kannst nicht älter als vierzehn sein."

„Ich bin sechzehn", erwiderte Seth schnell.

Er war viel zu klein und zu dünn, um sechzehn zu sein. Nicht dass Caine annahm, er würde lügen. Es war nur ein Beweis dafür, wie hart sein Leben gewesen sein musste.

Caine hatte bereits beschlossen, dass sich dies ändern würde. Sein Großonkel, Michael Lang, hatte es sich zur Gewohnheit gemacht, Herumtreiber auf der Station aufzunehmen, sehr zu Caines Glück. Er hätte Macklin jetzt nicht an seiner Seite, wenn Onkel Michael den Vorarbeiter nicht aufgenommen hätte, als der so alt gewesen war wie dieser Junge. Jetzt musste Caine Seth nur noch davon überzeugen, dass es für ihn und seinen Bruder die richtige Entscheidung war, mit nach Lang Downs zu kommen. „Also, wo übernachtet ihr?"

„Wir haben ein Zimmer", gab Seth defensiv zurück.

Wohl in einer billigen, drogenverseuchten Absteige, da sie sich vermutlich nichts anderes leisten konnten.

„Nimmst du Drogen?"

„Was? Nein!"

„Verkaufst du welche?"

„Fuck, nein!"

Das war gut. Caine war zwar dafür, eine helfende Hand zu reichen, aber er würde keine Drogen auf seinem Land tolerieren. Er hatte zu viel zu verlieren. „Gut. Ist dein Bruder auch clean?"

„Was geht dich das an?"

„Ich heuere keine Männer mit Drogenproblemen an."

„Was?"

„Wenn alles, was du hast ‚ein Zimmer', keine Eltern und niemand außer deinem Bruder ist, bedeutet das mehr oder weniger, dass du keine Zukunft hast, zumindest von meinem Standpunkt aus betrachtet. Ich betreibe eine Schafsstation nördlich von Boorowa. Ich dachte, dass du vielleicht einen Job willst."

„Du bist ein Ami!"

„Und du bist ein verzogener Bengel, der gerade eine einmalige Chance verspielen könnte", konterte Caine. „Hör dich um, wenn du es mir nicht glaubst. Ich war die ganze Woche hier, um Jackaroos anzuheuern. Ich habe noch Platz für zwei weitere."

Das hatten sie nicht wirklich. Sie hatten die letzten Mitglieder der Crew heute Morgen angeheuert und beschlossen, nach dem Mittagessen nach Boorowa zurückzukehren, dort die Vorräte aufzustocken, und dann am nächsten Morgen nach Lang Downs aufzubrechen. Seth musste das allerdings nicht wissen. Caine hatte schon genug vom Stolz dieses Jungen gesehen, um zu wissen, dass er keine Almosen annehmen würde.

Es würde auch keine Almosen geben. Seth würde auf Lang Downs härter als jemals zuvor arbeiten müssen. Er würde sich jeden Cent verdienen müssen, den sie ihm und seinem Bruder zahlten. Er würde nicht viele Ausgaben haben, also könnte er fast alles für das College sparen, oder für den Tag, an dem er Lang Downs verlassen und seinen eigenen Weg gehen würde. Und wenn er bleiben sollte, würde er eine neue Familie bekommen, da er seine eigene nach dem Tod seiner Mutter verloren hatte.

CHRIS SIMMS stöhnte, als ein weiterer harter Tritt in seiner Nierengegend direkt unterhalb der Rippen landete. Er hatte versucht, die Angreifer abzuwehren, aber es waren zu viele. Deshalb hatte er sich, um wichtige Teile zu schützen, zu einer Kugel zusammengerollt, in der Hoffnung, dass jemand kommen und die Kerle verjagen würde, bevor sie ihn umbrachten. Sein ganzer Körper tat weh und der scharfe Schmerz, der mit jedem Schlag oder Tritt durch seinen Körper jagte, verschmolz mit den Qualen, die er bereits litt. Dennoch klammerte er sich an sein Bewusstsein und seine Hoffnung. Er durfte nicht sterben, er konnte Seth nicht verlassen, so wie es alle anderen getan hatten. Er konnte das einfach nicht.

Ein wütender Ruf von der Straße her verlangsamte die Hiebe, die auf ihn niedergingen. Er hob den Kopf und sah, dass sich ein Racheengel seinen Angreifern näherte. Sein Blick verschwamm, als er versuchte, sich auf das Gesicht seines Retters zu konzentrieren, aber dann gab ihm ein weiterer Schlag gegen den Kopf den Rest. Sein letzter Gedanke, bevor er bewusstlos wurde war, dass der Mann wie aus Stein gemeißelt wirkte.

MACKLIN STAND über dem bewusstlosen Jungen und rieb sich abwesend die wunden Knöchel. Er war zu alt für Straßenkämpfe, aber das war egal, als er gesehen hatte, dass der Junge auf dem Boden lag und von fünf Männern angegriffen wurde. Er nahm an, dass er ein wenig älter war als der Junge im Hotel, aber nicht viel. Die fünf Raufbolde hatten ihre Meinung geändert, als sie richtigen Männern gegenüberstanden, die zu kämpfen wussten. Macklin nickte Neil, Ian und Kyle dankend zu. Neil hatte eine blutige Nase davongetragen, aber ansonsten schienen alle unverletzt zu sein. Er selbst würde wohl morgen einen Bluterguss am Kinn haben. „Er braucht einen Arzt. Es sieht aber nicht so aus, als wäre etwas gebrochen. Ian, hol den Ute. Wir werden mit ihm ins Krankenhaus fahren und sehen, was ihm fehlt."

„Sollten wir nicht einen Krankenwagen rufen?", fragte Ian.

„Er ist zwar bewusstlos, aber er atmet, und er blutet nicht. Wir können ihn vermutlich genauso schnell ins Krankenhaus bringen, wie die Ambulanz hier wäre, und so müssen wir nicht dafür bezahlen. Ich garantiere euch, dass er keine Krankenversicherung hat."

Ian nickte und rannte zum Truck.

„Du solltest Caine anrufen, Boss", sagte Neil, der den Blutfluss aus seiner Nase mit dem Ärmel stoppte. „Er wird sich Sorgen machen."

„Sobald wir den Jungen im Ute haben und auf dem Weg sind", sagte Macklin. „Er kann das Auto nehmen und uns dort treffen."

Macklin blickte hinunter auf den Jungen und überlegte, wie sie ihn am besten bewegen konnten, ohne ihn noch mehr zu verletzen. „Neil, nimm seine Füße. Kyle, hilf mir mit seinen Schultern."

Der Junge stöhnte leise, als sie ihn bewegten, was Macklin etwas beruhigte. Er war zwar bewusstlos, aber nicht in einem Koma. Als sie ihn aus der Gasse trugen und hinten auf den Ute legten, brannte sich ein Gedanke förmlich in Macklins Kopf ein.

Bei der Gnade Gottes in Gestalt von Michael Lang: Das hätte er selbst sein können.

DIE NOTAUFNAHME in Yass war ungefähr so überlaufen und geschäftig wie der Rest der Stadt, also überhaupt nicht. Der Doktor schien überrascht, jemanden zu sehen - noch dazu in solch schlechter Verfassung wie der junge Mann.

„Was ist passiert?"

„Wir haben fünf Kerle dabei erwischt, wie sie ihm die Scheiße aus dem Leib geprügelt haben", sagte Macklin. „Sein Bruder ist mit unserem Boss auf dem Weg hierher. Er kann Ihnen den medizinischen Hintergrund erläutern, hoffe ich. Wir wollten nicht zu lange warten."

„Nein, natürlich nicht", meinte der Arzt. „Legen Sie ihn auf die Trage. Ich werde ihn röntgen müssen und ..."

Macklin ignorierte das Gemurmel des Doktors, als dieser die Trage weiter in die Notaufnahme schob. Der Mann würde tun, was er konnte, und sie würden von da aus weitersehen. Er war eher um Caine besorgt. Er glaubte nicht, dass die Schläger in Caine hineinstolpern und ihn als den Viehzüchter von Lang Downs erkennen würden, noch weniger vermutete er, dass sie etwas unternehmen würden, nachdem Macklin ihnen schon in den Hintern getreten hatte. Dennoch wäre er deutlich

4

weniger nervös, wenn er Caine wohlbehalten vor sich hätte. Vor allem kannte er Caines zartes Gemüt und er konnte sich vorstellen, wie sehr ihn diese Situation mitnehmen würde. Macklin kannte zwar nicht die ganze Geschichte, aber er konnte wetten, dass Caine diese bereits aus dem Bruder des Jungen herausgekitzelt hatte. Es konnte allerdings keine gute Geschichte sein und das würde Caine das Herz zerreißen. Nichts durfte seinen Geliebten quälen – und das bedeutete, dass eine Lösung gefunden werden musste.

Jetzt.

Caine erschien ein paar Minuten später, mit dem jüngeren Bruder im Schlepptau. Macklin bemerkte, wie Caines Augen über seinen Körper wanderten und ihn auf Verletzungen hin überprüften. Er drückte Caines Schulter, als der jüngere Bruder an ihnen vorbei ins Krankenhaus rannte. Es war eine kleine Geste, die einzige, die Macklin in der Öffentlichkeit zuließ, besonders hier in Yass. Aber Caine wäre für den Moment beruhigt und er konnte ihn später ausziehen, um jeden Zentimeter seines Körpers zu überprüfen.

„Wo ist Chris?"

„Der Doktor hat ihn zum Röntgen gebracht", sagte Macklin, wobei er sich dem Jungen zuwandte, der in der Mitte der Lobby angehalten hatte, als er den Gesuchten nirgends entdecken konnte. „Ich weiß nicht, was sonst noch getan werden muss. Er war bewusstlos, aber am Leben. Er wird für längere Zeit ziemliche Schmerzen haben, aber er sah nicht so übel aus, dass man sich Sorgen machen müsste, dass er sich nicht wieder erholen wird."

„Macklin, das ist Seth", sagte Caine. „Seth, das ist Mr. Armstrong."

„Danke, dass Sie meinen Bruder gerettet haben, Mr. Armstrong", sagte der Junge. „Sie hätten nicht helfen müssen."

Der Junge mochte es vielleicht so sehen, aber Macklin hatte keine andere Wahl gehabt. Nicht von dem Moment an, als er erfahren hatte, dass Homophobie der Grund für die Attacke war.

Der Doktor kam zurück, bevor Macklin antworten konnte.

„Ist der Bruder jetzt hier? Ich muss ihm ein paar Fragen stellen."

„Ich bin Chris' Bruder", sagte Seth.

Macklin packte Caines Arm, als dieser dem Doktor und Seth folgen wollte. „Lass ihn das machen. Ich muss erst mit dir reden."

„Sie kommen nach Lang Downs", erwiderte Caine sofort. „Sobald Chris fit genug ist, um die lange Fahrt zu überstehen."

„Natürlich", stimmte Macklin zu. „Was hat der Junge dir erzählt?"

„Sie sind Waisen; nach dem Tod ihrer Mutter hat ihr Stiefvater sie hinausgeworfen. Sie haben hier in Yass eine Bleibe, aber wohl nur eine vorübergehende. Sie brauchen eine Chance."

„Und wir geben sie ihnen. Michael würde das befürworten." Macklin stimmte sofort zu.

Caine strahlte, wie immer, wenn Macklin seinen Großonkel erwähnte, und aus diesem Grund schwor sich Macklin, öfter von dem alten Mann zu sprechen.

„Er ist noch immer bewusstlos", erklärte der Doktor Seth, „aber wird vermutlich bald zu sich kommen. Er hat drei angeknackste Rippen, eine Nierenprellung, mehrere Platzwunden und Quetschungen und einen gebrochenen Arm. Nichts davon ist gut, aber es sind keine bleibenden Schäden."

„Wie lange wird das dauern?"

„Die Prellungen und Kratzer werden in ein paar Tagen verheilt sein. Der Arm, dessen Heilung am langwierigsten ist, wird wohl für sechs oder acht Wochen eingegipst sein."

„Welcher Arm ist es?"

„Sein rechter."

Seth fluchte im Stillen. Wenn es der linke Arm gewesen wäre, hätte Chris vielleicht weiterhin arbeiten können, aber mit links war er mehr als unbeholfen. Chris würde seinen Job verlieren, sie würden ihr Zimmer nicht mehr bezahlen können und wieder im Auto leben und dabei versuchen müssen, so vorzeigbar wie möglich auszusehen, um vielleicht noch einen anderen Job und ein neues Zimmer zu bekommen.

Es sei denn, sie nahmen das Angebot an, auf der Station zu arbeiten …

„Kann ich zu ihm? Ich will da sein, wenn er aufwacht."

„Natürlich."

Der Doktor führte Seth in ein kleines Krankenzimmer, in dem Chris auf einem Bett lag. Mehrere Maschinen überwachten seine Vitalfunktionen. „Lass dich nicht von den Schläuchen verunsichern", sagte der Doktor. „Wir überwachen ihn zwar, aber sein Körper tut alles selbstständig. Sobald er wach ist, werden wir sie entfernen. Wenn wir uns sicher sind, dass er keine Gehirnerschütterung hat, können wir ihn nach Hause schicken. Habt ihr ein Zuhause?"

„Natürlich", log Seth. Er hatte keine Ahnung, wohin sie gehen sollten. Ihr Vermieter ließ sie das Zimmer wöchentlich bezahlen, da Chris seinen Lohn ebenfalls wöchentlich erhielt, aber die Miete war in drei Tagen wieder fällig und Seth hatte keine Ahnung, ob sie genug Geld dafür hatten. Selbst wenn, würde dies nur das Unausweichliche um eine Woche verzögern, weil Chris nach Aussage des Doktors eine ganze Weile nicht mehr arbeiten konnte. „Wach auf, Chris", bat Seth leise. „Wir müssen eine Lösung finden und ich kann das nicht alleine."

Sie hatten das Angebot des Viehzüchters, aber Seth traute dem nicht. Er vertraute niemandem mehr, außer Chris. Zu viele Menschen hatten sie betrogen, als dass er jemand anderem als seinem Bruder trauen konnte. Er sah sich im Raum um, um sicher zu sein, dass sonst keiner da war – nicht, dass er jemanden erwartet hätte – und legte seine Hand auf Chris'. „Komm schon, Chris, tu mir das nicht an."

Er konnte fühlen, wie ihm die Tränen in die Augen traten, aber sein Stolz verbot ihm, wie ein kleines Kind zu heulen. Seth musste für Chris stark sein. Er fragte sich, was passieren würde, wenn er morgen im Restaurant auftauchte, um Chris' Schicht zu übernehmen. Er würde ohnehin nicht mehr tun, als Geschirr zu spülen. Sicher konnte er das gut genug, um ein Dach über ihren Köpfen zu finanzieren, zumindest bis Chris wieder arbeiten konnte.

Die Finger unter seinen zuckten, sodass Seths Aufmerksamkeit wieder auf seinen Bruder gelenkt wurde. Chris' Augen waren noch geschlossen, dennoch glaubte Seth, eine Bewegung hinter den Augenlidern zu sehen, so als würde Chris aufwachen. „Kannst du mich hören, Chris? Komm schon. Hilf mir. Du musst aufwachen und mir sagen, was ich tun soll, denn alleine schaff ich das nicht."

Chris' Finger zuckten nochmals, aber seine Augen öffneten sich nicht. „Was sollen wir tun?", fragte Seth, in der Hoffnung, dass seine Stimme dabei half, seinen Bruder aufzuwecken. „Selbst wenn sie mir erlauben, an deiner Stelle zu arbeiten, werden sie sich über die Schule und die Arbeitsstunden aufregen. Ich weiß nicht, ob ich mit den Stunden, die sie mich arbeiten lassen werden, genug verdienen kann, um die Miete zu bezahlen. Du musst aufwachen und eine Lösung finden. Du hast immer eine Antwort, Chris. Jetzt wäre die richtige Zeit für eine."

Lärm auf dem Gang ließ ihn aufschrecken. Er zog die Hand zurück, als ob die Person da draußen denken könnte, dass er unmännlich wäre, die Hand seines Bruders zu halten. Er beobachtete die Tür für mehrere Sekunden, doch niemand kam herein, also wandte er sich wieder Chris zu. „Die Männer, die dir geholfen haben, bieten uns einen Job an. Aber ich weiß nicht, ob sie es ernst meinen oder ob sie uns noch wollen, wenn sie erfahren, dass dein Arm gebrochen ist. Der Doc hat gesagt, dass du für sechs oder acht Wochen einen Gips tragen musst. Ich weiß nicht viel über Schafe, aber ich denke nicht, dass du mit deinem ruhiggestellten Arm viel tun kannst. Ich schätze, wir sagen ihnen ‚Danke, aber nein danke', und hoffen dann, dass Mr. Harrell uns eine oder zwei Mietzahlungen aussetzen lässt, bis du wieder auf den Beinen bist. Gerade als ich gedacht hatte, dass es besser wird, musste das passieren."

„WIR MÜSSEN etwas tun."

„Das werden wir", sagte Macklin. Seine Hand lag wieder auf Caines Arm, um ihn davon abzuhalten, das Krankenzimmer zu betreten. „Aber der Junge da drinnen kennt und traut uns nicht. So sehr du es auch willst, er hat keinen Grund, dir zu vertrauen. Wir müssen geduldig sein und warten, bis sein Bruder wieder bei Bewusstsein ist. Dann wirst du mit Neil hier draußen bleiben und ich gehe rein, um mit Chris ein Gespräch unter Männern zu führen."

„Ich bin also kein Mann?", fragte Caine.

„Du bist ein erstaunlicher Mann, aber genau jetzt benimmst du dich wie eine Mutterhenne, und diese Kinder haben keine Ahnung, wie sie damit umgehen

7

sollen. Du willst sie behüten. Das gibt dir ein gutes Gefühl, aber es wird ihnen nicht helfen."

„Woher willst du das wissen?"

„Weil ich wie diese zwei Kinder war, als ich nach Lang Downs gekommen bin. Ich bin von zuhause weggerannt, weil ich nicht mehr konnte. Ich hatte es satt, die Schläge einstecken zu müssen, die eigentlich gegen meine Mutter gerichtet waren, nur um dann zusehen zu müssen, wie sie trotzdem geschlagen wurde. Ich konnte die homophoben Tiraden und die Angst nicht mehr ertragen. Ich glaubte, sogar auf der Straße wäre es besser als daheim. Ich lag natürlich falsch, bis mir Michael in den Arsch getreten und mir den Kopf zurechtgerückt hat. Er hat das nicht gemacht, indem er mich behütet hat, Welpe. Er hat mir gesagt, dass, wenn ich diese Entscheidung treffe, ich erwachsen werden und mich wie ein Mann benehmen müsste, und dann hat er mir gezeigt, wie es geht. Darauf werden diese Jungs reagieren, und weil ich genau an dem Punkt war, an dem sie jetzt stehen, kann ich für sie tun, was Michael für mich getan hat. Du kannst sie später trösten, wenn sie uns gut genug kennen, um uns zu vertrauen."

Caines Herz schmerzte, als er das hörte. Er hatte so etwas anhand der Dinge, die Macklin gesagt oder auch nicht gesagt hatte, vermutet, aber es von ihm so deutlich zu hören, ließ in Caine den Drang aufkommen, Macklin in seine Arme zu ziehen und die alten Wunden zu heilen. Er lachte leise. Macklin hatte recht, was seine beschützende Art anging. „Na gut, in Ordnung. Wir machen es auf deine Weise."

2

NADELN. JEMAND stach Nadeln in seinen Arm. Chris kämpfte gegen den Schmerz an, hatte nur das Verlangen, ihm zu entkommen. Dann kehrte die Erinnerung mit einem Schlag zurück und er saß plötzlich kerzengerade im Bett. „Seth!"

„Du bist wach!"

Chris sank wieder zurück auf die harte Matratze. Sein Rücken war durch die flachen Kissen nicht wirklich geschützt und er keuchte, als ein starker Schmerz von seinen Rippen abstrahlte. „Wo bin ich?"

„Im Krankenhaus", sagte Seth, der im fluoreszierenden Licht klein und verängstigt aussah. „Ich habe Hilfe geholt. Diesen großen Kerl namens Macklin und, wie ich vermute, seinen Boss, so ein Ami namens Caine mit einem unaussprechlichen Nachnamen. Der Yankee besitzt eine Schafstation und er hat gesagt, dass wir für ihn arbeiten könnten."

„Stopp, warte", sagte Chris. „Ich komme nicht mit. Was ist passiert, als du weggerannt bist?"

„Ich bin zum Hotel. Es war in der Nähe und ich dachte mir, dass dort Menschen sind. Ich hatte recht. Ich habe um Hilfe gebeten und bevor ich fertig gesprochen hatte, fragte Macklin schon, wo du bist. Ich habe es ihm gesagt und er und drei andere sind losgelaufen, um dir zu helfen."

Macklin musste der Mann sein, den Chris gesehen hatte, bevor er bewusstlos wurde. „Wie bist du von der Bitte um Hilfe zu einem Job gekommen?"

„Caine, der Yankee, hat mich nicht mit Macklin und den anderen zurückgehen lassen. Er hat mir Fragen über uns und unser Leben gestellt, und danach hat er gesagt, dass wir auf Lang Downs, seiner Station, arbeiten könnten."

„Du hast ihm nicht die Wahrheit erzählt, richtig?" Sie hatten das schon oft besprochen. Wenn die Leute wüssten, wo sie lebten und warum, würden sie beim Jugend- oder Sozialamt enden und voneinander getrennt werden, und das war Chris' größte Angst. Er hatte nicht viel in seinem Leben, aber er würde niemals zulassen, dass ihm irgendjemand das einzige nahm, was er hatte: seinen Bruder.

„Ich weiß, ich hätte es nicht tun sollen, aber ich wusste nicht mehr, was ich ihm hätte sagen müssen. Ich war einfach zu aufgeregt, und ..."

„Keine Sorge, Seth", meinte Chris mit einem Seufzen. „Er hat uns einen Job angeboten und nicht die Cops gerufen. Nicht, dass ich im Moment viel arbeiten könnte."

„Ich könnte vielleicht deine Schichten im Restaurant übernehmen", bot Seth an.

„Du musst in die Schule gehen."

„Ich werde auf der Station auch nicht in die Schule gehen können", gab Seth zu bedenken. „Hier wären wir wenigstens in der Stadt."

In jener Stadt, in der die Leute nun wussten, dass er schwul war. Seth sprach davon, Chris' Job zu übernehmen, aber er war sich nicht sicher, ob er den Job nach dieser Begegnung, bei der er zusammengeschlagen worden war, noch hatte. Selbst wenn er ihn nicht verlor und Seth seine Schichten bis zu seiner Genesung übernehmen könnte, konnte er jederzeit wieder diesen Typen gegenüberstehen. Und Seth würde das nächste Mal vielleicht nicht da sein, um Hilfe zu holen.

„Wir sollten noch einmal darüber nachdenken, bevor wir eine Entscheidung treffen", sagte Chris. „Ich bin zu müde, um das jetzt aus der Welt zu schaffen."

Ein Husten an der Tür ließ Chris aufblicken.

„Oh, Mr. Armstrong." Seth sprang auf. „Ich habe nicht gesehen, dass Sie hereingekommen sind."

Chris hätte über Seths bewundernden Tonfall gekichert, den er normalerweise für Staatsoberhäupter und örtliche Halbgötter reservierte, aber die Situation war zu ernst, um zu lachen.

„Es ist schön, dich wach zu sehen", sprach der Mann Chris an. „Seth, könntest du mir vielleicht eine Tasse Tee holen, während ich mit deinem Bruder spreche?"

Seth rannte wie ein eifriges Hündchen los.

„Sie haben meinen Bruder ziemlich beeindruckt."

„Er ist nur dankbar, dass ich ihn ernst genommen habe, als er um Hilfe gebeten hat."

„Sie haben mein Leben gerettet."

„Möglicherweise. Macklin Armstrong."

„Chris Simms." Chris hielt seine linke Hand hin. Die Geste war ein wenig merkwürdig, aber mit dem Gips an seinem rechten Arm ging es leider nicht anders. „Danke."

„Ich bin froh, dass ich helfen konnte. Caine hat mir gesagt, dass ihr in letzter Zeit ziemliche Schwierigkeiten hattet."

„Nichts, was wir nicht schaffen können", meinte Chris abwehrend. „Ich habe einen Job."

„Du kannst mit dem Scheiß aufhören, Chris", sagte Macklin. „Du hast einen Beruf ohne Zukunft, eine Wohnung, die du kaum halten kannst, und keine Möglichkeit, etwas Besseres zu finden, da du dich noch um deinen Bruder kümmerst. Ihr esst nicht gesund, denn obwohl ihr regelmäßig esst, seid ihr beide noch immer viel zu dünn. Du tust dein Bestes, darauf kannst du stolz sein, aber es ist nicht genug."

„Warum erzählst du mir das?", fragte Chris. „Denkst du, ich weiß nicht, wie schlecht unser Leben ist?"

„Nein, ich bin mir ziemlich sicher, dass du es weißt. Ich will, dass du verstehst, dass *ich* es auch weiß."

„Warum? Damit du uns herumkommandieren kannst?"

„Verdammte Scheiße, Junge, wenn du nicht schon in diesem Bett liegen würdest, würde ich dich hineinbefördern", knurrte Macklin. „Ich hoffe, ich war nicht so verdammt stur wie du, als Michael Lang mich in einer seiner Hütten gefunden hat. Ich war genau da, wo du jetzt bist. Ich wurde nicht zusammengeschlagen, aber ich bin mit sechzehn von Zuhause abgehauen, weil mein Vater meine Mutter und mich geschlagen und den Rest der Zeit über Schwuchteln und Hinterlader geflucht hat. Seine Worte haben mich mehr verletzt, als es seine Faust je getan hat."

„Du bist ..." Chris beendete den Satz nicht, weil er nicht wusste, wie er es aussprechen sollte, ohne Macklin zu beleidigen.

„Ja, und?"

Chris blinzelte ein paar Mal und sah den älteren Mann genauer an. Er war groß, aber nicht zu groß, vielleicht etwas über 1,80 Meter, mit breiten Schultern und muskulösen Armen, soweit sie unter dem kurzärmligen Hemd zu sehen waren. Sein Haar war verstrubbelt und seine Stiefel staubig. Er war das Bild des maskulinen Farmarbeiters. Und er war schwul.

„Und nichts. Ich war nur überrascht, das ist alles."

„Überrascht, dass ich es zugebe, oder dass ich überhaupt schwul bin?"

„Ein bisschen von beidem", gestand Chris. „Nicht viele hier draußen würden es zugeben, selbst wenn es stimmt."

Macklin schnaubte amüsiert. „Wahre Worte, aber ich bin nicht wie die meisten Leute und Lang Downs ist nicht wie die meisten Stationen. Ich denke, dein Bruder hat dir von dem Jobangebot meines Partners erzählt."

„Er ist erst sechzehn. Er muss zur Schule gehen", sagte Chris.

„Er wird auch weiterhin unterrichtet werden", meinte Macklin. „Wir haben ein paar Kids auf der Station und wir stellen sicher, dass alle ihren Abschluss machen. Was sie nach der Highschool tun, ist ihre Sache, aber die müssen sie abschließen. Wir nutzen den Fernunterricht, also sind die Stundenpläne ein wenig flexibler. Er kann arbeiten und gleichzeitig zur Schule gehen, und du kannst in der Küche arbeiten, bis du den Gips los bist. Dann schauen wir, aus welchem Holz du geschnitzt bist."

„Warum sollten wir euch trauen?"

„Das sollt ihr noch nicht", sagte Macklin. „Du solltest niemandem außer deinem Bruder trauen, bis du uns ein wenig besser kennst, aber wir bieten dir eine Chance an. Die gleiche Chance, die mir Caines Großonkel angeboten hat, als ich sechzehn und noch zu dumm war, um es besser zu wissen. Du wirst kein besseres Angebot bekommen und wenn du am Ende der Saison beschließt, dass die Station nichts für dich ist, kannst du sie mit den anderen Jackaroos im Mai verlassen. Was hast du schon zu verlieren?"

Einen Witz von einer Wohnung, einen beschissenen Job in einem schäbigen Restaurant ...

„Wird es die anderen kümmern, dass ich schwul bin? Ich habe immer gehört, dass das Leben auf den Stationen, nun ja, nicht unbedingt angenehm für Leute wie mich ist."

„Du hast mir nicht zugehört, oder?", frage Macklin. „Caine Neiheisel, der Besitzer von Lang Downs, ist mein Partner."

„Oh, diese Art von Partner." Bei Chris war der Groschen gefallen. „Ich dachte ... Es ist nicht wichtig, was ich dachte. Ich lag offenbar falsch. Also wissen alle Bescheid?"

„Wir können es schwer verbergen, wenn ich nachts im Stationshaus schlafe, obwohl es ein völlig passables Vorarbeiterhaus gibt", meinte Macklin. „Ich rede nicht darüber, weil es keinen was angeht, aber ich verstecke es auch nicht."

„Du hast mir das Leben gerettet. Ich schätze, das könnte ein Weg sein, dir zu danken."

„Du schuldest mir gar nichts. Aber du schuldest deinem Bruder die beste Chance, die er im Leben kriegen kann. Ich weiß, dass du bereits dein Bestes gibst, aber ich weiß auch, dass das nicht genug ist. Er hätte in Lang Downs eine richtige Chance, genau wie du. Denk darüber nach, während du hier bist. Du kannst uns deine Entscheidung mitteilen, wenn sie dich entlassen."

„Das ist alles?"

Chris hatte keine Ahnung, warum er weiter diskutierte, aber es schien alles zu einfach zu sein.

„Was sollte sonst noch sein?"

„Ich weiß nicht. Drohungen, dass du das Jugendamt anrufst, wenn ich nicht nach deiner Pfeife tanze?"

„Du bist kein Kind, das man einschüchtert", stellte Macklin mit einem Schulterzucken fest. „Du bist ein Mann. Sicherlich noch ein ziemlich junger, aber trotzdem ein Mann. Du kannst deine eigenen Entscheidungen treffen, ohne dass ich dich unter Druck setze, und du wirst mit den Konsequenzen deiner Entscheidungen leben, so gut oder schlecht sie auch sind. Du hast bewiesen, dass du ein Mann bist, als du deinen Bruder bei dir behalten und ihn unterstützt hast. Tu weiterhin, was das Beste für ihn ist, und euch wird es gut gehen. Wir gehen jetzt zum Abendessen zurück zum Hotel, aber wir kommen morgen früh vorbei, damit du uns deine Entscheidung mitteilen kannst."

Seth kam zurück in den Raum gerannt. „Es tut mir leid, Mr. Armstrong, aber ich konnte keinen Tee finden."

„Ist schon gut, Kleiner." Macklin strubbelte Seth durch die Haare, als er zur Tür ging. „Ich bekomme sicher welchen im Hotel. Pass auf deinen Bruder auf. Wir werden morgen früh zurückkommen, um zu erfahren, was ihr beschlossen habt."

„Was wir beschlossen haben?", fragte Seth an Chris gewandt. „Was beschließen wir?"

„Was wir von jetzt an tun werden", gab Chris zurück. „Armstrong denkt, dass wir ihr Angebot annehmen sollten. Er hat mir ein sehr überzeugendes Argument genannt."

„Was für ein Argument?"

Seths Misstrauen war spürbar, aber Chris war sich dessen Notwendigkeit weniger sicher als noch vor einer Stunde. Es wäre eine Erleichterung, nicht der Einzige zu sein, der auf Seth aufpasste. Er erwartete nicht, dass die Männer auf der Station die Verantwortung für Seths Schulbildung oder sein Wohl übernehmen würden, aber sie mussten zusammenarbeiten und Armstrong hatte scheinbar ein onkelhaftes Verhältnis vorgeschlagen. Dann war da noch die Verlockung, zum ersten Mal in seinem Leben nicht die einzige homosexuelle Person im Raum zu sein. Auch wenn er sich dafür entschieden hatte, es nicht öffentlich zu machen, wussten doch schon einige Menschen davon, daher würde er es sowieso nicht geheim halten können. Wenn Armstrong recht hatte, müsste er das auf Lang Downs auch nicht.

„Wir können uns so schon kaum über Wasser halten und jetzt, mit meinem verletzten Arm, werden wir nicht mal mehr das schaffen", erklärte Chris. „Kost und Logis bekommen wir auf der Station auch."

„Wir wissen nichts über Schafe", erwiderte Seth.

„Dann werden wir es eben lernen." Chris zuckte andeutungsweise mit den Schultern, so gut es mit der Armschlinge und den Bandagen um seine Brust eben ging. „Wir sind schlau, wir können Anweisungen befolgen und den Rest können wir dort herausfinden."

„Du willst das wirklich tun?"

Chris versuchte erneut, mit den Schultern zu zucken, um zu verbergen, wie sehr er sich nach einem Ort sehnte, an dem er sich zuhause fühlen konnte. Außerdem würde er auch die Möglichkeit haben, Macklin und Caine näher kennenzulernen. Wie sie interagierten und wie sie das Leben zusammen bewältigten. Er wollte daran glauben, dass zwei Männer eine gesunde Beziehung führen konnten, aber da er keine Ahnung hatte, wie so etwas überhaupt aussah, hatte er bis jetzt Schwierigkeiten gehabt, sich das vorzustellen. „Ja, ich will es wirklich tun."

„Dann sollte ich wohl nachsehen, was wir für Ausrüstung brauchen, damit wir das besorgen können."

„Schau in der Tasche meiner Jeans nach, wenn du sie finden kannst", meinte Chris. „Ich bin heute bezahlt worden und da wir nicht mehr in der Wohnung leben werden, brauchen wir uns um die Miete keine Gedanken mehr zu machen."

„Ich werde sehen, ob ich sie finden kann, wenn ich Mr. Armstrong nach der Ausrüstung frage", sagte Seth.

Die Krankenschwester kam herein, bevor er etwas erwidern konnte, also winkte Chris seinen Bruder mit seiner heilen Hand hinaus und legte sich dann aufs Bett zurück. Die Frau begann ihn zu stupsen und an ihm herumzudrücken. Danach war er dankbar für die Schmerzmittel, die sie ihm reichte, da er starke Schmerzen hatte, ehe die Medikamente ihn ausknockten.

ALS ER das nächste Mal aufwachte, blickte er in ein fremdes Gesicht. Der Mann neben seinem Bett hatte kurzes, braunes Haar, das ordentlicher als Armstrongs geschnitten war. Seine Haut war etwas blasser, aber dennoch gebräunt, und er hatte sanftere Augen. Als er bemerkte, dass Chris wach war, lächelte er. Er sah dabei so freundlich aus, dass Chris nicht wusste, wie er reagieren sollte.

„Hallo", sagte der Mann, dessen Akzent sofort den Amerikaner verriet. „Ich bin Caine Neiheisel. Ich habe gehört, dass du mit uns nach Lang Downs k-kommen wirst."

„Seth hat es dir gesagt?", fragte Chris, seine Stimme rau wegen seiner trockenen Kehle. Also war das Macklin Armstrongs Partner. Es erschien ihm als zu intim, von den beiden als Liebhaber zu denken, aber Chris wusste, dass sie genau das waren.

Caine goss Wasser in ein Glas und reichte es ihm. „Ja, er hat es uns gesagt. Er besorgt die Ausrüstung für euch, aber wir werden auf dem Weg zur Station auch in Boorowa halten, dort findet ihr alles, was er hier nicht b-bekommen hat."

„Ich weiß nicht, wie ich dir und Mr. Armstrong danken soll", meinte Chris nach einem Schluck Wasser. „Ich wäre tot ohne ihn und ohne dich würde ich mir wünschen, es zu sein."

„Ach, nicht der Rede wert", sagte Caine. „Mein Onkel hatte diese Gewohnheit, Streuner a-aufzunehmen. Ich versuche ihm nachzueifern und das hier schien eine g-gute Chance dafür zu sein. Glaub mir, du wirst dir deine Mahlzeiten redlich verdienen."

„Mit diesem Ding an meinem Arm?", schnaubte Chris, wobei er seinen eingegipsten Arm anhob.

„Du wirst den Gips bald los sein und ich bin mir sicher, dass wir auch bis dahin etwas für dich finden werden", versicherte ihm Caine. „Sie haben mich auch eingespannt, als ich noch nichts über Schafe wusste. Macklin wird schon einen Weg finden, dich beschäftigt zu halten."

„Ich bin froh, dass ich nicht der erste Neuankömmling auf der Station sein werde."

„Nicht der Erste und wahrscheinlich auch nicht der Letzte", stimmte Caine zu. „Wir scheinen ein richtiger Magnet für Menschen geworden zu sein, die sonst nirgends hinpassen."

„Menschen wie ich", sagte Chris langsam.

„Menschen wie wir", gab Caine zurück. „Es scheinen viel mehr Schwuchteln auf den Stationen zu arbeiten, als die Fanatiker glauben wollen, und mehr als einer von ihnen hat seinen Weg nach Lang Downs gefunden. Da es ziemlich heuchlerisch von mir wäre, mir über ihre sexuelle Orientierung Gedanken zu machen, ist es mir

14

egal – solange sie ihren Job machen. Dasselbe gilt für dich und Seth. Macht eure Arbeit so gut ihr könnt und der Rest ergibt sich von selbst."

„Wir werden unser Bestes geben, versprochen", sagte Chris. „Haben die Ärzte gesagt, wann ich gehen kann?"

„Sobald sie sicher sind, dass deine Gehirnerschütterung nicht zu einem Koma führen könnte ..." Caine überlegte. „Vielleicht morgen, was uns gut passen würde. Wir werden so früh wie möglich aufbrechen, in Boorowa ein paar Vorräte aufstocken und dann entscheiden, ob wir weiterfahren oder die Nacht dort verbringen und erst am nächsten Morgen losfahren. Es dauert nur eine Stunde bis nach Boorowa, aber ganze fünf Stunden von dort bis zur Station, und die letzten vier Stunden werden hart. Es wäre vermutlich auch nicht schlecht, wenn du dich einen Tag länger erholen könntest. Die Schlaglöcher in den Straßen von Taylor Peak werden deinen Rippen ganz schön zusetzen."

3

CAINES WORTE erwiesen sich selbst nach einer weiteren Nacht im Krankenhaus und einer in Boorowa als mehr als nur ein wenig prophetisch. Chris hatte sich am Morgen, während die anderen Jackaroos die Utes beladen hatten und Richtung Norden aufgebrochen waren, besser gefühlt. Aber bis Seth und er zusammen mit Caine und Macklin ins Auto stiegen, schmerzte sein Körper schon ein wenig vom ständigen Herumstehen. Als sie die Hauptstraße verließen und auf die unbefestigten Wege von Taylor Peak, der Station zwischen der Hauptstraße und Lang Downs, fuhren, hatte Chris das Gefühl, einen neuen Höllenkreis betreten zu haben. Darüber hinaus durfte er nicht einmal mit seinem eigenen Auto fahren. Einer der anderen Jackaroos fuhr es. Caine hatte darauf bestanden, da er der Meinung war, dass Chris wegen der Schmerzmittel, des gebrochenen Arms und der schlechten Straßen nicht dazu in der Lage war. Chris weigerte sich, zuzugeben, dass der Viehzüchter wohl recht gehabt hatte.

Die Straßen wurden besser, als sie Taylor Peak hinter sich ließen und auf dem Grund von Lang Downs fuhren. Besser war jedoch ein sehr relativer Begriff, denn Chris' Rippen schmerzten bei jedem Stoß. Schon lange bevor sie den Hauptteil der Station mit seinen gepflegten Rasenflächen und den penibel instandgehaltenen Gebäuden erreichten, war Chris kurz davor gewesen, das Handtuch zu werfen und einfach nach Yass zurückzukehren. Selbst im Auto zu schlafen, bis sie wieder eine schäbige Wohnung fanden, wäre besser als das hier.

Dann hielten sie an und Caine und Macklin stiegen aus. Zu sehen, wie sie nebeneinanderstanden, ohne sich zu berühren, und dennoch zusammen, wie sie tief durchatmeten, als wäre die Luft hier besser als irgendwo sonst auf der Welt, ließ Chris schlagartig innehalten. Yass hatte ihm Prügel gebracht. Lang Downs brachte diesen Männern Frieden. Vielleicht würde es auch ihm Frieden und Sicherheit bringen, wenn er dem Ganzen eine Chance gäbe.

„Wo sollen wir unser Gepäck hinbringen?", fragte Chris und dehnte seine steifen Muskeln.

„Ins Haupthaus", antwortete Caine. „Du wirst Kami in der Küche helfen, also ist es am sinnvollsten, wenn du in der Nähe bist." Er fasste Chris an seinem gesunden Arm und führte ihn in Richtung Haupthaus, während Macklin Seth in die entgegengesetzte Richtung mitnahm.

„Du willst deinen kleinen Bruder nicht wirklich bei den anderen Jackaroos in der Unterkunft haben", fügte Caine hinzu, als sie außer Hörweite waren. „Sie sind kein schlechter Haufen, aber nicht gerade kindersicher. Ich weiß, dass Seth wohl schon mehr gesehen und gehört hat, als viele andere Kinder in seinem Alter, aber das bedeutet nicht, dass er weiterhin alles sehen und hören muss."

Die Logik hinter Caines Argument traf Chris ziemlich hart. Er hatte versucht, das Beste für seinen Bruder zu tun, aber billige Zimmer, unmögliche Arbeitszeiten und das ständige Weiterziehen hatten ihren Tribut gefordert. Seths schulische Leistungen waren schlecht. Er hatte eine dreckige Sprache angenommen und legte ein schlechtes Benehmen an den Tag, wurde für Chris' Geschmack zu sehr wie die Herumtreiber auf der Straße. „Ich kann verstehen, warum er hier wohnen sollte, aber ich kann auch in einer der Baracken bleiben. Ich bin nicht mehr sechzehn."

„Denkst du wirklich, dass er irgendwo bleiben wird, wo du nicht bist?", fragte Caine. „Er liebt dich. Verehrt dich sogar. Wenn du in der Schlafbaracke bist, wird er auch dorthin wollen."

„Ich schätze schon", meinte Chris. Er fühlte sich etwas überfahren, aber er konnte keinen Denkfehler in Caines Einwand erkennen. Er konnte allerdings zu einem späteren Zeitpunkt noch immer umziehen, wenn es denn nötig war.

„Gut", sagte Caine. Er führte Chris in Richtung Haupthaus. „Lass uns dein Zeug holen und dann kannst du dich hier etwas einrichten. Es gibt ein paar Gästezimmer, das heißt, ihr könnt jeder ein eigenes Zimmer haben, wenn ihr wollt. Ich weiß nicht, für wen Onkel Michael sie eigentlich gebaut hat, da er nie geheiratet und auch keine Kinder bekommen hat. Ich bin trotzdem froh, dass sie da sind."

Das Haus selbst war nicht neu. Chris konnte das zwar erkennen, aber nicht genau bestimmen, wann es gebaut wurde. Die Möbel, die gemütlich und heimelig aussahen, waren eindeutig neu und in dunklen, warmen Farben gehalten, die gut zum steinernen Kamin und den hellen Holzböden passten.

„Die Küche ist dort hinten", sagte Caine. Er deutete einen langen Gang hinunter, der zu einem Anbau an das Haupthaus führte. „Ich werde dich Kami vorstellen, nachdem du dein Zimmer ausgesucht hast. Er ist unser Koch. Während dein Arm heilt, kannst du ihm helfen. Der Doktor hat gesagt, dass du deine Hand benutzen kannst, richtig? Du kannst also das Gemüse schneiden und die kleinen Sachen erledigen, während er sich um die schweren Aufgaben kümmert."

„Ich habe keine Erfahrung in der Küche", warnte Chris. „Alles, was ich im Restaurant getan habe, war Geschirr zu spülen."

„Mach dir deswegen keine Sorgen. Kami wird sich gut um dich kümmern."

Während sie die Stufen zu den Schlafzimmern hinaufstiegen, wunderte Chris sich darüber, dass Caine plötzlich nicht mehr stotterte. Es war gestern im Krankenhaus nicht allzu schlimm gewesen, aber jetzt war es völlig verschwunden. Er zuckte die Schultern und entschied, dass es egal war. Chris musste auf halber Treppe stehenbleiben, um Atem zu schöpfen. Caine trug zwar die Tasche, aber Chris konnte wegen der Bandagen um seinen Brustkorb nicht tief durchatmen. „Verdammte Scheiße", murmelte er.

„Gebrochene Rippen tun weh, nicht wahr?", meinte Macklin vom Fußende der Treppe. „Ich habe mir zwei gebrochen, als ich von einem Pferd gefallen bin, kurz nachdem ich hier ankam. Michael bemitleidete mich überhaupt nicht. Er hat mir gesagt, dass ich gar nicht erst auf ein Pferd hätte steigen sollen, wenn ich es nicht reiten kann. Aber er hat meine Rippen einen Monat lang jeden Abend bandagiert, bis ich mich wieder schmerzfrei bewegen konnte."

Chris' Rippen behinderten ihn gerade genug bei der Drehung, als er sich Macklin zuwandte, dass er sah, wie sich der Ausdruck auf Caines Gesicht veränderte, als er zu seinem Vormann hinuntersah. Seine Augen schienen zu leuchten und sein Lächeln wurde breiter. *Sieht so Liebe aus?,* fragte sich Chris.

„Wo ist Seth?"

„Ich habe ihn für den Fernunterricht angemeldet", erklärte Macklin. „Wir werden sehen, wo er steht, und was notwendig ist, damit er die Schule beendet. Er wird wohl ein paar Stunden beschäftigt sein, falls du auspacken oder dich für eine Weile hinlegen willst."

„Ich bin kein Invalide", schnappte Chris, wobei er passenderweise vergaß, dass er nicht einmal die Treppe ohne eine kurze Pause bewältigen konnte.

„Nein, das bist du nicht", stimmte Macklin zu. „Aber du erholst dich gerade von einer Prügelei und du musst, laut dem Beipackzettel, ziemlich starke Schmerzmittel einnehmen. Du hast dir ein wenig Erholung von dieser Reise verdient. Seth wird nicht vor morgen mit der Arbeit beginnen. Du auch nicht. Und bevor du anfängst zu diskutieren: Ich bin der Vorarbeiter. Ich treffe hier die Entscheidungen."

„Er lässt keinen arbeiten, der krank oder verletzt ist", fügte Caine hinzu. „Nicht einmal mich."

„Besonders dich nicht", sagte Macklin mit einem leisen Knurren.

Da war es schon wieder. Sie verkündeten ihre Beziehung nicht lautstark, aber das machte sie um nichts schwächer oder weniger real. „Kann ich wenigstens ein wenig herumlaufen und mich umsehen?"

„Überanstrenge dich nur nicht", meinte Macklin. „Kami beginnt mit den Vorbereitungen für das Frühstück um halb fünf. Das heißt, du wirst morgen früh aufstehen müssen."

„Dann werde ich nur einen schnellen Spaziergang machen", sagte Chris. Er brauchte die Ruhe, aber da er darauf bestanden hatte, sich nicht auszuruhen, ließ sein Stolz es nicht zu, dass er nachgab.

„Nachdem ich dir dein Zimmer gezeigt habe", unterbrach Caine. „Ich werde vielleicht nicht da sein, wenn du zurückkommst. Du solltest wissen, wo es ist."

Chris nickte und folgte Caine die restliche Treppe hinauf. Das Schlafzimmer, das Caine ihm zeigte, war nicht besonders groß, aber es war sauber, mit großen Fenstern, einem breiten Bett und einer riesigen Kommode. „Das Badezimmer für dich und Seth ist am Ende des Flurs. Fühlt euch wie zu Hause."

Caine ging, bevor Chris sich erneut bei ihm bedanken konnte. Chris beugte sich vorsichtig über den Koffer, öffnete ihn und nutzte die nächsten paar Minuten, um ihn auszupacken. Das Bild seiner Mutter, das er seinem Schwiegervater gestohlen hatte, platzierte er mittig auf der Kommode. Seine Kleidung warf er etwas nachlässig in die Schubladen, ehe er zur Treppe zurückging.

Hinunterzugehen war leichter als hinaufzusteigen und er schaffte es ohne größere Probleme nach draußen. Dennoch legte Chris eine kurze Pause ein und setzte sich auf einen der Holzstühle auf der Veranda. Die Station war sehr betriebsam. Zwanzig oder mehr neue Männer zogen in die Schlafbaracken ein, und dann gab es noch die Leute, die das ganze Jahr über auf der Station lebten. Er konnte die Schafe in den Gehegen blöken hören. Die Schur war die nächste anstehende Arbeit, das hatte Chris jedenfalls gehört, als die Männer zum Abendessen in Boorowa zusammensaßen, wegen seinem Arm würde er das allerdings verpassen. Er hatte keine Ahnung, wie lange das dauern oder was als nächstes kommen würde, aber ein Teil von ihm war begierig, mehr zu lernen. Er wusste nicht, wie lange dies anhalten würde, da nichts in seinem Leben momentan wirklich von langer Dauer zu sein schien, aber er würde alles geben und auf das Beste hoffen.

Er stand langsam auf und ging in Richtung der Baracken. Macklin war nicht der Einzige gewesen, der ihm geholfen hatte. Chris wollte den anderen Männern ebenfalls danken, wenn er sie denn finden konnte. Er überquerte den Hof und war gerade auf die Veranda getreten, als er in der Schlafbaracke eine Stimme hörte.

„Ein paar von euch haben vermutlich Gerüchte über den Boss gehört."

Chris schlüpfte nach drinnen, um zuzuhören.

„Ihr habt vielleicht gehört, dass er eine Schwuchtel ist", fuhr der Mann fort. Chris glaubte sich zu erinnern, dass Macklin und Caine ihn Neil genannt hatten, aber er war sich nicht sicher. „Ihr habt vielleicht noch viel unhöflichere Dinge über ihn gehört."

Chris hoffte, dass Neil nicht versuchen würde, alles zu leugnen. Macklin hatte gesagt, dass sie nicht darüber sprachen, es aber ebenso wenig versteckten.

„Lasst mich das klarstellen", sagte Neil mit gereizter Stimme. „Caine Neiheisel und Macklin Armstrong sind das Rückgrat dieser Station. Wenn ihr nicht damit klarkommt, für Schwuchteln zu arbeiten, solltet ihr jetzt besser gehen. Keiner der Männer auf der Station wird irgendwelche Anfeindungen ihnen gegenüber tolerieren."

„Warte mal", unterbrach einer der Männer. „*Ihnen* gegenüber? Ist Armstrong auch schwul?"

„Hast du ein Problem damit?", bohrte Neil nach.

„Nein", erwiderte der Mann, die Hände beschwichtigend erhoben. „Ich bin nur … überrascht. Und, nun ja, auch ein wenig überrascht darüber, dass alle so offen damit umgehen."

„Caine hat Neil das Leben gerettet", erklärte ein anderer Arbeiter. „Er fühlt sich nun verpflichtet, den Boss gegen jegliche Gefahr zu verteidigen, egal ob sie real ist oder nicht."

„Als würde Macklin zulassen, dass Caine sich auch nur einen blauen Fleck einfängt", scherzte ein Arbeiter.

„Caine arbeitet genauso hart wie alle anderen", stellte Neil klar.

„Und bearbeitet in der Nacht Macklins Arsch."

„Macklin würde sich niemals vögeln lassen."

„Caine ist der Boss."

„Auf der Station, ja. Keine Chance, dass er es im Schlafzimmer auch ist."

„Genug jetzt!", brüllte Neil. „Bewegt eure faulen Ärsche nach draußen und geht an die Arbeit!"

Die Männer gingen pflichtbewusst hinaus, sodass Chris alleine mit Neil in der Baracke zurückblieb. „Was willst du?", fragte Neil.

„Ich wollte dir danken", meinte Chris leise. „Du warst bei Macklin, richtig? Als er die Typen verjagt hat, die mich umbringen wollten?"

„Ja", gab Neil mit einem Schulterzucken zurück. „Das war nichts Besonderes."

„So wie es nichts Besonderes war, dass Caine dein Leben gerettet hat?", fragte Chris. „Ich werde dir jetzt nicht wie ein Hündchen folgen oder so. Ich wollte dir einfach nur danken. Du hättest mir nicht helfen müssen."

„Caine hat mich darum gebeten. Ich habe ihm gesagt, dass ich auf Lebenszeit sein Mann sein werde und ich halte meine Versprechen"

„Nun, was auch immer der Grund war, danke", sagte Chris. „Und danke für das, was du gerade zu den Arbeitern gesagt hast. Ich weiß, dass es nicht mich betraf, da du mich nicht wirklich kennst, aber wenn sie Caine und Macklin akzeptieren, werden sie mich vielleicht auch akzeptieren."

„Macklin hat sich unseren Respekt verdient, lange bevor wir es wussten", warnte Neil. „Und Caine ist … Nun, er ist Caine. Es ist unmöglich, ihn nicht zu mögen. Selbst als ich dachte, dass ich ihn hassen würde, mochte ich ihn. Du wirst dir ebenfalls unseren Respekt erarbeiten müssen, aber schwul zu sein wird es dir nicht schwerer machen."

„Mehr kann ich nicht verlangen, oder?", stimmte Chris zu. „Ich soll Kami in der Küche helfen. Caine wollte mich ihm vorstellen, aber Macklin hat uns abgelenkt."

„Macklin hat diese Wirkung auf Menschen", meinte Neil mit einem Grinsen. „Er kommt mit einem Plan an und alle folgen ihm. Selbst der Boss. Wir haben Glück, ihn zu haben. Er ist ein verdammt guter Vorarbeiter. Komm mit, ich stelle dich Kami vor."

Kami war, wie sein Name schon vermuten ließ, ein Aborigine, mit dunkler Haut und Fältchen um die Augen, die verrieten, dass er häufig lächelte. Aber als Neil Chris in die Küche führte, tat er das nicht. „Was ist?", schnappte er. „Wenn das Abendessen rechtzeitig fertig sein soll, müsst ihr mich schon in Ruhe kochen lassen."

„Kami mag keine Menschen", flüsterte Neil Chris in einer Lautstärke zu, die nicht zu überhören war.

„Ich mag Menschen, nur nicht, wenn sie in meiner Küche sind", antwortete Kami. „Geht raus."

Chris' Mut sank ein wenig. Er sollte diesem Kerl helfen?

„Hör auf, Kami", sagte Neil. „Du wirst deine neue Hilfe sonst noch verschrecken."

„Was, bin ich plötzlich zu alt, um mich alleine um die Küche zu kümmern?"

Chris wünschte sich, dass sich ein Loch im Boden auftun und ihn verschlucken würde. „Es ist nur vorübergehend", sagte er leise. „Bis ich den Gips los bin und andere Arbeit machen kann. Ich glaube, Caine und Macklin haben nur Mitleid mit mir."

„Wer bist du?"

„Deine neue Hilfe", wiederholte Neil. „Chris, leider kenne ich deinen Nachnamen nicht."

„Simms. Ich würde dir die Hand geben, aber das ist mit diesem Ding an meinem Arm derzeit ein wenig schwierig."

„Was ist passiert?", fragte Kami, mittlerweile weniger grimmig als zuvor.

„Ein paar Kerle hatten was dagegen, dass ich schwul bin", erklärte Chris. „Sie dachten, sie sollten es aus mir rausprügeln. Macklin und Neil und ein paar andere haben sie verjagt."

„Nun, warum hast du das nicht gleich gesagt?", fragte Kami und wandte sich dann Neil zu. „Raus hier, lass ihn bei mir."

„Viel Glück", meinte Neil mit einem Lachen und ließ Chris bei Kami in der Küche zurück.

Chris hatte das Gefühl, dass er es brauchen würde.

„Ehrlich gesagt weiß ich nicht, wie ich dir helfen soll. Ich kann meine Schulter und meine Hand bewegen, aber nicht meinen Ellbogen."

„Überlass das nur mir", meinte Kami. „Jetzt solltest du dich erst einmal hinsetzen. Möchtest du eine Tasse Tee?"

„Das wäre wunderbar", sagte Chris. „Ich will mich nicht aufdrängen, aber die Reise war ziemlich hart."

„Setz dich", wiederholte Kami, während er am Ofen und am elektrischen Wasserkocher herumwerkelte. „Sie haben nicht nur deinen Arm gebrochen, richtig?"

Sie waren nahe daran gewesen, ihn vollkommen zu entmutigen.

„Nein, sie haben auch meine Rippen angeknackst."

„Wir werden dich bald wieder hinkriegen", versprach Kami. Das Abendessen ist schon zum größten Teil fertig, demnach kannst du morgen anfangen. Hat Macklin dir gesagt, wann ich mit dem Kochen beginne?"

„Caine hat gesagt, dass du üblicherweise um halb fünf anfängst."

„Sofern sie nicht raus auf die Weiden gehen. Dann serviere ich das Frühstück bereits um halb fünf. Aber das kommt nicht oft vor. Man sagt doch: Morgenstund hat Gold im Mund. Wo schläfst du?"

21

„Oben im Haupthaus", antwortete Chris. „Caine war um meinen Bruder besorgt und meinte, dass die Schlafbaracken nicht das richtige Umfeld für ihn wären."

„So ist es garantiert besser", stimmte Kami zu. „In den Baracken müsstest du dir die Beschwerden der Jackaroos anhören, wenn dein Wecker früher klingelt als ihrer. Das ist im Haupthaus kein Problem. Selbst wenn Caine und Macklin noch nicht wach sind, wirst du sie nicht aufwecken, wenn du runterkommst."

Der Kessel begann zu pfeifen. Kami goss das Wasser über den Teebeutel, fügte Milch hinzu und reichte Chris die Tasse. „Hier bitte. Trink, und erzähl mir von deinem Bruder, während ich das Abendessen fertig zubereite. Morgen früh werden wir keine Zeit zum Reden haben."

Chris nippte an seinem Tee, während er überlegte, was er sagen sollte. Seth hatte sich in seinem Kopf in zwei Personen aufgespalten. Zum einen war da der Bruder, um den er kämpfte, und zum anderen der kleine Mistkerl, der Seth geworden war, um sich selbst zu schützen. Darauf hoffend, dass diese Tage nun vorbei waren, konzentrierte sich Chris darauf, wie Seth vor dem Tod ihrer Mutter gewesen war. „Er ist ein Clown", sagte Chris. „Er sucht immer einen Weg, einen Witz zu machen oder die Leute zum Lachen zu bringen. Aber anders als viele Clowns macht er das nicht, indem er andere schlecht darstellt. Es ist eher so, dass er sich selbst zur Witzfigur macht, weil er weiß, dass er damit umgehen kann."

„Er klingt wie ein guter Junge."

„Das ist er", sagte Chris.

„Aber?"

„Aber was?", fragte Chris. Er spürte, wie seine innere Abwehr hochfuhr.

„Sag du es mir", sagte Kami. Er ging in der Küche herum, sodass sein Rücken Chris zugewandt war. So fiel es Chris leichter, über die Wahrheit nachzudenken. „Da war ein ‚aber' in deiner Stimme."

„Aber die letzten sechs Monate waren hart", gab Chris zu. „Wir standen immer kurz davor, auf der Straße zu leben. Und wir waren von Leuten umgeben, mit denen wir uns vorher nicht abgegeben hätten."

„Haben dich deine Leute rausgeworfen, weil du schwul bist?", fragte Kami.

„Nein, Mum ist gestorben. Wir haben unseren leiblichen Vater nie kennengelernt. Er ist kurz nach Seths Geburt verschwunden. Der Schwachkopf, den Mum geheiratet hat, hat uns nach dem Begräbnis rausgeworfen. Er sagte, er wolle sich nicht mit ihren Bastardkindern herumschlagen."

„Nicht gerade nett von ihm", stellte Kami fest.

Chris schnaubte, wobei er sich fast an seinem Tee verschluckte. „Das ist nicht gerade ein Wort, mit dem ich ihn beschreiben würde. Und in den letzten sechs Monaten habe ich über einige nachgedacht."

„Das kann ich mir vorstellen. Aber das liegt jetzt in der Vergangenheit. Lang Downs ist ein guter Ort, um neu zu beginnen, egal ob du für eine Saison oder dein Leben lang bleibst."

„Ist dir das passiert?", fragte Chris neugierig.

„Der alte Mann ist mir passiert", antwortete Kami. „Ich würde sagen, dass Caines Onkel einzigartig war, aber Caine scheint entschlossen zu sein, in seine Fußstapfen zu treten."

„Macklin hat dasselbe gesagt", meinte Chris.

„Macklin hat dir vom alten Mann erzählt?"

„Von Michael Lang? Ja. Warum?"

„Soweit ich weiß, hat Macklin nie jemandem diese Geschichte erzählt – außer vielleicht Caine", sagte Kami. „Ich frage mich, warum er es getan hat."

Um mich dazu zu bringen, ihm zu vertrauen.

„Ich weiß es nicht. Ich war im Krankenhaus und habe darüber nachgedacht, wie es weitergehen sollte. Er hat mir gesagt, dass er an demselben Punkt war wie ich, und dass Michael Lang ihn zur Vernunft gebracht hätte. Er hat gesagt, er wolle dasselbe für mich tun", erklärte Chris.

Kami summte zustimmend, während er in der Küche herumwerkelte. Er schien die letzten Handgriffe an etwas vorzunehmen, das Chris für eine Art Pad Thai hielt. Er war sich jedoch nicht ganz sicher. „Er muss der Meinung sein, dass es wichtig ist, dich hier zu haben, ansonsten hätte er dir seine Geschichte nicht erzählt. Ich weiß, dass keiner der anderen Jackaroos eine Ahnung davon hat, dass er ein Junge war, der sonst nirgendwo hin konnte."

„Du weißt es."

„Ich war schon hier, als er ankam. Der alte Mann hat mich im Jahr davor hier aufgenommen."

„Wieso nennst du ihn nicht beim Namen?"

„Es ist noch kein Jahr her, seit er gestorben ist", gab Kami zurück. „Es wäre respektlos, seinen Namen zu nennen."

„Oh, entschuldige, das wusste ich nicht", sagte Chris.

Kami lächelte. „In deiner Kultur ist es nicht üblich, die Namen der Toten zu vermeiden. Es kränkt mich nicht, seinen Namen zu hören, aber ich werde ihm den Respekt, den er verdient auf, meine Weise zollen, so wie er mich immer respektiert hat, als er noch lebte."

„Er muss ein unglaublicher Mann gewesen sein", schwärmte Chris. „Ich wünschte, ich hätte ihn treffen können."

„Du kennst Caine, das ist nahe genug dran", meinte Kami. „Sie sehen sich nicht ähnlich, aber Caine hat die Wesensart seines Onkels. Da gibt es keinen Zweifel."

„Wie lange ist Caine schon hier?"

„Seit März", antwortete Kami. „Er kam ein paar Monate nach dem Tod seines Onkels auf die Station."

„Er scheint so … verwurzelt zu sein, und dabei lebt er erst seit sechs Monaten hier."

„Er gehört hierher", meinte Kami. „Gib dir selbst sechs Monate und sieh, wie du dich fühlst. Ich denke, du wirst überrascht sein."

4

CHRIS TRANK seinen Tee aus, bedankte sich bei Kami und benutzte seine Verletzungen als Entschuldigung, um sich vor dem Abendessen für eine oder zwei Stunden in sein Zimmer zurückzuziehen. Das Bett war, trotz schmerzender Rippen, erstaunlich gemütlich – weit mehr, als das Bett im Krankenhaus. Chris legte sich hin, schloss die Augen und begann einen Muskel nach dem anderen bewusst zu entspannen, beginnend bei den Füßen. Es war eine Art Spiel, welches er, als er noch jünger war, immer mit seiner Mutter gespielt hatte, wenn er nicht einschlafen konnte. Sie hatten sich Stück für Stück nach oben gearbeitet, bis sie seinen Kopf erreichten. Wobei sie in den meisten Nächten nicht so weit kamen, weil er schon vorher eingeschlafen war. Er lächelte bei der Erinnerung an jene Tage, bevor sie Tony geheiratet hatte. Alles war so einfach gewesen, zumindest war es ihm damals so erschienen.

Er war fast eingeschlafen, als die Tür zu seinem Zimmer aufflog. „Chris! Rate mal!"

Der Adrenalinstoß vom schnellen Aufwachen ließ Chris' Hände kribbeln und sein Herz heftig pochen. Es brauchte einen Moment, bis er erkannte, dass Seths Stimme aufgeregt klang, nicht wütend oder ängstlich oder besorgt. Er war schon so daran gewöhnt, dass ein Schrei meist Ärger bedeutete, dass er ganz vergessen hatte, wie Freude klang. „Was?", fragte er und blickte lächelnd zu seinem Bruder, versuchte aber nicht, sich aufzurichten.

„Ich habe heute den wirklich coolsten Jungen getroffen. Sein Name ist Jason, er ist vierzehn, und er lebt schon ewig auf dieser Station. Er hat seinen eigenen Hirtenhund und alles! Er lebt das ganze Jahr über hier und geht über Internet zur Schule, was heißt, dass er seine Hausaufgaben selbst einteilen und nebenbei auf der Station helfen kann, wenn er gebraucht wird. Er hat gesagt, dass er mir alle Kommandos für die Hunde beibringen und mir auch alles andere auf der Station zeigen wird, außerdem würde er mir auch bei den Hausaufgaben helfen. Oh, und sein Dad ist einer der Mechaniker hier. Glaubst du, dass er mich auch mithelfen lässt? Ich könnte so viel von ihm lernen. Du weißt, wie sehr ich Maschinen liebe."

„Sieht aus, als hättest du einen schönen Nachmittag gehabt", sagte Chris. Der Wortschwall ließ sein Lächeln breiter werden. Es war schon zu lange her, dass er das letzte Mal solchen Enthusiasmus bei Seth gesehen hatte. Er traute vielleicht Caines Angebot nicht ganz, aber alles, was Seth so glücklich stimmte, war es wert. Egal, was es schlussendlich für einen Preis haben würde. „Vielleicht war das doch die richtige Entscheidung?"

„Vielleicht", meinte Seth mit einem schüchternen Lächeln.

„Denk nur daran, sie kennen uns noch nicht, also bleib mit deinen Streichen erst mal etwas zurückhaltend, bis du die Leute besser kennengelernt hast", warnte Chris. „Wir wollen niemanden verärgern und deswegen die Station verlassen müssen."

„Ich werde mich benehmen", versprach Seth. „Wenn wir bleiben, bekomme ich vielleicht einen eigenen Hund."

Chris' Lächeln verblasste. Solange er sich erinnern konnte, hatte Seth sich einen eigenen Hund gewünscht. Aber als sie klein gewesen waren, hatten sie keinen Platz in der Wohnung gehabt. Und später, nachdem ihre Mutter Tony geheiratet hatte, hatten sie zwar Platz, aber Tony mochte keine Hunde. Seth hatte gelernt, nicht mehr danach zu fragen, aber dieser Wunsch war offensichtlich noch da. „Vielleicht. Du kannst ja Jason fragen, woher er seinen Hund hat, und vielleicht können wir genug Geld sparen und dir einen kaufen. Das heißt, wenn wir beschließen, zu bleiben."

Seth wurde ernst, als er sich neben Chris' Bett auf den Boden setzte, damit er auf Augenhöhe war. „Ich will bleiben."

Chris strich Seth liebevoll durchs Haar. „Dann werden wir unser Bestes geben müssen, um uns einzugliedern. Ich habe heute zwei Dinge gelernt."

„Was denn?", fragte Seth.

„Dass so ziemlich jeder hier denkt, dass Caine ein Heiliger ist und dass alle, außer Caine und möglicherweise Kami, der Koch, in Ehrfurcht und Schrecken vor Macklin leben. Behalte das im Kopf, wenn du mit den Leuten redest."

„Sie haben unser Leben gerettet", erinnerte Seth Chris. „Ich werde das nicht zurückzahlen, indem ich irgendeinen blöden Scheiß anstelle."

Chris knuffte leicht gegen Seths Kopf. „Fluch nicht so viel. Du gehörst noch nicht zu den Jackaroos und ich will so etwas nicht von dir hören."

„Du fluchst auch manchmal."

„Ich weiß. Das ist eine schlechte Angewohnheit, die ich ablegen muss", sagte Chris. „Aber was anders: Du hast gesagt, dass Jason erst vierzehn ist. Willst du, dass Jasons Dad herkommt und sagt, dass du von ihm fernbleiben sollst, weil du ein schlechtes Vorbild für ihn bist?"

„Nein."

„Dann pass auf, was du sagst, damit er keinen Grund hat, deine Anwesenheit abzulehnen."

„Das werde ich", versprach Seth. „Ich will wirklich bleiben. Ich werde das nicht vermasseln. Ich verspreche es."

Chris zog Seth in eine enge Umarmung. Seine Rippen schmerzten, aber er hielt ihn trotzdem fest. Er wusste nicht, wie sehr Seth eine Umarmung brauchte, aber er wusste, wie sehr er sie brauchte. Deshalb konnte er mit diesem Schmerz leben.

Schließlich wand Seth sich ein wenig in seinen Armen, sodass Chris ihn losließ. „Also, hast du sonst noch jemanden getroffen?"

„Einen anderen Jackaroo", sagte Seth. „Sein Name ist Jesse. Er ist auch ein Mechaniker, aber ich denke nicht, dass er deswegen angeheuert wurde. Ich denke, er hat sich nur als Jackaroo beworben."

„Das klingt, als hättest du schon einige Lehrer gefunden", meinte Chris. „Das ist gut."

Die Glocke schlug und rief sie zum Essen. „Hilf mir auf, damit wir zum Abendessen gehen können. Ich bin am Verhungern."

Seth half Chris aus dem Bett und blieb an seiner Seite, als sie die Treppe bewältigten. Als sie endlich zur Kantine kamen, war diese bereits voller Männer, die auf das Abendessen warteten. Chris sah sich um, ob er jemand Bekannten erblickte, aber er kannte nur Caine, Macklin und Neil. Er wollte nicht direkt auf den Boss zuhalten. Seth löste das Problem, indem er Chris zu Jason und dessen Vater hinüberzog. Chris lächelte höflich und ließ den Rest der Unterhaltung an sich vorbeiziehen, da sie über verschiedene Maschinentypen auf der Farm diskutierten.

„Du siehst gelangweilt aus."

Erschrocken sah Chris auf und blickte in die grünsten Augen, die er je gesehen hatte. „N-Nein", stotterte er und kämpfte darum, seinen Blick nicht in unangemessener Weise auf dem Jackaroo ruhen zu lassen. Er hatte gelernt, jemanden unbemerkt zu beobachten, aber es war schwer, nicht zu starren, wenn sie gerade miteinander sprachen. „Etwas verloren, nicht gelangweilt. Ich bin kein Mechaniker, also geht die Konversation etwas an mir vorbei."

Der andere Mann lachte, wodurch seine Gesichtszüge etwas weicher wurden. Er war noch nicht so wettergegerbt, dass er, wie Macklin, aus Granit gemeißelt erschien. Doch Chris schätzte, dass es wohl nur noch ein, zwei Jahre brauchen würde, bis es so weit wäre. „Scheint so, ja. Ich bin Jesse Harris, nett dich kennenzulernen."

„Chris Simms. Ich würde dir ja die Hand schütteln, aber, nun ja …" Er hob den eingegipsten Arm, um Jesse seine Verletzung zu zeigen. „Ich bin zur Zeit nicht gerade in Bestform."

„Du bist Seths Bruder. Er hat erwähnt, dass du verletzt bist, aber ich hatte nicht gedacht, dass es gleich so dramatisch ist. Du hast einen wunderschönen Bluterguss auf deiner Wange."

Chris legte seine Hand verlegen auf die besagte Stelle. Er hasste es, so mitgenommen auszusehen, vor allem, wenn ihm jemand gegenübersaß, der so eindrucksvoll wie Jesse war … Er hoffte nicht darauf, dass dieser Mann schwul war, aber das bedeutete nicht, dass er nicht schauen durfte. „Sieht es scheußlich aus?"

„Nicht scheußlich", antwortete Jesse. „Schmerzhaft, aber das wird heilen. Der andere Kerl schaut sicher schlimmer aus."

Wenn es nur so wäre, dachte Chris und verzog das Gesicht. „Es waren fünf. Wenn Macklin und die anderen nicht gewesen wären, dann wäre ich jetzt tot."

„Ich habe gehört, wie Ian und Kyle damit angegeben haben, aber ich dachte, sie reden nur Scheiße daher. Du wurdest wirklich aus dem einen Grund so übel zugerichtet?"

„Zumindest haben das die Kerle gesagt, bevor sie mich angegriffen haben", meinte Chris. „Aber ich denke, dass wir hier sicher sein werden."

„Ja, man müsste schon ein ziemlicher Schwachkopf sein, um hier einen Schwulen zu schikanieren, wenn der Boss und der Vorarbeiter auch schwul sind", stimmte Jesse zu. „Hast du davor schon einmal auf einer Station gearbeitet?"

Chris schüttelte den Kopf. „Nein, wir sind durch und durch Stadtkinder. Aber wir werden Caine und Macklin nicht enttäuschen."

„Sie scheinen diese Entschlossenheit in vielen Leuten zu wecken", sagte Jesse. „Ich habe noch nicht herausgefunden, woran es liegt, aber die Ganzjährigen und diejenigen, die hier schon gearbeitet haben, sind alle der Meinung, dass Lang Downs die beste Station ist, auf der man arbeiten kann. Ich denke, das ist die beste Empfehlung, die man bekommen kann."

„Das ist auch dein erstes Jahr?", fragte Chris.

„Mein erstes Jahr auf Lang Downs", antwortete Jesse. „Ich habe auf anderen Stationen gearbeitet, seit ich achtzehn war."

„Also nicht ganz so ein Hereingeschneiter wie ich", meinte Chris.

„Halt dich an mich, Kleiner", sagte Jesse mit einem Grinsen, das Chris' Verlangen anfachte. Er fragte sich, wie schwer es wohl wäre, mit der linken Hand zu masturbieren. „Nun, zumindest dann, wenn dein Arm vollständig geheilt ist. Ich zeige dir, wie hier der Hase läuft."

„Danke", sagte Chris. „Ich weiß das wirklich zu schätzen. Ich fühle mich noch immer ein wenig verloren. Ich soll ab morgen in der Küche mithelfen, aber ich verstehe nicht viel vom Kochen und mit meinem Arm kann ich nur leichte Aufgaben übernehmen, während Kami die Schwerarbeit leisten muss."

„Ich bin mir sicher, dass Kami dir alles beibringen wird", meinte Jesse. „Er ist derjenige, der die Beschwerden zu hören bekommt, wenn er es nicht tut. Ich habe in den letzten zehn Jahren in vielen Kantinen gegessen und die hier ist eine der Besten. Er wird das nicht schleifen lassen, weil seine Jackaroos Qualität gewohnt sind. Von dem, was ich in den Baracken gehört habe, scheut hier keiner davor zurück, seine Meinung zu sagen."

„Ich konnte nicht glauben, dass sie so über Caine und Macklin reden", murmelte Chris. „Kannst du dir vorstellen, was passieren würde, wenn einer von ihnen in so eine Unterhaltung hineinplatzen würde?"

Jesse lachte leise. „Ich würde dann nicht in ihren Schuhen stecken wollen, so viel ist klar. Macklin würde sie dafür an ihren Eiern aufhängen, aber damit kann ich leben."

„Warum sollte er das nicht tun? Ich meine, er hat das Recht, sich zu verteidigen."

„Es geht um den Grund", erklärte Jesse. „Hier würde Macklin es tun, weil er der Vorarbeiter ist und Caine der Boss und es keinen außer den beiden etwas angeht. Überall sonst, wo ich gearbeitet habe, hätte der Vorarbeiter es getan, weil jemand angedeutet hat, dass er ein Hinterlader ist. Gleiches Ergebnis, aber völlig andere Beweggründe dahinter."

„Ja, das verstehe ich", antwortete Chris. „Niemanden scheint es zu kümmern, dass sie schwul sind. Die Unterhaltung war nicht niederträchtig. Sie haben dieselben Kommentare gemacht, die sie über einen Mann und seine Frau machen würden, wenn er unter dem Pantoffel steht."

„Und das ist selten und wird sehr geschätzt", sagte Jesse. „Die Schlange ist kürzer geworden. Ich hol mir jetzt was zu futtern. Es war nett mit dir zu reden."

Chris beobachtete, wie der Jackaroo den Raum durchquerte, wobei er bewunderte, wie sich die Jeans an Jesses Hintern schmiegte, bevor er seine Aufmerksamkeit wieder seinem Teller zuwandte. Er hatte gewusst, dass Caine und Macklin ungewöhnlich waren, aber die Unterhaltung mit Jesse unterstrich noch einmal, wie besonders dieser Ort an sich war. Chris hatte nicht danach gefragt, wie die Leute das mit mit Macklin und Caine herausbekommen hatten, oder wie die ersten Reaktionen darauf waren, aber er konnte sehen, wie sie jetzt damit umgingen. Neil hatte es an diesem Nachmittag mehr als deutlich gemacht und Jesse stimmte der Einschätzung zu. Chris war hier sicher.

Das Ende der Unterhaltung ließ in Chris die Frage aufkommen, ob Jesse auch schwul war. Es hätte ein paar seiner kryptischen Kommentare erklärt, aber selbst hier, wo Chris sich nicht darum sorgen musste, dass er wieder wegen seiner Sexualität angegriffen werden würde, wollte er keine Vermutungen über die Präferenzen anderer Leute anstellen. Jesse wirkte nicht schwul auf Chris, aber das traf auch auf Macklin zu. Vielleicht war Chris doch nicht so gut in seinen Einschätzungen, wie er gedacht hatte. Er hätte sicher nicht geglaubt, dass Macklin schwul war, wenn ihm das jemand anderer als Macklin selbst gesagt hätte.

Mit einem Seufzen beendete er sein Abendessen und ging langsam zurück zu seinem Zimmer. Er brauchte Schlaf, wenn er Kami morgen früh helfen wollte.

ALS JESSE fertig gegessen hatte, ging er nach draußen und starrte hinauf in den Nachthimmel. Die Sterne wirkten immer heller, wenn er auf einer Station war. Er wusste, dass es an der geringeren Luft- und Lichtverschmutzung lag, aber das nahm den Sternen nie ihre Magie, wenn sie sich über ihm in all ihrer Pracht erstreckten. Sie schienen heute Nacht sogar noch heller als sonst. Er sagte sich, dass das nur seine Einbildung war, aber er konnte dieses Gefühl nicht abschütteln.

Nach zehn Jahren Wanderschaft von Station zu Station, auf der Suche nach einem Zuhause, hatte er endlich einen Ort gefunden, der vielleicht dafür geeignet war. Er hatte gehört, wie die anderen Jackaroos in der Stadt darüber gesprochen hatten, als er dort ankam, um Arbeit in New South Wales zu suchen, nachdem er weiter oben im Norden gearbeitet hatte. Es hatte sich herumgesprochen, dass der Betreiber von Lang Downs schwul war – nicht, dass viele Jackaroos dieses Wort benutzt hätten. Er hatte bemerkt, dass eine Gruppe Männer sich aus der Diskussion heraushielt und sie danach gefragt.

„Wir können nicht mit ihnen streiten. Der Boss ist nun mal schwul", hatte einer geantwortet. „Es macht einfach keinen Unterschied für diejenigen, die ihn kennen."

„Warum sagt ihr dann nichts?", hatte Jesse gefragt.

„Es wird sie nicht interessieren, was wir sagen, und Caine würde es nicht gutheißen, wenn wir wegen ihm in eine Schlägerei verwickelt würden", hatte ein anderer Mann erwidert. „Lass sie reden. Es ist weniger Konkurrenz für uns, wenn die Lang Downs Crew kommt."

„Es macht euch echt nichts aus, für ihn zu arbeiten?"

„Er ist ein fairer Boss, er betreibt eine gute Station und er behandelt uns gut", hatte der Erste gesagt. „Warum sollten wir uns darüber Gedanken machen? Er versucht nicht, uns ins Bett zu zerren."

Das hatte Jesse nicht verraten, mit wem der Boss schlief, aber er hatte beschlossen, dass ihn das nichts anging. Es hatte ihm gereicht, zu hören, dass es kein Problem war. Als die Zeit gekommen war, sich für eine Crew zu bewerben, hatte er nicht gezögert und die Männer von Lang Downs angesprochen, selbst wenn er seine Gründe für sich behalten hatte.

Neil hatte ihn heute Nachmittag mit der Bekanntgabe von Caines Partner überrascht. Jesse hatte Macklin natürlich kennengelernt, als der Vorarbeiter ihn über seine Erfahrungen und Referenzen ausgequetscht hatte. Caine saß an seiner Seite, sie hatten eine Einheit gebildet, aber ohne spürbare Untertöne. Als er dastand und die Sterne anstarrte, bemerkte er Macklin, der seine Abendrunde drehte. Er nickte Jesse zu, als er vorbeiging und dem Weg zum Haupthaus folgte. Macklin trat völlig selbstverständlich ein, schloss die Tür hinter sich und ein paar Minuten später ging das Licht im Wohnzimmer aus.

Wie seltsam es auch für Außenstehende aussehen mochte, Macklin lebte im Haupthaus und war mit dem Boss zusammen, und alle, die mit der Station vertraut waren, akzeptierten das.

Jesse atmete tief ein, roch das frische Gras, das den Geruch der Schafe in den Gehegen überlagerte. Der Frühling zog jetzt auch hier im Hochland ein und brachte einen Neuanfang für ihn.

Gedanken an Chris huschten durch seinen Kopf, während er die kühle Nachtluft genoss. Er konnte sich nicht vorstellen, was der Junge durchgemacht hatte. Er war immer sehr vorsichtig damit gewesen, sich zu outen – außer, wenn er sich der Reaktion der Menschen absolut sicher sein konnte, eben aus dem Grund, dass er nicht verprügelt oder gar totgeschlagen werden wollte. Jesse wusste nicht, ob Chris nachlässig oder dumm gewesen war, oder ob er einfach nur Pech gehabt hatte, aber Jesses schlimmster Albtraum hatte sich in Chris' Leben materialisiert.

Von der kleinen Unterhaltung, die er mit ihm geführt und nach allem, was er von Seth über seinen älteren Bruder erfahren hatte, schien Chris ein guter Kerl zu sein. Viel verantwortungsbewusster, als die Jungs in seinem Alter normalerweise waren, aber das hatte nun mal seinen Preis. Chris konnte vielleicht einen Freund gebrauchen, und Jesse sah gerade genug von sich selbst als er in diesem Alter gewesen war in Chris, dass er dieser Freund sein wollte.

Es schadete auch nicht, dass Chris niedlich war, nicht unbedingt hübsch, aber definitiv attraktiv. Der Sommer versprach gut zu werden, in mehr als einer Hinsicht, wenn Chris einer kleinen … Freizeitbeschäftigung nicht abgeneigt wäre.

„LASS MICH deine Hand sehen."

„Es sind nur ein paar Kratzer an den Knöcheln", meinte Macklin.

„Du warst derjenige, der mich belehrte, dass man kleine Kratzer auch versorgen muss, damit sie sich nicht entzünden", antwortete Caine. „Also diskutier nicht."

Macklin gab nach und streckte seine Hand aus, damit Caine seine geschwollenen, zerkratzten Knöchel untersuchen konnte, die wohl den Kiefer von irgendjemanden getroffen hatten. Er schüttelte den Kopf, als er Macklin zur Spüle zog, um die Kratzer zu reinigen und zu desinfizieren.

„Chris wird eine Menge Hilfe brauchen, um sich innerhalb der nächsten Wochen hier einzuleben", meinte er leise, als er sanft Macklins Haut säuberte.

„Ich mache mir mehr Sorgen um Seth."

„Seth?", fragte Caine, als er Wasserstoffperoxid über die kleinen Wunden goss. „Warum?"

Macklin zischte, als die kühle Flüssigkeit in die Wunden sickerte. „Er ist mürrisch und wütend. Er hinkt in der Schule hinterher und ist daran gewöhnt, keine Struktur zu haben. Er wird sich gegen die Hausaufgaben und wohl auch gegen die harte Arbeit hier sträuben. Er ist sechzehn und das ist nicht das Leben, das er sich ausgesucht hat."

„Wirklich?", fragte Caine. Er ergriff die Tube mit antibiotischer Salbe. „Bist du dir sicher? Ich habe absolut nicht diesen Eindruck." Er rieb das Gel auf Macklins Knöchel. „Ich habe den Eindruck, dass er sehr dankbar ist, nicht mehr auf der Straße leben zu müssen, und deshalb so ziemlich alles tun würde, damit er nicht dorthin zurück muss."

„Vielleicht missverstehe ich ihn auch", sagte Macklin. „Ich weiß nur, wie ich mich auf der ersten Station fühlte, auf der ich gearbeitet habe."

Caine wischte seine Hand ab und schob Macklin in Richtung Schlafzimmer. „Willst du mir davon erzählen?"

„Nicht wirklich."

„Das war keine Frage, Macklin." In der Vergangenheit hatte Caine Macklin einige Kommentare durchgehen lassen, entweder, weil sich Macklin geweigert hatte, darüber zu sprechen, was vor allem am Anfang ihrer Beziehung der Fall war, oder weil der Zeitpunkt einfach unpassend war, wie zu der Zeit, als Chris im Krankenhaus lag.

„Was willst du wissen?"

„Alles, was es über dich zu wissen gibt. Hast du das denn noch nicht verstanden?"

Macklin knurrte. „Du weißt schon alles, was wichtig ist."

„Wenn es nicht so wichtig ist, kannst du es mir ja sagen", gab Caine zurück. Er war sich nicht sicher, warum er das Gefühl hatte, dieses Thema vertiefen zu müssen, aber Macklin war nachdenklich geworden, seit sie Chris und Seth gerettet hatten. Caine hatte gelernt, mit Macklins Schweigsamkeit zu leben, aber diese nachdenkliche Art passte überhaupt nicht zum Vorarbeiter.

Macklins Miene wurde noch finsterer. „Warum ist dir das so wichtig?"

„Weil es dir wichtig ist", antwortete Caine. „Seit wir sie gefunden haben, stehst du ein wenig neben dir. Du bist launisch und zurückgezogen. Du hast nicht mit mir g-geschlafen, seit wir losgefahren sind, um die neuen Arbeiter anzuwerben."

„Wir können das ändern", bot Macklin an, zog sein Shirt aus und ging auf Caine zu.

„Oh, n-nein", murmelte Caine und wich zurück. „Nicht, bis du mir gesagt hast, wie du nach Lang Downs gekommen bist."

„Ich habe es dir bereits erzählt", sagte Macklin. „Ich bin von Zuhause weggelaufen und Michael hat mich aufgenommen."

„N-Nicht gut g-genug", antwortete Caine.

„Ich denke schon", meinte Macklin und griff sich Caines Arm. „Du stotterst schon. Du weißt, wie mich das anmacht."

Caine rollte die Augen, obwohl Macklin ihn an sich zog, um ihn zu küssen. Er hasste sein Stottern nach wie vor, jedoch kam es immer seltener vor – außer wenn Macklin mit ihm schlief – und da Macklin so begeistert darauf reagierte, hatte er aufgehört, dagegen anzukämpfen. Er würde ohnehin nicht gewinnen. Er erwiderte den Kuss bereitwillig, versuchte Macklin damit ein wenig zu besänftigen, bevor er einen weiteren Versuch wagen würde, um herauszufinden, was er wissen wollte.

Caine wartete auf den richtigen Moment, während Macklin ihn auszog. Er gab der dominanten Seite seines Partners nach, denn es fühlte sich einfach viel zu gut an, um es nicht zu tun. Als Macklin ihn in Richtung Bett stieß und begann, seine eigene Jeans aufzuknöpfen, schüttelte Caine den Kopf und schob Macklins Hände zur Seite, um es selbst zu tun. Macklin sah aus, als wollte er protestieren, also fuhr Caine schwere Geschütze auf und ging auf die Knie, um Macklins Erektion über der Unterwäsche entlang zu streichen.

„W-Will d-d-dir einen b-blasen …", brachte Caine mühsam heraus.

„Nur zu", grinste Macklin, ließ sich auf dem Bett nieder und spreizte die Beine.

Caine blickte finster zu ihm hoch, da er unterbrochen worden war. Er hatte allerdings, was er wollte, nämlich Macklin, der rücklings auf dem Bett lag und auf Caine wartete. Er konnte sich also nicht wirklich beschweren. Er zog einfach Macklins Hose und Unterwäsche herunter, bis er komplett nackt vor ihm lag. Zwischen Macklins Beinen kniend, küsste sich Caine von dessen Knie bis zum Oberschenkel hinauf. Sein Ziel: Macklins völlige Kooperation.

Sich langsam nach oben arbeitend, strich Caine mit der Nase an Macklins Hoden entlang. Sein Stoppelbart bildete dabei einen harten Gegensatz zu der sanften Berührung seiner Lippen und seiner Zunge. Macklin schnappte nach Luft und Caine hob zufrieden grinsend den Kopf. „E-E-Erzähl mir deine G-Geschichte."

„Verdammt, Welpe", knurrte Macklin. Seine Finger gruben sich in Caines Haar. „Beende gefälligst, was du angefangen hast."

„Nur, wenn du mir d-deine Geschichte erzählst", betonte Caine. „Danach, w-wenn du willst, aber du m-musst es mir erzählen."

Macklin wirkte so aufgewühlt, dass Caine fast nachgegeben hätte. Aber er bezweifelte, dass er eine zweite Chance bekommen würde. Die ganze Situation beunruhigte Macklin, und Caine musste wissen warum.

„Danach", sagte Macklin endlich.

Caine hinterfragte Macklins Versprechen nicht. Sein Partner war ein Mann, der zu seinem Wort stand. Jetzt musste er Macklin nur noch daran erinnern, dass er es nicht irgendjemandem erzählte, sondern seinem Partner. Dem Mann, der ihn liebte und der ihn bis an sein Lebensende unterstützten würde. Caine senkte den Kopf erneut und leckte über Macklins Damm. Macklin war zwar noch nicht soweit, Caine hin und wieder toppen zu lassen, aber beim Rimming war er mit größter Begeisterung dabei. Das wollte Caine zu seinem Vorteil nutzen.

Macklin hob die Beine, machte es Caine leichter, sein Ziel zu erreichen. Er tauchte jedoch nicht sofort zwischen die gespreizten Backen, sondern verharrte kurz. Er wollte sich Zeit lassen, Macklin so begierig machen, dass dieser nicht nur das Rimming, sondern auch alles andere, was Caine mit ihm tun wollte, akzeptierte. So hart ihn auch der Gedanke an Macklins enge Hitze machte, Caine war klar, dass es nicht heute Nacht passieren würde. Aber das bedeutete nicht, dass er Macklin nicht mit ein paar anderen Spielarten bekannt machen konnte.

Caine blickte zu Macklin hoch. Als er sah, dass der die Augen geschlossen hatte, saugte er an seinem Zeigefinger, befeuchtete ihn gründlich, ehe er über Macklins Eingang leckte. Macklin keuchte erneut und wand sich, sein ganzer Körper spiegelte die Lust, die Caines Berührungen in ihm auslösten. Caine lächelte und machte weiter, nutzte all sein Wissen über Macklin, um ihn in Lust zu baden. Als Macklin zu stöhnen begann und sich auf dem Bett hin und her warf, Caine anbettelte, endlich kommen zu dürfen, beschloss dieser, dass die Zeit reif war.

Er zog sich etwas zurück, ersetzte seine Zunge an Macklins Eingang durch seine Fingerspitze und drückte sie vorsichtig ein winziges Stückchen in das noch immer enge Loch. Macklin erstarrte, zog sich aber nicht zurück, daher interpretierte

Caine das als Einladung, mit seiner Zunge erneut den Eingang zu umspielen, um ihn noch mehr zu befeuchten. Dann schob er den Finger etwas tiefer und ließ ihn dort, während er Macklins Hoden in den Mund saugte und sie mit seiner Zunge neckte.

Als er schließlich über Macklins Eichel leckte, war sein Finger bis zum zweiten Gelenk in Macklin eingedrungen, und er konnte gegen dessen Prostata drücken. Mit einem Grinsen nahm Caine Macklins Erektion tief in seinen Mund auf. Gleichzeitig rieb er seinen Finger über die kleine Erhebung. Der Schrei, den Macklin ausstieß, hallte im Zimmer wider, was Caines Grinsen noch breiter werden ließ. Er hoffte, dass Chris und Seth einen gesunden Schlaf hatten. Wenn dem nicht so war, würden sie jetzt wohl eine Lehrstunde erhalten.

„Verdammte Scheiße", stieß Macklin hervor, als Caine noch immer seinen Lustpunkt neckte, während sein Glied tief in Caines Kehle verschwand. „Stopp, Caine."

Caine ignorierte ihn und tat, was er konnte, um Macklin zum Höhepunkt zu treiben. Es dauerte nur einen erfreulich kurzen Moment, die übliche Selbstkontrolle seines Partners zu brechen. Ein Schwall heißer Flüssigkeit ergoss sich in seinem Mund, als Macklins kaum gelockerter Schließmuskel sich erbarmungslos um Caines Finger zusammenzog.

Mit einem selbstzufriedenen Lächeln leckte sich Caine über die Lippen und setzte sich auf seine Fersen. „Jetzt e-erzähl mir die Geschichte."

„Fuck."

„Nicht, bis du mir alles gesagt hast."

Macklin starrte ihn finster an, doch Caine ließ sich davon nicht beeindrucken.

„Fein", schnaubte Macklin. Er setzte sich auf und zog die Bettdecke über seinen Unterkörper. „Ich habe dir erzählt, dass Michael mich aufgenommen hat, als ich sechzehn war. Ich bin mit fünfzehn von Zuhause weggelaufen, weil mein Vater launisch war und schnelle Fäuste hatte. Solange ich mich erinnern kann, hat er meine Mutter geschlagen. Irgendwann war ich alt genug, um zu protestieren. Da war ich vielleicht zwölf. Er ist dann statt auf sie auf mich losgegangen. Ich war ziemlich groß für mein Alter, bereits größer als meine Mutter."

Das hatte sich nicht verändert. Macklins Größe war Caine schon vom ersten Moment an aufgefallen. „Also, was ist passiert?"

„Ich habe beschlossen, ihn absichtlich zu reizen. Wenn er mich schlug, würde er sie nicht mehr schlagen."

„Er hätte niemanden schlagen sollen. Hat es denn niemand gemeldet?"

„Das weiß ich nicht", sagte Macklin, „aber selbst wenn, es ist nie jemand aufgetaucht. Ich wurde ziemlich gut darin, seine Schwachstellen zu finden. Ich konnte spüren, ob er kurz davor war, wieder auf meine Mum loszugehen. Wenn dem so war, habe ich genau diesen Moment gewählt, um seine Aufmerksamkeit auf mich zu lenken. Ich habe es nicht immer geschafft, aber zumindest oft genug, damit

Mum nicht immer mit langen Ärmeln herumlaufen musste, um die Blutergüsse auf ihren Armen zu verdecken."

„Es war nicht dein Job, sie zu beschützen", sagte Caine sanft. „Sie hätte die Polizei rufen sollen."

„Das hätte sie tun sollen", stimmte Macklin zu. „Das kann ich heute mit meinen vierunddreißig Jahren sagen, aber als ich Zwölf war, hörte ich sie immer nur darum bitten, dass ich nicht die Polizei rufen und nicht eingreifen sollte. Ich konnte aber nicht aufhören."

„Wie bist du dann nach Lang Downs gekommen?"

„Mum hat die Wahrheit über mich herausgefunden", sagte Macklin. Seine Hände verkrampften sich dermaßen in die Bettdecke, dass seine Knöchel weiß wurden. „Ich weiß bis heute nicht, wie. Sie hat mir gesagt, dass sie mich immer lieben würde, aber dass ich nicht im selben Haus wie mein Vater leben könnte. Er würde mich töten. Ich wollte sagen, ‚Soll er es versuchen', aber sie hatte recht. Ich hatte ihn zu oft über Schwuchteln und Hinterlader schimpfen gehört, hatte alle Beleidigungen, die du dir vorstellen kannst, aus seinem Mund gehört. Ich habe sie angefleht, mich zu begleiten. Wir hätten zusammen an einen Ort gehen können, wo er uns nicht gefunden hätte. Aber sie hat gesagt, dass sie ihre Wahl getroffen hätte und dass sie damit leben müsste. Ich sollte nicht für ihre Schwäche leiden müssen."

Und trotzdem hatte er das so offensichtlich getan, dass es Caine das Herz zerriss. „Du hast irgendwann auf sie gehört."

„Er hat mir den Arm gebrochen", antwortete Macklin, seine Stimme bar jeder Emotion. „Ich war zum Torwart für unser Fußballteam gewählt worden und hatte einen Ball nicht gehalten. Am selben Abend rastete er völlig aus und brach mir den Arm. Ich würde ihn sowieso nicht benutzen, hatte er gesagt."

„Wegen eines verlorenen Fußballspiels?"

„Das war das Schlimmste an der ganzen Sache", meinte Macklin mit einem müden Lächeln. „Wir hatten gewonnen. Gleich nachdem wir vom Doktor zurückgekommen sind, habe ich angefangen, mir einen Vorrat anzulegen, um so lange wie möglich davon zehren zu können. Eine Extradose Bohnen, ein Glas Vegemite, jeden Penny, den er liegen ließ – alles, was ich in meinem Zimmer verstecken konnte. Eine Woche, nachdem der Gips entfernt worden war, bin ich gegangen und ich bereue es seitdem jeden Tag."

„Was?", fragte Caine. „Warum solltest du es bereuen? Du hast ein Leben, weil du aus dieser Hölle entkommen bist!"

„Ich bin da raus gekommen", sagte Macklin. „Sie nicht. Ich hatte nicht den Mut, zu bleiben oder die Kraft, sie mitzunehmen."

„Du warst fünfzehn", erinnerte Caine ihn. „Es war nicht dein Job, der Starke zu sein."

„Du warst nicht dort", erwiderte Macklin. „Sie war bestenfalls 1,50. Er war fast zwei Meter groß. Sie hatte keine Chance gegen ihn. Ich hätte sie nicht zurücklassen dürfen."

Dieser Selbsthass in Macklins Stimme brachte Caine fast dazu, aufzuhören.

„Also bist du gegangen", sagte Caine, „aber du bist erst mit sechzehn hierhergekommen. Das habe ich jedenfalls immer gehört."

„Ich war fast sechzehn, als ich gegangen bin, aber es hat ungefähr sechs Monate gedauert, bis ich hierher gefunden habe. Ich habe alle möglichen Jobs angenommen, um wegzukommen. Ich blieb nie mehr als ein paar Wochen in einer Stadt, bis ich schließlich in Boorowa landete."

„Dort hat dich Onkel Michael gefunden?"

„Dort hat mich Charles Taylor gefunden", korrigierte Macklin. „Devlin Taylors Vater."

Caine schauderte bei dem Gedanken an ihren Nachbarn. Taylor hatte sein Wort gehalten und die Männer von Lang Downs in Ruhe gelassen, nachdem er den Jackaroo gefeuert hatte, der im Winter Caines Zäune sabotierte. Das bedeutete jedoch nicht, dass er den homophoben Viehzüchter mochte. Er gab Macklin zu verstehen, dass er fortfahren sollte.

„Ich habe einen Job auf Taylor Peaks angenommen. Es war das Einzige, was ich in der Gegend finden konnte. Ich hatte nicht mal genug Geld, um bis nach Yass zu kommen. Daher musste ich mich entscheiden, ob ich für ihn arbeiten oder verhungern wollte."

Macklin schwieg danach, völlig gefangen in seinen Gedanken. Caine wollte Macklin dazu auffordern weiterzuerzählen, aber er wusste nicht wie. Bevor er etwas sagen konnte, schüttelte Macklin den Kopf schenkte Caine ein mattes Lächeln.

„Am Anfang war es nicht wirklich schlimm. Charles war ein besserer Manager als sein Sohn. Er hat uns für wenig Geld hart arbeiten lassen, aber er war fair."

„Was ist passiert?", fragte Caine. „Ich meine, warum bist du gegangen?"

„Er hat einen Landstreicher angeheuert, der Kost und Logis für ein paar Wochen Arbeit wollte. Der Mann war ein Tyrann, aber Taylor bekam das nie mit. Er kam dazu, als ich mich wehren wollte, und hat mir die Schuld gegeben. Immerhin war ich der wertlose Kerl. Er hat mich aufgefordert zu gehen. Ich konnte damals noch nicht oben von unten unterscheiden, und ging statt nach Süden in Richtung Boorowa nach Norden – nach Lang Downs. Du kennst den Rest."

Caine war sich nicht ganz sicher, ob dem so war, aber er hatte an diesem Abend viel mehr über Macklin erfahren als je zuvor und mehr, als er erwartet hatte. Er rutschte näher an seinen Liebhaber heran und küsste ihn sanft. „Danke. Ich weiß, dass es hart sein muss, darüber zu sprechen."

„Ich denke nicht mehr darüber nach", meinte Macklin. Caine bezweifelte das, aber er hinterfragte es nicht. „Es ist schon so lange her, dass ich mich damit nicht mehr auseinandersetze. Es hat mich zu dem gemacht, der ich heute bin, aber es kann mich nicht mehr verletzen."

Caine fragte sich, ob es wirklich so einfach sein konnte. Er wollte es nicht wieder erwähnen, solange Macklin ihm keinen Grund dazu gab. Aber er würde ihn im Auge behalten, denn er brauchte Macklin stark und beständig. „Ich liebe dich."

Macklin lächelte und zog Caine in einen Kuss.

5

CHRIS STOLPERTE am nächsten Morgen zur verabredeten Zeit die Treppe hinunter. Er war sich sicher, dass er nicht wach genug war für all das, was Kami ihm auftragen würde. Aber er würde sich an seinem ersten Tag auf der Station nicht drücken. Er konnte sich noch immer nicht vorstellen, dass er mit seinem gebrochenen Arm eine große Hilfe wäre, aber er würde es nicht verschlimmern, indem er zu spät kam.

„Im Kessel ist heißes Wasser für den Tee oder Kaffee für die Jackaroos, wenn du das lieber magst", sagte Kami, als Chris in die Küche kam. „Nimm dir eine Tasse und schlag dann die Eier auf."

Chris fummelte ein wenig herum, bis er den Teekessel endlich mit der linken Hand zu fassen bekam. Als er verstohlen zu Kami hinüberschaute, hatte der Koch ihm den Rücken zugewandt, und gab Chris so die nötige Zeit, um die Aufgabe ohne prüfende Blicke zu bewältigen.

Es war kein Problem gewesen, das Wasser einzufüllen, aber das Teesieb war jenseits des Möglichen, wenn man nur eine Hand zur Verfügung hatte – noch dazu, wenn es die schwächere war. Er hatte keine Ahnung, warum sie am Tag zuvor Teebeutel benutzt hatten und heute lose Blätter und das Teesieb, aber er wollte nicht fragen. „Kami", sagte er zögernd. „Ich will dich nicht stören, aber ich schaffe es nicht, die Teeblätter ins Sieb zu bekommen."

Kami lachte leise. „Wir nehmen solche Dinge als selbstverständlich hin, solange wir gesund sind", meinte er. Er füllte die Teeblätter in den Ball, ehe er ihn Chris zurückgab. „Du wirst dich erholen, aber du wirst Geduld haben müssen."

„Nicht gerade meine Stärke", murmelte Chris, als er den Tee zu der Küchenzeile trug, auf der Kami die Eier abgelegt hatte. „Also, ich soll einfach die Eier in die Schüssel schlagen?"

„Ja", sagte Kami. „Ich brate keine Eier für so viele Leute. Sie essen Rührei oder etwas anderes."

Chris nickte und nahm das erste Ei. Die Schale hatte einen leicht bläulichen Farbton. „Sie haben eine interessante Farbe."

„Die sind von unseren eigenen Hühnern", erklärte Kami. „Caine hat uns, was die Schafe angeht, in Richtung Biozertifikat geführt, aber auch andere Änderungen vorgenommen. Wir können die Männer mit unseren eigenen Hühnern günstiger versorgen, als wenn wir die Eier anderswo kaufen. Sie sind frischer, gesünder und wir haben außerdem frisches Hühnerfleisch, wenn wir es möchten."

„Das klingt, als hätte er hier mehr als nur ein paar Änderungen vorgenommen", kommentierte Chris, während er damit fortfuhr, die Eier in die

Schüssel zu schlagen. „Ich habe immer gehört, dass die Stationen Änderungen ziemlich ablehnend gegenüberstehen."

„Das ist richtig", sagte Kami, „aber das liegt daran, dass sie von Familienmitgliedern geführt werden, die so weitermachen wie die Generationen vor ihnen. Der einfache Jackaroo hat keinen Einfluß darauf, Veränderungen herbeiführen. Die Entscheidung liegt bei den Viehzüchtern."

„Caines Großonkel hat die Station geführt, richtig? Also wird die Station von der Familie weitergeführt."

„Das stimmt, aber das ist nicht das Gleiche", meinte Kami, während er ein Blech mit Brötchen in den Ofen schob. „Caine ist nicht hier aufgewachsen, also geht er die Dinge nicht auf dieselbe Weise an wie sein Onkel. Er sieht es mit neuen, frischen Augen, und aus der Sicht eines Diplomkaufmannes."

„Aber niemanden scheint das zu stören", meinte Chris. „Sicher, er ist der Boss, aber das heißt nicht, dass alle das mögen müssen."

„In der Tat", stimmte Kami zu, während er eifrig in der Küche herumlief. „Dieses Jahr fehlen ein paar alte Gesichter unter den Jackaroos, vielleicht sogar wegen ihm. Aber es sind auch neue Gesichter hinzugekommen und eines, welches vielleicht nicht mehr hier wäre, wenn Caine nicht gewesen wäre."

„Neil?", fragte Chris. „Ich habe gehört, dass Caine sein Leben gerettet hat."

„Verdammter Idiot, mit weniger Verstand als eines unserer Schafe", murmelte Kami. „Aber ja, er hat Neils Leben gerettet und der lässt nicht zu, dass das irgendjemand vergisst. Jetzt mach die Eier fertig. Wir haben hungrige Jackaroos, die ihr Frühstück wollen."

Chris wusste, wann ein Gespräch zu Ende war. Aber so, wie er Kami mit Neil und ein paar anderen am vorherigen Tag erlebt hatte, hatte er schon mehr aus dem Koch herausbekommen, als es den meisten Menschen gelang, und das ermutigte ihn. In der Küche zu arbeiten würde mit diesem Arm nicht einfach werden, aber Kami würde es ihm nicht absichtlich schwerer machen.

FÜNF STUNDEN später war er sich nicht mehr so sicher. Kami war nicht gemein gewesen, aber mürrisch und fordernd, und hatte ihm etliche Anweisungen um die Ohren gehauen, während sie am Abendessen arbeiteten. Chris hatte einen Punkt erreicht, an dem er nicht mehr konnte und einfach raus musste. Er warf das Messer auf die Arbeitsplatte, stampfte aus der Küche und knallte die Tür hinter sich zu. Er schaffte es bis zu dem Zaun, der das Haus von der Straße trennte, bis seine Rippen zu schmerzen begannen und er stehenbleiben musste. Er lehnte sich schwer gegen den Zaun und versuchte, den Schmerz wegzuatmen.

„Alles in Ordnung, Kumpel?"

Chris blickte auf und sah Jesse, der mit einer Werkzeugkiste in der Hand auf ihn zukam. „Ja, es tut nur etwas weh", gab Chris zurück. „Ich habe vergessen, mich zu schonen."

„Ein wenig schwer auf einer Schafsstation", meinte Jesse mit einem Wink auf die Geschäftigkeit um sie herum. „Du leistest deinen Beitrag oder du wirst rausgeworfen. Auf diese Art und Weise arbeiten die Stationen."

Chris hob seinen Gipsarm. „Ich trage hier gerade nicht viel bei."

„Du hilfst in der Küche, oder? Zumindest hat mir das Seth erzählt."

„Ich versuche es zumindest", murmelte Chris, „aber dieser dumme Schwachkopf lässt mich nichts beenden, ehe er mir nicht zehn neue Aufgaben gibt, und mich dann anschreit, weil ich nichts davon geschafft habe. Ich habe noch nie in einer Küche gearbeitet. Ich weiß nicht, was ich tun muss, aber ich versuche, es zu lernen, und zwar mit nur einem heilen Arm."

„Und etwa siebzig Leuten, die heute auf ihr Abendessen warten", vervollständigte Jesse seinen Satz. „Ich fühle mit dir, Kumpel. Ich würde Kamis Job nicht haben wollen und deinen noch weniger, selbst mit zwei gesunden Armen."

„Es wäre nicht so schlimm, wenn er mich etwas beenden lassen würde, bevor er mir die nächste Aufgabe gibt", sagte Chris. „Ich kann lernen, was auch immer ich lernen muss, selbst mit einer Hand. Aber ich kann nicht mit der Geschwindigkeit seiner Forderungen mithalten."

„Versuch es ihm zu sagen", schlug Jesse vor. „Vielleicht nach dem Abendessen, wenn nicht mehr so viel zu tun ist, aber lass es ihn wissen. Manche Leute sind geborene Teamspieler. Andere müssen das lernen und von dem, was ich heute Morgen gehört habe, lässt Kami nicht jeden in seine Küche. Vielleicht hat er es nie gelernt."

„Toll, jetzt bin ich neben einem Wohlfahrtsfall auch noch ein Experiment", seufzte Chris.

„Komm jetzt nicht mit Selbstmitleid an", schimpfte Jesse. „Lass dir das von jemandem sagen, der schon länger dabei ist als du. Du gewinnst hier keine Freunde und löst keine Probleme, indem du dich selbst bemitleidest. Du brauchtest eine Pause, gut, du hast eine gemacht. Jetzt geh zurück in die Küche und mach deinen Job. Sprich nach dem Abendessen mit Kami, und wenn es nicht besser wird, sprich mit Caine oder Macklin. Sie sind faire Männer und werden dir zuhören. Sie haben dich für Lang Downs angeheuert, aber nicht unbedingt, um in der Küche zu arbeiten, richtig?"

Chris nickte.

„Also, wenn das Arbeiten in der Küche zu Problemen führt, frag, ob du etwas anderes tun kannst", schlug Jesse vor. „Was ist das Schlimmste, was passieren kann?"

„Von der Station zu fliegen", sagte Chris.

„Dafür, dass du eine Frage stellst?", erwiderte Jesse. „Diejenigen, die das ganze Jahr hier arbeiten, würden nicht so loyal hinter ihnen stehen, wenn sie so wären. Ich habe auf genug Stationen gearbeitet, um das zu wissen. Wenn du verstehen willst, was für Menschen der Vorarbeiter und der Boss sind, dann hör dir an, was die Stammkräfte über sie denken. Die Menschen hier sind so loyal ihnen gegenüber, dass sie die beiden sogar verteidigen. Sie tolerieren ihre Partnerschaft nicht nur, sondern verteidigen sie aktiv. Ich war noch nie auf einer anderen Station, auf der es so ablief, selbst dort, wo das Arbeiten ansonsten sehr angenehm gewesen wäre."

„Ansonsten?", fragte Chris. Die Wortwahl kam ihm seltsam vor.

„Es ist nett, an einem toleranten Ort zu leben", meinte Jesse mit einem Schulterzucken. „Das macht es einfacher, anders zu sein."

„Inwiefern anders?", fragte Chris impulsiv. Er wusste es besser, als einfach anzunehmen, dass Jesses Kommentare das bedeutete, was er hoffte. Jesse jedoch direkt zu fragen, ob er schwul war, wäre genauso dumm, wie die Schwachköpfe in Yass herausfinden zu lassen, dass er es war. Zu wissen, dass jemand homosexuell war, war nicht dasselbe, wie es einfach anzunehmen, nur, weil man gewisse Reaktionen so interpretierte.

„Was denkst du?", erwiderte Jesse. „Ich habe versucht, einen Job auf Lang Downs zu bekommen, weil ich gehört habe, dass der Boss schwul ist. Ich habe nicht erwartet, dass er an mir interessiert ist, obwohl mir niemand gesagt hatte, dass er mit dem Vorarbeiter liiert ist. Trotzdem, ich habe einfach angenommen, dass eine Station, deren Boss schwul ist, weniger Probleme mit einem schwulen Jackaroo haben würde."

Chris atmete aus – er hatte nicht einmal gemerkt, dass er den Atem angehalten hatte. „Du sagst das so einfach."

„Dass ich schwul bin?", fragte Jesse nach.

Chris nickte.

„Nicht wirklich. Aber du wirst mich deswegen nicht schlagen, und selbst wenn du es den anderen erzählen würdest, täten sie es wohl auch nicht, also habe ich nicht viel zu verlieren", erklärte Jesse. „Ich sage es nicht oft, ich denke nicht einmal oft daran, einfach, weil hier draußen im Busch kaum jemand ist, mit dem man etwas anfangen könnte. Bevor ich hierher kam, habe ich im Outback keinen getroffen, der offen dazu stand. Vielleicht gab es ein paar andere, die es genauso gut verstecken konnten wie ich. Aber das hier ist das erste Mal außerhalb der Stadt, dass ich es jemandem gesagt habe."

Chris wollte sich nicht vorstellen, warum Jesse das jemandem in der Stadt erzählt hatte. Der Jackaroo war hier auf der Station sein einziger Freund. Er hatte schon genug schmutzige Gedanken in Bezug auf Jesse und das, ohne sich den Jackaroo dabei vorzustellen, wie sich dieser in einer Bar mit einem Typen verabredete.

„Ich schätze, ich sollte froh sein, dass Seth den richtigen Ort ausgewählt hat, um nach Hilfe zu suchen", sagte er, statt seine wahren Gedanken auszusprechen. „Wenn er eine andere Gruppe Männer gefragt hätte, wären sie wohl gekommen, um dabei zu helfen, mich umzubringen, anstatt mich zu retten."

„Selbst wenn sie seine Bitte lediglich ignoriert hätten, wärst du schlechter dran gewesen als jetzt", stimmte Jesse zu. „Dein blaues Auge sieht heute noch schwärzer aus als gestern. Tut es weh?"

„Alles tut weh", gab Chris zu. „Ich will die Medikamente, die sie mir gegeben haben, nicht nehmen, weil die mich umhauen, aber einfaches Nurofen hilft nicht."

„Ich war noch nie so schlimm verletzt wie du, jedenfalls nicht gleichzeitig. Ich bin ein paar Mal vom Pferd gefallen, was auch ein paar blaue Flecken und Prellungen hinterlassen hat. Du solltest vielleicht noch ein paar Tage warten, bevor du überhaupt irgendwo arbeitest, selbst in der Küche. Je mehr du dich jetzt anstrengst, desto länger brauchst du, um dich zu erholen."

„Sag das den Chefs", erwiderte Chris. „Ich verdanke ihnen mein Leben. Ich werde ihnen das nicht zurückzahlen, indem ich faul bin."

„Du wirst ihnen auch nicht danken, indem du dich überanstrengst und sie dann den Doktor auf die Station rufen müssen", gab Jesse zurück. „Immerhin müssen sie dich schon nach Yass zurückbegleiten, damit man dir den Gips abnehmen kann. Einen zweiten Arzttermin vereinbaren zu müssen, nur, weil du zu stolz und zu dumm bist, um zwei vernünftigen Männern zu sagen, dass du Schmerzen hast, ist keine Art, ihnen zu danken."

„Hallo, Chris."

Chris wirbelte herum und zuckte zusammen, als die Bewegung seine Rippen durchrüttelte. „Hallo, Boss."

„Machst du Pause?", fragte Caine.

„Eine kurze", antwortete Chris nervös. „Kami war …"

„Kami war Kami?", beendete Caine Chris' Satz grinsend. „Er ist ein abergläubiger alter Aborigine, mit einer Attitüde in der Größe von Ayers Rock und einem Herz aus Gold, welches darunter verborgen ist. Ich werde mit ihm reden und ihn daran erinnern, dass du noch nicht vollständig genesen bist."

„Da wäre noch etwas", sagte Jesse. „Entschuldige, dass ich unterbreche, Boss, aber Chris ist ziemlich sschwer verletzt, und …"

„Und nichts", unterbrach Chris. „Mir geht es gut."

„Dir geht es nicht gut", schnappte Jesse. „Du hast mir gerade eben gesagt, dass dir alles wehtut."

„Entschuldige, ich erinnere mich nicht an deinen Namen", meinte Caine an Jesse gewandt.

„Jesse Harris", sagte Jesse. „Chris und ich haben uns gestern Abend und jetzt eben ein wenig unterhalten, und er hat einen gebrochenen Arm und angeknackste Rippen. Er will seine verschriebenen Medikamente nicht nehmen, weil sie ihn umhauen würden und er denkt, dass er arbeiten muss, also beißt er die Zähne zusammen und versucht, damit klarzukommen, aber das wird alles nur noch schlimmer machen, nicht besser."

„Beruhige dich", meinte Caine amüsiert. „Chris, sagt er die Wahrheit?"

Chris trat mit der Stiefelspitze gegen den Boden. „Ja, aber er hätte es dir nicht sagen sollen", meinte er mürrisch. „Mir geht es gut."

„Ja, dir wird es gut gehen", sagte Caine, „aber es gibt keinen Grund, den Heilungsprozess zu verzögern. Du hast seit vor dem Frühstück gearbeitet. Du solltest nach oben gehen und die Medikamente nehmen, die der Doktor dir verschrieben hat. Wenn du das Abendessen verschläfst, schicken wir Seth mit einem Teller zu dir hinauf. Du kannst morgen wieder bei der Vorbereitung für das Frühstück mithelfen, wenn du unbedingt etwas beitragen möchtest. Aber ich werde danach noch einmal zu dir kommen und du wirst mir sagen, ob du Schmerzen hast oder nicht."

„Ich brauche keine Spezialbehandlung", protestierte Chris.

Caine hob eine Augenbraue. „Dieses Stück Gips an deinem Arm sagt mir aber, dass du die im Moment brauchst. Wir v-verhätscheln dich nicht und wir werden dich nicht s-schlechtmachen, Chris. Sobald deine Verletzungen geheilt sind, werden wir dich genauso hart arbeiten lassen wie den Rest der Männer. Aber erst musst du dich erholen. Wenn du das nicht tust, könntest du dauerhaft arbeitsunfähig sein und wer würde dann auf Seth aufpassen?"

„Das ist jetzt ein Tiefschlag."

„So war das nicht gemeint", sagte Caine. „Ich wollte dir damit zu verstehen geben, dass du über die Konsequenzen deines Handelns nachdenken sollst."

„Fein, ich werde nach drinnen gehen und eine Pille nehmen, aber wenn ich zum Abendessen nicht komme, schickt Seth hoch, um mich zu holen. Ich will nicht wie ein Invalide bedient werden", beharrte Chris auf seiner Meinung.

Er ging zurück ins Haus, versuchte sich jedoch nicht anmerken zu lassen, dass seine Rippen angebrochen waren und sein ganzer Körper schmerzte.

„Komm mit, Jesse", sagte Caine, als Chris die Veranda überquert und das Haus betreten hatte.

„Sir?", fragte Jesse. Er hoffte, dass er nichts getan hatte, um seinen neuen Boss zu verärgern.

„Ich muss Macklin finden, er sollte draußen bei den Ställen sein. Aber ich w-will auch mit dir sprechen, also komm mit."

Jesse ging neben Caine her und wartete ab, was der Viehzüchter von ihm wollte.

„Das ist deine erste Saison auf Lang Downs, richtig?", fragte Caine nach einem Moment.

„Ja", antwortete Jesse. „In den letzten Jahren habe ich in Cowra und Grenfell gearbeitet. Aber auf keiner Station habe ich mich wirklich wohlgefühlt."

„Du hast dich anscheinend schon mit Chris angefreundet."

„Er ist ein guter Kerl soweit ich das beurteilen kann", meinte Jesse. „Vielleicht in einer üblen Situation gefangen, aber er versucht, das Richtige zu tun."

„Das war auch meine Vermutung. Er will mich beeindrucken, um mir für die Hilfe zu danken. Das ist auch gut so, aber er vertraut mir noch nicht und wird mir daher nicht sagen, wenn etwas nicht stimmt", sagte Caine. „Ich brauche dich, um der Freund für ihn zu sein, den er braucht. Mach einfach weiter wie bisher. Macklin hat mir schon eingebläut, dass Verletzungen und Krankheiten hier draußen der Anfang vom Ende sein können. Ich kann nichts daran ändern, dass Chris verletzt ist. Aber ich kann mein Bestes tun, um ihn davon abzuhalten, es noch schlimmer zu machen."

„Du könntest ihm Bettruhe verordnen, bis seine Rippen geheilt sind", schlug Jesse vor.

„Ich will nicht seinen Geist brechen, während ich seinem Körper zu heilen helfe", entgegnete Caine.

„Wenn ich ihn ausspioniere, wird ihm das auch nicht helfen", meinte Jesse. „Er braucht einen Freund, eine Person, der er wirklich vertrauen kann, dass sie sein Bestes will."

„Dann finde einen Weg, wie du ihn davon abhalten kannst, es zu übertreiben", sagte Caine. „Ich werde ihm und Kami sagen, dass er nach dem Aufräumen des Frühstücksgeschirrs von seinen Pflichten befreit ist, zumindest für die nächste Woche. Aber er wird Wege finden, sich in seiner Freizeit einzubringen, wenn ich das tue und ihm nicht befehle, im Bett zu bleiben."

„Wie soll ich das tun? Ich muss auch arbeiten", protestierte Jesse. „Macklin hat gesagt, dass der große Traktor nicht anspringt. Patrick und ich werden den ganzen Motor auseinandernehmen müssen, damit wir rausfinden, was kaputt ist."

„Dann lass ihn dir das Werkzeug reichen", meinte Caine.

„Er ist kein Mechaniker", erwiderte Jesse.

„Das nicht, aber ich wette, dass er den Unterschied zwischen einem Schraubenschlüssel und einem Schraubenzieher kennt", sagte Caine mit einem Grinsen. „Es geht nicht darum, ob du seine Hilfe brauchst. Es geht darum, dass er genug Ruhe bekommt, bis er einen ganzen Arbeitstag bewältigen kann. Da ist Macklin. Ich werde dich jetzt nicht länger von deiner Reparatur abhalten."

Jesse beobachtete, wie Caine durch den Schuppen zu Macklin ging, der die Vorbereitungen für die Schur überwachte, die in ein paar Tagen beginnen würde. Macklin lächelte kurz, als Caine sich ihm anschloss. Der Ausdruck auf seinem Gesicht war so flüchtig, dass Jesse sich nicht sicher war, ob er es wirklich gesehen hatte, aber es war mehr, als alle anderen bekamen. Jesse fragte sich, ob die anderen auch diese kleinen Zeichen einer tieferen Beziehung sahen, oder ob er der Einzige war, der sensibel genug war, sie zu erkennen, weil er ein schwuler Mann war, der in einer Welt lebte, in der er, wie er bis jetzt geglaubt hatte, nicht wirklich akzeptiert wurde.

Er schüttelte den Kopf über seine eigene Dummheit und ging in Richtung der Scheune, in der der Traktor stand. Vielleicht hatte Patrick schon etwas gefunden, während er mit Chris gesprochen hatte, und sie konnten die verdammte Maschine wieder zum Laufen bringen.

Als es schließlich Zeit für das Abendessen wurde, war Jesse bereit aufzugeben. Sie hatten alles getan, was ihnen einfiel, außer, den Motor komplett auseinander zu nehmen und wieder zusammen zu setzen, aber es half nichts. Er warf den Schraubenschlüssel mit einem sehr befriedigenden Klirren in die Werkzeugkiste. „Ich denke mal nicht, dass Kami Bier in der Küche hat?", fragte er Patrick mit einem Grunzen.

„Das bezweifle ich, aber ich spendier dir eines, bis du in die Stadt kommst und dir dein eigenes kaufen kannst", bot Patrick an. „Meine Frau hat sicher nichts dagegen, wenn du mit uns zu Abend isst."

„Jason nimmt jede Mahlzeit in der Kantine ein. Warum tust du das nicht auch?"

Patrick grinste. „Wir nutzen jede Gelegenheit, die wir ohne Jason zusammen verbringen können. Er ist ein großartiger Junge, aber er lässt uns nicht viel Zeit als Paar."

„Dann sollte ich nicht stören", meinte Jesse. „Jemand anderes wird mir sicherlich ein Bier spendieren oder mich eines abkaufen lassen. Ich will euch nicht zur Last fallen."

„Du störst nicht", sagte Patrick. „Ich habe dich eingeladen. Selbst wenn du nicht zum Essen bleibst, kannst du auf ein Bier vorbeikommen."

Jesse nahm es hin und folgte Patrick zu dem kleinen Haus, das dieser mit seiner Frau und Jason bewohnte. „Carley", rief Patrick, als sie eintraten. „Wir haben Gesellschaft."

Carley war eine wunderschöne Frau, Mitte bis Ende Dreißig, mit pechschwarzem Haar und einem breiten Lächeln. „Komm rein, sei nicht schüchtern", sagte sie, als sie Jesse erblickte, der noch immer in der Tür stand.

„Meine Stiefel sind nicht gerade sauber, Ma'am", meinte Jesse. „Ich will Ihren Boden nicht ruinieren."

„Denkst du, dass mein Sohn so rücksichtsvoll ist?", fragte Carley mit einem Lachen. „Zieh sie aus und lass sie auf der Veranda. Ich habe nichts gegen Socken im Haus. Hat Patrick dir ein Bier angeboten?"

„Ja, Ma'am", sagte Jesse, zog die Stiefel aus und ließ sie draußen stehen. Er kam ins Wohnzimmer und hielt den Hut verlegen in seinen Händen. Es war schon so lange her, dass er irgendwo eingeladen worden war, dass er sich erst daran erinnern musste, wie er sich verhalten sollte.

„Patrick sitzt gerne auf der Veranda auf der Rückseite, um den Sonnenuntergang zu beobachten, falls du dich zu ihm setzen willst", schlug Carley vor.

„Kann ich dir irgendwie helfen?"

„Nein, aber es ist nett von dir, zu fragen. Deine Mutter hat dich gut erzogen."

„Danke", sagte Jesse, auch wenn er bezweifelte, dass seine Mutter dem zustimmen würde. Sie sprach nicht mehr mit ihm, seit er ihr gestanden hatte, dass er schwul war. Das bedeutete allerdings nicht, dass er ihre Vorträge über gute Manieren vergessen hatte.

Bevor er etwas sagen konnte, streckte Patrick den Kopf aus der Küche. „Ich habe Tooheys Old oder Carlton Sterling."

„Tooheys, bitte", sagte Jesse. Er folgte Patrick durch das Haus und auf die Veranda. Er trank einen Schluck von seinem Bier und setzte sich auf den freien Stuhl neben Patrick. „Wie lange bist du schon auf Lang Downs?"

„Fast dreizehn Jahre", meinte Patrick. „Jason war ein Baby. Ich hatte meinen Job in Melbourne verloren und war verzweifelt. Jemand hat vorgeschlagen, dass ich mich auf den Stationen in den Ebenen umsehen sollte. Carley und ich haben lange darüber gesprochen, aber in Melbourne fand ich einfach keine Arbeit. Sie hatte einen Teilzeitjob, mit dem wir die Rechnungen nicht bezahlen konnten. Also bin ich hierhergekommen und habe Michael Lang getroffen. Im ersten Jahr blieben Carley und Jason in Melbourne, aber das war keine Art zu leben. Als Michael mich fragte, ob ich nach dem Sommer bleiben wolle, habe ich meine Familie erwähnt. Er hat mich gefragt, warum ich so lange damit gewartet habe, ihm von ihnen zu erzählen, und hat mir sofort das Geld für die Bustickets gegeben. Seitdem leben wir hier."

„Was man so über ihn hört, muss er ein großartiger Mann gewesen sein", sagte Jesse. „Ich finde es schade, dass ich ihn nicht mehr kennengelernt habe."

„Er war ein besonderer Mann", stimmte Patrick zu. „Wir waren alle ein wenig besorgt, als wir hörten, dass die Station an einen Verwandten in den Staaten vererbt wurde. Dann kam Caine. Wir hatten uns umsonst Sorgen gemacht."

„Er scheint ziemlich beliebt zu sein", sagte Jesse. „Ich hätte mir das ehrlich gesagt nicht gedacht. Schafsstationen sind nicht unbedingt für ihre Toleranz bekannt."

Patrick zuckte die Schultern. „Sie sind auch nicht dafür bekannt, biologisch zertifiziert zu sein, aber in weniger als sechs Monaten werden wir das Siegel haben. Macklin lebt schon seit seiner Jugend hier und ist schon länger Vorarbeiter, als die meisten von uns überhaupt hier arbeiten. Die Leute vertrauen ihm und er vertraut Caine. Das zählt schon sehr viel. Dann ist da die Tatsache, dass Caine die Station nicht verkauft hat. Er ist gekommen, hat gelernt und Verbesserungen vorgenommen. Sicher, die Männer waren geschockt, als sie herausgefunden haben, dass er schwul ist, aber das schmälert seine Fähigkeit, die Station zu leiten, nicht im Geringsten."

„Ich hatte gedacht, Macklin wäre der größere Schock gewesen."

Patrick grinste. „Ja, aber würdest *du* ihm das ins Gesicht sagen wollen?"

Jesse spuckte den Schluck Bier aus, als er versuchte, gleichzeitig zu schlucken und zu hüsteln. „Hölle, nein", brachte er heraus, als er ohne zu würgen sprechen konnte. „Ich will noch nicht sterben."

„Und so geht das Leben weiter wie immer", sagte Patrick. „Nur mit ein wenig mehr Toleranz."

„Ja, ich habe Neils Rede gestern gehört, als wir angekommen sind. Er hat allen sehr deutlich gemacht, was in seiner Hörweite nicht erlaubt ist."

„Neil ist ein Hitzkopf, der einen Moment der ‚Erleuchtung' hatte, als Caine ihm mitten in einem Wintersturm das Leben gerettet hat."

„Ich habe ein paar Anspielungen gehört, aber da jeder die Story kennt, erzählt sie mir keiner."

„Lange Rede, kurzer Sinn: Neil saß auf der falschen Seite eines überfluteten Wassergrabens fest. Caine ist zu ihm hinübergeritten, hat ihn aufgesammelt und wäre auf dem Rückweg fast ertrunken", erzählte Patrick. „Da haben wir auch das mit Macklin herausgefunden. Ich kenne ihn, seit wir hierher gezogen sind, aber so habe ich ihn noch nie erlebt."

„Wie denn?"

„Verängstigt."

Jesse konnte sich das nicht vorstellen, aber er war nicht dabei gewesen, also stellte er es nicht infrage.

„Damit war für uns klar, dass es etwas Ernstes war und nicht nur eine lockere Affäre", fügte Patrick hinzu. „Wenn das jemand anderes gemacht hätte, hätte Macklin vielleicht rumgebrüllt, aber er wäre nicht so verängstigt gewesen."

„Ich frage mich, ob sie bei jemand anderem als Caine und Macklin auch so tolerant gewesen wären", sagte Jesse.

„Ich denke, das käme ganz auf den Mann an", antwortete Patrick. „Aber man müsste schon ein ziemlicher Schwachkopf sein, wenn man sich auf einer Station, die von zwei schwulen Männern betrieben wird, darüber abwertend äußern würde, auch wenn es jemand anderen betrifft. Du musst dich nicht darum sorgen, verjagt zu werden."

„Das tue ich nicht … ich meine, warum denkst du, dass ich über mich gesprochen habe?", stammelte Jesse.

„Wenn du dich um Chris gesorgt hättest, hättest du das gesagt", gab Patrick zurück. „Ich sage dir jetzt dasselbe, was ich allen gesagt habe, als Caine sein Coming-out hatte. Mich interessiert es nicht, was du einvernehmlich mit einem anderen Erwachsenen machst. Ich will nur nichts davon hören und Jason soll auch nichts darüber hören. Und bevor du dich aufregst: Das sage ich auch den Jackaroos, die den Sommer damit verbringen, Mädchen hinterher zu jagen."

6

„CHRIS, ICH habe dir schon die Zahnpasta auf die Bürste gedrückt. Ich geh jetzt nach unten, da ich Jason versprochen habe, dass wir uns früh treffen."

„Danke", rief Chris, während er mit den Knöpfen seines Hemdes kämpfte. Er hätte Seth zurückrufen können, damit dieser ihm half, aber er hasste es, die einfachsten Dinge nicht tun zu können. Wie Zahnpasta auf seine Zahnbürste zu drücken.

Nach zwei Wochen morgendlicher Arbeit mit Kami und den Nachmittagen, an denen er Jesse und Patrick ihr Werkzeug gereicht hatte, schmerzten seine Rippen nicht mehr allzu sehr. Aber das half nicht gegen den Gips, der ihn davon abhielt, den Arm zu beugen. „Verdammte Scheiße", murmelte er, als der unterste Knopf seines Hemdes bei dem Versuch, ihn zu schließen, abriss. „Jetzt brauche ich Nadel und Faden, und muss das dumme Ding wieder annähen …"

Er seufzte und steckte den Knopf in seine Hosentasche. Er würde sich später darum kümmern. Jetzt musste er erst einmal seine Zähne putzen und anschließend in die Küche gehen, um Kami zu helfen.

Er griff sich die Zahnbürste vom Rand des Waschbeckens, wo Seth sie hingelegt hatte, und begann zu putzen.

Der Geschmack ließ ihn würgen. Er spuckte aus, spülte seinen Mund und spuckte erneut. „Was zum Teufel?", schrie er. „Seth!"

Ohne daran zu denken, dass Caine und Macklin wohl noch schliefen, stürmte er die Treppe hinunter. Er war entschlossen, seinen Bruder zu finden und ihm eine Lektion zu erteilen. Kleine Scherze waren eine Sache. Rasierschaum auf der Zahnbürste war einfach nur ekelhaft.

Seth war nirgendwo zu sehen, als Chris den Hauptweg erreichte, was ihn überraschte. Seth blieb normalerweise in der Nähe, damit er in sicherer Entfernung die Auswirkungen seiner Streiche genießen konnte. Er nahm es in Kauf, dabei erwischt zu werden, da er selbst gesagt hatte, dass es nicht lustig war, wenn er den Gesichtsausdruck des Betroffenen nicht sehen konnte. Da die meisten seiner Streiche eher boshaft als gefährlich waren, bedeutete erwischt zu werden eigentlich nur, dass er angebrüllt wurde oder ein paar Tage Hausarrest bekam, aber das war nichts, was ihn von weiteren Streichen abhielt. Chris konnte mit den Streichen umgehen, selbst mit Rasierschaum auf seiner Zahnbürste, solange sie nur gegen ihn gerichtet waren. Er musste Seth finden und ihn davon überzeugen, dass so ein Streich, wenn er auf andere Personen abzielte, nur Ärger nach sich zog. Er könnte sich den Ruf des Unruhestifters einhandeln und so würde der Verdacht immer auf ihn fallen, wenn etwas Schlimmes passieren sollte, selbst wenn er nicht involviert wäre.

„Er ist hier drüben."

Jesses Stimme zog Chris' Aufmerksamkeit auf sich.

„Ich habe ihn erwischt, als er sich im Schatten der Schlafbaracke verstecken wollte", meinte Jesse. Er trat in den Lichtkegel der Verandalampe. „Ich wusste nicht, was er angestellt hatte, aber ich dachte mir schon, dass es nichts Gutes war."

„Er dachte, es wäre lustig, Rasierschaum auf meine Zahnbürste zu streichen", sagte Chris zu Jesse. Selbst nach zweimaligen Ausspülen war der Geschmack in seinem Mund noch immer vorhanden, weswegen Chris erneut ausspucken wollte. „Wie so vieles andere kann ich das zur Zeit nicht selbst machen."

Jesse schüttelte Seth leicht. „Das ist nicht cool", sagte er. „Es wäre vielleicht lustig, wenn er nicht verletzt wäre. Man schießt nicht auf jemanden, der schon am Boden liegt. Das ist kein Witz, das ist einfach nur bösartig. Das ist, als würde man einen streunenden Hund treten, der nach Essensresten sucht. Oder als würden fünf Männer sich gegen einen verbünden und ihn verprügeln. Du hast es nicht witzig gefunden, als diese Typen Chris verletzt haben. Warum tust du ihm das dann an?"

„Tut mir leid", sagte Seth, seine Augen waren auf den Boden gerichtet. „Es ist nur, ich habe ihm schon immer Streiche gespielt. Ich dachte, dass es ihn zum Lachen bringen würde und es wieder wie in alten Zeiten wäre."

„Geh und erzähl Kami, was du getan hast. Dann bittest du ihn um eine neue Zahnbürste für Chris", ordnete Jesse an und gab Seth einen kleinen Stoß in Richtung Haus. „Wenn er keine hat, gibst du Chris deine und du benutzt seine."

„Eklig", sagte Seth.

„Dann solltest du besser hoffen, dass Kami eine neue Zahnbürste hat."

„Er wollte mir nicht wehtun", sagte Chris, als Seth gegangen war.

„Ich weiß, dass er das nicht wollte", stimmte Jesse zu. „Aber er ist jetzt in einem Alter, in dem man mit einem gedankenlosen Streich nicht mehr davonkommt."

„Ich weiß", seufzte Chris, „aber es waren ein paar harte Monate. Ich bin froh, dass er die Chance hat, wieder ein Kind zu sein. Auch, wenn es wohl nicht lange andauern wird."

„Er hat mir nicht gesagt, warum du in Yass auf der falschen Seite einer Faust gelandet bist", sagte Jesse.

„Es ist keine schöne Geschichte", gab Chris zurück. „Er will nicht darüber reden."

„Du auch nicht", vermutete Jesse.

„Es gibt nicht viel zu erzählen", sagte Chris. „Unsere Mum ist gestorben. Ihr Mann hat uns rausgeworfen. Wir haben getan, was wir tun mussten, um zu überleben und zusammenzubleiben. Dann haben Caine und Macklin uns gefunden und jetzt sind wir hier."

„Ich bezweifle irgendwie, dass es so einfach ist", meinte Jesse, „aber ich werde dich nicht drängen. Du kannst es mir erzählen, wenn du bereit dafür bist."

Chris rieb die Hände über das Gesicht, wobei er eine Grimasse zog, als er den zotteligen Bart berührte, der ihm gewachsen war, seit er sich nicht mehr rasieren konnte. „Es ist nicht, dass ich dir nicht traue", sagte er. „Es ist nur … Ich mag nicht darüber reden, weißt du? Keiner von uns wird dabei gut wegkommen."

„Wenn du nicht gerade gestehst, dass du jemanden wegen seiner Brieftasche umgebracht hast, wird es meine Meinung von dir nicht ändern", gab Jesse zurück. „Du hast deinen Bruder beschützt, auch wenn es nicht dein Job gewesen wäre."

Er wusste nicht genau, wie er mit diesem Lob umgehen sollte, da ihm bewusst war, wie oft er Seth enttäuscht hatte. Daher wechselte Chris das Thema. „Ich werde so froh sein, wenn mir dieser gottverdammte Gips abgenommen wir. Ich kann mich nicht einmal rasieren."

„Ich habe schon bemerkt, dass du ein wenig verlottert aussiehst", sagte Jesse. „Ich weiß, dass du jetzt Kami helfen musst, aber ich könnte dir heute Abend mit dem Rasieren helfen."

„Wirklich?", fragte Chris. Der Gedanke daran, den juckenden Bart loszuwerden, überdeckte die Nervosität über die unbehagliche Vorstellung, einen fremden Menschen mit einem Rasierer in seine Nähe zu lassen.

„Sicher", sagte Jesse. „Es ist zwar noch nicht so heiß, aber ich kann mir nicht vorstellen, dass man sich im Sommer gerne einen Bart wachsen lässt. Ich kann dir nicht garantieren, dass es die sauberste Rasur sein wird, die du jemals hattest, aber ich bin mir sicher, dass ich es besser kann als du mit deiner linken Hand."

„Ich habe es noch nicht einmal versucht", gestand Chris. „Ich habe den Rasierer genommen und es hat sich so seltsam angefühlt, dass ich zu viel Angst hatte, um es überhaupt zu versuchen."

„Heute Abend."

„Also ein Date", erwiderte Chris. Er errötete bis zu den Haarwurzeln, als er realisierte, was er gesagt hatte. „Äh, ich meine …"

„Ich weiß, was du meinst", sagte Jesse und lachte. „Geh nach drinnen, bevor Kami zu brüllen anfängt."

Chris schwankte den ganzen Morgen zwischen der Vorfreude darauf, endlich den juckenden Bart loszuwerden, und der Frage, was aus der Rasur noch entstehen könnte, hin und her. Der Kommentar über das Date war ihm einfach so herausgerutscht, was aber nicht bedeutete, dass er darüber nicht nachgedacht hatte. An manchen Tagen hatte er das Gefühl, als hätte er nichts anderes getan. Nicht, dass sie hier draußen wirklich ein Date haben konnten, aber das hatte Chris nicht davon abgehalten, über Jesse zu fantasieren.

Er war umwerfend, witzig, nett, selbstbewusst … Alles, was sich Chris von einem Mann nur wünschen konnte. Und zu wissen, dass er ebenfalls schwul war, selbst wenn er kein Interesse an Chris hatte, war mehr als genug, um erotischere Träume auszulösen als Chris je zuvor hatte. Andererseits, als er in der Stadt lebte, hatte er herausgefunden, wohin er gehen musste, um Erleichterung zu finden. Ein schneller Blowjob im Hinterzimmer einer Bar hatte immer die größte Anspannung genommen. Jedenfalls bis seine Mutter gestorben war. Es wurde schwerer, als er und Seth auf sich gestellt waren. Schwerer zu gehen, schwerer, die Kosten für ein paar Bier zu rechtfertigen, schwerer, seinen eigenen Bedürfnissen nachzugeben, wenn Seth unter einer viel zu dünnen Decke in einer zugigen Wohnung mit fehlender Heizung zitterte.

Er schüttelte die rührseligen Gedanken ab. Diese Tage waren vorbei. Der Frühling ging gerade in den Sommer über. Es würde daher nicht mehr lange kalt bleiben, selbst in den Ebenen. Wichtiger war allerdings, dass das Stationshaus, trotz seiner Einfachheit, solide gebaut und komfortabel war. Seth war dort sicher, selbst wenn Chris an einem Wochenende in die Stadt ginge. Jesse könnte ihm vielleicht sagen, wo er jemanden finden könnte. Er kannte sich in Boorowa noch nicht aus, aber Cowra war nicht so viel weiter entfernt und Chris hatte sein Auto. Immer vorausgesetzt, dass Caine und Macklin ihm an einem Wochenende frei gaben.

Dann war da noch Jesse selbst. Er war schwul, ungebunden, soweit Chris es beurteilen konnte, und genauso einsam hier draußen, wie Chris es war. Er hatte über den Date-Kommentar gelacht, hatte es aber nicht völlig von der Hand gewiesen. Chris konnte nicht verleugnen, dass er sich von ihm angezogen fühlte. An den meisten Tagen, seit er Jesse getroffen hatte, war er steinhart aufgewacht, mit Jesses Gesicht vor seinen Augen. Mit der linken Hand zu masturbieren war genauso seltsam, wie zu versuchen, sich mit derselben Hand zu rasieren, aber er tat es trotzdem. Er hatte keine Wahl, wenn er wollte, dass ihm seine Hosen richtig passten. Und jetzt, da er wusste, dass er in ein paar Stunden mit Jesse allein in diesem kleinen Badezimmer sein würde, mit dessen Händen auf seinem Gesicht … während er Rasiercreme verteilte, den Rasierer führte, nach übersehenen Stoppeln suchte …

„Sobald du mit den Tagträumen fertig bist, haben wir noch eine Mahlzeit vorzubereiten", sagte Kami, was Chris aus seinen Gedanken aufschrecken ließ.

Chris blinzelte ein paar Mal und machte damit weiter, ungeschickt die Kartoffeln für das Kartoffelgratin zu schneiden, welches Kami für das Abendessen vorbereitete. Er konnte später wieder an Jesse denken.

Als er seine Arbeit in der Küche beendet und Kami ihn hinausgeschickt hatte, überlegte Chris, was er als Nächstes tun sollte. Er hatte es sich zur Gewohnheit gemacht, sich Jesse und den anderen Mechanikern anzuschließen. Er mochte Jesse und normalerweise war dort auch Seth finden. Er glaubte nicht, dass Seth seine üblichen Scherze mit den Jackaroos versuchen würde, aber sicher war er sich nicht. Heute jedoch, mit dem Versprecher von heute Morgen und dem Gedanken, dass Jesse ihm mit der Rasur helfen würde, die ihm ständig durch den Kopf gingen, hielt Chris das für keine gute Idee. Entweder würde er wieder etwas sagen, und sich blamieren, oder er würde gar nichts sagen (um eine Peinlichkeit zu vermeiden) und Jesse würde sich wundern, was mit ihm los war.

Die Entscheidung wurde ihm abgenommen, als er die Küche verließ und auf Seth stieß. „Komm", sagte dieser, „ich muss dir etwas zeigen."

Chris folgte ihm pflichtbewusst zum Schuppen, wo die Mechaniker noch am Traktor arbeiteten. Er hatte keine Ahnung, was Seth ihm zeigen wollte, da er das eine Ende eines Motors nicht vom anderen unterscheiden konnte. Trotzdem, sein Bruder war eindeutig aufgeregt und Chris wollte sich angemessen darüber freuen.

„Schau", sagte Seth, als sie den Schuppen betraten und von Patrick, Jesse und den anderen beiden Mechanikern begrüßt wurden. Er hielt ein kleines Maschinenteil hoch. „Ich habe das Problem gefunden!"

Chris sah zu Jesse hinüber, um sich das bestätigen zu lassen. Er wusste, dass Seth Maschinen liebte, aber etwas zu finden, was vier erfahrene Männer übersehen hatten, war wirklich beeindruckend. Jesse nickte leicht. „Das ist großartig, Seth!"

Seth begann darüber zu plappern, was er getan und wie er es herausgefunden hatte.

„Du hast nicht die leiseste Ahnung, wovon er spricht, oder?", fragte Jesse leise über Chris' Schulter.

„Nicht die geringste", erwiderte Chris, „aber er ist stolz und glücklich, und alle scheinen ziemlich beeindruckt zu sein, also hat er offensichtlich etwas Gutes getan."

„Das hat er. Jetzt können wir das kaputte Teil reparieren und das Monster anschließend wieder zusammensetzen. Macklin wird sich freuen."

Das war ermutigend. Wenn Seth seinen Wert als Mechaniker bewies, konnten Caine und Macklin vielleicht darüber hinwegsehen, dass Chris bisher noch nicht viel beitragen konnte.

„Lächle", sagte Jesse. „Seth wird noch denken, dass du dich nicht für ihn freust."

Chris hatte nicht bemerkt, dass er aufgehört hatte zu lächeln. „Sorry", sagte er und setzte eine fröhlichere Miene auf. „Ich bin heute wohl ein wenig neben der Spur."

„Es muss hart sein, wenn du nicht wirklich viel selbst tun kannst", sagte Jesse. „Ich denke aber, dass du gut damit zurechtkommst."

„Wirklich?", fragte Chris erstaunt, da Jesse ihn so sehr schätzte. „Ich fühle mich, als könnte ich gerade so den Kopf über Wasser halten."

„Aber du *schaffst* es und das ist das Wichtigste", entgegnete Jesse. „Auch, wenn es sich nicht so anfühlt."

„Danke", sagte Chris. Sein Lächeln wurde aufrichtiger. „Das muntert mich auf."

„Du wirst dich sogar noch besser fühlen, sobald wir dieses Rattennest von deinem Kinn entfernt haben."

„Es ist nicht so schlimm!", protestierte Chris. Er rieb sich mit der linken Hand über den zottigen Bart. „Oder doch?"

„Nein, überhaupt nicht schlimm", sagte Jesse. „Es lässt dich ein wenig rauer aussehen. Manche Kerle finden das sogar sexy."

„Manche Kerle?", wiederholte Chris. Sollte er die Stoppeln doch stehen lassen?

„Ja, aber ich nicht", sagte Jesse. „So ein kratziger Bart turnt mich ab. Nenn mich ruhig ein Weichei, aber ich bevorzuge nun mal glatte Haut."

„Nur im Gesicht oder am ganzen Körper?" Chris fragte sich, ob er sich wohl seine Brust wachsen müsste. Der bloße Gedanke ließ ihn schon zusammenzucken, aber wenn er dadurch eine Chance bei Jesse hätte, würde er es tun.

„Körperbehaarung ist okay", sagte Jesse. „Die sind nicht so stachelig wie Barthaare."

Chris hoffte, dass man ihm seine Erleichterung darüber, nicht grundsätzlich unattraktiv für Jesse zu sein und sich nicht wachsen zu müssen, um Jesses Aufmerksamkeit zu erlangen, nicht ansah.

„Setz dich, wenn du willst", sagte Jesse. „Jetzt, wo wir das Problem gefunden haben, wird es trotzdem noch eine Weile dauern, bis alles repariert ist. Aber keine Sorge, wir kriegen auch dich noch vor dem Abendessen feingemacht."

Chris lächelte und setzte sich auf seinen üblichen Platz neben der Werkzeugkiste. Er konnte noch immer nicht unterscheiden, wo bei einem Motor oben und unten war, aber er hatte mittlerweile gelernt, Jesse in den meisten Fällen das zu reichen, was er brauchte.

VIER STUNDEN später begann der Haufen Metall wieder wie ein Motor auszusehen. Patrick, Jesse und die anderen Mechaniker waren mit Motoröl und Dreck verschmiert, und Chris war knapp davor, vor Erwartung aus der Haut zu fahren. Er hatte sich auf Jesses Hände konzentriert, während dieser arbeitete; darauf, wie geschickt sie sich über die Maschine bewegten. Er wollte diese Hände auf seinem Körper fühlen. Er konnte sich damit zufriedengeben, dass sie sein Gesicht berühren würden, aber er sehnte sich bereits nach mehr.

Nachdem er Chris das letzte Werkzeug zurückgegeben hatte, wischte Jesse sich die Hände an einem öligen Lappen ab. „Sollen wir dich vor dem Abendessen noch rasieren?", fragte Jesse. „Ich würde davor nämlich gerne noch duschen."

„Sicher", sagte Chris, wobei er sein Bestes gab, seine wachsende Vorfreude zu verbergen. „Du kannst auch zuerst duschen, wenn du willst. Selbst wenn du mir erst nach dem Abendessen hilfst statt davor, ist es okay für mich."

„Ich werde dir zuerst helfen", sagte Jesse. „Lass mich nur meine Hände waschen."

Chris stieg von einem Fuß auf den anderen, während er versuchte, seine Anspannung zu verbergen. Jesse nahm sich Zeit, als er seine Hände mit Industrieseife schrubbte, die sie im Maschinenschuppen aufbewahrten. Er konzentrierte sich besonders auf seine Fingernägel und die Nagelhaut. Chris hatte noch nie so sehr darauf geachtet, deshalb konnte er nicht sagen, ob Jesse das immer so gründlich machte oder ob es nur ein zusätzlicher Aufwand Chris zuliebe war. Chris konnte sich nicht entscheiden, welche Option er bevorzugte. Auf der einen Seite sprach es für Jesse, dass er am Ende seines Arbeitstages so gründlich war, auf der anderen Seite wollte Chris für Jesse speziell genug sein, dass dieser sich noch mehr Mühe gab.

Endlich drehte Jesse das Wasser ab und trocknete seine Hände. „Sauberer können sie nicht werden."

Chris konnte keine Spur von Motoröl mehr sehen. „Sieht gut aus. Ich, äh, ich schätze mal, dass wir zum Haupthaus gehen sollten. Mein ganzes Zeug ist dort."

„Es wird dort bequemer sein als in der Baracke mit den anderen Jackaroos", stimmte Jesse zu. „Wir brauchen ihnen keinen zusätzlichen Gesprächsstoff zu liefern."

Chris erinnerte sich daran, wie die Jackaroos über Macklins und Caines Beziehung spekuliert hatten. „Tun sie das oft? Über die Bosse sprechen?"

„Nein", gab Jesse zurück, während sie zum Haus gingen. „Sie ziehen sich eher gegenseitig auf. Neil unterbindet jedes Gespräch über Caine schneller als man blinzeln kann – und die anderen nehmen das hin. Das Liebesleben der anderen Jackaroos ist dagegen zum Lästern freigegeben, sogar das von Neil."

Chris grinste. „Neil?"

„Er hat wohl was mit einer der Jillaroos, die diesen Sommer wieder hier ist", erklärte Jesse. „Da er sie nicht über Caine und Macklin tratschen lassen will, reden die Jackaroos eben über Neil, und seine Autorität scheint nicht so weit zu reichen, sie davon abzuhalten."

„Er sollte besser aufpassen, sonst werden sie möglicherweise nicht mehr auf ihn hören, wenn er ihnen weiterhin die Gespräche über Macklin und Caine verbieten möchte."

„Ich denke, dass das vielleicht der Grund ist, warum er sie nicht davon abhält, über ihn zu reden." Jesse blieb auf der Veranda stehen. „Ich war noch nie im Haupthaus."

„Es ist nur ein Haus", sagte Chris, wobei er die Tür für Jesse öffnete. „Ein nettes zwar, aber doch nur ein Haus. Du hilfst mir. Ich bin mir sicher, dass Caine und Macklin nichts dagegen haben."

Sie ließen ihre Stiefel neben der Tür zurück und gingen die Treppe zum Badezimmer hinauf. Chris reichte Jesse den Rasierschaum und seinen liegen gebliebenen Rasierer. „Ich habe heute schon eine neue Klinge eingesetzt, es sollte also scharf genug sein."

„Gut." Jesse sprühte sich etwas Rasierschaum in die Handfläche. „Du solltest vielleicht noch dein Shirt ausziehen, damit es nicht schmutzig wird."

Chris verzog das Gesicht. Er wollte nicht, dass Jesse sah, wie sehr er sich mit den Knöpfen abmühte, aber er hatte nun mal recht. Er konnte sich nicht einmal selbst rasieren, ohne dass das Wasser und der Schaum überall hin tropften. Er würde völlig durchweicht sein und sich dann mit einem nassen Shirt abmühen müssen. Er öffnete den ersten Knopf mit einer Hand, aber der zweite war schon schwieriger.

„Jetzt lass mich dir helfen", bot Jesse an. Er wusch sich den Rasierschaum von der Hand und griff dann nach den Knöpfen. Chris erstarrte, als er Jesses harte Knöchel an seinem Brustbein fühlte, während der sein Hemd von oben nach unten aufknöpfte. Bei einem Date hatte er im Eifer des Gefechts schon einmal sein Shirt über den Kopf gezogen, auch ein Kerl hatte es ihm schon abgestreift, aber er war noch nie so langsam und sorgfältig ausgezogen worden, als würde er jemandem etwas bedeuten. Er schluckte den Kloß in seiner Kehle hinunter und hoffte inständig, dass er nicht hart werden würde, während Jesses Hände in der Nähe seines Gürtels waren. Das wäre zu peinlich.

Chris entzog sich Jesse, als dieser alle Knöpfe geöffnet hatte. Er griff schon nach dem Kragen, um das Hemd abzustreifen, doch er wollte das Gefühl genießen, von Jesse ausgezogen zu werden, auch wenn es nur zum Rasieren war. Als Jesse ihn endlich von seinem Hemd befreit hatte, prickelte Chris' Haut unter der kühlen Luft und Jesses Berührungen. Außerdem begann sein Schwanz von den Vorgängen Notiz zu nehmen und erwachte zum Leben.

„Okay, dann wollen wir dich mal zurechtmachen", meinte Jesse. Die Leichtigkeit in seiner Stimme befreite Chris von seiner Sorge, dass Jesse genauso verkrampft sein könnte wie er selbst. Chris drehte sich wieder zu Jesse um, sein Herz klopfte ihm bis zum Hals, als der den Rasierschaum auf seinen Wangen und um seinen Mund verteilte. Seine Hände waren sanft und er achtete darauf, dass nichts von dem Schaum auf Chris' Nase oder Lippen landete. Aber das ließ Chris' Lippen nur noch mehr kribbeln. Jesses Gesicht war seinem so nahe, als er sich vorbeugte, um Chris zu rasieren. Das Kratzen der Klinge war das einzige Geräusch in dem stillen Raum.

Chris tat sein Bestes, um ruhig und gleichmäßig zu atmen, damit er Jesses Hände nicht anstieß und sich noch einen Schnitt einfing, doch sein Herzschlag beschleunigte sich nur noch mehr, als Jesse Chris' Kopf leicht neigte, um Unterkiefer und Hals von den Barthaaren zu befreien. Chris konnte ein Schaudern nicht unterdrücken, als Jesse über die Haut strich, um nach hartnäckigen Bartstoppeln zu suchen.

„Ist dir kalt?", fragte Jesse mitfühlend. „Es ist nämlich ein wenig frisch hier drin, jetzt wo ich darüber nachdenke."

„Ist schon gut", sagte Chris, seine Stimme klang rauer als sonst.

Jesses Finger stießen auf einen kleinen Fleck Stoppeln, den er übersehen hatte. Er lehnte sich näher zu ihm, als er mit dem Rasierer nochmals darüber fuhr, und Chris erhaschte einen Hauch von Schweiß, Maschinenöl und Rasierwasser. Er konnte den Geruch nicht wirklich einordnen, aber sein Körper reagierte darauf. Er umklammerte den Rand des Waschbeckens hinter sich mit seiner gesunden Hand, um dem Drang zu widerstehen, Jesse zu berühren. Das würde erst passieren, wenn Chris ein Zeichen bekam, dass Jesse dasselbe wollte wie er.

„Gut, diese Seite ist fertig", sagte Jesse. Seine Stimme klang anders, sodass Chris aufsah. Jesses grüne Augen waren dunkler als sonst und sein Blick intensiver. Chris schluckte hart.

„Danke."

„Dreh deinen Kopf in die andere Richtung."

Jesses Finger brannten auf Chris' frisch rasiertem Kinn, als sie seinen Kopf nach rechts neigten, sodass Jesse Chris' linke Seite von dem Bart befreien konnte. Die Rasierklinge setzte an und kratzte über Chris' Wange. Aber Jesses Finger blieben, wo sie waren. Sie hielten Chris nicht fest, sondern … berührten ihn nur.

Chris schloss die Augen. Jesse beim Rasieren zuzusehen war einfach zu viel. Er würde noch etwas Dummes tun, wie damit herauszuplatzen, wie sehr er wollte, dass Jesse ihn küsste oder dass er ihn auf den Badezimmerboden werfen und ihn ins Nirwana ficken sollte. Er wäre mit jeder der beiden Möglichkeiten einverstanden.

Die Bewegungen der Rasierklinge stoppten und wieder strichen Jesses Finger über die frisch rasierte Haut. Chris erzitterte einmal mehr und ein kleines Keuchen entwischte ihm. Er öffnete seine Augen, da er wissen wollte, ob Jesse es gehört hatte, nur um festzustellen, dass Jesses Gesicht seinem viel näher war, als zu dem Zeitpunkt, an dem er sie geschlossen hatte. Jesses Daumen strich über Chris' Kinn, der Nagel streifte seine Unterlippe, Chris verlor den Kampf um seine Selbstbeherrschung und konnte ein weiteres kleines Stöhnen nicht unterdrücken.

Jesse blieb einen Moment in dieser Position, seine Augen waren auf Chris gerichtet, als würde er etwas in dessen Gesicht suchen – was, wusste Chris nicht. Doch anscheinend hatte Jesse es gefunden, denn er überbrückte die Distanz zwischen ihnen und legte seine Lippen auf Chris' und küsste ihn sanft.

Chris erstarrte; aus Angst, Jesse mit einer Bewegung in die Flucht zu schlagen. Aber Jesse zog sich nicht zurück, sondern bewegte seine Lippen ganz leicht gegen Chris', bat um eine Erwiderung seines Kusses, forderte sie jedoch nicht. Es war alles, was ein Kuss sein sollte, mit nichts zu vergleichen, was Chris in den Hinterzimmern erlebt hatte. Seine Lippen öffneten sich von alleine, boten Jesse mehr an, wenn dieser es denn wollte. Jesses Zunge strich über Chris' Unterlippe, aber er zwängte sie nicht in dessen Mund oder tat etwas anderes, was die Art des Kusses geändert hätte.

Er brauchte etwas, um sich anzulehnen, also streckte Chris instinktiv die Hand nach Jesse aus. Er zog ihn an der Hüfte näher und Jesse folgte der Bewegung. Er umfing Chris, gab ihm das Gefühl von Geborgenheit. Bei einem anderen Mann hätte Chris sich vielleicht gefangen gefühlt, aber er wollte viel zu sehr an genau dieser Stelle sein, um davon beunruhigt zu sein. Jesses Hemd rieb über Chris' Haut und die Knöpfe ziepten ein wenig, als sie sich in Chris' Brusthaaren verfingen. Das erinnerte ihn einmal mehr daran, dass er halb nackt vor Jesse stand, während dieser noch immer vollständig bekleidet war. Etwas zu sagen, hätte vorausgesetzt, den Kuss zu unterbrechen, also ließ er seine gesunde Hand sprechen, mit der er an Jesses Hemd zog, um es aus seiner Hose zu befreien.

„Chris, bist du oben?"

Caines Stimme zerstörte den Moment. Jesse zog sich gerade genug zurück, dass Chris antworten konnte, hielt ihn aber weiter in den Armen. Chris kämpfte darum, etwas zu sagen, doch seine Stimme wollte ihm nicht gehorchen.

„Ja", schaffte er es endlich zu rufen.

„Alles klar, ich wollte nur sichergehen. Ich habe Stiefel gesehen und war mir nicht sicher, wem sie gehören."

„Ich sollte gehen", murmelte Jesse mit warmer Stimme. Er beugte sich vor und rieb seine stoppelige Wange gegen Chris' glatte. „Wir wollen nicht, dass der Boss hochkommt und uns beim Rummachen erwischt. Kannst du dir das letzte bisschen Rasierschaum selbst abwaschen?"

Chris wollte nein sagen, um Jesses Anwesenheit ein wenig länger genießen zu können, aber das war selbstsüchtig, und Caine war unten, konnte also jeden Moment nach oben kommen. Chris glaubte zwar nicht, dass Caine ein Problem damit haben würde, wenn Jesse ihm beim Rasieren half, aber er konnte nicht einschätzen, wie er reagieren würde, wenn er sie bei anderen Dingen erwischte, was ohne die Unterbrechung wohl auf jeden Fall passiert wäre.

„Kein Problem", sagte Chris. „Sehe ich dich beim Abendessen?"

„Ich werde dort sein", sagte Jesse mit diesem warmen, schiefen Lächeln, welches Chris' Inneres in Aufruhr versetzte. „Und nach dem Abendessen suchen wir uns einen etwas privateren Ort, an dem wir fortsetzen können, was wir begonnen haben. Wenn du noch interessiert bist, natürlich."

Interessiert? Hölle, ja, das war er!

„Sag mir wo und wann", erwiderte Chris, wobei es ihn nicht kümmerte, dass er atemlos und erregt zugleich klang. „Ich, äh, habe keine Kondome."

Jesse lachte leise und es klang so männlich und selbstsicher, dass Chris vor Erwartung erzitterte. „Wir werden schon einen Weg finden." Er beugte sich wieder zu ihm und küsste Chris erneut. „Ich sehe dich dann beim Abendessen."

7

JESSE WARTETE, bis er draußen war und seine Stiefel angezogen hatte, ehe er zu pfeifen begann. Er wollte auf dem Weg nach draußen nicht unbedingt Caines Aufmerksamkeit erregen, obwohl er nichts Falsches getan hatte. Chris war volljährig und alles, was passiert war, geschah einvernehmlich. Es war allerdings möglich, dass Caine das nicht so sah, und mit dem Boss zu streiten würde die Begeisterung über den Kuss und den Gedanken an das spätere Treffen mit Chris, und was sie vielleicht noch tun würden, im Keim ersticken.

Im Geiste durchwühlte Jesse seine Tasche und versuchte sich daran zu erinnern, ob noch Kondome übrig waren. Er hatte letzten Herbst in Melbourne welche gekauft, aber das war schon ein paar Monate her, und er hatte seitdem einiges an Dampf abgelassen.

Er war der Meinung, dass er noch ein paar hatte, jedoch sollte er sich wohl der nächsten Einkaufsfahrt nach Boorowa anschließen. Dort könnte er Vorräte für die Station besorgen und ein paar persönliche Dinge kaufen.

Er rückte seinen Hut zurecht und trat hinaus in die Sonne. Zu dieser Zeit im Jahr war es noch nicht heiß, aber die Sonnenstrahlen waren bereits ziemlich hell, und Jesse musste nach Westen gehen, um zu den Schlafbaracken zu gelangen. Auf dem Weg dorthin sah er sich nach einem Ort um, an dem er und Chris fortsetzen konnten, was sie im Badezimmer begonnen hatten. Die Baracke würde nach dem Abendessen gedrängt voll sein. Alle Jackaroos hingen dort im Aufenthaltsraum herum, um sich noch ein wenig zu entspannen, ehe sie schlafen gingen. In den Schuppen, in denen sie die Schafe scheren würden, wären sie vermutlich ungestört, aber dort würden sie im Laufe des Sommers noch genug Zeit verbringen. Er würde bis dahin warten, um es mit dem Geruch der Tiere zu tun zu bekommen.

Die Station hatte ein paar kleine Häuser aufzuweisen, vermutlich für die Familien, die hier lebten. Macklin hatte einmal erwähnt, dass das Haus des Vorarbeiters leer stand, aber Jesse hatte keine Ahnung, welches das war, und er wollte nicht dabei erwischt werden, wie er sich dort hineinschlich – mit oder ohne Chris.

Somit waren nur noch der Maschinenschuppen und die Kantine übrig.

In der Kantine wurde gegessen, sodass ihnen nur der Maschinenschuppen blieb.

Der hatte den Vorteil, dass er ein wenig abseits der anderen Gebäude stand und dass sich außerhalb der Arbeitszeiten wohl niemand dorthin verirrte.

Als er bei der Baracke ankam, ging Jesse in sein Zimmer und suchte dort seine Duschsachen zusammen. Er war noch immer verschwitzt, mit Maschinenöl verschmiert und hatte Druck. Die Dusche würde zwar nichts gegen sein Verlangen tun können, aber er wäre wenigstens sauber.

Er zog sich aus, wickelte sich ein Handtuch um die Taille und ging zum Duschbereich, den sich die Jackaroos teilten. Dieser war zum Glück leer, denn die anderen Männer waren entweder schon fertig oder noch nicht von ihrer täglichen Arbeit zurückgekehrt. So musste Jesse sich nicht darum sorgen, dass er beschuldigt wurde zu starren. Vielleicht würde es hier nicht passieren, da das Klima toleranter war als auf anderen Stationen, aber Jesse wollte kein Risiko eingehen, vor allem, wenn er Probleme dadurch vermeiden konnte, dass er einfach zu einem anderen Zeitpunkt duschte.

Er drehte das Wasser so heiß auf, wie er es gerade noch ertragen konnte. Das half dabei, die Schmiere abzuwaschen und gleichzeitig linderte es ein wenig die Verspannungen in seinem Nacken und den Schultern. Eine andere Person zu rasieren war etwas ganz anderes, als sich selbst zu rasieren. In der Bemühung, Chris nicht versehentlich zu schneiden, hatte er sich ziemlich angespannt. Selbst, als er die Rasur beendet hatte, war die Anspannung nicht verschwunden, sie hatte sich nur in die Anstrengung verwandelt, sich zurückzuhalten und es langsam angehen zu lassen. Es hatte nicht viel genützt. Er war eingeknickt und hatte Chris geküsst. Er konnte nicht anders, als jener die Augen so vertrauensvoll geschlossen und seine Lippen leicht geöffnet hatte.

Und diese kleinen Laute, die er von sich gab.

Jesse stöhnte leise, als er sich daran erinnerte. Er hatte keine Ahnung, wie er Chris beim Abendessen gegenüber sitzen sollte, ohne ihn an einen privaten Ort zu zerren, um ihn dort erneut zu küssen. Chris hatte sich unter seinen Händen zu gut angefühlt, sein glattes Gesicht und seine mit hellblonden Haaren bedeckte Brust, Haaren, so hellblond, dass sie kaum zu erkennen waren. Die Bandagen um den Brustkorb hatten seine Bauchmuskeln verdeckt, aber nicht seine Brustmuskeln und Nippel, die ebenso eine helle, zarte Färbung hatten wie alles andere an Chris. Nur seine Augen waren anders.

Jesse lehnte seine Stirn gegen die Wand der Dusche. Er musste sich in den Griff – Nicht diese Art Griff! – bekommen, sonst könnte er Chris später nicht gegenübertreten. Er hatte keine Ahnung, wie viel Erfahrung Chris vorzuweisen hatte, aber so oder so musste er die Führung übernehmen. Selbst wenn sie nur herumalbern würden, wollte er nichts tun, das Chris erneut Schmerzen bereiten würde. Er war schon genug verletzt worden, sowohl körperlich als auch emotional.

Jesse schnappte sich das Shampoo und wusch seine kurzen, dunklen Haare. Er hatte sie fast völlig abrasiert, ehe er nach Yass gekommen war, aber am Ende des Sommers wären sie wieder lang. Nachdem er mit den Haaren fertig war, tat er sein Bestes, um seinen Körper vom Maschinenöl zu befreien. Es war zwar sinnlos, solange sie die Maschinen reparierten, aber er versuchte es trotzdem. Außerdem war Maschinenöl wohl besser als Schafsmist. Sie würden bald mit der Schur beginnen und dann würde er richtig dreckig werden. Aber zuerst mussten sie den

Traktor reparieren, da die Wolle sonst nicht zur Verarbeitung transportiert werden konnte. Die Utes konnten zwar einen kleinen Anhänger ziehen, aber keinen, der die Menge an Wolle, die eine Herde dieser Größe abwarf, fassen konnte. Jesse hatte die Weiden gesehen. Auf Lang Downs gab es wirklich viele Schafe.

Er spülte den Schaum ab, rieb sich anschließend mit einem Handtuch trocken und wickelte es sich dann um die Hüften. Auf dem Weg zu seinem Zimmer hörte er jemanden seinen Namen rufen.

„Hallo, Patrick", rief er zurück. „Ich bin gerade mit Duschen fertig geworden."

„Nun, dann komm vorbei, sobald du angezogen bist", schlug Patrick vor. „Ich habe den Grill angeworfen, um zu feiern, dass wir endlich den verdammten Traktor repariert haben."

„Er ist noch nicht ganz repariert", erinnerte ihn Jesse.

„Aber schon sehr bald", entgegnete Patrick. „Wir müssen nur noch den Motor zusammenbauen."

„Kommen Chris und Seth auch?"

„Ich habe sie nicht eingeladen, aber das kann ich noch tun."

„Ich weiß nicht, ob Seth kommen wird", sagte Jesse. „Er isst vermutlich lieber mit Jason in der Kantine, aber ich wette, Chris würde sich über die Einladung freuen."

ALS CHRIS zum Abendessen in die Kantine gehen wollte, sah er Jesse im Vorraum stehen. „Da bist du ja", sagte er, während er seinen Blick über Chris' Körper wandern ließ. „Patrick hat uns zum Grillen eingeladen. Seth wollte bleiben und mit Jason in der Kantine essen, aber ich habe mir gedacht, dass du dich über eine Einladung freuen würdest."

Chris grinste, und seine Nerven – zumindest die sorgenvollen; die voll freudiger Erwartung waren noch immer in höchster Alarmbereitschaft – beruhigten sich beim Anblick von Jesses sexy Grinsen. „Gerne", sagte er. „Was wird es geben?"

„Das hat er mir nicht gesagt, aber ich schätze, es wird eine nette Abwechslung vom Kantinenessen sein", sagte Jesse und trat zur Seite, damit Chris zu ihm herauskommen konnte. „Nicht, dass Kamis Essen schlecht wäre, aber es ist eine schöne Nacht. Wir können draußen sitzen, ein paar Bier trinken und zusehen, wie die Sterne zum Vorschein kommen."

Und uns später wegschleichen?, dachte Chris hoffnungsvoll, aber er behielt es für sich. Er wollte nicht zu begierig wirken. Er ignorierte dabei auch, dass er von ihrem Kuss noch immer halb hart war.

Der Geruch von Grillrauch wurde stärker, als sie die Station in Richtung Patricks Haus überquerten. „Dem Geruch nach zu urteilen, scheint das Abendessen bald fertig sein", sagte Jesse.

„Gut", gab Chris zurück. „Ich bin am Verhungern."

Als sie Patricks Haus erreichten, führte Jesse Chris außen herum, damit sie nicht mit ihren staubigen Stiefeln durch das Haus stapfen mussten. Die anderen Mechaniker saßen alle schon auf der Veranda, die Stiefel auf das Geländer gestützt, tranken Bier, lachten und scherzten so vertraut, dass jeder sehen konnte, dass die Männer schon seit Jahren zusammenarbeiteten. Chris war froh, dass Jesse hier war, sonst wäre er garantiert ein Außenseiter gewesen.

„Chris, schön, dass du da bist", Patrick winkte von seinem Patz am Grill herüber. „Nimm dir ein Bier. Mach es dir gemütlich."

„Danke, Kumpel", sagte Chris. Er holte sich ein Bier, allerdings musste Jesse ihm beim Öffnen helfen, und setzte sich dann auf einen der Verandastühle. Jesse saß ihm gegenüber und schloss sich der Unterhaltung der Mechaniker an, was Chris nicht weiter störte. Ihre Position erlaubte es Chris, Jesse anzustarren, ohne dass es zu offensichtlich war. Und wenn er bedachte, wie oft er Jesse beim Zurückstarren erwischte, hatte dieser wohl genau das beabsichtigt, als er sich setzte.

Dann hob Jesse die Flasche zu seinem Mund; seine Augen waren auf Chris' Gesicht gerichtet, als er den Flaschenhals mit seinen Lippen umschloss. Er schob die Flasche nur ein klein wenig in seinen Mund hinein und zog sie wieder heraus, ehe er sie kippte und einen Schluck trank. Chris stockte der Atem, sein Inneres brannte vor Verlangen. Jesse schluckte und zwinkerte Chris zu, ehe er sich wieder dem Gespräch widmete. Chris dachte, dass er gleich in Flammen aufgehen würde, spontane Selbstentzündung, gleich hier und jetzt.

Fest dazu entschlossen, Jesse nicht die Oberhand gewinnen zu lassen – der Jackaroo mochte zwar älter sein, aber Chris war kein unerfahrenes Kind – hob Chris seine Flasche an. Er rollte das Glas über seine Unterlippe hin und her und wartete, bis Jesse zu ihm blickte, ehe er einen Tropfen vom Flaschenhals ableckte. Er konnte schwören, dass Funken in Jesses Augen loderten.

Er schaukelte auf den hinteren Beinen des Stuhls und grinste triumphierend. Er war vielleicht für Jesses Flirten empfänglich, aber der war ihm gegenüber genauso anfällig. Oh, das würde Spaß machen.

„Das Fleisch ist fertig", rief Patrick. „Schnappt euch einen Teller und bedient euch selbst. Carley hat ein paar Beilagen vorbereitet und es gibt noch genug Bier, aber auch Limonade und Tee, falls ihr das bevorzugt."

Chris stellte sein Bier auf den Tisch. Er fragte sich gerade, wie er einen Teller halten und sich gleichzeitig selbst versorgen sollte, als Jesse ihn angrinste. Gott, es war schwer, sich nicht vorzustellen, was dieser Mund mit ihm anstellen könnte. Jesse zwinkerte ihm erneut zu. „Hol dir deinen Teller und sag mir, was du haben willst. Ich bediene dich."

Chris verengte die Augen, aber Jesse lächelte ihn nur an, forderte ihn dazu heraus, etwas zu erwidern, doch Chris nickte nur. Er war sich sicher, dass er Jesse lediglich anbetteln würde, genau das hier und jetzt zu tun. „Später", krächzte er schließlich.

„Dann ganz sicher", stimmte Jesse zu und verlagerte seine Aufmerksamkeit auf Chris' Hintern. Chris hätte schwören können, dass er den Blick wie eine Berührung auf sich fühlte, aber Jesses Hände waren an dessen Seite und nicht einmal in der Nähe von Chris' Jeans. Er räusperte sich und versuchte diskret, seine Hosen zu richten. Das Letzte, was er brauchte war, dass die anderen seine Erektion bemerkten. Ob Jesse es sah, war ihm egal. Hölle, er hoffte darauf, dass der mehr tun würde, als es nur zu bemerken, bevor die Nacht vorbei war! Er wollte nur nicht von den anderen Mechanikern damit aufgezogen werden.

Glücklicherweise bemerkte keiner seinen etwas seltsamen Gang, als Chris den Hof in Richtung Patrick und Carley überquerte, um das Buffet zu begutachten.

„Was willst du?", fragte Jesse. „Steak, Würstchen, Hamburger … Oh, ist das Lamm?"

„Du wirst, noch bevor der Sommer vorüber ist, kein Lamm mehr sehen können", witzelte Patrick.

Jesse schüttelte den Kopf. „Ich bekomme Lamm niemals über. Was willst du, Chris?"

„Ein paar Würstchen und einen Hamburger", sagte Chris. „Der Salat sieht gut aus. Und frischer Kartoffelsalat? Den hatte ich nicht, seit Mum krank geworden ist."

Jesse belud Chris' Teller mit Fleisch und Beilagen, ohne einen weiteren Kommentar abzugeben. Dennoch war sich Chris sicher, dass die Anspielung bei Jesse angekommen war. Er hoffte nur, dass er so gut austeilen wie einstecken konnte.

Zurück am Tisch verschluckte Chris sich fast an seinem Bier, als Jesse eine ganze Wurst nahm und sich die Spitze in den Mund schob. Er grinste, ehe er abbiss.

„Also, Chris …" Carley hatte sich neben Jesse gesetzt, glücklicherweise nachdem dieser die Wurst wieder auf den Teller gelegt hatte. „Woher kommst du?"

„Adelaide", antwortete Chris. „Aber wir sind vor einer ganzen Weile von dort weggegangen. Mum ist krank geworden und konnte ihren Job nicht behalten. Wir landeten schlussendlich in Canberra, weil dort die Familie ihres Mannes wohnte, aber nach ihrem Tod hat uns nichts dort gehalten."

„Wolltest du nicht bei deinem Stiefvater bleiben?", fragte Carley.

„Carley", sagte Patrick, der zu ihnen kam. „Lass den Jungen essen. Du kannst ihn später ausfragen."

Chris schenkte Patrick ein dankbares Lächeln. Er wollte wirklich nicht über Tony reden, aber vielleicht war es besser, wenn er es einmal erzählte. Dann würden die Leute nicht immer beiläufig danach fragen.

„Wir waren nicht seine Kinder", sagte Chris nach ein paar Bissen. Er sah nicht auf, da er ihre Reaktionen nicht sehen wollte. „Nach Mums Tod hat er uns gesagt, dass wir verschwinden sollen. Er hatte uns nicht adoptiert, also war er auch nicht verpflichtet, sich um uns zu kümmern. Wir haben versucht, in Canberra zu bleiben, aber wir konnten dort keine Wohnung finden, die wir uns hätten leisten können. Also sind wir weiter in Richtung Inland gezogen. So sind wir nach Yass und später hierher gekommen."

„Oh, das tut mir so leid", sagte Carley. Sie griff nach seiner Hand und drückte sie. „Jemand sollte ihn dafür büßen lassen, dass er so grausam zu euch war."

Chris mühte sich ein Lächeln ab. Er wollte ihr nicht zeigen, wie nahe er den Tränen war. Jesses Fuß stieß unter dem Tisch gegen seinen. Chris sah ihn an und Jesse rieb seinen Fuß an Chris' Knöchel. Diese stille Unterstützung half Chris, sich zu beruhigen. Er schaffte es sogar, Carley ein ehrliches Lächeln zu schenken. „Es ist vorbei. Seth ist in Sicherheit und wir sind zusammen. Das ist alles, was zählt."

„Gesprochen wie ein echter Mann", sagte Patrick beifällig. „Es wird dir hier gutgehen, Chris. Wir werden dich im Handumdrehen zu einem Farmarbeiter machen."

„Sobald ich den hier loswerde", sagte Chris, wobei er auf den Gips deutete. „Ich kann nicht viel tun, da ich den Arm nicht wirklich benutzen kann."

„Wir werden dich beschäftigt halten, keine Sorge, Kumpel", sagte Jesse.

CHRIS' GESICHTSAUSDRUCK, als er Carley von seiner Mutter erzählte, hatte Jesses Erektion verschwinden lassen. Das Bedürfnis, Chris in die nächste dunkle Ecke zu drängen, wurde von dem Verlangen abgelöst, sich zwischen Chris und die Welt zu stellen und der Welt zu sagen, dass sie endlich damit aufhören sollte, auf Chris einzuprügeln. Dann hatte sich Chris wieder gefangen, und Jesse entspannte sich ein wenig, doch das Verlangen war erstmal auf Eis gelegt.

Als sich alle von Patrick und Carley verabschiedeten, blieb Jesse an Chris' Seite. Nachdem sie die üblichen Nettigkeiten hinter sich gebracht hatten, bedeutete Jesse Chris ihm zu folgen, weg von der Schlafbaracke, damit sie niemand belauschen konnte.

„Alles in Ordnung?", fragte Jesse, als sie alleine waren.

Chris zuckte die Schultern. „Ich schätze schon. Es macht keinen Spaß, darüber zu reden, aber da es nun jeder weiß, wird mich vielleicht niemand mehr danach fragen."

„Ich weiß nicht, ob Carley es dabei belassen wird", sagte Jesse. „Aber die meisten Männer kümmern sich nicht darum. Die Jackaroos fragen normalerweise nicht nach, weil sie selbst oft genug eine Vergangenheit haben, über die sie nicht sprechen wollen."

„Dich eingeschlossen?"

„Mich eingeschlossen", bestätigte Jesse, obwohl er es Chris erzählen würde, wenn dieser nachfragen sollte. Er beschloss, das Thema zu wechseln, und deutete nach oben. „Sieh dir den Himmel an. Hast du jemals solche Sterne gesehen? Du kannst ein paar davon auch in Melbourne sehen, aber das ist mit diesem Sternenhimmel nicht vergleichbar."

Chris schaute folgsam hinauf und Jesse trat hinter ihn, damit er Chris' auf die verschiedenen Sternbilder aufmerksam machen konnte. „Dort ist das Kreuz des Südens", sagte er. „Steinbock und Wassermann sind gleich darüber."

Chris drehte den Kopf, um mit dem Blick Jesses Finger zu folgen. Er lehnte sich so vertrauensvoll an Jesse, dass dieser fast gesagt hätte, dass er damit aufhören solle. Dass Chris sich jemand Besseren suchen sollte, um ihm solches Vertrauen entgegenzubringen. Aber Chris' Körper strahlte in der kühlen Abendluft Wärme aus und er dachte wieder daran, wie gut es sich angefühlt hatte, Chris an diesem Morgen zu küssen.

„Was ist noch dort oben?", fragte Chris.

„Die Milchstraße, natürlich", sagte Jesse. „Die Fische sind dort über dem Horizont." Er deutete nach Osten. „Und die Magellanschen Wolken sind nur ein wenig links davon."

„Wieso weißt du so viel darüber?", fragte Chris. „Ich erinnere mich an ein paar Dinge aus meiner Schulzeit, aber das ist ziemlich verschwommen."

„Ich habe viele Nächte draußen bei den Schafen verbracht", erwiderte Jesse. „Dort draußen gibt es nicht viel zu tun, außer, die Sterne zu betrachten. Ich bin neugierig geworden und habe nachgeschlagen. Der Anblick verändert sich mit den Jahreszeiten, also wird es nie langweilig. Zumindest für mich nicht."

Chris drehte sich in Jesses halber Umarmung, seine Arme ruhten um dessen Taille. „Du wirst mir ein anderes Mal mehr zeigen müssen."

„Jederzeit", murmelte Jesse. Chris' Nähe hatte eine vorhersehbare Wirkung, aber Jesse genoss lieber die Süße des Moments, als kopfüber ins Feuer zu springen. Sie hatten den ganzen Sommer. Sie mussten nicht sofort im Bett oder in einem Heuhaufen landen.

Chris schien Jesses Auffassung zu teilen. Er kam ihm für einen Kuss entgegen, doch er war mehr ein Ende als ein Vorspiel für etwas anderes. Ihre Lippen trafen sich, trennten sich wieder, um sich anschließend erneut zu berühren. Zärtlich und sinnlich, ohne etwas zu verlangen. Jesse konnte spüren, dass Chris den Kuss vertiefen wollte, aber er hielt sich zurück. Chris folgte seiner Führung und hielt den Kontakt leicht und sanft. Beruhigend statt gierig.

Nach einem Moment zog Jesse sich etwas zurück, lehnte seine Stirn gegen Chris', küsste ihn allerdings nicht mehr. „Was tun wir hier?"

„Wir genießen die gemeinsame Zeit", gab Chris atemlos zurück.

Es war einerseits mehr und andererseits weniger, als Jesse erhofft hatte. Chris hatte nicht nach einer Erklärung oder einem Versprechen verlangt, das Jesse nicht geben konnte. Das war eine Erleichterung, aber ein Funke Selbstsüchtigkeit in Jesse wollte dennoch, dass Chris mehr wollte. Es war schon ewig her, dass jemand Jesse seinetwegen wollte und nicht für eine einzige heiße Nacht oder eine kurze Affäre. Andererseits drückte Chris ihn nicht gegen die Wand oder drängte ihn in den Maschinenschuppen, um mehr zu bekommen. Er genoss den Moment *mit*

Jesse so wie er war, und vielleicht wollte er, wenn schon nicht mehr, wenigstens etwas, das über einen One-Night-Stand hinausging.

„Wir sollten hineingehen", sagte Jesse. „Du musst morgen früh aufstehen. Kami wird dich erwarten."

„Noch eine Minute", sagte Chris. Er legte den Kopf zurück, bat dadurch um einen weiteren Kuss. Jesse kam dem nur zu gerne nach. Er genoss Chris' weiche Lippen an seinen. Chris' Umarmung fühlte sich wegen des Gipses etwas einseitig an, aber das erinnerte Jesse lediglich daran, mit wem er hier stand. Nicht mit einem beliebigen Typen, den er in einer Bar aufgegabelt hatte, sondern mit Chris, seinem Freund, vielleicht sogar einem Freund mit gewissen Vorzügen.

Aber nicht heute Nacht. Die Stimmung passte nicht und Jesse zog die Behaglichkeit zwischen ihnen einer schnelle Nummer vor, die alles ruinieren würde.

Als Chris schließlich zurücktrat, ließ Jesse ihn los. „Sehen wir uns beim Frühstück?"

„Ich werde dort sein", versprach Chris.

8

CHRIS PFIFF vor sich hin, als er am nächsten Morgen die Küche betrat. Kami warf ihm einen misstrauischen Blick zu, doch Chris ignorierte ihn und bereitete ohne Aufforderung die Eier für das Frühstück vor. Nach mehreren Wochen in der Küche kannte er die Routine.

„Jemand hat heute gute Laune", sagte Kami nach ein paar Minuten. „Wenn ich nicht wüsste, dass du die letzte Nacht in deinem Zimmer verbracht hast, würde ich sagen, dass du flachgelegt wurdest."

„Das Glück kommt in allen möglichen Formen", gab Chris zurück. Seine Lippen kribbelten noch immer von den Küssen, die er und Jesse geteilt hatten. Er hatte gestern Nacht und auch heute Morgen der Versuchung widerstanden zu wichsen, da er hoffte, früher oder später Jesses Hand zu spüren. Natürlich nicht vor heute Abend, da sie arbeiten mussten, aber Chris hatte die Nacht damit verbracht, von Jesse und den Dingen zu träumen, die der Jackaroo mit ihm tun sollte.

Kami summte als Antwort und Chris fuhr mit seiner Arbeit fort und hing weiter seinen Tagträumen nach. Er hoffte, dass Kami nicht nachfragen würde, wenn er fleißig seine Aufgaben erledigte.

Sie bereiteten das Frühstück fertig zu und Chris schaffte es sogar, während der Speisenausgabe ein klein wenig mit Jesse zu flirten. Nachdem die Jackaroos aufgebrochen waren und Chris zurück in die Küche ging, um mit den Vorbereitungen für das Mittagessen zu beginnen, stellte sich ihm Kami in den Weg. „Setz dich."

Chris schluckte nervös. „Ja, Sir?"

Kami verdrehte die Augen. „Fang nicht mit diesem ‚Sir'-Blödsinn an. Ich bin nicht dein Vater, den Göttern sei Dank. Willst du mir nicht sagen, was los ist?"

„Was los ist?", echote Chris. Er wollte nicht darüber sprechen. Er wusste nicht genau, was zwischen ihm und Jesse ablief, aber er wollte es mit niemandem teilen. Es war zu neu, zu kostbar. Selbst wenn es nicht mehr als ein harmloser Flirt war, es war seins, und er wollte das nicht verderben, indem er darüber sprach.

„Ich bin nicht blind", sagte Kami. „Ich erkenne eine Schwärmerei, wenn ich sie sehe. Caine ist mit dem gleichen Gesichtsausdruck herumgelaufen, als das zwischen ihm und Macklin begann."

„Ich schwärme für niemanden", protestierte Chris.

„Wie würdest du es dann nennen?", fragte Kami. „Du kennst ihn, wer auch immer es ist, nicht gut genug, um verliebt zu sein. Du bist erst seit ein paar Wochen hier und du hast kaum Zeit mit jemand anderem als deinem Bruder verbracht."

Chris antwortete nicht.

„Es muss der Neue sein, der Patrick zur Hand geht", sagte Kami. „Dunkle Haare, grüne Augen, ein wenig arrogant. Jesse?"

„Er ist nicht arrogant", protestierte Chris.

„Er ist es also", sagte Kami. „Du verteidigst ihn genauso wie Caine Macklin verteidigt hat, selbst bevor irgendwer wusste, dass sie zusammen waren. Der Junge war schon auf ein paar Stationen, nehme ich an, da er sich ziemlich einfach eingefügt hat. Er wird so ängstlich wie ein Schaf sein, das von Dingos verfolgt wird. Er ist an die Art und Weise gewohnt, wie andere Stationen funktionieren und nicht, wie es auf Lang Downs läuft."

„Und wo ist der Unterschied?"

Kami lachte. Er klang ein wenig rau. „Du denkst, dass jeder Stationsboss seine Arbeiter wie Familie behandelt? Du solltest ein paar Tage auf Taylor Peak verbringen. Du weißt nicht, wie viel Glück du hattest, als Seth Caine und Macklin getroffen hat und nicht einen der anderen Viehzüchter. Sie hätten dich vielleicht gerettet, dich aber im Krankenhaus zurückgelassen. Ohne irgendwelche Mittel und ohne Arbeit, wenn du deinen lausigen Job verloren hättest – was auch immer du davor getan hast. Stattdessen lebst du jetzt im Haupthaus, arbeitest halbtags, während dein Bruder zur Schule geht und ein Handwerk lernt, was ihn auf jeder Station von hier bis Perth zu einem wertvollen Mitarbeiter machen wird. Jesse ist daran gewöhnt, bestenfalls ein Arbeiter zu sein, aber sobald sie herausfinden, dass er eine Schwuchtel ist, wird er sogar diese Möglichkeit auf den Stationen verlieren. Du kannst ihm nicht verübeln, dass er sich schützen will."

„Aber du hast gesagt, dass es auf Lang Downs nicht so ist."

„Das ist auch die Wahrheit", bestätigte Kami, „aber er ist erst so lange hier, wie du es bist. Das ist nicht genug Zeit, um dem zu vertrauen, selbst wenn er es schon bemerkt. Es widerspricht allem, was er gelernt hat, zu erwarten."

„Also, was soll ich tun?"

„Nun, das hängt von dir ab, von dem, was zwischen euch passiert ist, und davon, was du willst", sagte Kami.

„Es würde helfen, wenn ich das wüsste", antwortete Chris ehrlich.

„Du bist jung", sagte Kami. „Keiner erwartet von dir, dass du für alles eine Antwort hast, aber denk erst einmal über Jesse und seine Erfahrungen nach und darüber, was er jetzt fühlen könnte. Richtig oder falsch, er sieht einen Burschen vor sich, der halb tot geprügelt wurde, weil er schwul ist, einen Burschen, der noch kaum eine Chance hatte zu leben, und der die Verantwortung für seinen Bruder übernehmen musste, einen Burschen, der vielleicht eine süße Erste Liebe erfahren hat oder ein paar One-Night-Stands. Aber er sieht auch einen Jungen, der noch viel leben muss, ehe er erwachsen werden und sich niederlassen kann."

„Also, was soll ich tun?", wiederholte Chris. „Ich fühle mich hier ein wenig verloren."

„Vergiss Jesse für eine Minute", sagte Kami. „Du kannst nicht entscheiden, was du wegen ihm tun sollst, ehe du nicht deinen eigenen Weg gewählt hast.

Er hat seinen Lebensweg nämlich schon gewählt. Er ist ein Jackaroo. Das heißt nicht, dass er immer ein Herumtreiber sein wird, aber er wird immer irgendwo auf einer Station sein. Isoliert, mit dem Land lebend, abhängig vom Wetter und den Jahreszeiten. Wenn er keine Station findet, auf der er ganzjährig leben kann, wird er nie ein wirkliches Zuhause haben. Die meisten Jackaroos lassen sich irgendwann irgendwo nieder, oder sie haben genug von diesem Leben und tun etwas anderes. Er hat noch nicht aufgegeben, und er ist älter als die meisten, die beschließen, dass sie das nicht mehr für sich wollen, also ist das sein Leben. Du bist allerdings jünger. Du hattest noch kaum eine Chance, etwas zu erleben und noch weniger zu entscheiden, was du eigentlich willst."

„Ich weiß, was ich nicht will", sagte Chris, weil so viel zumindest wahr war. „Ich will nicht mehr hungrig sein. Ich will mich nicht mehr sorgen müssen, ob ich ein Dach über dem Kopf oder genug Geld für die Miete habe. Ich will einen Ort, an dem ich sicher bin, und Leute, denen ich vertrauen kann, die da sind, wenn ich sie brauche."

Kami antwortete nicht sofort, aber er lehnte sich etwas zurück und sah sich im Raum um. „Der alte Mann hat diese Station vor 75 Jahren gegründet, mit nichts als einem Wunsch, einem Gebet und dem Glauben daran, dass ein besseres Leben auf ihn wartet. Er hat das Land genommen, das niemand haben wollte, und es in etwas Gutes und Dauerhaftes verwandelt. Er hat jeden Jackaroo gekannt, der hier gearbeitet hat, selbst wenn sie nur für einen Sommer blieben. Er hat jedem von ihnen ein faires Gehalt gezahlt und denjenigen ein Zuhause geboten, die länger als einen Sommer bleiben wollten. Du musst entscheiden, ob das hier dein Zuhause werden kann. Ob dies das Leben ist, welches du willst. Denn Caine ehrt das Andenken an seinen Onkel."

„Es kann nicht so einfach sein", sagte Chris.

„Warum nicht?", fragte Kami.

„Weil … Weil sie mich nicht kennen? Weil ich nichts über Schafe weiß? Weil ich nur ein Kind bin, das sie vor seiner eigenen Dummheit gerettet haben? Weil mich sowieso niemand haben will?" Der letzte Satz war ausgesprochen, ehe er es hätte aufhalten können. Er stöhnte, als er bemerkte, was er gesagt hatte. Chris ließ den Kopf auf seine Arme auf der Arbeitsfläche sinken, um sich vor Kamis Reaktion zu verstecken.

Die Hand, die ihm auf die Schulter klopfte, fühlte sich ein wenig seltsam an, aber auch beruhigend, sodass Chris den Mut aufbrachte, zu Kami aufzusehen. Er hatte Hohn und Mitleid erwartet, doch der Gesichtausdruck des alten Mannes zeigte das glatte Gegenteil. Chris sah ein solches Verständnis, dass ihm fast die Tränen kamen.

„Keiner wollte mich, bis ich hierher kam", sagte Kami leise. „Keiner wollte Macklin. Neil wurde von mehr Stationen geschmissen, als irgendjemand zählen kann, weil er immer Streit mit den anderen Jackaroos gesucht hat. Selbst Caine dachte, dass ihn niemand haben will, bis er hierher kam. Und glaubst du, irgendjemand von uns hätte etwas über Schafe gewusst? Nun, mit Ausnahme von Neil, der schon auf anderen Stationen gearbeitet hatte. Caine war noch nie auf einer Farm gewesen, noch weniger auf einer Schafsstation. Es ist deine Wahl, Chris, wie es auch unsere Wahl war. Vielleicht ist Lang Downs nicht der richtige Ort für dich. Es ist nicht für jeden der richtige Ort, war es noch nie, aber wirf uns nicht mit den anderen Leuten in deiner Vergangenheit, die dich aus welchem Grund auch immer verurteilt haben, in einen Topf. Es gibt hier kein vorschnelles Urteil. Wenn du lernen willst, wird Macklin dir alles beibringen. Wenn du bleiben willst, findet Caine einen Platz für dich. Du wirst härter für sie arbeiten, als du jemals in deinem Leben gearbeitet hast. Vielleicht wirst du hier härter arbeiten als du jemals auf einer anderen Station arbeiten würdest, weil sie einfach mehr von ihren Männern erwarten. Aber du wirst nie eine Mahlzeit vermissen, du wirst nie ohne Freunde sein und du wirst dich nie wegen eines Daches über deinem Kopf sorgen müssen. So läuft es hier nämlich nicht. Wir kümmern uns um unsere Arbeiter, und alles, was du tun musst, ist deinen Platz in Anspruch zu nehmen."

„Wenn das wahr ist, ist das hier der Himmel auf Erden", murmelte Chris.

„Willkommen im Paradies", antwortete Kami, mit einem so ernsten Gesicht, dass Chris es fast glaubte.

Fast.

„Geh und leiste heute Neil Gesellschaft, statt bei den Mechanikern zu bleiben", sagte Kami. „Du kannst noch nicht viel mit den Schafen arbeiten, aber du kannst zumindest die Kommandos für die Hunde lernen. Wenn du bleiben willst, wirst du wissen müssen, wie du mit den Tieren umgehen sollst. Falls du nicht mein Küchensklave auf Lebenszeit werden willst."

JESSE SAGTE sich, dass er nicht nach Chris Ausschau hielt, als er am Abend auf den Weg zur Kantine war. Chris war an diesem Nachmittag nicht zum Maschinenschuppen gekommen, wie dies schon eine Gewohnheit geworden war, also wusste Jesse nicht, was er davon halten sollte. Er wollte nicht denken, dass er etwas getan hatte, das Chris bereits abgeschreckt hatte. Er genoss Chris' Gesellschaft, der Rest war nur das Sahnehäubchen. Er hatte Chris an diesem Nachmittag vermisst; sein Lächeln, während er Jesse das Werkzeug reichte, und die Gespräche, wenn er ihm Gesellschaft leistete, während er versuchte, so zu tun, als würde er verstehen, wovon die Mechaniker sprachen.

Seth und Jason hatten auch gefehlt, vermutlich, weil sie mit Hausaufgaben beschäftigt waren. Somit blieben nur Patrick und zwei andere Mechaniker übrig. Sie waren schon etwas älter, kannten sich seit Jahren und waren es gewohnt, ohne Smalltalk miteinander zu arbeiten. Zum Glück hatten sie die Arbeiten am Traktor endlich abgeschlossen, womit die Schur morgen beginnen konnte. Es würde eine anstrengende, schweißtreibende Woche werden, aber er wäre draußen bei den anderen Jackaroos und es würde ihn beschäftigt genug halten, dass er nicht die ganze Zeit an Chris und die Art, wie vertrauensvoll er in seinen Armen gelegen hatte, denken musste.

Er hätte eigentlich nicht in der Lage sein sollen, Chris' Gelächter aus den vielen Stimmen herauszuhören, während er mit den anderen Jackaroos zum Abendessen ging. Aber er hörte klar und deutlich, wie es sich glockenhell vom tieferen Lachen der anderen Männer abhob. Jesse konnte den Impuls nicht unterdrücken, sich nach Chris umzusehen. Zu seiner Überraschung sah er ihn neben Neil knien, wo er mit dem alten Hirtenhund spielte, der ständig an Neils Seite war. Jesse hatte gesehen, wie sehr der seinen Hund beschützte – und dass dies auf Gegenseitigkeit beruhte – was die Überraschung nur noch verstärkte.

„Komm, Max", rief Chris. Er rannte ein paar Schritte von Neil weg, der mit einem Grinsen zusah. Der Hund sah zu Neil hoch, ganz klar um Erlaubnis fragend. In dem Moment, in dem er sie bekam, schoss er hinter Chris her und kniff ihm ganz leicht in die Fersen. Chris lachte noch lauter und rannte weiter.

„Du solltest dich ihnen anschließen", sagte Caine, was Jesse aus seiner Beobachtung aufschrecken ließ.

„Was?"

„Max liebt es zu spielen, besonders, wenn er nicht den ganzen Tag mit den Schafen verbracht hat. Morgen Abend wird er zu müde sein, um so zu rennen, da er und Neil den Tag damit verbringen werden, die Schafe in den Pferch zu treiben, damit sie geschoren werden können, und danach hinaus auf die Weiden, damit sie in ein paar Tagen das Tal wieder verlassen können. Er wird Chris in kürzester Zeit auspowern. Ich weiß nicht einmal, ob Chris mit seinen angeschlagenen Rippen überhaupt so rennen sollte."

„Er hat gesagt, dass er sich schon besser fühlt", antwortete Jesse automatisch.

„Das ist gut", sagte Caine, „aber das ist nicht das, was ich gesagt habe. Du solltest dich zu ihnen gesellen."

„Denkst du?", fragte Jesse.

„Warum nicht?", gab Caine zurück. „Du und er wart seit eurer Ankunft praktisch unzertrennlich. Hattet ihr einen Streit?"

„Nein, hatten wir nicht", sagte Jesse. Er war froh, dass er bis zu diesem Punkt ehrlich sein konnte. Er wollte Caine allerdings nicht erzählen, was wirklich passiert war. „Er ... ist heute nur nicht zum Maschinenschuppen gekommen."

Caine grinste. „Er hat den Nachmittag mit Neil und Max verbracht, um mehr über Schafe zu lernen. Ich habe ihn und Neil gehört, während ich Jason und Polly geholfen habe, Seth dasselbe beizubringen."

Jesse zögerte etwas länger und beobachtete das Gelächter zwischen Chris und Neil. Er weigerte sich, sein Bauchgefühl als Eifersucht zu bezeichnen.

„Du weißt, dass Neil so hetero ist, dass es fast gruselig ist, und völlig verrückt nach Molly, richtig? Was auch immer zwischen dir und Chris läuft, Neil ist keine Bedrohung."

„Ich habe mich gerade daran erinnert", gab Jesse zu. „Es hat nur nicht geholfen."

„Dann geh zu ihnen rüber", wiederholte Caine. „Du wirst das, was du möchtest, nicht bekommen, wenn du nicht darum kämpfst. Es wird dir also nicht helfen, wenn du hier neben mir stehst."

„Weißt du", sagte Jesse mit einem Lächeln. „Du hast recht. Danke."

„Keine Ursache." Caine erwiderte Jesses Lächeln. „Verspäte dich nur nicht für das Abendessen."

Jesse hatte keine Absicht, sie schon jetzt dieser Art von Prüfung zu unterziehen, und sicher nicht ohne Chris' Einverständnis. Aber er hatte schon genug gesagt. Caine hatte nicht ablehnend gewirkt. Im Gegenteil, er hatte ihn eher ermutigt, aber Jesse wollte ihm keinen Grund geben, seine Meinung zu ändern.

„Hey, Kumpel", sagte er, als er zu Chris und Neil trat. „Du bist heute nicht gekommen, um uns mit dem Traktor zu helfen."

„Hallo, Jesse." Chris strahlte, sodass Jesse sich für einen Moment fragte, ob er Chris kurz an einen privaten Ort entführen konnte, um sich einen kleinen Kuss vor dem Abendessen zu stehlen. „Du weißt, dass ich keine große Hilfe bin, wenn es um Motoren geht. Ich habe mir gedacht, dass es an der Zeit ist zu lernen, was ein Jackaroo wissen muss."

„Er hat ein Händchen für Hunde", sagte Neil anerkennend. „Max hört nicht auf jeden."

„Er mag mich nur, weil du ihm gesagt hast, dass er auf mich hören soll."

„Nein", widersprach Neil. „Normalerweise hört er über längere Zeit ansonsten nur noch auf Macklin. Auf dich hat er den ganzen Nachmittag gehört."

Jesse hätte beinahe etwas Kokettes gesagt, aber Neil stand noch immer da und lächelte Chris ermunternd zu. Jesse glaubte nicht, dass ein Kommentar in Neils Gegenwart unvorhersehbare Folgen haben würde. Immerhin hatte Neil geholfen, Chris' Leben zu retten. Er hatte Caine und Macklin vor den anderen Arbeitern verteidigt. Aber Jesse war weder Caine noch Macklin. Er war der neue, unbekannte Jackaroo, und wenn er Neils Toleranz falsch einschätzte, hatte dieser genug Einfluss auf die anderen, um Jesse einen elenden Sommer zu bescheren. Jesse *dachte* zwar nicht, dass dies geschehen würde, aber er war nicht bereit, es darauf ankommen zu lassen. „Caine hat mir gesagt, dass wir nicht zu spät zum Abendessen kommen sollten", sagte er stattdessen. „Vielleicht sollten wir uns auf den Weg machen."

„Hi, Chris", rief Seth, während er mit Jason im Schlepptau zu seinem Bruder rannte. „Rate, was ich heute gemacht habe."

„Ich weiß es nicht", sagte Chris. Er streckte seine gesunde Hand aus, um Seth durch die hellbraunen Haare zu wuscheln. Er hatte dieselbe Haarfarbe wie ihre Mutter. Chris schätzte, dass er sein eigenes, blondes Haar von seinem Vater geerbt hatte, aber er konnte es nicht mit Sicherheit sagen. Er bedeutete Jesse und Neil, dass sie schon hineingehen sollten. Er wollte ein paar Minuten alleine mit seinem Bruder verbringen. „Was hast du heute getan?"

„Ich habe gelernt, wie man Schafe zusammentreibt!" Seth wippte in seinen gebrauchten Stiefeln auf und ab. „Jason hat es mir beigebracht und Caine hat das Schaf gespielt, damit ich jemanden zum Üben habe!"

Chris konnte sich nur schwer vorstellen, dass Caine wie ein Schaf blökend herumgerannt war und versucht hatte, in die entgegengesetzte Richtung abzuhauen. Aber was auch immer der Viehzüchter getan hatte, sein Bruder hatte es genossen. „Klingt, als hättet ihr viel Spaß gehabt."

„Das hatten wir, und morgen hilft Jason den anderen mit der Schur und er hat gesagt, dass ich ihn begleiten kann!"

„Das ist großartig." Chris versuchte, seine Eifersucht zu unterdrücken. Es war nicht Seths Schuld, dass Chris einen gebrochenen Arm hatte und somit keine wirkliche Hilfe war.

„Also, was hast du heute getan?", fragte Seth.

„Das Gleiche wie du", sagte Chris. „Nur ohne Caine als Schaf. Neil hat mir auf dem Trainingskurs ein paar Kommandos beigebracht."

„Es macht Spaß, richtig?", fragte Seth.

„Das macht es", bestätigte Chris. „Bedeutet das, dass es dir hier gefällt?"

„Ja", sagte Seth leise. „Ist das okay?"

„Ja", erwiderte Chris. „Mir gefällt es hier auch. Aber ich denke, dass es sogar noch besser wird, wenn ich dieses Bleigewicht am Arm los bin."

„Nur noch ein paar Wochen", sagte Seth.

Und dann Physiotherapie, um die Muskeln wieder aufzubauen. Aber Chris sprach diese Worte nicht aus. Sein Bruder versuchte ihn aufzumuntern und Chris schätzte das. Es war ein wirklich guter Nachmittag gewesen, da er angefangen hatte, eine nützliche Fertigkeit zu erlernen.

„Können wir jetzt essen gehen?", fragte Seth. „Ich habe Hunger."

„Sicher", meinte Chris.

Jesse war noch dort, saß alleine in einer Ecke und schob das Essen auf seinem Teller hin und her. Seth winkte ihm fröhlich zu. „Ich kann es kaum erwarten, ihm von Caine zu erzählen."

„Geh schon mal vor", sagte Chris. „Ich muss noch mit Kami sprechen."

Seth sah ihn etwas schief an, eilte aber ohne ein Wort davon, um sich einen Teller zu nehmen und Jesse mit seinen Geschichten zu unterhalten.

„Was tust du hier?", fragte Kami, als Chris in die Küche kam.

„Ich will dir danken", sagte Chris. „Ich habe deinen Ratschlag befolgt und einen schönen Nachmittag verbracht. Schöner, als ich es für möglich gehalten hätte. Neil hat mir eine Menge beigebracht, wenn er mal nicht davon gesprochen hat, wie wundervoll Molly ist und wie sehr er hofft, dass sie ihn diesen Sommer bemerkt. Ich hätte ihn niemals um Hilfe gebeten, wenn du nicht heute Morgen mit mir gesprochen und mich zum Nachdenken gebracht hättest."

„Er ist ein guter Mann", meinte Kami, „jetzt, wo er zur Ruhe kommt. Es gibt andere Jackaroos, bei denen du definitiv schlechter dran wärst, wenn du etwas lernen willst. Jetzt geh raus, ich muss arbeiten."

Chris lachte und verließ die Küche mit einem Kopfschütteln. Seine Reaktion ließ ihn noch breiter grinsen. Vor einer Woche hätte er sich noch gesorgt, ob er Kami irgendwie beleidigt hatte. Jetzt schrieb er es eher der Reizbarkeit des Aborigines zu. Lang Downs fühlte sich langsam wie ein Zuhause an.

Zurück in der Kantine füllte Chris seinen Teller mit Kamis hervorragendem Pad Thai und ging dann zu Seth hinüber, der Jesse noch immer von Caines Mätzchen erzählte. Chris setzte sich ohne einen Kommentar hin und ließ sich von Seths Geschichte mitreißen. Sein kleiner Bruder hatte ein Händchen dafür, eine Geschichte auf witzige Weise zu erzählen. Jesse grinste über das ganze Gesicht, als Seth geendet hatte.

„Hat Caine das wirklich getan?", fragte Jesse Chris.

„Das weiß ich nicht", antwortete Chris, welcher in der Unbeschwertheit des Moments gefangen war. „Ich habe selbst erst vor ein paar Minuten davon gehört. Ich habe den Nachmittag mit einem anderen Lehrer verbracht. Es war witzig, aber nicht *so* witzig."

„Mit Hunden zu arbeiten braucht Talent", meinte Jesse an Seth gewandt. „Nicht alle Jackaroos haben die Geduld dafür. Diejenigen, die sie nicht haben, müssen die Zäune reparieren und die Ställe ausmisten. Ihr solltet beide stolz auf euch sein."

„Wirklich?", fragte Chris. „Ich dachte, dass jeder mit den Hunden arbeitet."

„Nein", sagte Jesse. „Jedenfalls nicht auf den meisten Stationen. Dort ist es eher üblich, dass nur ein paar Jackaroos eigene Hunde haben und mit ihnen arbeiten. Sie mögen es auch nicht zu teilen. Das ist wohl noch etwas, worin sich Lang Downs von anderen Stationen unterscheidet."

„Wirklich", wiederholte Chris. „Ich hätte nie gedacht, dass es so eine große Sache ist, vor allem, da Neil auf der Stelle zugestimmt hat, mir die Kommandos beizubringen. Ich muss ihm noch einmal danken. Habt ihr den Traktor heute fertig repariert?"

„Das haben wir", bestätigte Jesse.

„Das ist gut. Hey, Seth, würdest du mir ein Glas Wasser holen? Ich konnte es nicht tragen, da ich schon den Teller hatte."

„Sicher", sagte Seth und sprang auf.

„Was machst du nach dem Abendessen?", fragte Chris, sobald Seth außer Hörweite war. „Ich würde gern ein wenig Zeit mit dir verbringen, ohne Publikum."

„Wir haben jetzt Feierabend", meinte Jesse, „also könnten wir zum Traktorenschuppen gehen. Dort sollten wir ungestört sein."

„Okay", sagte Chris, als Seth mit einem Wasserglas zurückkam. Er versuchte, seine Vorfreude zu verbergen. Er wollte nicht von Seth gefragt werden, warum er denn bis über beide Ohren grinste. „Danke, Seth."

„Gern geschehen", sagte Seth. „Ich muss nach dem Abendessen noch einmal zu Jason. Wir haben noch Hausaufgaben zu machen, weil wir den Nachmittag mit Caine und Polly verbracht haben."

„Bin ich froh, dass ich meinen Schulabschluss schon vor Jahren gemacht habe", sagte Jesse. „Ich konnte nicht schnell genug aus der Schule raus."

„Ich weiß ja nicht", meinte Chris. „Es war nicht so schlimm. Ich mochte den Geschichtsunterricht. Und ich habe Biologie und Chemie geliebt. Ich wette sogar, dass einiges davon ziemlich nützlich für die Station wäre."

„Hast du schon einmal darüber nachgedacht, zur Uni zu gehen und einen Abschluss in Naturwissenschaften zu machen?", fragte Jesse. „Tierärzte verdienen hier ziemlich gut. Ein paar der großen Stationen haben sogar einen, der dort lebt."

„Ist das hier keine große Station?", fragte Seth mit großen Augen.

„Sie ist ziemlich groß", sagte Jesse, „aber nicht mit den großen Viehstationen in Queensland oder im Northern Territory zu vergleichen. Ein paar davon erstrecken sich über mehrere tausend Qadratkilometer."

„Wow!", sagte Seth.

„Seth", rief Jason, „komm jetzt. Ich will nicht bis Mitternacht an den Hausaufgaben sitzen."

„Bis später." Seth winkte Jesse und Chris zu, ehe er mit Jason die Kantine verließ.

„Bereit?", fragte Jesse mit einem breiten Grinsen.

Chris nickte. „Ich komme in ein paar Minuten nach. Ich muss erst noch ein paar Medikamente einnehmen."

9

„WESWEGEN GRINST du?"

Caine wandte seine Aufmerksamkeit Macklin zu, der ihm mit dem Rücken zum restlichen Raum gegenüber saß. „Chris und Jesse."

„Chris und Jesse oder Chris *und* Jesse?"

„Oh, definitiv Chris *und* Jesse", sagte Caine, „obwohl ich denke, dass einer allein schon genug Grund zum Grinsen ist. Chris hat den Nachmittag mit Neil verbracht und gelernt, wie man Schafe hütet. Jesse hat das nicht gefallen."

„Neil ist nicht schwul."

„Ich weiß das", sagte Caine, wobei er die Augen über Macklins Mangel an Intuition rollte. „Es geht nicht um Neils Interesse, sondern um Jesses."

„Und warum ist das unsere Sache?", fragte Macklin. „Wir können nicht einfach so in die Leben der Männer eingreifen. Ich weiß, dass du Chris magst – ich mag ihn auch, du musst dich also nicht vor mir rechtfertigen – aber ich verstehe ihn auf eine Weise, die dir nicht möglich ist. Er ist verängstigt, Welpe. Er war alleine und er mochte es nicht, weil niemand das mag, auch wenn man das Gegenteil behauptet. Er ist jetzt hier, und verglichen mit seinem vorherigen Leben ist Lang Downs das Schlaraffenland. Aber er hatte schon einmal ein gutes Leben, das er dann verloren hat. Es braucht mehr als ein, zwei Wochen, damit er Vertrauen in diesen Ort, in uns und alle anderen hier fasst. Wenn er schon ein halbes oder ganzes Jahr hier wäre, würde es anders aussehen, aber das ist nicht der Fall. Wenn er und Jesse etwas anfangen und das schiefgeht, wird Chris schneller abhauen, als wir blinzeln können. Und wir wissen beide, dass er niemals wieder so eine Chance bekommen wird."

„Aber wenn es funktioniert, wäre es dann nicht ein weiterer Grund zu bleiben?", fragte Caine.

Macklin lachte. „Du bist entschlossen, alle anderen genauso glücklich zu machen wie du es bist, richtig?"

„Daran ist nichts falsch", meinte Caine abwehrend.

„Diesmal vielleicht schon. Nicht, wenn es funktioniert, aber Chris braucht Zeit, um zu heilen und sich sicher zu fühlen. Sonst werden seine Ängste und Unsicherheiten alles sabotieren. Ich weiß, dass du helfen willst, Welpe, und das ist eine der vielen Eigenschaften, die dich zu dem Mann machen, der du bist." Caine verstand die versteckte Botschaft. *Der Mann, den ich liebe.* „Aber du musst mir vertrauen. Ich war in der gleichen Situation wie Chris und wenn ich dich in seinem Alter getroffen hätte, hätte ich alles vermasselt. Weil ich damals noch nicht bereit gewesen wäre. Verdammt, ich habe es sogar fast vermasselt, als ich doppelt so alt war wie er."

„Aber das hast du nicht", sagte Caine mit einem Lächeln. Er drückte Macklins Hand nicht – nicht in der Öffentlichkeit. „Also, wie helfen wir den beiden jetzt?"

„Wir tun nichts", beharrte Macklin. „Jedenfalls nicht auf die Weise, die du meinst. Wir helfen Chris dabei, sich hier einzuleben und sein Selbstvertrauen aufzubauen. Und wir helfen auch Jesse ein wenig dabei, sich hier zu verwurzeln. Vielleicht werden sie, wenn sie sich hier wohlfühlen und sich ihrer selbst sicher sind, darüber nachdenken, mit wem sie zusammen sind oder sein wollen."

„Okay", sagte Caine. „Damit kann ich leben." Er lehnte sich näher zu Macklin. „Ich wette, dass sie zusammenkommen und eine stabile Beziehung aufbauen werden. Wenn ich richtig liege, gehört dein Hintern mir."

„Was hat mein Arsch mit dem Gelingen oder Scheitern ihrer Beziehung zu tun?", fragte Macklin.

„Nichts", meinte Caine. „Aber es ist ein verdammt großer Ansporn für mich, ihnen zu helfen."

„Willst du damit sagen, dass ich dagegen arbeite?", fragte Macklin.

„Ich hoffe eher, dass es ein Anreiz ist, um für sie zu arbeiten", konterte Caine.

„Du brauchst keinen Grund, um ihnen zu helfen. Du musst sie ihren eigenen Weg finden lassen", wiederholte Macklin. „Wir werden ein anderes Mal über meinen Arsch diskutieren."

Caine runzelte die Stirn, ließ es aber auf sich beruhen. Er würde weiter auf Macklin einreden und ihn irgendwann überzeugen können, die Kontrolle im Bett abzugeben.

„Willst du mir erklären, was du heute Nachmittag mit Jason und Seth gemacht hast?"

Caine akzeptierte den Themenwechsel und grinste. „Ich habe so getan, als wäre ich ein Schaf. Polly mag mich. Sie hat mitgespielt, damit Seth lernen kann."

Jesse ging nervös im Traktorenschuppen auf und ab. Es war zwar noch nicht dunkel draußen, aber ohne das Licht einzuschalten war es im Schuppen ziemlich düster und es würde in nächster Zeit noch dunkler werden. Er atmete tief ein, der Geruch von Maschinenöl beruhigte ihn. Vielleicht war es nicht der romantischste Geruch der Welt, aber er gab Jesse Sicherheit. Selbst an den Tiefpunkten seines Lebens hatte es ihn getröstet, wenn er in eine Werkstatt gegangen war und mit Maschinen gearbeitet hatte. Es hatte üblicherweise auch genug Einkommen bedeutet, um ein Dach über dem Kopf zu haben und den Magen zu füllen.

Die Tür quietschte leise, als sie geöffnet und kurz darauf wieder geschlossen wurde. Selbst in der Dunkelheit konnte Jesse erkennen, welche Richtung Chris einschlug. „Hier drüben", rief er leise, als er bemerkte, dass Chris ihn nicht so leicht erkennen konnte.

Chris wandte sich in seine Richtung und kam zum Strohballen herüber, auf dem Jesse saß. Er setzte sich neben ihn und starrte still geradeaus, sodass Jesse sich fragte, ob Chris seine Meinung geändert hatte.

„Ich habe dich heute vermisst", sagte Jesse schließlich und legte einen Arm um Chris' Taille. Er war froh, dass der Gips auf dessen anderer Seite war, denn so konnte er ihn an sich ziehen, ohne dass er störte. „Ich bin froh, dass dir Neil heute etwas beigebracht hat, aber es hat mir gezeigt, wie sehr ich mich daran gewöhnt habe, dich in meiner Nähe zu haben."

Das räumte Chris' verbleibende Zurückhaltung aus dem Weg. Er hob den Kopf, bis sich ihre Lippen berührten. Jesse entspannte sich unter der Berührung. Er hatte im Winter in Melbourne mit einigen geschlafen, aber es war schon lange her, dass jemand ihn küssen wollte. Er zog leicht an Chris' Bein, um ihn dazu zu bewegen, sich rittlings auf seinen Schoß zu setzen, damit sie sich leichter küssen konnten.

„Caine hat ein Auge auf uns", murmelte Jesse zwischen den Küssen. „Ich weiß nicht, wie viel er weiß, aber er hat vor dem Abendessen ein paar Kommentare fallen lassen."

„Außer, dass er dir gesagt hat, nicht zu spät zu kommen?"

„Ja. Ich soll nicht neidisch auf Neil sein."

„Neil ist verrückt nach Molly."

„Ich weiß", sagte Jesse, „aber er hat den Nachmittag mit dir verbracht."

„Er ist nicht an mir interessiert", wiederholte Chris, „und ich bin nur daran interessiert, was er mir beibringen kann."

„Gut", sagte Jesse, wobei er sich weigerte zuzugeben, dass ihn dieser Kommentar sichtlich zufriedenstellte. „Ich kann nicht sagen, ob Caine glücklich darüber war oder nicht."

„Ich habe mich auf Lang Downs verpflichtet, weil es einen Job und einen sicheren Platz für meinen Bruder bedeutet", sagte Chris. „Ich habe damit nicht die Kontrolle über mein Leben abgegeben. Ich sage nicht, dass wir es offen zeigen sollen. Ich bin nicht dumm und selbst wenn ich es wäre, hätte mich die Tatsache kuriert, dass mir die Scheiße aus dem Leib geprügelt wurde, weil ich schwul bin. Es fühlt sich gut an, dass ich heute Nacht andere Hände als meine eigenen auf mir spüre. Nicht, dass ich viel Action bekommen würde, seit mein Arm in diesem blöden Gips steckt. Ich habe mich von niemanden flachlegen lassen, seit Tony uns rausgeschmissen hat."

„Du wirst auch heute nicht flachgelegt", sagte Jesse mit einem Lachen. „Ich habe keine Kondome dabei, wenn ich arbeite."

„Ich bin mir sicher, dass uns etwas einfallen wird", meinte Chris. Seine gesunde Hand schlüpfte zwischen ihre Körper und berührte Jesses Schwanz durch den Jeansstoff. „Wir können das hier nicht verschwenden."

„Nur zu." Jesse lehnte sich auf seine Ellbogen zurück, gab Chris so den nötigen Raum, um den weiteren Verlauf ihres Treffens zu bestimmen. Chris war scheinbar kein unerfahrener Jüngling, aber Jesse würde ihn dennoch das Tempo bestimmen lassen.

Chris zögerte nicht und folgte Jesse, um ihn weitaus heftiger als zuvor zu küssen. Der Stimmungswechsel überraschte Jesse ein wenig, vor allem, da es gestern sehr sinnlich gewesen war. Das hier war Sex. Jesse kannte und akzeptierte den Unterschied, auch wenn er die Süße ihrer ersten Küsse vermisste. Vielleicht kehrte sie zurück, wenn sie wieder in der richtigen Stimmung waren.

Als Chris mit einer Hand an Jesses Gürtelschnalle herumfummelte, setzte dieser sich auf, um ihm zu helfen. Er öffnete seinen Gürtel und seine Hose, aber ließ Chris entscheiden, was er als Nächstes tun wollte. „Ich hätte das auch tun können", sagte Chris.

„Ich weiß", erwiderte Jesse, „aber so geht es schneller."

Chris grinste und kniete sich zwischen Jesses Beine, drückte sie auseinander. Er rieb die Nase gegen Jesses Schritt und atmete tief ein. „Du willst mich."

„Natürlich will ich dich", stöhnte Jesse.

Chris antwortete nicht. Stattdessen ließ er seine Hand in Jesses Unterhose gleiten, um ihn mit mehr Begeisterung als Finesse zu streicheln. Das verstärkte Jesses Verdacht, dass Chris nicht so erfahren war, wie er behauptete. Er würde allerdings nicht darüber streiten. Nicht, wenn Chris' Hand ihn so streichelte und seinen Schwanz aus seinem offenstehenden Hosenschlitz zog.

Chris' Mund machte die Schwerfälligkeit seiner Hand mehr als wett. Vielleicht war Chris' linke Hand das Problem und nicht seine Unerfahrenheit, denn er saugte an Jesse, als wisse er, was man mit einem harten Schwanz und dem dazugehörigen Mann anstellen konnte. Er verweilte kurz an der Spitze, nahm ihn dann tiefer auf, um sich anschließend wieder zurückzuziehen und den Schlitz zu necken.

Jesse stöhnte und sank auf seine Ellbogen zurück. Es fühlte sich verdammt gut an, so berührt zu werden, nicht von irgendeinem Fremden, sondern von jemandem, der ihn kannte und ihn zumindest als Freund ansah. Er zog leicht an Chris' Haar, sodass der nach oben kam, um ihn erneut küssen und berühren zu können. Chris' Hand setzte fort, was sein Mund begonnen hatte. Jesse machte auch die gelegentliche Ungeschicktheit nichts aus, da Chris bei ihm sein wollte, *ihn* wollte. Er öffnete den Knopf von Chris' Jeans und schob eine Hand hinein, damit er etwas von dieser Lust an Chris zurückgeben konnte.

Chris stöhnte in Jesses Mund, seine Hüften zuckten gegen den Strohballen, als Jesse ihn berührte. „Still", wisperte er in sein Ohr. „Wir wollen nicht, dass jemand kommt und nachsieht, was die Ursache dieser eigenartigen Geräusche ist."

Chris nickte und strengte sich deutlich an, seine Laute zu dämpfen, aber sobald Jesse seine Tätigkeit wieder aufnahm, stöhnte er erneut. Jesse grinste bei dem Gedanken, dass er es war, der Chris solche Töne entlockte. Chris' Hand kam zum Stillstand, während Jesses Bewegungen schneller wurden, aber das kümmerte Jesse nicht. Er war süchtig nach diesen kleinen Lauten, die aus Chris' Mund kamen. Er würde ihn zum Höhepunkt bringen und sich dann um sich selbst kümmern, falls Chris dafür zu erledigt sein sollte. Es fühlte sich einfach zu gut an, eine andere Hand als seine eigene auf seinem Körper zu spüren.

Es brauchte nicht lange, bis Chris erzitterte und ihm ein langgezogenes Stöhnen entwich. Er spritzte gegen Jesses Hand, der ihn weiterhin streichelte, um Chris' Orgasmus in die Länge zu ziehen. Nach einer Weile zuckte Chris ein wenig zurück, gab Jesse zu verstehen, dass er in den Nachwehen seines Höhepunktes empfindlicher auf die Berührungen reagierte. Also entließ Jesse Chris' Glied aus seinem Griff. Chris keuchte gegen Jesses Hals, mit kleinen, flatternden Atemzügen, die diesen zum Schaudern brachten. Er wartete ab, aber Chris' Hand blieb still. Jesse wollte geduldig sein, aber der Drang nach Erleichterung machte ihn wahnsinnig. Wenn er einen Mann in einer Bar aufgegabelt hätte, hätte er dessen Kopf wohl nach unten in seinen Schoß gedrückt, damit dieser beendete, was er begonnen hatte. Aber Chris ruhte viel zu vertrauensvoll in Jesses Armen, als dass er das hätte tun können. Vor allem wollte er ihm morgen noch in die Augen schauen können.

Stattdessen schloss er seine Hand um Chris' und führte ihre Hände gemeinsam an seinem Schaft entlang. Chris rührte sich sofort. „Tut mir leid", flüsterte er gegen Jesses Hals. „Das war selbstsüchtig von mir."

„Schon gut", gab Jesse zurück. „Hör jetzt nur nicht auf."

Chris grinste ihn an. „Ich hör nicht auf", versprach er. Jesse zog seine Hand zurück, da Chris ihn wieder streichelte. Dessen Hand fühlte sich bei weitem besser an als seine eigene. Es brodelte in ihm, er näherte sich seiner Erlösung, doch Jesse kämpfte dagegen an, da er den Moment nicht enden lassen wollte. Er wusste nicht, wann sie die Gelegenheit bekommen würden, dies zu wiederholen.

Chris ließ sich davon allerdings nicht beirren und küsste sich an Jesses Hals und Unterkiefer entlang, während seine Bewegungen immer schneller wurden.

„Nicht zu fest", stöhnte Jesse. „Sonst weiß jeder, was wir getan haben."

„Denkst du, das kümmert sie?", fragte Chris.

Das wusste Jesse nicht, aber er wollte es auch nicht herausfinden, da er nicht wusste, was „das hier" war. Wenn sie eine ernste Beziehung eingegangen wären, wäre er bei seiner Einstellung geblieben und hätte jedem, der sein Maul aufgerissen hätte, die Stirn geboten. Doch er konnte seinen Arbeitsplatz und den Respekt der anderen Männer nicht für ein bisschen Sex zwischendurch riskieren und sie hatten nicht über mehr gesprochen. „Ich will es lieber nicht riskieren."

Chris schien es zu akzeptieren, seine Lippen strichen sanft über Jesses Haut, anstatt wie zuvor härter zu saugen. Zusammen mit dem schnelleren Rhythmus von Chris' Hand war es genug, um Jesse zum Höhepunkt zu bringen. Er stöhnte, als er kam und sein Samen spritzte auf sein T-Shirt und Chris' Hand.

Als das Zittern nachließ, sah Jesse zu Chris hoch und bemerkte, dass es draußen und im Schuppen schon vollkommen dunkel geworden war. „Wir sollten zurückgehen", murmelte er mit Bedauern in der Stimme. „Ich weiß nicht, ob Macklin oder Caine nach dir suchen werden, aber wir sollten niemandem einen Grund geben, sich zu fragen, was wir hier getan haben, während alle anderen in den Baracken abhängen oder bereits schlafen. Außerdem kommt der Morgen sehr früh."

„Für mich sogar noch früher, weil ich Kami mit dem Frühstück helfen muss", sagte Chris, „und mit Beginn der Schur wird es morgen noch früher sein." Er fummelte an seiner Hose herum, sein rechter Arm war seltsam abgewinkelt, da er mit dieser Hand versuchte, an die Hosenknöpfe zu kommen.

„Lass mich dir helfen", sagte Jesse. „Passiert auch nicht jeden Tag, dass ich einem Kerl dabei helfe, sich wieder anzuziehen. Normalerweise versuche ich ja, ihm seinen Hosen auszuziehen."

„Du kannst meine jederzeit runterziehen", meinte Chris. „Nun, jedenfalls, wenn uns niemand dabei beobachtet."

„Ich schätze, hier ist es sicher", sagte Jesse, und schloss den letzten Knopf von Chris' Hose. „Nicht, dass wir damit angeben sollten, aber wir sind beide erwachsen und Caine und Macklin geben sich nicht mit Leuten ab, die ein Problem mit ihrer Beziehung haben. Warum sollte es bei uns anders sein?"

„Weil wir nicht wirklich zusammen sind?", fragte Chris. „Ich meine, sie haben eine richtige Beziehung. Wir dagegen …"

„…werden sehen, was passiert", beendete Jesse den Satz. Er war nicht bereit, mehr zu versprechen, als er geben konnte. Er hatte die letzte halbe Stunde mit Chris genossen, aber jetzt mussten sie sich wieder trennen und zurück in ihre Häuser gehen. Es gab keine Chance auf eine Wiederholung in dieser Nacht, oder auch nur darauf, dass ein warmer Körper in der Nacht neben ihm lag, vor allem, wenn er schlecht träumte. Er hatte nicht mehr ständig Albträume wie früher, aber gelegentlich überfielen sie ihn, und in kalten Schweiß gebadet alleine aufzuwachen war nicht lustig. Jemanden bei sich zu haben, um diese Albträume abzumildern, war ein seltener Luxus, aber einer, den er eines Tages zu genießen hoffte. Er würde allerdings noch auf die richtige Zeit und den richtigen Mann warten müssen. Chris hatte kein Problem mit Sex, aber er war noch nicht für den Rest bereit. Und Jesse würde das respektieren müssen, wenn er weiterhin Sex mit ihm haben wollte.

„Ja, genau", sagte Chris. „Also, sehen wir uns dann beim Frühstück?"

„Ich werde dort sein", versprach Jesse. Er gab Chris einen letzten Kuss, bevor sie sich trennten.

CHRIS GING langsam zum Stationshaus zurück. Sein Arm schmerzte ein wenig, da er sich ungünstig darauf abgestützt hatte, und seine Rippen zogen, da er sich beim Küssen etwas verdreht hatte. Aber der Rest seines Körpers fühlte sich unglaublich gut an: locker, frei und seit Monaten zum ersten Mal entspannt. Sex mit Jesse war definitiv ein weiterer Bonus des Lebens auf Lang Downs. Glück flutete seinen

Körper, als er auf die Veranda trat. Er könnte nach oben gehen, und hoffen, dass er ohne gesehen zu werden in sein Zimmer kam, um den Moment noch einmal genießen zu können. Aber Caine und Macklin saßen abends oft im Wohnzimmer und Seth würde mit ihm über den Tag und seine Hausaufgaben sprechen wollen, oder über den Nachmittag mit Jason oder was auch immer ihm in den Kopf kam. Chris beschloss, noch etwas zu warten, ehe er sich dem stellen würde. Er setzte sich auf einen der groben Holzstühle auf der Veranda und lehnte sich zurück.

Der Nachmittag und das Gespräch mit Kami hatten seine Sorgen bezüglich eines möglichen längeren Aufenthalts auf Lang Downs gemildert. Er und Kami hatten eine funktionierende Freundschaft aufgebaut, aber Chris wollte nicht den Rest seines Lebens in der Küche verbringen. Er tat es unter den gegebenen Umständen, aber es war nichts, was ihn interessierte. Er war gut genug, um Kami zu helfen, aber er wollte nicht die Verantwortung für alle Mahlzeiten übernehmen müssen. Wenn Caine und Macklin ihn als Kamis Nachfolger in der Küche im Sinn haben sollten, wenn dieser sich zur Ruhe setzen würde, dann mussten sie sich jemand anderen suchen.

Die Tür öffnete sich und riss ihn aus seinen Gedanken. Er verspannte sich ein wenig, als Macklin auf die Terasse trat und sich auf den Stuhl neben ihn setzte. Er wollte den Moment nicht mit jemandem teilen müssen.

Macklin sprach lange Zeit nichts, mit Ausnahme einer einfachen Begrüßung, sodass Chris sich entspannte. „Ich mag es, abends hier draußen zu sitzen", sagte Macklin schlussendlich. „Es ist sehr entspannend."

„Das ist es", gab Chris zurück, nicht sicher, wohin dieses Gespräch führen würde. Aber es würde nicht schaden, wenn er zustimmte.

„Manchmal setzt Caine sich zu mir, aber heute streitet er sich mit einem Lieferanten über biologische Samen", fuhr Macklin fort. „Wir werden unser eigenes Heu anbauen, als Teil der Bio-Zertifizierung, und das erfordert eine erste Ernte von biologischem Getreide. Der Lieferant hatte erst einen angemessenen Preis genannt, aber jetzt, zur Lieferzeit, nennt er einen anderen."

„Das muss ziemlich frustrierend sein."

„Er wird damit fertig", meinte Macklin. „Er ist fantastisch in seinem Job. Die Leute sehen ihn an, hören seinen amerikanischen Akzent und sein Stottern, und schon glauben sie, dass sie alles über ihn wissen. Dabei wissen sie überhaupt nicht, wie falsch sie liegen."

Chris nickte. Er hörte die Zuneigung in Macklins Worten. „Er bedeutet dir wirklich viel, nicht wahr?"

„Er ist der Eine für mich", gab Macklin zurück. „Ich hatte den Gedanken aufgegeben, im Outback jemanden zu finden. Und plötzlich stand er vor mir, perfekt und stur und schüchtern und so entschlossen, sich hier ein Leben aufzubauen. Es brauchte eine Weile, bis ich es glaubte, bis ich an ihn glaubte, aber er ist eine Naturgewalt, selbst wenn er sich selbst nicht so sieht."

Chris war sich nicht sicher, was er sagen sollte, also schwieg er. Macklins Worte hallten in seinem Kopf nach. Vielleicht nicht die Worte selbst, sondern mehr die Art, wie er über Caine sprach. Diese absolute Sicherheit, dass Caine sein ... sein Alles war. Er war sich nicht sicher, ob er je diese Art von Vertrauen bei den Erwachsenen in seinem Leben erlebt hatte, selbst als er noch jünger war. Und es jetzt zu hören, ausgerechnet von einer Hälfte eines schwulen Paares, ließ ihn innerlich beben. Durch irgendein Wunder oder einen Wink des Schicksals hatte Macklin seinen Partner gefunden und den Mut aufgebracht, an ihm festzuhalten. Chris konnte nur hoffen, dass er eines Tages auch dieses Glück haben würde.

„Wie kommst du zurecht?", fragte Macklin. „Hat sich Kami schon an dich gewöhnt?"

„Ich denke schon", meinte Chris mit einem Schulterzucken, welches nicht mehr so sehr schmerzte wie noch vor ein paar Wochen. „Er hat mich noch nicht umgebracht."

„Das ist ein guter Anfang." Macklin kicherte. „Ich habe gehört, dass du heute ein wenig übers Schafehüten gelernt hast."

„Ja", sagte Chris, und versuchte nicht daran zu denken, warum er den Nachmittag mit Neil statt mit Jesse verbracht hatte und was sie vorhin getan hatten. Es war dunkel genug, dass Macklin seine geröteten Wangen nicht sehen konnte, aber der Vorarbeiter hatte scheinbar eine Gabe dafür, alles zu wissen, und Chris wollte Macklin keine Hinweise auf seine privaten Angelegenheiten geben.

„Du übertreibst es doch nicht, oder?"

„Ich bin kein Kind", protestierte Chris automatisch.

„Das habe ich auch nicht gemeint", gab Macklin zurück, seine Stimme so gelassen wie immer. „Ich bin nicht dein Vater, der dir sagt, was du tun und lassen sollst. Ich bin dein Boss, und als solcher ist es mir wichtig, dass du deine Arbeit tun kannst. Wenn du deine Gesundheit aufs Spiel setzt, weil du dich überanstrengst, fällt das auf mich zurück. Wenn du mir sagst, dass es dir gut geht, dann glaube ich dir das, sofern du mir nicht das Gegenteil beweist. Aber ich erwarte, dass du mir die Wahrheit sagst, denn das erwarte ich von allen meinen Jackaroos, wenn es ihre Jobs betrifft."

„Es geht mir besser", antwortete Chris. Macklins Worte beruhigten ihn und er konnte ehrlich antworten, so wie Macklin es verlangt hatte. „Meine Rippen schmerzen noch, wenn ich nach etwas greife, das zu weit weg ist, aber ich kann mich ein wenig drehen und bücken, soweit es mir mit den Bandagen möglich ist. Ich schätze, dass mein Arm heilt, auch wenn ich es nicht mit Sicherheit sagen kann. Er tut nicht mehr weh, aber juckt höllisch."

„Du solltest Talkum unter den Gips geben, so viel eben möglich ist", schlug Macklin vor. „Es wird den Juckreiz nicht völlig unterdrücken, aber es ist so ziemlich das Einzige, was hilft."

„Ich glaube nicht, dass ich welches habe", sagte Chris. „Das ist nichts, was ich oft benutze."

„Du wirst es im Sommer brauchen", sagte Macklin. „In den Schuhen hilft es gegen den Geruch und am Hosensaum verhindert es, dass der Stoff deine Haut in der Hitze wund scheuert. Ein wenig Puder sollte in der kleinen Küche sein. Wir können das nächste Mal, wenn wir Vorräte aus Boorowa holen, noch etwas mitbringen."

„Wann ist das nächste Mal?", fragte Chris, da er daran dachte, was Jesse und er heute Nacht im Schuppen nicht hatten tun können. „Ich habe noch ein paar Dinge im Kopf, die ich mir vielleicht besorgen sollte, jetzt, wo ich ein wenig Geld verdiene."

„Wir fahren einmal im Monat in die Stadt", erwiderte Macklin. „Wenn du mir eine Liste gibst, kann ich die Dinge für dich besorgen."

Chris errötete heftig, seine Wangen brannten in der kühlen Nachtluft. „Ähm, es sind persönliche Dinge. Ich sollte sie vielleicht selbst kaufen, falls ich mitkommen darf."

Macklin grinste und stand auf. Er öffnete die Tür, drehte sich dann aber noch einmal um. „Es ist nichts falsch daran, hin und wieder ein wenig Dampf abzulassen. Natürlich müssen beide Personen einverstanden sein. Geh nur sicher, dass ihr beide wisst, was ihr wollt."

„Wir haben nicht, ich meine, es ist nicht, ich meine …"

„Ich habe nicht um eine Erklärung gebeten", erinnerte Macklin ihn. „Du bist erwachsen und Jesse ist das auch. Falls du mit ihm zusammen warst. Und falls es jemand anderes war, ist es mir nur wichtig, dass auch der erwachsen ist, denn der Rest geht mich nichts an. Aber verwandle meine Station nicht in ein Kriegsgebiet, nur weil du dich nicht beherrschen und nicht wie ein Erwachsener die Konsequenzen tragen kannst."

„Ich kann damit umgehen."

„Gut, dann geh sicher, dass es so bleibt."

„HAST DU mit Chris auf der Veranda gesprochen?", fragte Caine.

Macklin unterdrückte einen Fluch. Er hatte gehofft, dass Caine noch im Büro sein würde. „Er saß dort draußen, als ich hinausging, um mich zu entspannen. Es wäre unhöflich gewesen, nicht mit ihm zu sprechen."

„Mhm", meinte Caine, ein amüsiertes Grinsen auf dem Gesicht. „Ich dachte, du hättest gesagt, dass wir uns nicht einmischen sollen."

„Wer hat sich denn eingemischt?", gab Macklin zurück, ohne sich von Caine aus der Fassung bringen zu lassen. „Ich habe ihn nach seinen Verletzungen gefragt und ob er es genossen hat, heute mit Neil und Max zu arbeiten."

„Also hast du nichts über Jesse gesagt?", neckte Caine.

„Er ist ein Erwachsener, Caine." Macklins Ton verriet Caine, dass er es dabei belassen sollte, als sie die Treppen hinaufstiegen. „Er braucht sich nicht von uns sagen zu lassen, was er tun und lassen soll."

Caine grinste und schlang seinen Arm um Macklins Taille. Seine Hand rutschte langsam tiefer, um dessen Hintern zu fassen. „Du redest dir das ein, um es dir einfacher zu machen. Ich werde es genießen, meinen Preis einzufordern."

Mit einem leisen Knurren schob Macklin Caine ins Schlafzimmer, was ihr Gespräch für diese Nacht beendete.

10

JESSE HATTE keine Ahnung, was er erwarten sollte, als er am nächsten Morgen in die Kantine ging. Er war gestern etwas benommen in die Schlafbaracke zurückgekehrt. Dass er und Chris gestern in der Scheune Sex gehabt hatten, war nicht wirklich überraschend gekommen – sie waren umeinander herumgeschlichen, seit sie sich geküsst hatten – aber er hätte nicht erwartet, dass es so schnell passieren würde.

Er fragte sich, wie Chris darüber dachte. Sie waren zwei gesunde, schwule Männer ohne Partner. Sie hatten keinen Grund, nicht hin und wieder ein wenig Dampf abzulassen. Aber sie hatten noch keine Regeln und Grenzen festgelegt. Jesse hatte nichts gegen ein wenig harmlosen, erholsamen Sex, aber er war noch nicht bereit, sesshaft zu werden. Er hoffte, dass Chris nicht mehr in diese Sache hineininterpretieren würde, als Jesse bereit war zu geben.

Sie würden für den Rest des Sommers auf Lang Downs arbeiten müssen. Jesse hatte gesehen, wie schnell die Stimmung umschlagen konnte, wenn ein Jackaroo die Wahrheit über ihn herausfand, und sich dann von seiner Art, von seinen Blicken gestört fühlte. Dabei hätte sich Jesse gerade mit diesen Männern niemals abgegeben. Diejenigen, die akzeptabel gewesen wären, hatten sich nie an ihm gestört. Nein, es waren immer diejenigen, die *dachten*, ein Gottesgeschenk an die Frauen zu sein, egal wie schrecklich sie in Wirklichkeit waren.

Er dachte nicht, dass das hier passieren würde. Er glaubte nicht daran, dass Caine und Macklin ihn feuern würden, wenn er mit Chris herummachte, zumindest nicht, solange dieser einverstanden war. Er war jung, aber erwachsen, und hatte seine Eigenständigkeit bewiesen, als er sich in den letzten sechs Monaten um seinen Bruder gekümmert hatte. Aber das bedeutete nicht, dass es den anderen Jackaroos passen würde, wenn sie es denn herausfänden. Jesse hoffte nur, dass Chris nicht damit hausieren gehen würde.

Er erinnerte sich, dass auch Chris ein gebranntes Kind war, zusammengeschlagen wurde, nur weil die falschen Typen herausgefunden hatten, dass er schwul war. Er atmete tief durch und ging in die Kantine, wo er automatisch nach Chris Ausschau hielt.

Chris stand mit Kami hinter der Essensausgabe. Er lächelte und winkte Jesse zu, als dieser hereinkam. Genau wie vor ihrem Kuss und dem Sex der letzten Nacht. Jesse atmete erleichtert aus. Er warf seinen Hut auf den Tisch, an dem er, Chris und Seth immer saßen, und ging anschließend zur Ausgabe, um sich sein Frühstück zu holen.

„Morgen, Jesse", begrüßte Chris ihn, als Jesse an der Reihe war. „Hilfst du heute bei der Schur?"

„Das ist der Plan, soweit ich gehört habe", gab Jesse zurück. Er nahm das Rührei, welches Chris ihm anbot. „Wirst du auch helfen oder gehst du für den Rest des Tages Kami zur Hand?"

„Kami hat gemeint, dass ich euch helfen kann, sobald wir das Mittagessen fertig zubereitet haben. Iss, bevor es kalt wird. Ich werde dir sobald wie möglich Gesellschaft leisten."

So wie immer. Als hätte sich nichts verändert. Vielleicht hatte sich auch nichts verändert. Vielleicht würde doch alles okay sein.

„Warum grinst du so?", fragte Seth und unterbrach Jesses Gedanken.

„Was?", fragte Jesse.

„Du hast gerade ausgesehen, als hättest du einen großartigen Witz oder ein tolles Geheimnis gehört. Ich will es auch wissen."

„Es ist nichts", sagte Jesse, wobei er sich bemühte, seine Miene unter Kontrolle zu halten.

Seth sah nicht überzeugt aus, aber er nahm es hin. Stattdessen redete er über die Dinge, die er und Jason im Internet recherchiert hatten, da sie ein Teil ihrer Hausaufgaben waren. „Und hast du gewusst, dass der Punkt auf dem Buchstaben ‚i' *tittle* heißt?"

„Nein, das wusste ich nicht", antwortete Jesse. „Warum habt ihr das überhaupt nachgeschlagen?"

„Nun, wir haben über Geschichte und die Druckerpresse gesprochen und von den händisch kopierten Manuskripten. Es hat sich daher irgendwie ergeben", meinte Seth mit einem Schulterzucken.

„Erzählt er dir gerade vom *tittle*?", fragte Chris, als er sich neben Jesse setzte. „Er konnte gestern Nacht von nichts anderem mehr reden. Ich glaube, er mag den Klang des Wortes."

„Was?", fragte Seth abwehrend.

„Du weißt schon. *Tittle*, Titte …", neckte Chris.

„Nun, nicht alle von uns sind schwul", konterte Seth.

„Nein, nur zwei von uns dreien", gab Jesse zurück. „Und einer davon ist dein Bruder. Sei nett zu ihm."

„Er ist mein Bruder. Ich bin praktisch verpflichtet, ihn zu nerven", erwiderte Seth.

„Nicht, wenn er sich die letzten Monate so gut um dich gekümmert hat", bestand Jesse.

„Das ist okay, Jesse." Chris stieß Jesses Knie mit seinem unter dem Tisch an. „Ich kann seine Neckereien gut wegstecken."

Jesse wollte widersprechen, aber es war nicht seine Angelegenheit, deshalb ließ er es auf sich beruhen.

„Jesse hat ein Geheimnis und er will es mir nicht verraten", kündigte Seth an. „Möglicherweise erzählt er es dir, Chris."

„Wirklich?", fragte Chris an Jesse gewandt.

„Es ist nichts." Jesse wusste, dass es weitaus mehr als nichts war. Aber er wusste nicht, was Chris Seth erzählt hatte, und daher wollte er diese Katze nicht aus dem Sack lassen. „Ich mag die Schur. Ich freue mich, dass wir heute damit anfangen."

„Macklin war schon hier. Ich wette, dass sie bald anfangen werden", sagte Chris. „Ich muss Kami noch mit den Sandwiches helfen, aber Neil meinte, dass ich ihm am Nachmittag mit Max helfen kann. Jeder hat davon gesprochen, dass die Schur harte Arbeit ist. Wenn du nicht zu erschöpft bist, können wir heute Abend noch spazieren gehen oder so, damit du dich entspannst."

Übersetzung: einen Ort finden, an dem sie sich wieder gegenseitig befriedigen konnten. Jesses Körper reagierte auf diesen Vorschlag vorhersehbar und er musste ein weiteres Grinsen unterdrücken. „Wir werden sehen, wie der Tag verläuft."

„Ich habe Patrick versprochen, dass ich ihm helfe, den Rest der Maschinen zu überprüfen, die sie heute für die Schur brauchen", sagte Seth. Er sprang vom Tisch auf. „Ich mache mich besser auf den Weg."

„Ich komme mit dir", sagte Jesse. Er trank den Rest seines Kaffees und verzog das Gesicht, da dieser noch heiß war. „Wir sehen uns später, okay, Chris?"

„Habt noch einen schönen Vormittag", sagte Chris. Er nahm ihre Teller, um ihnen den Gang in die Küche zu ersparen. „Ich werde später zu euch stoßen, wenn ich kann."

Jesse folgte Seth. Er sah noch einmal über die Schulter zu Chris, bevor die Tür hinter ihm zuschwang.

Chris pfiff leise, während er die Tische abräumte. Dann griff er sich einen Besen, den er wegen des Gipses nicht richtig halten konnte. Kami wusch hinten in der Küche das Geschirr oder stellte schon die Zutaten für die Sandwiches bereit, die er für die Jackaroos vorbereiten wollte.

Jesse schüttelte den Kopf über seine eigene Dummheit, noch einen Blick auf Chris erhaschen zu wollen, um so die Zeit bis zum Mittagessen zu überstehen. Er drehte sich um und ging zum Traktorenschuppen. Der Traktor war repariert, aber Patrick wollte noch die restlichen Maschinen überprüfen, bevor die Mechaniker den anderen bei der Schur helfen würden.

Jesse war der Erste, der in den Schuppen trat. Er öffnete die Türen und Fenster, um frische Luft hereinzulassen. Er wusste, dass der Geruch von Sex nur in seiner Erinnerung vorhanden war, aber er wollte dennoch kein Risiko eingehen. Zudem bevorzugte Patrick es, mit geöffneten Türen und Fenstern zu arbeiten, sofern das Wetter es erlaubte.

Er hatte die Vorbereitungen abgeschlossen und stellte Patricks Werkzeugkiste bereit, ehe er die Motorhaube des Mähdreschers öffnete. Patrick kam kurze Zeit später herein. „Du bist heute auf Zack", sagte er.

Jesse zuckte die Schultern. „Ich war wach und es gab keinen Grund zu warten."

„Lass uns das erledigen", sagte Patrick.

Jesse nickte und begann, die Zündkerzen des Mähdreschers zu überprüfen. Ein paar Minuten später fluchte Patrick leise.

„Was ist los?", fragte Jesse. „Ist etwas kaputt?"

„Nein, ich muss es gestern nur eilig gehabt haben. Mein Schraubenschlüssel war nicht am richtigen Platz", erklärte Patrick. „Das hat man davon, wenn man so neurotisch ist."

Jesse runzelte die Stirn. Er konnte sich nicht daran erinnern, dass Patrick gestern in Eile gewesen wäre, und dieser Mann war definitiv ein Gewohnheitstier. Seine Werkzeugkiste war so geordnet, dass er ohne hinzusehen hineingreifen und das richtige Werkzeug sogar mit der richtigen Größe herausziehen konnte.

Ein Kichern erregte Jesses Aufmerksamkeit, aber als er zu Jason und Seth hinüberschaute, die am anderen Ende des Schuppens aufräumten, schien es, als würde keiner der zwei Patrick oder Jesse beachten.

Einen Moment später fluchte Patrick erneut. „Ich weiß, dass ich die Kneifzange nicht falsch einsortiert habe. Ich habe sie gestern nicht einmal benutzt."

Jetzt war Jesse besorgt und er ging zu Patrick hinüber, der in seine Werkzeugkiste starrte.

„Jemand spielt hier Streiche", sagte Patrick mit einem Stirnrunzeln. „Nichts ist am richtigen Platz."

„Seth!", rief Jesse mit scharfer Stimme. „Komm her."

„Ja, Jesse?", fragte Seth, als er zu Jesse und Patrick herüberkam. Dabei versuchte er, einen ernsten Gesichtsausdruck aufzusetzen, aber Jesse konnte den Schalk in seinen Augen sehen.

„Gibt es da etwas, das du Patrick sagen willst?", fragte Jesse.

„Nein, warum sollte ich?", fragte Seth. Er konnte nicht mehr gegen das Grinsen ankämpfen.

„Du kleiner Scheißer." Jesse packte Seth am Kragen und schüttelte ihn leicht. „Du wirst dich jetzt sofort hinsetzen und alles richtig einordnen. Und dann wirst du Patrick die nächste Woche über helfen, egal womit."

„Du bist nicht mein Boss", sagte Seth.

„Willst du, dass ich Caine und Macklin davon erzähle?", fragte Jesse. „Ich kann sie sofort herholen und dann sehen wir, was sie als gerechte Strafe ansehen würden."

„Es war nur ein harmloser Scherz", murmelte Seth.

„Setz dich", sagte Jesse. Er drängte Seth in Patricks Richtung. „Und fang an zu arbeiten."

Seth starrte ihn wütend an, tat allerdings, was Jesse verlangt hatte. Er setzte sich neben Patricks Werkzeugkiste und nahm jedes einzelne Werkzeug heraus. „Und entschuldige dich bei Patrick", sagte Jesse. „Er hat nichts getan, was einen deiner Streiche rechtfertigen würde."

„Woher hast du gewusst, dass es Seth war?", fragte Patrick.

„Abgesehen davon, dass er sich verraten hat? Ich habe ihn schon einmal dabei erwischt, wie er Chris einen Streich gespielt hat", erklärte Jesse. „Es machte ihn nicht schuldig, aber zumindest zum Hauptverdächtigen."

„Und das ist eine Lehre für euch beide", sagte Patrick zu Seth und Jason. „Wenn man erst mal diesen Ruf hat, wird man jedes Mal als schuldig angesehen, wenn etwas passiert. Selbst wenn man nichts damit zu tun hatte."

„Ihr werdet es Chris nicht sagen, oder?", fragte Seth kleinlaut.

„Solange du keine Streiche mehr spielst", sagte Patrick. Jesse nickte zustimmend.

CHRIS FAND, dass Seth ein wenig kleinlaut aussah, als er zu den anderen kam, um ihnen beim Scheren zu helfen. Er konnte die Schafe nicht halten oder den Trimmer führen, da er seinen Arm noch nicht belasten konnte, aber Neil überließ ihm Max, sodass er die Schafe in die äußeren Gehege treiben konnte, sobald sie geschoren waren. Chris grinste jedes Mal, wenn eines der frisch geschorenen Tiere blökend angerauscht kam. Max brauchte fast keine Anweisungen. Er trieb die Tiere auf die dafür vorgesehenen Weiden, je nachdem wo Neil stand oder Chris ihn hinwies. Das Umhertollen der freigelassenen Schafe, besonders der jungen, brachte ihn zum Lächeln. Das ließ ihn den Staub und den Lärm vergessen. Chris schätzte sich glücklich, dass er draußen an der frischen Luft war, statt im Inneren des Scherschuppens, wo es sicher heiß und stickig war. Die Gesichter der Jackaroos, die abwechselnd nach draußen kamen, um ein wenig frische Luft zu schnappen, waren rot und schweißnass. Chris versuchte, ihnen nicht auf die nackte Brust zu starren. Das wäre wohl nicht so gut angekommen, auch wenn er bemerkt hatte, dass ein paar der Jillaroos, die mit den Hunden arbeiteten, ebenfalls starrten. Alle außer Molly. Sie hatte wohl nur Augen für Neil. Da dies auf Gegenseitigkeit beruhte, hoffte Chris, dass Neil sein persönliches Happy End bekommen würde. Er sah zwar Macklin als seinen Retter an, aber Neil war auch da gewesen und hatte geholfen, die Angreifer zu vertreiben. Chris hatte außerdem seine Einsatzbereitschaft zu schätzen gelernt, wenn es darum ging, ihm etwas Nützliches beizubringen.

Chris' Versuch, nicht zu starren, scheiterten kläglich, als Jesse sich dem Tor näherte. Er hatte sein grünes Arbeitsshirt ausgezogen, das seine Augen noch besser zur Geltung brachte (nicht, dass Chris zugegeben hätte, dass er es bemerkt hatte, aber er war auch nicht blind), und stand nun mit freiem Oberkörper am Tor. Ihr Gefummel im Traktorenschuppen hatte ihn nicht auf die Wirkung vorbereitet, die Jesse auf ihn hatte, verschwitzt und verstrubbelt, in tiefhängenden Jeans, mit Stiefeln und Hut, jeder Zentimeter ein heißer Farmarbeiter. Er konnte seine Augen nicht von dem Anblick losreißen, als Jesse das Tor öffnete, um ein paar der Schafe herauszulassen, die dann auf die höher gelegenen Weiden getrieben werden würden. Glücklicherweise wusste Max, was zu tun war, und hielt die Schafe davon ab, zurück zu den Gehegen zu laufen, wo sie den Winter verbracht hatten. Chris hatte nicht eine funktionierende Gehirnzelle zur Verfügung, um Max zu sagen, was zu tun war. Er war vollkommen auf Jesse konzentriert und darauf, wie schnell er ihn für sich allein haben konnte. Vor allem, als er Jesses Brust betrachtete – die nicht übermäßig muskulös, aber dennoch gut gebaut war, bleich vom Winter und mit dunklen Haaren bedeckt – war er sich sicher, dass er sich nicht mehr lange würde zurückhalten können. Doch er bezweifelte, dass es eine gute Idee wäre, Jesse bei Tageslicht und für alle gut sichtbar anzufassen. Er würde abwarten und sehen müssen, ob er Jesse hinter die Baracken oder an einen anderen Ort schleifen konnte, während alle anderen in der Kantine zu Mittag aßen.

Er musste etwas tun, sonst würde er diesen Tag nicht überstehen, da er immer daran denken würde, dass Jesse dort drinnen arbeitete, sich seine Muskeln anspannten, wenn er die Schafe festhielt oder Wollsäcke hochhob, damit andere Schafe hereinkommen konnten …

„Chris!"

Neils Stimme riss Chris aus seinen Gedanken.

„Tut mir leid", rief er zurück, um dann einem Schaf hinterher zu laufen, welches sich von den anderen entfernt hatte. Glücklicherweise erlaubte das System der Gehege, die um den Schuppen lagen, den Schafen keine große Fluchtmöglichkeit, selbst wenn sie einmal in die falsche Richtung liefen. Auf den höher gelegenen Weiden, auf denen sie im Sommer grasten, waren sie nicht so eingesperrt, aber im Tal wurden ihre Bewegungen streng überwacht. Chris scheuchte das Schaf zurück zu den anderen. Max lief auf Neils Kommando hin auf ihn zu und beendete den Job.

„Woran hast du gedacht, Kumpel?", fragte Neil. „Du hast ganz schön komisch ausgesehen."

„Nichts", sagte Chris. „Wie geht es Molly?"

Es war ein gemeiner Schachzug, aber einer, von dem Chris wusste, dass er funktionierte. Neil war am glücklichsten, wenn er über seinen Hund oder sein Mädchen sprechen konnte.

Chris schaffte es, der Unterhaltung zu folgen, sodass er sogar verpasste, wie Jesse zurück in den Schuppen ging. Macklin hatte ihn abgelöst, und Chris schreckte etwas zurück. Er fand Macklin nicht so anziehend wie Jesse, aber das bedeutete nicht, dass er einen gut gebauten Mann nicht würdigen konnte. Chris hatte ein paar Gespräche aufgeschnappt und wusste daher, dass Macklin in seinen Vierzigern sein musste. Aber er sah nicht danach aus. Er war schlanker als Jesse, eher sehnig als muskelbepackt, aber er sah aus, als wäre er aus Stein gemeißelt. Als Macklin seinen Hut zurückschob und sich die Stirn mit dem Zipfel seines Hemdes abwischte, das er in die Hosentasche seiner Jeans gestopft hatte, bekam Chris weiche Knie. Dann trat Caine aus dem Schuppen, auch mit bloßem Oberkörper, und stellte sich zu seinem Partner. Er war nicht ganz so breit gebaut wie Macklin, aber in Chris' Kopf formten sich Bilder von den beiden zusammen. Ihm war so heiß, dass er eine Pause benötigte.

90

„Neil, ich hol mir noch ein wenig Nurofen. Ich bin in ein paar Minuten wieder da."

Neil winkte, um zu signalisieren, dass er Chris gehört hatte. Chris eilte zum Stationshaus zurück. Er konnte nicht ins Badezimmer gehen und sich selbst befriedigen – es fühlte sich seltsam an mit seiner linken Hand – aber er konnte sich zumindest abkühlen. Er nahm einen nassen Waschlappen und wischte sich das Gesicht und den Hals ab. Er hatte sein Shirt nicht ausgezogen, weil der Wind des Hochlandes kühl war. Es war nicht das Wetter, das ihm eingeheizt hatte.

„Chris?"

„Oben", rief Chris. „Im Badezimmer."

Chris hörte das Knarren der Treppen, als Jesse nach oben kam. „Vielleicht sollte ich nicht hereinkommen", sagte Jesse. „Das letzte Mal, als ich das getan habe, sind wir fast erwischt worden."

Chris grinste, zog Jesse am Gürtel ins Badezimmer und schloss die Tür. „Vielleicht solltest du hereinkommen", widersprach er. „Alle anderen sind draußen."

„Wo wir auch sein sollten", gab Jesse zu bedenken, aber er machte keine Anstalten, sich zurückzuziehen.

„Wir werden gleich zurückgehen", sagte Chris. Er lehnte sich nach vorne, um an Jesses Unterlippe zu knabbern. „In einer Minute."

„Wir sollten das nicht während der Arbeitszeit machen." Jesse küsste Chris dennoch. „Caine und Macklin kümmert es nicht, dass wir schwul sind, und es kümmert sie möglicherweise auch nicht, dass wir zusammen Spaß haben, aber es wird sie kümmern, wenn uns das von unseren Jobs abhält."

„Du denkst zu viel nach", sagte Chris. Seine Hand schlüpfte unter das Shirt, welches Jesse wieder trug. „Warum hast du dich wieder angezogen?"

„Weil ich das Haus des Bosses betreten habe", gab Jesse zurück und entzog sich Chris. „Ist es das, was dich so aus dem Konzept gebracht hat?"

„Nun, das, und Caine und Macklin zusammen zu sehen", gab Chris zu. „Ich schätze, dass ich nie wirklich hingesehen habe, aber verdammte Scheiße, sie sind heiß."

Jesse lachte. „Sollte ich mir jetzt Sorgen machen?"

„Sie werden nie an mir Interesse haben", sagte Chris. „Warum sollten sie auch, wenn sie einander haben."

„Das hat meine Frage nicht beantwortet." Jesse klang glücklicherweise noch amüsiert.

„Nein, du brauchst dich nicht zu sorgen", sagte Chris nachdrücklich. „Ich habe dich bemerkt, bevor ich sie bemerkt habe. Über sie nachzudenken ist, wie einen Porno zu sehen. Ich stelle mir die beiden zusammen vor, aber nicht mit mir zusammen. Wenn ich *das* machen würde, würde ich über dich nachdenken."

„Das klingt gut", sagte Jesse. „Aber wir tun nichts, egal ob real oder in Gedanken, vor dem Abendessen." Er öffnete die Badezimmertür und zog Chris mit sich. „Komm. Du warst jetzt lange genug weg, um etwas gegen die Schmerzen zu holen. Wir müssen weiterarbeiten."

Chris ließ sich von Jesse die Treppe hinunterführen, hielt aber noch einmal an, um sich einen Kuss zu stehlen und die Stiefel anzuziehen, ehe sie nach draußen gingen. „Wo soll ich dich nach der Arbeit treffen?", fragte Chris, als sie sich dem Scherschuppen näherten.

„Ich weiß noch nicht", antwortete Jesse. „Ich werde darüber nachdenken und lasse es dich wissen."

„Oh, Jesse, da bist du ja", sagte Caine. „Ich hatte gehofft, dass du und Chris mir bei etwas helfen könntet."

„Sicher", erwiderte Jesse und Chris nickte.

„Ihr habt vermutlich die Treiberhütten bemerkt, als ihr hergekommen seid", sagte Caine. „Sie sind über das ganze Gelände verstreut, damit man im Falle eines Notfalls – sei es ein Sturm, ein Stromausfall oder sonst etwas – eine Zuflucht hat. Die Hütten selbst sind gut in Schuss, aber keiner kann mir wirklich sagen, wie es mit den nötigen Dingen aussieht, abgesehen von ein paar Feldbetten. Ich hatte gehofft, dass ihr zwei Inventur macht und die Vorräte aufstocken könnt. Ich habe im Herbst ein paar Nächte in den Hütten verbracht, daher habe ich eine Liste geschrieben, was in jeder vorhanden sein sollte. Wir können einen Pick-up mit Vorräten beladen. Ihr könnt die Hütten überprüfen und gegebenenfalls notieren, was fehlt. Auf diese Weise wissen wir dann, dass die Hütten für die Jackaroos bereit sind, sobald wir die Schafe auf die etwas weiter entfernten Weiden treiben."

„Ich weiß nicht, wie viel ich tragen kann, aber ich kann Schubladen öffnen und schauen, was drin ist", meinte Chris. Seine Gedanken überschlugen sich, als ihm klar wurde, dass er viel Zeit alleine mit Jesse verbringen würde. „Was meinst du, Jesse?"

„Ich habe genug Nächte draußen verbracht, dass ich die Hütten zu schätzen weiß", meinte Jesse. „Ich bin froh, wenn ich helfen kann. Wann sollen wir uns auf den Weg machen?"

„In ein paar Tagen", sagte Caine. „Wir werden die Vorräte packen und dann auf den Pick-up laden. Ich werde euch wissen lassen, wann es losgeht."

„Brauchst du Hilfe beim Packen?", fragte Jesse.

„Nein, ich werde Carley sagen, dass das die Kinder übernehmen sollen", sagte Caine. „Sie werden Batterien, Taschenlampen und Vegemite-Dosen abzählen. Wir brauchen euch nicht für etwas vom Scheren abziehen, was den Kurzen Spaß machen würde."

„Dann gehen wir zurück an die Arbeit", entgegnete Jesse und ging zurück in den Scherschuppen. Chris folgte etwas langsamer, denn er war nicht in der Lage, die Vorstellung von Caine und Macklin abzuschütteln. Jetzt, wo er sie so zusammen gesehen hatte, würde er die gelegentlichen Geräusche aus dem anderen Schlafzimmer noch weniger ignorieren können.

11

„Hier ist eine Liste mit allem, wovon Macklin und ich denken, dass es in jeder Treiberhütte bereitstehen sollte", sagte Caine drei Tage später zu Chris und Jesse bei einem gemeinsamen Frühstück. „Die Kinder haben die Kisten gepackt. Alles, was ihr tun müsst, ist, in den Hütten zu überprüfen, was fehlt oder zur Neige geht und es aufzufüllen."

Jesse nahm die Liste und überflog sie. Unverderbliche Lebensmittel, Taschenlampen, Batterien und Glühbirnen, saubere Decken, Erste-Hilfe-Kästen, Streichhölzer, Wasser.

„Falls ihr unterwegs seht, dass eine Straße ausgebessert werden muss, oder etwas anderes reparaturbedürftig ist, schreibt es euch bitte auf. Ein paar Männer haben bereits die Zäune überprüft, da sie aber geritten sind, haben sie meist andere Strecken benutzt. Das gilt im übrigen für jedes Mal, wenn ihr draußen seid. Wir ersetzen lieber sofort einen Zaunpfosten als später den gesamten Zaun reparieren zu müssen."

„Ist gut." Jesse hatte es geschafft, nicht daran zu denken, wie viele Stunden er alleine mit Chris im Ute und in den Hütten verbringen würde. Ansonsten wäre er vermutlich verrückt geworden. Doch jetzt war der Zeitpunkt gekommen, wo er an nichts anderes mehr denken konnte, und die Erwartung brachte ihn fast um. Er und Chris hatten nur ein paar gestohlene Augenblicke in den letzten Nächten im Traktorenschuppen gehabt. Irgendwie waren sie immer unterbrochen worden, entweder durch jemanden, der etwas holen wollte, oder, in einer Nacht, durch durchdrehende Schafe. Sie hatten eine zertrampelte Schlange gefunden, als sich die Schafe endlich beruhigt hatten und sie die Situation überblicken konnten. Danach hatten sie alle Schafe in der näheren Umgebung auf Bisswunden untersuchen müssen. Glücklicherweise hatten sie nichts gefunden und keines der Schafe hatte krank gewirkt, lediglich verschreckt. Aber es hatte sie daran erinnert, dass sie selbst hier auf der Station zu jedem Zeitpunkt wachsam sein mussten. Jesse wusste nicht, ob Chris den Unterschied zwischen einer harmlosen und einer giftigen Schlange kannte. In der Dunkelheit war eine Unterscheidung meist unmöglich und die falsche Entscheidung konnte tödlich sein. Er hatte seitdem nicht mehr vorgeschlagen, dass sie sich nach Einbruch der Dunkelheit treffen sollten. Aber je länger die Tage wurden, desto länger schienen auch alle zu arbeiten. Das bedeutete, dass selbst die Ställe keine Privatsphäre mehr boten. Jesse hätte Chris in sein Zimmer einladen können, doch die Wände in den Baracken waren sehr dünn und er wollte nicht, dass jemand sie hörte. Chris' Zimmer im Haupthaus war erst recht keine Option, da Seth im Nebenzimmer und Caine und Macklin in einem Raum weiter den Gang hinunter schliefen. Ihm war bewusst, dass sie auch jetzt würden arbeiten müssen, wenn sie unterwegs waren, aber sie wären zumindest alleine, weit weg von den Blicken der anderen. Selbst wenn sie sich ein paar Minuten anderweitig beschäftigten, würde es niemandem etwas ausmachen, solange sie nur ihre Arbeit erledigten.

Sobald das Frühstück vorbei war, ging Jesse nach draußen zum Ute. Chris folgte ein paar Minuten später, ebenso begierig darauf, die gemeinsame Zeit zu genießen. „Sollen wir loslegen?", fragte Jesse. Er blickte kurz auf die Karte, die Macklin ihm in die Hand gedrückt hatte, als er die Kantine verließ.

„Sicher", sagte Chris mit einem Lächeln. „Ich habe einen Notizblock dabei, damit wir die Anmerkungen für Caine und Macklin aufschreiben können."

„Gut", sagte Jesse. „So können wir so genau wie nur möglich sein."

„Hast du ein Funkgerät?", fragte Chris. „Macklin hat gesagt, dass jeder, der das Tal verlässt, eines mitnehmen muss, nur für alle Fälle."

„Es ist schon im Ute", erwiderte Jesse. „Komm, lass uns fahren."

Chris kletterte in den Wagen und legte den Gurt an. „Los geht's."

„MISCHT DU dich schon wieder ein?", fragte Macklin Caine, als der schwarze Ute aus der Hauptstation fuhr.

„Das ist kein Einmischen", behauptete Caine. Macklin hatte gewusst, dass er das tun würde. „Wir haben gesagt, dass diese Arbeit getan werden muss, und du weißt, dass Chris bei der Schur nicht wirklich helfen kann, aber das kann er tun."

„Und du hast natürlich rein zufällig vorgeschlagen, dass Jesse ihn begleiten sollte", gab Macklin zurück. „Anstatt Neil oder Kyle oder einer der anderen Jackaroos, die sich bereits auf der Station auskennen. Die Wahrscheinlichkeit, dass sie sich verirren, ist genauso hoch wie die, dass sie die Treiberhütten finden."

„Jesse ist ein kluges Köpfchen, und er kann die Karte lesen, die du ihm gezeichnet hast", sagte Caine. „Die Straßen werden nach dem Winter ein wenig überwuchert sein, aber sie sind noch immer sichtbar. Sie werden schon zurechtkommen."

„Mit anderen Worten: Du hast dich eingemischt", sagte Macklin.

Caine grinste ihn an, mit diesem frechen Lächeln, das Macklin schon vom ersten Moment an verzaubert hatte, selbst als er sich noch Sorgen gemacht hatte, dass Caine die Station verkaufen könnte. Macklin zuckte nicht, als Caine ihm beim Vorbeigehen den Hintern tätschelte, aber nur, weil sie draußen waren. Er war stets beherrscht, wenn die Jackaroos ihn sehen konnten.

Er wusste, was Caine wollte, und das schon seit einiger Zeit, aber es zu wissen, war nicht dasselbe, wie es zu tun. Macklin konnte nicht einmal genau sagen, was ihn zurückhielt. Er hatte all seine Zweifel bezüglich Caine und seines Engagements die Station betreffend – und gegenüber Macklin – zu ungefähr derselben Zeit abgelegt, als er Caine vor einem halben Dutzend Jackaroos geküsst hatte. Aber es ging auch nicht darum, darauf zu vertrauen, dass Caine blieb. Es ging um seine Selbstkontrolle. Er hatte seinen Vater zu oft die Kontrolle verlieren sehen, als dass er sich für die Idee erwärmen könnte. Das eine Mal, als er sich nicht zügeln konnte, hatte es vernichtende Resultate nach sich gezogen. Deshalb hatte er sich geschworen, nie wieder die Beherrschung zu verlieren.

Vielleicht war es an der Zeit, die Zügel etwas zu lockern, zumindest wenn es um diese eine Sache ging.

DIE STRASSEN von Lang Downs waren nicht mit so vielen Schlaglöchern übersät, wie Chris gedacht hatte, aber sie waren auch nicht unbedingt eben. Er versuchte, mittels der Karte ihren Weg zu verfolgen und die schlimmsten Stellen zu markieren. Chris wusste jedoch nicht, ob jemand, der an das Leben auf der Station gewöhnt war, ebenfalls der Meinung sein würde, dass eine Reparatur nötig war.

An manchen Tagen fühlte er sich, als wäre er mit Alice zusammen den Kaninchenbau hinuntergestürzt.

Er kam die meiste Zeit damit zurecht, und er wusste, dass der Mann neben ihm der Grund dafür war. Jesse war seit seiner Ankunft sein Maßstab gewesen. Er schielte zu ihm hinüber, wünschte sich jedoch, den Mut aufzubringen und sich zur Seite zu drehen, um Jesse so bewundern zu können, wie er es wollte. Doch obwohl sie intime Momente miteinander geteilt hatten und Chris wusste, dass sie diese wieder miteinander erleben würden, sobald sie die Gelegenheit dazu bekamen, fühlte es sich seltsam an, offen zu starren. Als wäre es ein Verstoß gegen eine unausgesprochene Vereinbarung.

Sie waren kein richtiges Paar wie Caine und Macklin. Sie machten nur hin und wieder miteinander rum. Nicht, dass das schlecht war, aber es war eben keine ernsthafte Beziehung. Eine Beziehung, die es Caine erlaubte, nahe bei Macklin zu stehen oder die zuließ, dass Macklin abends die Treppen zu Caines Schlafzimmer hinaufstieg, um in dessen Bett zu schlafen. Chris verstand Macklins Gewohnheit, abends noch alleine auf der Veranda zu sitzen und die Sterne zu beobachten, ehe er zu seinem Partner ging, nicht. Doch Chris hatte es oft genug beobachtet, um es zu akzeptieren. Diese schweren, bedächtigen Schritte kündigten immer das Ende des Tages an. Wenn Macklin nach oben kam, waren die Lichter gelöscht, die Türen verschlossen und es war Zeit, zu Bett zu gehen, auch wenn es noch nicht Schlafenszeit war, den Geräuschen nach zu urteilen, die in manchen Nächten vom anderen Ende des Korridors kamen.

Chris hatte das nicht mit Jesse und machte sich auch keine Illusionen darüber, dass er es bald haben würde, gewiss nicht, solange er unter Caines und Macklins Dach lebte. Wenn er auf Lang Downs bleiben würde, konnte er entweder in der Schlafbaracke oder in einem der kleinen Häuser leben, das er mit Seth teilen müsste. Vielleicht wäre es auch möglich, dass Seth weiterhin im Haupthaus leben und Chris in die Baracke ziehen konnte, wenn kein Haus frei war. Aber selbst dort könnte es nicht so sein wie für Caine und Macklin. Natürlich, er könnte dort möglicherweise mit Jesse herummachen oder mit ihm schlafen, und doch würde es anders sein.

Eines Tages würde er vielleicht einen Mann treffen, mit dem er eine lebenslange Beziehung aufbauen konnte. Eines Tages, wenn er sein Leben im Griff hatte und Entscheidungen für sich selbst treffen konnte. Es würde nicht morgen geschehen, aber Caine und Macklin waren Beweis genug, dass es passieren konnte – sogar hier im Outback.

„Du bist ganz schön still", sagte Jesse und riss Chris aus seinen Gedanken. „Alles in Ordnung?"

„Ja", erwiderte Chris schnell. Vielleicht etwas zu schnell, dem Blick nach zu urteilen, den Jesse ihm zuwarf. „Ich denke nur über Caine und Macklin nach."

„Ich krieg noch mal einen Komplex deswegen", scherzte Jesse.

„Nicht auf diese Art." Chris rollte die Augen. „Ich denke darüber nach, wie sie zusammenleben und sich aufeinander verlassen. Es ist vielleicht dumm, aber ich sehe sie an und ..."

„Und denkst daran, dass es für solche Kerle wie uns auch Hoffnung gibt", beendete Jesse den Satz.

Chris nickte.

„Ich habe in den letzten zehn Jahren auf acht Stationen gearbeitet", sagte Jesse, „und nirgendwo habe ich etwas Vergleichbares gesehen, nicht einmal bei einem Viehzüchter und seiner Frau. Sie lassen mich an die Dinge glauben, die ich für unmöglich gehalten habe. Vielleicht nicht anderswo, aber zumindest hier. Ich wollte nie über den Winter auf einer Station bleiben, bin immer zurück nach Sydney oder Melbourne gegangen, um Freunde zu treffen. Selbst auf den Stationen, auf denen ich einen zweiten Sommer gearbeitet hatte, wollte ich nicht bleiben. Hier ist es anders. Hier könnte ich bleiben."

„Ja, mir geht es genauso", stimmte Chris zu. „Vielleicht liegt es auch an den Leuten, mit denen ich Zeit verbringe. Kami, Neil, Patrick ... sie leben dort das ganze Jahr über und sind der Station genauso verpflichtet wie Caine und Macklin. Vielleicht denken ein paar der Saisonarbeiter anders."

„Nicht wirklich", sagte Jesse. „Natürlich gibt es ein paar Männer, die noch nicht bereit sind, sesshaft zu werden oder es als eine spezielle Erfahrung vor oder nach der Universität ansehen, aber einige von ihnen kommen jeden Sommer hierher zurück, weil das Arbeiten anders ist."

Chris dachte darüber nach, während sie fuhren. Er hatte vor langer Zeit geplant, zur Universität zu gehen, doch dann erkrankte seine Mutter und Tony wurde mehr und mehr zu einem Bastard, wenn seine Mum nicht anwesend war. Es hätte ihn nicht überraschen sollen, als Tony sie rausgeworfen hatte. Er fragte sich, ob ihm der Job auf der Station endlich die Chance gab, sein Leben in den Griff zu bekommen, ein wenig Geld für die Uni zu sparen, vielleicht sogar Teilzeit auf der Station arbeiten zu können, um so von der Schur bis zum Ende der Saisonarbeit dort zu bleiben. Er wusste noch nicht, wann die Arbeit enden würde, aber er könnte jemanden fragen. Er könnte seinen Abschluss machen und „etwas mit seinem Leben anfangen", wie Tony ihn immer angebrüllt hatte. Das würde allerdings bedeuten, dass er Lang Downs verlassen müsste, und zumindest für die nächsten Jahre wäre Seth noch bei ihm. Chris kümmerte es nicht, wie hart er arbeiten musste, um Seth seinen Schulabschluss zu ermöglichen und sichergehen zu können, dass dessen Chancen nicht begrenzt waren. Wenn er ein paar Jahre länger auf Lang Downs bleiben müsste, damit Seth zur Uni gehen könnte, dann würde er das tun.

Er sah hinüber zu dem Mann, der mit ihm in der Fahrerkabine des Utes saß. Er könnte auch einfach bleiben. Jesse schien mit seinem Leben glücklich zu sein. Kami, Neil, Patrick, Kyle, Ian und natürlich Caine und Macklin hatten sich ihr Leben auf der Station eingerichtet. Patrick war verheiratet, und er war nicht der Einzige. Es schien, als würde Neil vor dem Ende des Sommers heiraten und Caine und Macklin waren vermutlich auch kurz davor. Kyle und Ian dagegen waren beide Singles. Sie waren zwar nicht mehr zwanzig, aber mit ihrem Singleleben auf der Station durchaus glücklich.

Wenn Jesse auch bleiben würde, müsste Chris nicht einmal im Winter ohne ihn auskommen. Er würde so lange Gesellschaft haben, wie ihr Arrangement bestehen blieb.

„Dort ist die erste Hütte", sagte Jesse, was Chris erneut aus seinen Gedanken riss. „Sehen wir mal, was fehlt."

Die Hütte war bestenfalls einfach. Vier Wände und ein Dach, ein kleiner Unterstand, vermutlich für Pferde, wenn die Jackaroos mit ihnen unterwegs waren anstatt zu fahren. Das Innere zeigte keinerlei Anzeichen von Wasserschäden, also war sie zumindest dicht. Chris wusste von den schlimmen Stürmen, die im Winter über die Tafelländer zogen.

„Hier gibt es nicht sonderlich viel", bemerkte er.

„Wenn deine andere Option eine Nacht draußen ist, im strömenden Regen oder unter einem Baum, oder du versuchen musst, auf dem Pferderücken inmitten eines Sturmes heimzufinden, dann sieht das hier wie das Paradies aus", gab Jesse zurück. „Hast du die Liste, die Caine uns gegeben hat?"

Chris zog sie hervor, damit sie die Schränke überprüfen und feststellen konnten, was sie nachfüllen mussten. Sie tauschten die gebrauchten Decken gegen frische aus, Caine hatte darauf bestanden, und die Schränke wurden mit Dosen voller Gemüse und Früchten, sowie Keksen und Vegemite aufgefüllt. Nicht gerade ein Festmahl, aber genug, um im Notfall den Magen eines hungrigen Mannes zu füllen. Sie tauschten die Batterien der Taschenlampen aus, überprüften den Zustand der Pritschen und erklärten die Hütte bereit für den Sommer.

„Sobald ich das Bleigewicht los bin, sollten wir uns freiwillig für eine Nachtschicht hier draußen melden", meinte Chris, als sie wieder in den Ute stiegen. „Wir hätten dann etwas Zeit zu zweit und Privatsphäre."

„Zeit zu zweit und Privatsphäre, nun ja, möglicherweise", sagte Jesse. „Aber hier draußen sind wir auf der Arbeit."

„Auch mitten in der Nacht?"

„Wenn wir nicht gerade die Hütte als Zufluchtsort aufsuchen, weil wir festsitzen, dann ja", sagte Jesse. „Anscheinend treiben sie die Schafe nachts nahe an die Treiberhütten, damit die Männer sie im Auge behalten können. Wir wären zwar in der Hütte, aber müssten auf die Herde aufpassen, da Dingos und streunende Hunde gerne Schafe reißen, sobald es dunkel ist und sie nicht so leicht zu entdecken sind."

„Verdammt." Chris war enttäuscht. „So viel zu meiner großartigen Idee, dich für mich allein zu haben."

Jesse lachte. „Wir werden schon eine Gelegenheit finden, Chris. Wir müssen nicht jede Nacht miteinander vögeln."

„Das haben wir auch noch nicht", konterte Chris.

Jesse stieß ihn mit dem Ellbogen an. „Du weißt, was ich meine."

Chris wusste es, aber zu hören, wie Jesse über Sex sprach und sich dabei vorzustellen, wie es wäre, ihn in sich zu haben, ließ seine Libido erwachen. Mit einem Mal schien die Luft in der Fahrerkabine elektrisch geladen zu sein und Chris' Blick wanderte immer wieder zu Jesses Händen auf dem Steuerrad des Ute, während er sich vorstellte, wie sie seinen Körper berührten.

„Wenn wir uns nicht mehr hinter dem Traktorenschuppen treffen können, könnten wir uns doch wieder darin treffen, oder?", fragte Chris mit rauer Stimme.

„Geil?", fragte Jesse belustigt.

Chris ergriff eine von Jesses Händen und rieb sie über seinen Schritt. „Verdammt, ja."

„Vorsicht, Kumpel." Jesse legte die Hand zurück ans Steuer. „Wenn ich den Ute zu Schrott fahre, haben wir beide ein Problem."

„Du hast meine Frage nicht beantwortet", sagte Chris. „Können wir uns wieder im Schuppen treffen?"

„Ich weiß es nicht", sagte Jesse. „Es gibt einfach keine Garantie, dass wir dort nicht gestört werden. Ich bin aus dem Alter heraus, wo es mich reizen könnte, beim Sex beobachtet zu werden."

„Das klingt, als wärst du uralt", sagte Chris. „Du bist nur, was, fünfundzwanzig, sechsundzwanzig?"

„Achtundzwanzig", antwortete Jesse, „aber darum geht es nicht. Es geht darum, dass ich kein Fan von Sex vor Publikum bin. Selbst wenn dieses Publikum davon begeistert ist, und ich schätze, dass das hier nicht der Fall wäre."

„Die Leute scheinen mir recht tolerant zu sein."

„Es ist ein Unterschied, ob jemand theoretisch tolerant ist oder es ins Gesicht gerieben bekommt", gab Jesse zurück. „Ja, wir sind beide erwachsen, aber das bedeutete nicht, dass irgendjemand uns zusammen sehen will. Ich bin mir sicher, dass du bemerkt hast, dass Macklin und Caine sich in der Öffentlichkeit bedeckt halten."

„Sich vor den Augen anderer verstecken?", fragte Chris.

„Ich glaube nicht, dass sie sich verstecken", meinte Jesse. „Das wäre sinnlos, angesichts Neils Rede am ersten Tag. Sie haben einfach beschlossen, sich nicht so zu verhalten, dass es für andere unangenehm wäre. Sie verlassen sich darauf, dass ihre Jackaroos ihre Jobs erledigen, so wie die Jackaroos sich im Gegenzug auf sie verlassen. Wenn die Leute plötzlich gehen würden, wären sie in Schwierigkeiten."

„Du hast vermutlich recht", sagte Chris. „Können wir das nicht auch tun?"

„Wir sind wohl kaum in der gleichen Situation", erinnerte Jesse ihn. „Wir sind nicht der Boss und der Vorarbeiter."

„Macklin hat einen Verdacht", sagte Chris, „und es scheint ihn nicht zu kümmern. Er hat gesagt, dass meine Freizeitgestaltung ihn nichts angeht, solange meine oder deine Arbeit nicht darunter leidet."

„Das ist gut, schätze ich", erwiderte Jesse, „obwohl ich mir ehrlich gesagt nicht sicher bin, wie ich das finden soll, dass sie es wissen."

„Ich habe ihnen nichts gesagt", sagte Chris, in der Hoffnung nichts falsch gemacht zu haben. „Ich war auf der Veranda und Macklin hat erwähnt, dass sie in die Stadt fahren würden, um die Vorräte aufzustocken. Ich hatte gemeint, dass ich auch ein paar Dinge bräuchte und er hat angeboten, mir etwas zu besorgen. Aber ich wollte ihn nicht um Kondome bitten, also habe ich gesagt, dass ich lieber selbst mitgehe. Daraufhin hat er gemeint, dass es okay wäre, wenn wir ein wenig Dampf ablassen, solange wir wüssten, was wir tun. Ich schwöre, ich habe es ihm nicht gesagt."

„Er wäre nicht der Vorarbeiter von Lang Downs, wenn er dumm oder ein langsamer Denker wäre", sagte Jesse. „Wenn du Shampoo oder so etwas gebraucht hättest, hättest du es ihm gesagt, also hast du entweder Kondome gebraucht oder dir Tripper eingefangen, wofür du Medizin gebraucht hättest. Wenn du Tripper gehabt hättest, hätten sie dich schon im Krankenhaus behandelt. Also bleiben nur die Kondome übrig."

Wenn Jesse es so ausdrückte ... „Ich schätze, ich habe es ihm doch irgendwie gesagt, was?"

„Mach dir keine Sorgen", sagte Jesse. „Du hast gesagt, dass er nicht wütend war und er hat dir auch nicht nahegelegt, dass wir das beenden sollten. Also denke ich, dass das eine stillschweigende Erlaubnis war."

Chris rutschte ein wenig näher an Jesse heran. „Also, können wir ein paar Extraminuten in der nächsten Hütte einlegen? Ich habe dich vermisst."

„Nach dem Mittagessen", gab Jesse zurück. „Wo auch immer wir dafür anhalten werden, aber dann fühlt es sich nicht so an, als würden wir ihr Vertrauen missbrauchen."

„Keiner wird es mitbekommen, wenn wir unsere Pause verlängern, solange wir heute trotzdem viele Hütten überprüfen", drängte Chris.

Jesse grinste. „Du willst das wirklich riskieren? Denkst du, du könntest Macklin in die Augen schauen, ohne dich zu verraten, wenn er beginnt, Fragen zu stellen? Ich weiß, dass ich das nicht könnte."

Chris beschloss, nicht weiter auf Jesse einzureden. „Na gut, dann warten wir bis zum Mittagessen."

„Stell es dir als Vorspiel vor", sagte Jesse, als sie vor der zweiten Hütte vorfuhren. „Noch zwei weitere Stunden voller Erwartungen und der Frage, was wohl passieren wird, wenn wir endlich zum Mittagessen anhalten."

„Oder um zu planen, was ich mit dir tun werde", neckte Chris. Er weigerte sich, der Einzige zu sein, der bis zum Mittagessen vor Erregung verzweifelte. „Ich kann mir ein paar Dinge vorstellen, die ich ausprobieren will."

„Wenn ich dich lasse", gab Jesse zurück.

Chris grinste. „Das wirst du. Ich habe einen talentierten Mund. Das hat man mir jedenfalls gesagt."

12

JESSE WAR versucht, eine Bemerkung über Chris' Erfahrung zu machen, aber er wollte keinen Streit vom Zaun brechen. Vor allem, da seine eigene Liste an Beziehungen nicht weniger löchrig war. Ein paar Jahre zuvor hatte er sich mit jemanden getroffen – er konnte sich nicht einmal mehr an den Namen des Kerls erinnern – mit dem er hin und wieder im Bett gelandet war. Sie hatten jedenfalls nie vorgehabt, diese lockere, praktische Sache zu vertiefen. Jesse wusste nicht, ob Chris jemals eine feste Beziehung gehabt hatte, aber da er das von sich selbst auch nicht behaupten konnte, würde er nicht nachfragen. „Ich hatte definitiv meinen Spaß in dieser einen Nacht", sagte er stattdessen.

„Gut", meinte Chris. Seine Stimme klang so selbstsicher, dass Jesse in diesem Moment klar wurde, was in ihrer Mittagspause geschehen würde. Er würde Chris völlig umhauen. Chris hatte vielleicht einen talentierten Mund, aber er war noch immer ein Kind im Vergleich zu Jesse. Und Jesse war sich sicher, dass Chris öfter geblasen hatte, als einen geblasen zu bekommen. Er wusste, wie die Schwulenbars funktionierten. Ein Junge wie Chris, mit diesem jugendlichen Aussehen und solch einer schlanken Gestalt, war meistens derjenige auf den Knien. Außer, wenn er jemanden gefunden hätte, der noch jünger und schmaler als er selbst war. Natürlich hatte Jesse ein paar Ausnahmen gesehen, aber die waren eher selten gewesen und hatten oft eine Beziehung im Hintergrund gehabt. Chris machte nicht diesen Eindruck.

„Lass uns die Hütte überprüfen", sagte Jesse mit rauer Stimme. „Wir sollten noch eine weitere vor dem Mittagessen schaffen."

Chris sprang aus dem Ute, die Liste in der Hand. Die Vorräte dieser Hütte waren noch spärlicher als jene der vorigen.

„Ich bin froh, dass wir die Hütten überprüfen", meinte Chris, als sie die Konservendosen hineintrugen. „Ich würde nicht hier draußen festsitzen wollen, ohne etwas zu essen in den Schränken zu haben."

„Ich auch nicht", sagte Jesse. Er dachte dabei an jene Nächte, die er auf den anderen Stationen draußen verbracht hatte. Er verstand, warum die Jackaroos von Lang Downs so loyal waren. Es war einfacher, einen schwulen Boss zu akzeptieren, wenn man solche Vorteile genoss. Für jemanden wie Jesse, der in der Vergangenheit schon viele Jobs wegen Diskriminierung aufgegeben hatte, war diese Kombination wie ein wahr gewordener Traum.

Sie tauschten die Decken aus und schlossen alles ab. „Wo ist die nächste Hütte?"

Chris sah auf die Karte, die Macklin ihm gegeben hatte. „Dort entlang."

In den höheren Lagen wurden die Straßen deutlich schlechter, was ein Beweis dafür war, dass der Winter ein paar heftige Stürme mit sich gebracht hatte. Es dauerte fast zwei Stunden, bis sie die nächste Hütte erreichten. „Mittagspause", sagte Chris, kaum, dass sie angehalten hatten.

„Lass uns erst die Hütte überprüfen", schlug Jesse vor. „Dann können wir essen und uns entspannen."

„Und vögeln."

„Und was auch immer", stimmte Jesse zu. „Ich trage noch immer keine Kondome bei mir, wenn ich arbeite."

„Wir müssen uns etwas einfallen lassen", beharrte Chris. „Auf der Station selbst gibt es keine Möglichkeiten, um alleine zu sein, deshalb müssen wir uns einen anderen Ort suchen."

„Wir werden sehen", sagte Jesse, da er mit diesem Kompromiss nicht wirklich einverstanden war. Es sei denn, dass sie nach der Arbeit zu einer abgeschiedenen Hütte fuhren und am nächsten Morgen rechtzeitig zum Frühstück zurückkamen. Sein Verantwortungsgefühl Caine gegenüber war zu stark. Er wollte diesen Job nicht verlieren. Er dachte zwar nicht, dass er ihn verlieren würde, weil er mit Chris rummachte, aber Caine hätte allen Grund, ihn zu feuern, wenn er dadurch seine Arbeit vernachlässigen würde.

Der Gestank von Tierkot schlug ihnen entgegen, als sie die Tür öffneten. „Verdammt", fluchte Jesse. „Etwas hat den Winter hier verbracht. Ich hoffe, es war nichts Fieses."

„Der eklige Geruch reicht schon", beschwerte sich Chris und hielt sich die Nase zu.

„Ja, aber es gibt eklig und dann gibt es gefährlich", sagte Jesse. „Hol eine der Extra-Taschenlampen, damit wir nachsehen können, was da drin ist, bevor wir reingehen."

Chris griff sich eine Taschenlampe aus dem Kofferraum des Ute und Jesse leuchtete in die Hütte. Er suchte nach Reflexionen, die verraten würden, wo genau sich das Tier befand. Er fand sie schließlich in der hinteren Ecke der Hütte. „Dort hinten", sagte er zu Chris. „Siehst du das?"

„Ich sehe Augen", wisperte Chris zurück. „Aber ich kann nicht sagen, was es ist."

„Ich auch nicht", meinte Jesse. „Beuteldachse, Kaninchennasenbeutler, Ratten- oder Kaninchenkängurus, oder, wenn wir Pech haben, ein Wombat."

„Warum Pech?"

„Weil sie größer und stärker als die anderen sind. Wenn es ein Wombat ist, sollten wir zuerst mit Macklin sprechen. Auf einer anderen Station hat sich ein Mann mit einem Wombat angelegt und ist anschließend im Krankenhaus gelandet", erklärte Jesse. „Und der Wombat damals hatte nicht versucht, sein Heim zu verteidigen."

„Wie sollen wir herausfinden, ob es ein Wombat ist?", fragte Chris. „Wenn sie so taff sind, sollten wir wohl eher nicht reingehen und die Fenster aufmachen, damit wir mehr Licht haben."

„Sie sind nachtaktiv", sagte Jesse. „So viel weiß ich. Falls es ein Wombat ist, sollte das Licht es tiefer in sein Nest treiben, wenn es jedoch etwas anderes ist, können wir so erkennen, um welches Tier es sich genau handelt. Halt die Taschenlampe weiterhin auf das Tier gerichtet, damit wir wissen, ob es sich bewegt. Ich werde versuchen, ein Fenster zu öffnen."

Chris nickte, und Jesse schlüpfte hinein. Dort tastete er sich an der Wand entlang, die am weitesten von dem Tier entfernt war, um ein Fenster zu finden, ließ es aber nicht aus den Augen. Jesse fand den Riegel und öffnete den Fensterflügel, ließ das späte Morgenlicht herein. „Ein Wombat. Wir werden es Macklin melden und abwarten, was er deswegen tun will."

„Wir werden sowieso zurückkommen müssen, um die Hütte zu reinigen", sagte Chris, als Jesse langsam zurück zur Tür kam. Wir haben keine Schaufeln, um das Nest zu entfernen, und ich bin mir auch nicht sicher, ob ich dir eine große Hilfe wäre, da ich im Moment keine Schaufel halten kann."

„Nicht zu vergessen, dass wir, falls wir den Wombat verjagen könnten, nachsehen müssten, wie er in die Hütte gelangt ist, um so zu verhindern, dass er zurückkommt. Macklin sollte vielleicht eine erfahrenere Crew hierher schicken. Ich bin kein Schreiner. Ich meine, ich kann ein paar Nägel in ein Brett schlagen, damit ein eventuell vorhandenes Loch verdeckt wird, aber das ist keine Lösung. Ich wollte eigentlich vorschlagen, dass wir in der Hütte essen, aber wir sollten wohl besser auf der Ladefläche des Utes Platz nehmen."

Chris holte ihr Mittagessen aus der Fahrerkabine, während Jesse eine der saubereren Decken auf der Ladefläche ausbreitete. Es war kein Bett, nicht mal eine Pritsche, aber es war besser als kalter Stahl. Glücklicherweise schien die Sonne, und es war warm genug, damit die Brise, die vom Hochland zu ihnen wehte, angenehm war. Trotzdem war sich Jesse nicht sicher, ob er sich hier draußen ausziehen wollte. Er hatte sich eigentlich vorgenommen, Chris auf eine der Pritschen zu drücken und sich Zeit zu lassen, ihn zu lecken und zu küssen, ihn nicht nur schnell zum Orgasmus zu bringen und zur nächsten Hütte weiter zu hetzen. Dafür würde es hier draußen wohl ein wenig zu kühl sein, aber er würde schon sehen, was sich ergab.

Chris sprang neben ihm auf die Ladefläche. „Hier ist dein Essen", sagte er, als er Jesse die Tasche reichte. Jesse wartete einen Moment, ehe er diese aufmachte. Chris war vorhin ziemlich ungeduldig gewesen, aber jetzt schien er damit zufrieden zu sein, hier zu sitzen und zu essen. Also tat Jesse dasselbe. Er konnte warten, bis sie mit dem Essen fertig waren oder vielleicht sogar bis zu einem völlig anderen Zeitpunkt, immerhin war er keine achtzehn mehr.

„Seth scheint sich gut einzuleben", meinte Jesse. „Mit Ausnahme der zwei Streiche, natürlich. Das sollte dich glücklich machen."

„Zwei?", fragte Chris mit vollem Mund. „Ich wusste nur von dem Streich, den er mir gespielt hat."

Jesse fluchte leise. „Und ich habe ihm versprochen, dass ich es dir nicht verraten würden, da er sich entschuldigt und seinen Saustall beseitigt hat", meinte Jesse mit einem Kopfschütteln.

„Was hat er getan?"

„Er hat Patricks Werkzeugkiste durcheinandergebracht", sagte Jesse. „Harmlos, aber ärgerlich. Er hat alles zurück an seinen Platz gelegt. Patrick prüft seine Kiste nun jeden Morgen, aber sonst scheint er Seth nicht böse zu sein."

„Kleiner Scheißer", murmelte Chris. „Ich habe ihm *gesagt*, dass er so etwas auf der Station nicht tun soll. Er denkt, es sei witzig, aber er ist zu alt, um ungeschoren mit so etwas davonzukommen."

„Das hat Patrick ihm auch gesagt", sagte Jesse. „Ich denke, er hat es sich zu Herzen genommen, da er seitdem keinen Ärger mehr gemacht hat. Lass es einfach gut sein."

„Ich schätze, das werde ich auch, weil Patrick ihn bereits darauf angesprochen hat", erwiderte Chris langsam. „Ich versuche mein Bestes, um ihm ein gutes Vorbild zu sein, aber, verdammte Scheiße, ich weiß die halbe Zeit nicht, was ich überhaupt mache."

„Hey", sagte Jesse. Er zog an Chris' gesunder Hand, bis der in seinen Armen lag. „Lass das. Seth ist kein kleines Kind, das du ständig überwachen musst. Er ist fast erwachsen und alt genug, um seine eigenen Entscheidungen zu treffen. Wenn er Mist baut, ist das sein Problem, nicht deines. Du hast schon so viel getan, indem du einen Platz gefunden hast, an dem ihr bleiben könnt und genug zu essen habt."

Chris seufzte und lehnte sich gegen Jesse. „Ich werde nie wieder einen abwertenden Kommentar über Eltern machen. Ich weiß nicht, wie die das schaffen. Sechs Monate mit einem fast erwachsenen Teenager haben mich beinahe fertiggemacht."

Jesse hauchte sanfte Küsse auf Chris' Hals, mehr um ihn zu beruhigen als zu verführen. Er hatte keine Ahnung, wie er an Chris' Stelle gehandelt hätte. Er hoffte nur, dass er dabei wenigstens halb so erfolgreich gewesen wäre. Seit er von Zuhause weggelaufen war, hatte er seine jüngeren Geschwister nicht mehr gesehen, also wäre das wohl eher nicht der Fall. Seine jüngste Schwester war jetzt schon älter als Seth.

Jesse verlor irgendwann den Überblick, wie lange sie in kameradschaftlichem Schweigen auf der Ladefläche saßen. So hatten sie die Mittagspause nicht verbringen wollen, aber ihm machte es nichts aus. Es schien, als würde Chris jetzt mehr als alles andere einen Freund brauchen, und diesen Gefallen tat Jesse ihm gerne.

„Ich schätze, wir sollten die restlichen Hütten überprüfen", meinte Chris nach einer Weile. „Ich habe immerhin unsere Mittagspause ruiniert."

„Das hast du nicht", widersprach Jesse. Er ergriff Chris' Kinn und küsste ihn. „Sex macht keinen Spaß, wenn nicht beide voll dabei sind, und du warst offensichtlich nicht in Stimmung. Es wird sich eine andere Gelegenheit finden."

Sie füllten noch die Vorräte in zwei weiteren Hütten auf, ehe Jesse beschloss, dass sie für heute genug getan hatten. Er nahm die schmutzigen Decken und wollte gerade zum Ute zurückkehren, als Chris ihn gegen die Tür drückte und heftig küsste.

Jesse wollte schon aus Gewohnheit protestieren, aber er selbst hatte beschlossen, dass sie Feierabend machen sollten, und außer zum Abendessen zur Station zurückzufahren, war nichts mehr zu tun. Chris war zuvor nicht in Stimmung gewesen, aber das hatte sich geändert, und Jesse stellte fest, dass es ihm nichts ausmachte. Er ließ die Decken fallen, ergriff Chris' Hüfte und zog ihn näher. In dem Moment, als Chris erkannte, dass Jesse den Kuss erwiderte, entspannte er sich und Jesse nutzte diese Gelegenheit, um die Plätze zu tauschen, sodass Chris von Jesses breiterem Körper an der Tür festgenagelt war. Mit seinen Lippen fuhr er an Chris' Wange entlang, wobei dessen Stoppeln über seine Lippen kratzten.

„Wir sollten dich bald wieder rasieren", brummte er anschließend leise in Chris' Ohr.

Chris summte leise, ein Laut der Zustimmung oder Lust oder beidem. Jesse kümmerte es nicht, was es war, denn es war genug, Chris in seinen Armen zu haben. Er zog die schwere Jacke zur Seite, um Chris' Brust durch das dicke Arbeitsshirt zu massieren. Es fühlte sich natürlich nicht so gut an, als wenn Haut auf Haut traf, aber es würde für den Moment reichen. Er würde den Rest für einen günstigeren Zeitpunkt aufsparen, vielleicht hatten sie dann sogar ein Bett zur Verfügung. Kurz dachte Jesse an die Pritschen, aber wenn er jetzt damit anfing, würden sie nicht rechtzeitig zum Abendessen ankommen und Fragen beantworten müssen. Stattdessen öffnete er Chris' Jeans und zog den Reißverschluss nach unten. Er schob eine Hand in Chris' Schritt, streichelte dessen härter werdende Erektion. Oh ja, da hatte eindeutig jemand die schlechte Laune abgelegt.

Chris stöhnte, als Jesse seine Hand mehrmals auf und ab bewegte. Jesse genoss dieses kleine Geräusch, da er keine Angst haben musste, dass sie jemand erwischte. Er trat etwas zurück, um Chris' Hosen und Unterhosen herunterzuziehen und das harte Glied zu entblößen. Er küsste Chris einmal mehr, ehe er auf die Knie ging und seinen Preis einforderte.

Er hörte ein dumpfes Pochen über ihm, vermutlich das Geräusch von Chris' Kopf, der gegen die Tür zurücksank. Aber er hörte nicht auf, zu sehr war er auf den harten Schaft in seinem Mund fixiert, auf den salzigen Geschmack, den er von Chris' Spitze aufnahm, und dem Geruch von Schweiß und Lust, der von Chris' Körper kam. Von all den Dingen, die Jesse am Sex liebte, war das hier vielleicht das Beste. Die komplette Kontrolle über einen Mann, seinen Körper und seine Sinne zu übernehmen, ihn nicht mehr tun zu lassen, als zu stöhnen, zu zittern und ihn kommen zu lassen als gäbe es kein Morgen. Er hatte darüber einmal mit Wiehieß-er-noch gestritten, der behauptet hatte, dass es besser war, einen geblasen zu bekommen, als selbst zu blasen, aber Jesse hatte dem nicht zugestimmt. Er würde sich natürlich nie darüber beschweren, wenn er einen Blowjob bekäme, aber das war nur passive Lust. Hier ging es darum, seinem Partner ein gutes Gefühl zu geben, und Jesse fand die kleinen Geräusche und Zeichen von Chris' Verlangen deutlich erregender, als selbst befriedigt zu werden.

Chris' Finger fuhren an seinem Kopf entlang, strichen durch die kurzen Haare. Jesse dachte einen Moment lang, dass Chris die Kontrolle übernehmen und in Jesses Mund stoßen würde, aber das tat er nicht. Er schien wohl nur den Kontakt zu brauchen. Jesse streichelte über Chris' Hüften, gab ihm dieselbe Zärtlichkeit zurück.

„Oh, fuck, fast …", keuchte Chris über ihm.

Jesse zog sich zurück, seine Hand übernahm den Platz seines Mundes, als er aufstand und Chris küsste. Er wichste Chris heftig, während er dessen Mund einnahm und jeden Zentimeter mit der Zunge erkundete.

Chris stöhnte in den Kuss hinein, sein Körper ergab sich Jesses Hand. Jesses Bewegungen wurden langsamer, er gab Chris Zeit, sich zu beruhigen. Sein eigenes Verlangen wuchs, und er begann gegen Chris' Oberschenkel zu stoßen. Wenn er vorausgedacht hätte, hätte er die andere Seite gewählt, sodass Chris seine gesunde Hand zwischen sie schieben und ihm hätte helfen können. Aber letztlich machte es nichts aus, denn Chris bewegte sich ihm entgegen und trieb ihn auf die Klippe zu. Jesse vergrub sein Gesicht in Chris' Nacken, als der Höhepunkt ihn überrollte.

„Das wird eine unangenehme Heimfahrt", murmelte Jesse, als er wieder sprechen konnte.

„Zieh deine Shorts aus", schlug Chris vor. „Keine Unterwäsche zu tragen ist wohl angenehmer, als mit verklebten Shorts rumzulaufen."

Chris hatte vermutlich recht. Aber das würde bedeuten, dass er sich vor ihm ausziehen müsste. Er würde nicht darüber nachdenken, wenn sie anschließend im Bett landen würden, aber so fühlte es sich zu intim an.

„Ich treffe dich beim Ute", sagte Jesse.

„Und nimmst mir damit die Gelegenheit, dir auf den Arsch zu starren?", witzelte Chris. „Wohl kaum."

Jesse schluckte seine Nervosität herunter, zog seine Stiefel aus und stieg aus seinen Hosen und Shorts, um anschließend so schnell wie möglich seine Jeans wieder anzuziehen. Chris' Blick beruhigte ihn nicht im Mindesten.

„Warum stört es dich?", fragte Chris. „Du hast dich vorhin nicht beschwert, ebenso wenig vor ein paar Tagen, als dein Schwanz in meinem Mund war."

„Das ist Sex", sagte Jesse mit einem Schulterzucken. „Sich vor dir umzuziehen ist intimer."

„Wie das?"

„Es ist nichts, was man tut, wenn man nur mit jemanden vögelt", sagte Jesse. „Du fickst, ziehst dich wieder an und gehst. Sich vor jemanden umzuziehen, das ist etwas, was man mit einem festen Partner macht."

„Oder mit einem Freund", sagte Chris. „Ich war oft bei Freunden, und habe nicht zweimal darüber nachgedacht, ob ich mich vor ihnen umziehen soll."

„Sind wir Freunde?", fragte Jesse.

„Wie würdest du es sonst nennen?", erwiderte Chris.

Jesse war sich nicht sicher, wie er das beantworten sollte. Sie kannten sich erst seit kurzer Zeit, hatten keine wirkliche Beziehung zueinander aufbauen können, ehe sich die Dynamik zwischen ihnen verändert hatte. „Ich schätze, dass wir Freunde sind", sagte er schließlich mit einem kleinen Lächeln. „Ich denke nicht, dass ich je mit einem Kerl befreundet war, mit dem ich geschlafen habe."

Chris zwinkerte ihm zu. „Du hast noch nicht mit mir geschlafen."

Jesse schwor sich, dies bei nächster Gelegenheit zu ändern. Vielleicht sollte er sich überlegen, morgen doch ein Kondom einzustecken.

13

„Ein Wombat?", fragte Caine, als Jesse und Chris beim Abendessen von ihrer Entdeckung berichteten. „Ich habe noch nie einen gesehen."

Chris konnte sehen, wie Macklin ein Seufzen unterdrückte. „Du willst auch keinen sehen", sagte er. „Sie können gefährlich sein, vor allem, wenn man sie in eine Ecke drängt, so wie in diesem Fall. In welcher Hütte versteckt er sich?"

Jesse sagte es ihm.

„Ich werde nach dem Abendessen dorthin fahren", beschloss Macklin. „Wenn der Wombat nachts die Hütte verlässt, um nach Futter zu suchen, verrammele ich das Loch, sodass er nicht mehr hineinkommt. Morgen werde ich jemanden hinschicken, um die Hütte zu säubern."

„Ich komme mit", sagte Caine.

Chris grinste, als Macklin die Augen rollte. „Das ist ein Ein-Mann-Job", sagte er. „Es gibt keinen Grund, warum wir beide die halbe Nacht auf den Beinen bleiben sollten. Jemand muss morgen die Schur überwachen."

„Und du denkst wirklich, dass ich das kann?", fragte Caine. „Neil soll das übernehmen, falls du morgen zu müde bist."

„Wir werden morgen die letzten Hütten überprüfen, falls es nichts anderes für uns zu tun gibt, Boss", sagte Jesse, ergriff Chris' Arm und zog ihn vom Tisch weg.

Macklin antwortete nicht, da er ganz auf Caine fokussiert war.

„Was?", fragte Chris, als sie auf der Terrasse vor der Kantine standen.

„Ich hatte nicht vor zu bleiben und zuzusehen, wie die zwei sich streiten", erwiderte Jesse. „Es gibt Dinge, die ich nicht sehen muss."

„Spaßbremse", sagte Chris.

„Vor ein paar Stunden warst du noch anderer Meinung", meinte Jesse mit einem Zwinkern.

Chris lachte, wie es Jesses Absicht gewesen war, aber er musste ihm zustimmen. Er hatte definitiv Spaß gehabt. Er war versucht, Jesse zu küssen, um ihm zu zeigen, wie viel Spaß er gehabt hatte. Aber obwohl niemand in ihrer Nähe war, wusste er doch, dass dies nicht lange so bleiben würde. Die Kantinentür konnte jederzeit aufgehen und jemand auf die Terrasse treten. Oder es konnte jemand aus den Baracken kommen, um eine zu rauchen oder um nach den im Pferch verbliebenen Schafen zu sehen. Stattdessen stieß er Jesse mit dem Ellbogen seines gesunden Armes an.

„Dann bis morgen?", fragte Jesse. „Wir haben noch die Hälfte der Hütten vor uns."

„Das würde ich mir niemals entgehen lassen", antwortete Chris.

Jesses neckisches Grinsen verwandelte sich in ein schüchternes Lächeln, was Chris' Herz schneller schlagen ließ. Er schalt sich selbst. Sie kannten sich erst seit ein paar Wochen. Er konnte sich nicht so schnell verlieben, vor allem, da alles noch so ungewiss war. Er lächelte weiterhin, um nicht zu verraten, dass seine Gedanken sich überschlugen. Chris winkte Jesse noch einmal zu, und ging zum Stationshaus zurück.

Er ging nicht hinein, sondern setzte sich auf einen Stuhl auf der Veranda und hoffte, dass er ein wenig Zeit für sich hatte, da Caine und Macklin zur Hütte fahren würden, um sich um den Wombat zu kümmern. Er fragte sich, ob Macklin wirklich wusste, was sie am Nachmittag bei den Hütten getan hatten. Er hoffte nicht. Chris schämte sich deswegen nicht; er fand nicht, dass es falsch gewesen war, aber es war *privat*, und der Gedanke, dass Macklin möglicherweise darüber nachdachte, war ihm unangenehm. Vielleicht war es zwischen Jesse und ihm nicht die große Liebe. Vielleicht würde aus ihnen niemals ein Paar werden, wie Caine und Macklin es waren. Dennoch war ihre gemeinsame Zeit etwas Besonderes, und das wollte er mit niemandem teilen.

Das Geräusch eines vorbeifahrenden Utes erregte Chris' Aufmerksamkeit. Er lächelte, als er die beiden Silhouetten in der Fahrerkabine sah. Sie fuhren aus dem Tal und in Richtung der Hütte, in der Jesse und er auf den Wombat getroffen waren. Er beneidete sie nicht um eine Nacht in der Fahrerkabine, aber er spürte einen Hauch Eifersucht, da sie so offen zu ihrer Beziehung stehen konnten.

Er musste sich daran erinnern, dass Caine und Macklin der Boss und der Vorarbeiter waren, und dass sie einen Preis hatten zahlen müssen, um zusammen zu sein. Neil hatte zugegeben, dass sie noch nie so viele neue Jackaroos wie in dieser Saison angeworben hatten. Obwohl einige Saisonarbeiter trotz ihrer Beziehung zurückgekehrt waren, waren es ein paar mehr, die sich dagegen entschieden hatten. Das hatte eine höhere Fluktuation als sonst ergeben. Sie waren nicht unterbesetzt, aber das hätte passieren können. Chris würde früher oder später ebenfalls einen Preis zahlen müssen, wenn auch einen anderen. Er hatte schon einmal dafür gezahlt – nicht für eine Beziehung, aber dafür, anders zu sein.

Aber etwas Gutes war dabei herausgekommen. Er hatte einen Ort gefunden, an dem er und Seth leben konnten, und er hatte Jesse.

Das waren schon zwei gute Dinge. Vielleicht war Jesse nicht „der Eine" für Chris, wie es Caine für Macklin war; es war zu früh, um darüber nachzudenken, unabhängig davon, wie es sich entwickeln würde, aber Jesse tat ihm gut. Er brachte Chris zum Lachen, er verschaffte ihm ein gutes Gefühl und hörte zu, wenn Chris etwas zu sagen hatte. Wenn sie jetzt noch ein wenig Zeit und Privatsphäre finden würden, damit sie miteinander schlafen konnten, wäre es nahezu perfekt.

Der Blowjob in der Hütte war fantastisch gewesen. Chris hatte schon vorher Blowjobs bekommen, aber das war überwiegend noch in der Schulzeit gewesen, mit Typen, die nicht wirklich gewusst hatten, was sie taten. Sie hatten mehr herumgefummelt als gesaugt, und hatten sich immer zurückgezogen, ehe Chris in ihrem Mund gekommen war.

Jesse wusste, was er tat. Chris' Puls beschleunigte sich, als er sich dieser Erinnerung ergab. Jesse hatte ihn gegen die Wand gepresst und Chris hatte sich *genommen* gefühlt, als hätte Jesse sein Gehirn gekapert und seinen Körper übernommen. Chris hatte in den Bars oft genug gekniet, um zu wissen, wie es sich anfühlte, wenn man jemandem einen blies. Aber er hatte immer das Gefühl gehabt, dass die anderen Männer die Situation kontrolliert hatten. Nicht so heute. Von dem Moment an, als Jesses Mund sich um seinen Schwanz geschlossen hatte, hatte er keine Kontrolle mehr gehabt. Alles, was er hatte tun können, war aufrecht stehenzubleiben und dagegen anzukämpfen, Jesse anzuflehen, ihn trocken und ohne Kondom zu nehmen.

Er rutschte im Stuhl herum und streckte die Beine aus, um seiner plötzlichen Erektion Raum zu verschaffen. Er sollte ins Haus gehen und sich bettfertig machen. Selbst wenn es unmöglich war, mit der linken Hand zu masturbieren, würde er sich in seinen Boxershorts wohler fühlen als in seinen Jeans. Er wollte jedoch noch nicht hineingehen. Die Sonne ging gerade unter und hinterließ pinke und orangefarbene Färbungen im Westen, während es im Osten in den Wolken aufblitzte. Die Schafe, die noch auf die Schur warteten, blökten hin und wieder. Ein leises, beruhigendes Geräusch, welches von einer leichten Brise zu Chris getragen wurde. Wenn der Sturm in der Nacht aufzog, würde der Wind sicherlich auffrischen und an den Fenstern rütteln, aber für den Moment war es ruhig.

Er hoffte, dass der Sturm über Nacht durchzog. Er wollte nicht, dass das Wetter sie davon abhielt, den Rest der Hütten morgen abzuklappern. Chris hatte heute endlich einmal das Gefühl gehabt, etwas beizutragen und keine Last zu sein. Das würde sich hoffentlich dauerhaft ändern, sobald er den Gips los war, aber derzeit war er wohl die unproduktivste Person auf dem Gelände. Und er wusste es, auch wenn jeder genug Taktgefühl hatte, es nicht zu erwähnen.

Gelächter war von den Baracken auf der anderen Seite der Straße zu hören. Chris wünschte sich, dass er sich zu ihnen gesellen könnte. Vielleicht konnte er morgen Jesse darauf ansprechen und nachfragen, was die anderen Männer darüber denken würden, wenn er abends zu ihnen kam. Wenn er sich hier auf Lang Downs eine Zukunft aufbauen wollte, musste er die anderen kennenlernen. Er würde nicht immer mit Neil oder Jesse zusammenarbeiten können, auch wenn er dies sehr schätzen würde. Ebenso wenig konnte er sich darauf verlassen, dass Neil sich immer um ihn kümmerte, und auch wenn es Jesse nichts ausmachte, wenn Chris in der Nähe war, so würde er keine Ausreden mehr haben, Zeit mit ihm zu verbringen, während Jesse an den Maschinen der Farm arbeitete, sobald sein Arm völlig geheilt war. Chris würde seine eigenen Aufgaben übernehmen müssen, und je eher er lernte, wie man diese ausführte, desto besser würde es ihm ergehen.

Mit einem entschlossenen Nicken stand er auf und ging nach oben ins Bett. Er würde Jesse morgen helfen, den Rest der Hütten zu überprüfen, und den morgigen Abend damit verbringen, die anderen kennenzulernen.

„DER WETTERBERICHT hat für heute Sturmwarnungen ausgegeben", sagte Macklin am nächsten Morgen beim Frühstück. „Wenn sich das Wetter verschlechtert, fahrt ihr sofort zurück zur Station, oder sucht eine der Hütten auf, wenn das nicht mehr möglich sein sollte. Meldet euch stündlich über Funk, und lasst uns wissen, wo ihr seid und wie das Wetter aussieht. Wir wollen nicht, dass ihr ein Risiko eingeht, oder dass jemand verletzt wird. Die Hütten müssen heute noch nicht fertig sein, ebenso wenig nächste Woche, wenn die Stürme sich halten."

„Ja, Sir." Jesse konnte selbst hier im geschützten Tal die Kühle und Feuchtigkeit der Brise spüren. Sie würden heute froh um die Heizung im Ute sein. „Hast du den Wombat gestern noch verjagt?"

„Ja, aber er kam zurück und hat versucht, wieder in das Innere zu gelangen. Wir sollten noch ein paar Tage warten, um sicherzugehen, dass er aufgegeben hat, bevor wir die Hütte reinigen. Es gibt keinen Grund, es mehr als einmal zu tun, wenn wir uns nicht sicher sein können, ob der Wombat nicht doch wieder einen Weg hinein findet."

Chris kam zu ihm herüber, als Jesse bei dem Ute stand. Er sah heute noch jünger und verletzlicher aus als sonst, da er in einen mindestens zwei Nummern zu großen DrizaBone Mantel gewickelt war.

„Oh, gut, Caine hat meinen alten DrizaBone gefunden", sagte Macklin. „Ich habe doch gewusst, dass der noch irgendwo sein muss. Wir werden dir einen passenden Mantel besorgen, wenn wir nach Yass fahren um deinen Gips entfernen zu lassen. Jesse, vergiss nicht, was ich dir gesagt habe. Du bist erfahren genug um zu entscheiden, ob ihr zurückkommen oder es aussitzen solltet."

Macklin schlenderte davon, bevor Jesse antworten konnte. Das Kondom brannte förmlich ein Loch in seine Hosentasche, als er die Möglichkeit in Betracht zog, mit Chris auf ungewisse Zeit in einer der Hütten festzustecken. Gott, er hoffte, dass Macklin nichts vermutete, sonst würde er seinen Job garantiert verlieren. Er musste jetzt an etwas anderes denken, sonst würde er sich noch verraten.

„Du musst nach Yass, damit dir der Gips abgenommen wird?", fragte Jesse, als sie in den Ute stiegen und in Richtung Hochland fuhren.

„Sieht so aus. Boorowa hat wohl kein Röntgengerät, aber nach Yass fährt man nur eine Stunde länger. Es ist ja nicht so, als müssten wir nach Melbourne fahren."

„Das ist nicht das, was mir Sorgen bereitet", sagte Jesse. „Du wurdest in Yass angegriffen."

„Ich weiß", sagte Chris, „aber ich muss nicht alleine gehen. Caine und Macklin haben schon gesagt, dass sie mich begleiten, wenn ich das möchte."

„Du klingst nicht besonders begeistert."

„Sie sehen mich jetzt schon als Kind an", erklärte Chris. „Wenn ich es nicht mal schaffe, dass man mir ohne Hilfe den Gips abnimmt, wie soll ich sie dann davon überzeugen, dass ich erwachsen bin?"

„Es ist liegt nicht am Gips, sondern an der Tatsache, dass du fast zu Tode geprügelt wurdest", beschwichtigte Jesse. „Ich kann dich begleiten, wenn dir das lieber ist. Ich sehe dich nicht als Kind an."

„Ich … Ich denke, dass mir das besser gefällt", sagte Chris. „Es dauert ohnehin noch ein paar Wochen, der Arzt meinte, sechs bis acht Wochen muss ich das Ding ertragen. Ich will nicht zweimal fahren müssen, daher werde ich die vollen acht Wochen abwarten. Das heißt, es ist jetzt noch ein Monat übrig. Aber so entfernen sie hoffentlich sofort den Gips und lassen mich gehen."

Leichter Nebel zog auf, als sie das Tal verließen und nach Norden in Richtung der Hütten fuhren, die sie am Vortag noch nicht überprüft hatten.

„Gib mir einfach Bescheid, wenn du entschieden hast, wann es losgeht, selbst wenn ich dazu ein oder zwei Tage freinehmen muss", bekräftigte Jesse. „Denk daran, über was wir gestern gesprochen haben. Wir sind Freunde, und die helfen sich gegenseitig, wenn sie es brauchen. Und zurück nach Yass zu gehen, klingt für mich, als könntest du die Hilfe eines Freundes brauchen."

Der überraschte Gesichtsausdruck von Chris war zu viel. Jesse stoppte den Truck und zog ihn in einen Kuss. Er hielt ihn sanft, fast zärtlich, denn trotz des Kondoms in seiner Hosentasche wollte er es nicht in der Kabine des Utes tun. Wenn er Chris das erste Mal nahm –oder Chris ihn, er war da nicht wählerisch – wollte er Platz und Zeit haben, um es zu genießen. Chris war nicht irgendein Kerl, den Jesse in einer Bar aufgegabelt hatte. Sie waren Freunde und das gefiel ihm. Er hatte es gestern Abend gemocht, mit der Gewissheit schlafen zu gehen, dass er Chris wiedersehen würde. Dass sie zusammen lachen, scherzen und arbeiten würden und einander wieder befriedigen konnten.

Die Art, wie Chris den Kuss erwiderte, über Jesses Lippen leckte und anschließend hineinbiss, brachte ihn fast dazu, den Vorsatz fallen zu lassen. Aber sie hatten noch kaum das Tal, das die Station beherbergte, verlassen. Egal ob sie im Ute oder in einer Hütte übereinander herfallen würden, sie mussten noch ein Stück weiterfahren, bevor sie sich auszogen. Jesse würde die Demütigung, von einem Jackaroo oder, noch schlimmer, von Caine oder Macklin erwischt zu werden, nicht überleben. So nahe an der Station war das gar nicht mal so weit hergeholt.

„Langsam." Jesses Stimme klang rau, was zeigte, wie sehr er auf Chris' Küsse, auf seinen Eifer reagierte. „Lass uns erst noch ein Stück weiterfahren, okay?"

Chris sah nicht überzeugt aus, aber er rutschte zurück auf seine Seite und gurtete sich wieder an. Jesse fuhr wieder los und lenkte den Ute in Richtung der ersten Hütte.

Der Nebel hatte sich in einen leichten Regen verwandelt, als sie die erste Treiberhütte erreichten. Es war unangenehm, aber nicht genug, um ihre Arbeit zu unterbrechen. Jesse blickte zu Chris, um sicherzugehen, dass dessen DrizaBone zugeknöpft war und ihn somit trocken hielt.

Nach einer schnellen Inventur zeigte sich, dass diese Hütte noch ausreichend bestückt war.

„Ich frage mich, warum es hier noch so viele Vorräte gibt", sagte Chris, als sie die Decken austauschten und die Batterien wechselten. „Ein paar der anderen waren praktisch leer, aber diese hier sieht aus, als hätten wir sie erst letzte Woche neu ausgestattet."

Jesse zuckte die Schultern. „Es wäre möglich, dass sie öfter benutzt wird und die Leute daher öfter Vorräte bringen. Oder sie wird selten benutzt. Sie liegt sehr nahe an der Station, sodass viele Arbeiter vermutlich lieber zurückreiten als die Nacht hier zu verbringen."

„Ja, ich schätze, das macht Sinn."

Als sie fertig waren, hörten sie den Regen auf das Blechdach prasseln.

„Wie weit ist es bis zur nächsten Hütte?", fragte Jesse.

„Sie dürfte nicht so weit entfernt sein", sagte Chris, „aber das ist bei dieser Karte schwer zu sagen. Sie ist nicht gerade maßstabsgetreu."

„Lass es uns versuchen", sagte Jesse. „Wir werden ein wenig nass werden, aber ich würde gerne mehr als eine Hütte schaffen, bevor wir wegen des Wetters abbrechen müssen."

Sie rannten durch den kalten Regen zurück zum Ute. Es war noch kein heftiger Niederschlag, aber deutlich stärker als ein Nieseln. Der Schotter auf den Straßen verhinderte, dass sie selbst im stärkeren Regen sofort morastig wurden, aber Jesse fragte sich, wie lange das noch anhalten würde. Hoffentlich lange genug, um die nächste Hütte zu erreichen. Der Ute hatte zwar Allrad, aber selbst dem waren Grenzen gesetzt.

Glücklicherweise war die zweite Hütte nicht weit entfernt. Jesse parkte den Ute so nahe an der Tür wie nur möglich, hatte jedoch nur wenig Hoffnung, dass sie anschließend wieder zurück zur Station fahren könnten.

Sie rannten hinein und begannen mit der Inventur, doch Jesse konzentrierte sich eher auf den stärker werdenden Regen als auf die zu erledigende Arbeit. Sie hatten ungefähr die Hälfte der Schränke überprüft, als ein Donnerschlag genau über ihren Köpfen sie zusammenfahren ließ. Jesse öffnete die Tür und sah abwägend zum Horizont.

„Ich denke, wir sollten abwarten, bis der Sturm vorbei ist", sagte er. „Die Wolken da hinten gefallen mir nicht. Ich kenne mich noch nicht genug mit der Umgebung aus, um abschätzen zu können, wie sich dieses Wetter auf die Straßen auswirkt. Ich denke nicht, dass der Boss es gerne sehen würde, wenn er noch einen Jackaroo vor einem Sturm retten müsste."

„Ist gut", sagte Chris. „Ich habe keinen Bock, gerettet werden zu müssen. Nicht, wenn es hier sicher und trocken ist. Brauchst du etwas vom Ute?"

„Nein, du?"

„Nur unser Mittagessen, wer weiß, wie lange wir hier festsitzen werden."

„Ich hoffe, nicht allzu lange, aber ich werde es am besten jetzt holen, bevor das Wetter noch schlechter wird." Jesse schlug den Kragen hoch und zog sich den Hut so tief wie möglich ins Gesicht, um sich zu schützen. Dann rannte er zum Ute. Der Regen durchweichte seine Unterschenkel, aber sein Rücken und Hals blieben trocken, als er durch die Rucksäcke wühlte, um ihr Mittagessen zu finden. Sobald er es gefunden hatte, rannte er zurück, und schüttelte das Wasser aus seinem DrizaBone, als er in der Tür stand.

„Wir sollten ein Feuer machen", sagte Chris. „Ich habe schon ein paar Holzscheite in den Ofen gelegt, aber viel mehr weiß ich nicht über Feuermachen."

So nass, wie seine Füße waren, hörte sich ein Feuer für Jesse himmlisch an. „Ich mach' schon. Machst du die Inventur fertig? Dann können wir, sobald der Regen nachlässt, die fehlenden Sachen holen."

Chris nickte und überprüfte die restlichen Schränke, während Jesse den Ofen einheizte. Sobald es ordentlich brannte, zog er seine Stiefel aus und hielt seine Füße, die noch immer in den nassen Socken steckten, näher an die Flammen, um sie zu trocknen und zu wärmen.

„Deine Jeans sind auch durchnässt", sagte Chris. „Ich verspreche, dass ich dich nicht anspringen werde, wenn du sie zum Trocknen ausziehst. Du kannst dich auch in eine Decke einwickeln, wenn dir kalt ist."

Jesse zog seine Hosen aus und setzte sich nur in seiner Unterwäsche wieder hin. „Sobald es hier drinnen warm genug ist, kannst du mich anspringen, so viel du nur willst."

Chris grinste. „Das hört sich gut an."

Jesse schnappte sich seine Jeans und griff das Kondom, welches er heute Morgen in die Hosentasche gesteckt hatte. „Ich denke, du wirst das hier noch viel mehr mögen."

„Ich dachte, du nimmst zur Arbeit keine Kondome mit ", sagte Chris, wobei er versuchte, den Kloß, der sich vor lauter Verlangen in seiner Kehle gebildet hatte, hinunterzuschlucken. Jesses Schwanz wurde bei dem Geräusch langsam steif.

„Ich konnte nicht mehr warten."

Chris warf sich auf Jesse, setzte sich auf dessen Schoß und küsste ihn leidenschaftlich. Jesse ignorierte das raue Kratzen des Denim auf seiner Haut, als Chris seinen Mund plünderte. Das Gefühl, so sehr von jemanden gewollt zu werden, ließ seinen gesamten Körper erbeben. Er strich über Chris' Rücken und zog den Saum des Shirts aus der Hose, sodass er nackte Haut fühlen konnte. Es wäre ein Leichtes gewesen, Chris etwas hochzuheben, die restliche Kleidung loszuwerden, und sich von ihm in die Besinnungslosigkeit reiten zu lassen, aber sie hatten endlich Zeit und genug Privatsphäre um es zu genießen. Und Jesse hatte vor, das auszunutzen.

Er löste den Kuss, schon schwer atmend. „Dort drüben ist eine völlig intakte Pritsche. Wir könnten uns ausziehen und dort hinlegen."

Chris grunzte, blieb aber auf Jesses Schoß sitzen und ließ seine Hand zwischen sie gleiten, um ihn durch die Unterhose zu streicheln.

Jesse schnappte sich die Hand und zog sie weg. „Wozu die Eile?"

„Die Chance, dass du mich endlich fickst?", gab Chris zurück.

„Das werde ich, wenn du es willst", versprach Jesse, „aber hör dir den Sturm an. Wir werden diese Hütte nicht so schnell verlassen, und ich habe nur ein Kondom. Das heißt, wir haben Zeit."

Chris stand auf und schlüpfte aus seinem DrizaBone, doch der Ärmel verfing sich in seinem Gips. Jesse half ihm, den Mantel ganz abzulegen, und zog ihn anschließend in seine Arme, mit dem Rücken zu Jesses Brust. „Keine Eile, okay?"

Er strich über Chris' stoffbedeckte Brust und genoss das Gefühl der Muskeln unter seinen Fingern. Chris hatte zwar noch nicht die drahtige Statur eines Jackaroos, aber Jesse hätte darauf gewettet, dass dies am Ende des Sommers ganz anders aussehen würde.

Chris lehnte sich so vertrauensvoll an ihn, dass er das Ganze fast abgebrochen hätte. Chris brauchte jemand besseren, jemanden mit einem stabilen Leben und der Fähigkeit, Versprechen zu geben und auch zu halten. Jesse wusste nicht, wohin er Ende April gehen würde, wenn die Saison auf Lang Downs endete.

Jesse rollte die Augen über sich selbst. Chris hätte ihm für diese Gedanken in den Hintern getreten, denn er hatte bewiesen, dass er auf sich selbst und auf seinen kleinen Bruder aufpassen konnte. Er brauchte weder einen Beschützer, noch jemanden, der ihm Entscheidungen abnahm. Außerdem hatte Chris klargemacht, was er in den nächsten Minuten wollte, und Jesse hatte keinen Grund, ihm das zu verwehren.

Besonders nicht, wenn Chris seinen festen, süßen Hintern an Jesses Erektion rieb. Oh ja, Jesse würde das hier genießen. Es war schon eine Weile her, dass er Sex genießen konnte und sich nicht beeilen musste. Er öffnete die Knöpfe von Chris' Shirt, um anschließend über die feinen Haare zu streichen, die er schon gesehen hatte, als er Chris beim Rasieren geholfen hatte. Jesse hob eine Hand an Chris' Wange und strich mit der Nase an seinem Hals entlang. „Ich werde dir heute Abend wieder beim Rasieren helfen müssen. Du wirst schon ganz kratzig."

Chris lehnte den Kopf in Jesses Hand. Diese Geste wirkte in Jesses Augen so verletzlich, dass sein Herzschlag sich beschleunigte. Er gab Chris zu verstehen, den Kopf auf die Seite zu drehen, sodass sich ihre Lippen sanft berühren konnten. Ohne den Kuss zu unterbrechen, veränderte Jesse seine Position so, dass sie sich gegenüberstanden. Er schob Chris' Shirt von dessen Schulter, wobei er darauf achtete, dass es sich nicht am Gips verfing, und warf es zur Seite. Chris erwiderte den Gefallen mit einer Hand und zum ersten Mal berührten sie die Haut des anderen. Jesse schauderte und legte seine Hände auf Chris' Taille, um ihn für eine Weile einfach nur im Arm zu halten.

„Ich dachte, wir würden die Pritsche benutzen", murmelte Chris.

„Gleich", gab Jesse zurück.

Chris schien jedoch nicht warten zu wollen, da er seine gesunde Hand an Jesses Rücken hinabwandern ließ und anschließend unter den Bund seiner Boxershorts fuhr. Seine Finger gruben sich in Jesses Hinterbacken und zogen ihn näher.

Jesse trat einen Schritt zurück. „Zieh dich aus."

„Du auch", erwiderte Chris.

Jesse hob eine Augenbraue, stieg aus seinen Shorts und streifte seine Socken ab. „Du bist dran."

Jesse widerstand dem Drang, ihm zu helfen, als Chris an seinen Stiefeln und seinen Jeans herumfummelte. Er hätte es zwar genossen, aber er hatte schon zu viele Grenzen überschritten. Sie waren keine Liebhaber, nicht wirklich zumindest, und er konnte sich nicht erlauben, so zu denken. Stattdessen streckte er sich auf der Pritsche aus und streichelte sich gemächlich, während immer mehr von Chris' Körper sichtbar wurde.

CHRIS BLICKTE auf, nachdem er sich ausgezogen hatte, und sah, dass Jesse auf dem Bett lag, hart und bereit, mit einer Hand an seinem Schwanz. Er wartete einen Moment, um diesen Anblick zu genießen, ehe er sich auf ihn stürzte. Er zweifelte nicht daran, dass dieser ihn auffangen würde.

Jesses Arme schlangen sich um ihn, zogen ihn auf seine Brust, und Chris schmiegte sich eng an Jesse. Jeder Zentimeter seines Körpers sollte Jesses Haut berühren. Jesse schlang seine Beine um ihn, hielt ihn auf der schmalen Pritsche eng an sich gedrückt. Chris seufzte in den Kuss, der trotz ihres heftigen Verlangens noch immer sanft war. Der Gips an seinem Arm hielt ihn davon ab, das zu tun, was er wirklich wollte, aber er hatte genug andere Ideen … wenn Jesse einverstanden war. Jesse hatte darauf bestanden, dass sie sich Zeit nehmen sollten. Chris beschloss, ihn beim Wort zu nehmen. Er richtete sich auf seinen heilen Ellbogen und seine Knie auf. „Dreh dich um."

Jesses Überraschung zeigte sich auf seinem Gesicht, aber Chris wollte sich nicht davon abschrecken lassen. Sobald Jesse sich auf den Bauch gedreht hatte, rutschte Chris etwas tiefer, und war vollkommen auf sein Ziel konzentriert. Den richtigen Winkel mit seinem gebrochenen Arm zu finden war etwas schwierig, aber er schaffte es dennoch, sein Gesicht zwischen Jesses Hinterbacken zu vergraben und mit seiner Zunge dessen Eingang zu necken. Jesse stöhnte in das Kopfkissen, was Chris grinsen ließ. Er richtete seine Aufmerksamkeit auf diesen kleinen Bereich, was Jesse hoffentlich genug Lust bereitete, um Chris später gründlich durchzuficken.

Der Geruch von Jesses Erregung erfüllte Chris' Sinne. Er arbeitete sich langsam tiefer, saugte Jesses Hoden in seinen Mund. Jesse stöhnte erneut auf, worauf Chris stärker saugte, bis Jesse sich ihm entzog.

„Wenn du willst, dass ich dich nehme, solltest du jetzt aufhören." Jesses Augen waren lustverhangen, als er sich auf den Rücken drehte.

„Oder ich könnte dich jetzt kommen lassen und dich anschließend vögeln", erwiderte Chris.

„Das könntest du", stimmte Jesse zu, dessen Stimmlage sich nicht verändert hatte.

Chris beschloss, dass er ein anderes Mal auf dieses Angebot zurückkommen würde. Seit er Jesse das erste Mal getroffen hatte, hatte er darüber fantasiert, wie es sich anfühlen würde, ihn in sich zu haben, ganz sicher aber seit dem Moment, als er herausgefunden hatte, dass er schwul war. Diese Fantasie zu erfüllen hatte oberste Priorität. „Nächstes Mal."

Er griff sich das Kondom, welches auf den Boden gefallen war, als sie sich auf das Bett geworfen hatten, und rollte es über Jesses Schwanz. Es war glücklicherweise ein extra feuchtes, denn er war am Ende seiner Geduld. Chris spreizte seine Beine über Jesses Hüften und ließ sich langsam auf dessen Erektion sinken.

„Du hättest mich dich ein wenig vorbereiten lassen können", sagte Jesse mit einem Stöhnen.

„Ich konnte nicht mehr warten", gab Chris zurück, als er sich vor und zurück wiegte. Seine Muskeln gewöhnten sich langsam an Jesses Größe. Es brannte, aber Chris wusste, dass dies bald vorübergehen würde. Dann würde es sich unglaublich gut anfühlen.

Jesse grunzte erneut. Die Sehnen an seinem Hals traten hervor, da er versuchte, still zu halten. Chris schätzte diese Zurückhaltung, aber er wollte nicht mehr warten. Er griff mit der gesunden Hand hinter seinen Rücken und strich sanft über Jesses Hoden. „Fick mich endlich."

Jesse grinste, als er leicht zustieß. „Wenn du das wirklich willst, bist du in der falschen Position."

Chris lehnte sich nach vorne und drückte Jesse einen raschen Kuss auf. „Komm damit klar."

Jesse zwickte in einen von Chris' Nippeln. „Tu ich schon."

Chris lächelte. Er genoss den Schlagabtausch fast so sehr wie die Liebkosung. Okay, vielleicht auch nicht, aber die Möglichkeit zu Lachen und sich beim Sex zu necken, statt dem Höhepunkt entgegen zu rasen, war ihm völlig fremd. Er hatte diese Verspieltheit während eines Ficks noch nie erlebt. Jetzt, da er es hatte, wollte er es immer wieder erleben.

Er legte den Kopf in den Nacken, als er Jesse härter ritt. Die Lust, die sich seit seiner Ankunft und seit seinem letzten Date, das schon Monate zurücklag, aufgestaut hatte, baute sich in ihm immer weiter auf. Doch zusammen mit dem Wissen, dass Jesse das Rimming zugelassen hatte und er dies mit einem Freund und nicht mit einer flüchtigen Bekanntschaft erlebte, raubte ihm schier den Atem. Es fühlte sich an, als würde nur Jesses Glied, das die Luft während seiner Stöße aus ihm herauspresste und in ihn hinein fluten ließ, dafür sorgen, dass seine Lungen weiterhin funktionierten. Seine Oberschenkel brannten, als er seine Bewegungen beschleunigte, verzweifelt nach dem Höhepunkt lechzte, der ihm so nahe war.

Dann schloss sich Jesses Hand um Chris' Schaft, und er schrie auf. Die Berührung katapultierte ihn in den Orbit, denn Chris schwor, dass er in jenem Augenblick Sterne tanzen sah, und dass nichts anderes mehr existierte, außer diesem Moment, diesem Mann und die Verschmelzung ihrer Körper. Zeit und Raum und Verantwortungen waren unbedeutend. Es zählte nur, Jesse dasselbe Gefühl erleben zu lassen, denn Chris spürte Jesses harten Schwanz, der noch immer in ihn stieß. Er zog sich eng um Jesses Schaft zusammen, gab ihm den nötigen Freiraum, um sich zu bewegen. Dann stöhnte Jesse und schauderte unter ihm, und Chris stellte sich vor, wie Jesses Glied in ihm zuckte, als dieser sich dem Höhepunkt hingab.

Völlig ausgelaugt brach Chris auf Jesses Brust zusammen. Jesse hielt ihn fest in seinen Armen, als sie hin und her rutschten, bis sie eine bequeme Position gefunden hatten. Chris dachte daran, dass er vielleicht die Sauerei, die sie veranstaltet hatten, abwischen sollte, aber er war so erschöpft, dass er sofort einschlief.

14

CHRIS WIDERSTAND dem Drang, im Untersuchungszimmer des Krankenhauses von Yass auf und ab zu gehen. Er wartete auf den Doktor und die Röntgenbilder, die bestätigen sollten, dass sein Arm verheilt war und der Gips entfernt werden konnte. Chris sagte sich, dass er einfach nur nach Lang Downs zurückwollte, aber er wusste, dass es nicht nur daran lag. Er hatte beinahe eine Panikattacke erlitten, als sie die Vororte von Yass erreichten. Jesse hatte ihn während seines Zusammenbruchs gehalten, aber jetzt war Chris wieder alleine, und die Panik stieg ihm langsam die Kehle hoch.

Der Gedanke, dass er nach Yass zurückkehren musste, um den Gips zu entfernen, war pausenlos in seinem Kopf herumgeschwirrt. Er hatte versucht, seine Nervosität zu überspielen, als man ihn darauf ansprach, aber als er das Ortsschild sah, waren die Angst und die Schmerzen zurückgekehrt. Sein Sichtfeld verengte sich und er hatte begonnen zu hyperventilieren, als Erinnerungen auf ihn einprasselten.

Jesse hatte ihn in seine Arme gezogen und ihm beschwichtigende Worte zugeflüstert, die irgendwann zu Chris durchgedrungen waren und ihn beruhigt hatten. Caine und Macklin hatten sie im Krankenhaus zurückgelassen, auch wenn Chris sich wunderte, womit Macklin erreicht hatte, dass Caine dem zustimmte. Chris war sich sicher gewesen, dass Caine ihn nach seiner heftigen Reaktion im Auto nicht alleine lassen würde. Doch er war gegangen, mit der Anweisung, ihn sofort anzurufen, sobald Chris fertig war. Chris hasste es, aber er musste zugeben, dass ihn das ebenfalls beruhigt hatte. Das Hotel war zwar nicht weit vom Krankenhaus entfernt, aber der Gedanke, an dem Restaurant, in dem er früher gearbeitet hatte, und der Gasse, in der er fast zu Tode geprügelt worden war, vorbei zu gehen, erfüllte ihn mit Furcht.

„Mr. Simms?"

„Ja, das bin ich", sagte Chris, als der Doktor hereinkam.

„Ihr Arm scheint sehr gut verheilt zu sein. Wir werden den Gips nun abnehmen und anschließend über die Physiotherapie sprechen."

„Physiotherapie?", fragte Chris.

„Ihre Muskeln und Sehnen sind verkümmert, da Sie sie acht Wochen lang nicht benutzt haben. Sie müssen sie wieder dehnen und stärken", erklärte der Doktor. „Andernfalls könnten Sie Ihren Ellbogen schwer verletzen. Haben Sie einen Job?"

„Ich arbeite auf einer Schafsstation", sagte Chris. „Ich habe bisher in der Küche ausgeholfen, aber es war vorgesehen, dass ich mit den Schafen arbeite, sobald der Gips weg ist."

„Dann nehmen wir ihn mal ab und schauen, in welcher Verfassung Sie sind", gab der Doktor zurück. „Die volle Funktionsfähigkeit Ihres Armes kann mit den passenden Übungen und der passenden Pflege wiedererlangt werden, Sie müssen sich nur Zeit lassen."

Chris war darüber nicht wirklich glücklich. Er hatte schon acht Wochen gewartet. Er wollte endlich lernen, wie man ein Jackaroo wurde.

Als er jedoch seinen Arm sah, der nun vom Gips befreit war, begriff er, dass der Doktor recht hatte. Sein rechter Arm sah nur halb so breit aus wie sein linker, und es tat weh, den Ellbogen zu beugen. „Ich werde Ihnen noch die Übungen zeigen, die Sie täglich machen müssen."

„Wäre es in Ordnung, wenn mein Freund hereinkommt, um sich das auch anzusehen?", fragte Chris, ehe der Doktor beginnen konnte. „Er wird mir damit helfen, und es wäre gut, wenn er von Ihnen hört, war zu tun ist."

„Das geht in Ordnung", sagte der Doktor.

Chris atmete erleichtert aus, als der Mann etwas später mit Jesse im Schlepptau zurückkam. Er widerstand dem Drang, die Hand nach Jesse auszustrecken, doch dieser schien es zu spüren und setzte sich neben ihm auf die Untersuchungsliege. „Wie geht's deinem Arm, Kumpel?"

Chris hielt seinen Arm hoch, sodass Jesse ihn sehen konnte. „Ach, das ist doch nichts. Wir kriegen dich im Handumdrehen wieder hin, richtig, Doc?"

„Ich würde nicht gerade ‚im Handumdrehen' sagen", gab der Doktor zurück, „aber mit etwas Vorsicht und den richtigen Übungen sollte es in einem Monat so weit sein."

Chris wollte nicht noch einen weiteren Monat warten, aber er hielt den Mund und hörte zu, als der Doktor die verschiedenen Übungen erklärte. Zuerst die, die er jetzt machen sollte, und anschließend die, die er später ergänzen sollte, sobald er an Stärke und Flexibilität in seinem Arm und Ellbogen gewonnen hatte. Er hoffte, dass Jesse genau zuhörte, denn er konnte sich nicht alles merken. Und er wollte nicht noch einmal nach Yass kommen müssen, um seine Erinnerung aufzufrischen.

Als der Doktor endlich fertig war und ihnen eine Broschüre reichte, in der alles noch einmal erklärt war, sank Chris auf der Liege zurück. „Ich habe gewusst, dass mir noch eine Genesungszeit bevorstehen würde, wenn der Gips erst abgenommen wurde, aber das ist verrückt."

„Er gibt dir dieselben Übungen, wie denjenigen, die einen Schreibtischjob in der Stadt haben", erinnerte ihn Jesse. „Durch deine normale Routine auf Lang Downs wirst du deine Stärke wiedererlangen. Der Trick dabei ist, nicht zu übertreiben, bis du genug Flexibilität hast, um den Rest zu schaffen. Du musst keine Gewichte stemmen. Du wirst Heuballen heben und Mist schaufeln. Das sind deine Kraftübungen."

„Ja. Ich habe bemerkt, dass Macklin die schwangeren Mutterschafe noch nicht zu den höheren Weiden gebracht hat."

„Gehen wir", sagte Jesse. „Wir können deine Physiotherapie beim Abendessen diskutieren. Ich weiß nicht, wie es dir geht, aber ich verhungere."

Chris' Nerven hatten sich noch immer nicht beruhigt, daher wusste er nicht, ob er etwas essen konnte. Aber er würde sich dazu zwingen müssen, wenn er morgen nicht mit Übelkeit kämpfen wollte. „Solange wir nicht ins *Eatery* gehen …"

„Dort hast du gearbeitet, richtig?", fragte Jesse.

Chris nickte.

„Dann gehen wir wo anders hin", sagte Jesse sofort. „Es gibt keinen Grund, schlechte Erinnerungen zu wecken."

Die Erinnerungen waren auch so zurückgekehrt, aber Chris erwähnte das nicht. Jesse unterstützte ihn, und Chris schätzte das. „Wir sollten Caine anrufen."

Sie verließen den Untersuchungsraum und gingen nach draußen, wo Jesse sofort mit Caine telefonierte. Chris ließ die Konversation an sich vorbeiplätschern und konzentrierte sich aufs Atmen. Yass war mit seinen fünftausend Einwohnern keine große Stadt, aber nach acht Wochen auf Lang Downs kam sie Chris wie eine Metropole vor. Der Lärm der vorbeifahrenden Autos, der spielenden Kinder in einem Park auf der anderen Straßenseite und das Geräusch eines Mülltrucks zerrten an seinen Nerven. Er hatte immer in der Stadt gelebt, aber nachdem er den Frieden und die Einsamkeit im Outback zu schätzen gelernt hatte, war er sich nicht sicher, ob er jemals wieder in einer Stadt leben konnte.

„Müssen wir hier übernachten? Können wir nicht wenigstens nach Boorowa zurückfahren?"

„Ich weiß nicht", sagte Jesse. „Das müssen Caine und Macklin entscheiden. Boorowa ist nur eine Stunde entfernt, aber sie haben möglicherweise schon ein Hotelzimmer genommen oder andere Pläne gemacht. Ich muss auch noch Kondome kaufen, und hier wäre es wohl etwas diskreter als in Boorowa."

Chris' Hände prickelte. Das unangenehme Gefühl verstärkte sich, als eine Gruppe Teenager an ihnen vorbeiging. Sie lachten und neckten sich gegenseitig. „Ich denke nicht, dass ich hierbleiben kann", sagte Chris. Sein Puls raste und seine Kehle hatte sich so zusammengezogen, dass es sich anfühlte, als müsste er nach Luft schnappen. Diese Jungen hatten nichts mit dem Angriff auf ihn zu tun gehabt, und dennoch reagierte Chris ziemlich heftig auf sie.

„Ich denke wirklich nicht, dass ich hierbleiben kann", wiederholte Chris. Selbst in seinen Ohren klang seine Stimme panisch.

„Chris", sagte Jesse scharf. „Sieh mich an."

Chris versuchte, sich auf Jesses Gesicht zu konzentrieren, aber vor seinen Augen flimmerte es, als die Furcht in ihm hochstieg.

„Sieh mich an", wiederholte Jesse und stellte sich so hin, dass er Chris den Blick auf die Straße versperrte. „Hier ist niemand außer mir. Du bist in Sicherheit. Ich werde nicht zulassen, dass man dir wehtut. Selbst wenn es jemand versuchen sollte, müssen wir nur zurück ins Krankenhaus gehen. Du bist bei mir sicher."

Chris wollte nicken, um zu zeigen, dass Jesses Worte halfen. Aber selbst diese kleine Bewegung erforderte mehr Anstrengung, als er aufbringen konnte. Zu atmen und seine Augen auf Jesse gerichtet zu halten, forderte alles, was er an Kraft übrig hatte.

Das Hupen eines Autos ließ Chris gegen die Mauer des Krankenhauses kauern.

„Es sind nur Caine und Macklin", sagte Jesse, nahm Chris' Arm, und führte ihn zum Auto. „Komm, du wirst dich besser fühlen, wenn du im Auto bist."

Chris folgte Jesse zum Wagen und stieg ein.

„Was hat der Doktor gesagt?", fragte Caine, als sie die Tür geschlossen hatten.

„Eine Minute noch", gab Jesse zurück. Er zog Chris in seine Arme. „Er hat wieder eine Panikattacke."

„Noch eine?", fragte Caine. „Sollen wir mit dem Doktor darüber reden, bevor wir zur Station zurückkehren?"

Nein!, wollte Chris rufen, aber er konnte es nicht. Seine Kehle war wie zugeschnürt.

„Nein", sagte Jesse für ihn. „Er hatte nicht eine einzige auf der Station. Es liegt daran, dass er in Yass ist. Können wir heute schon nach Boorowa fahren? Das ist zwar nicht die Station, aber es ist auch nicht Yass."

„Ich denke, das geht in Ordnung", sagte Macklin. „Wir haben noch nicht ins Hotel eingecheckt. Das heißt zwar, dass wir erst sehr spät in Boorowa zu Abend essen werden, aber wir sind dort so bekannt, dass es kein Problem sein sollte."

„Könnten wir bei Woolworth anhalten, bevor wir die Stadt verlassen? Ich muss noch ein paar Besorgungen machen", erwiderte Jesse. „Es dauert nur ein paar Minuten."

Die Normalität des Gespräches und, nicht zu vergessen, die Möglichkeit, Yass zu verlassen, halfen Chris, etwas ruhiger zu werden. Er wollte noch immer eine Decke über seinen Kopf ziehen, damit niemand ihn sehen konnte, aber zumindest konnte er wieder frei atmen.

„Wir haben schon geplant, dort einen Zwischenstopp einzulegen", sagte Macklin. „Caine kann mit Chris im Auto bleiben, während wir reingehen. Es sei denn, du möchtest, dass ich dir etwas mitbringe."

Chris wurde erneut panisch, als er daran dachte, dass Jesse Macklin sagen könnte, was er kaufen wollte. Er dachte nicht, dass es Macklin kümmern würde, aber falls doch, wollte er das nicht wirklich herausfinden. Besonders nicht jetzt.

„Nein, ich gehe mit", sagte Jesse. „Ich will sehen, was sie haben."

Chris atmete erleichtert durch und lehnte sich entspannt zurück. Als Macklin und Jesse das Geschäft erreicht hatten und hineingingen, fühlte Chris erneut die Angst in seiner Kehle hochsteigen.

„Wann werden die Mutterschafe lammen?", fragte er, und versuchte so, sich auf etwas anderes als Jesses Abwesenheit zu konzentrieren.

„Bald", sagte Caine. „Aber du wirst Macklin fragen müssen, wenn du mehr darüber erfahren willst. Das ist auch meine erste Lammsaison."

„Warum bist du nach Lang Downs gekommen?", fragte Chris. „Ich weiß, dass es deinem Onkel gehörte, aber du bist weit weg von zu Hause."

„Ich m-musste einmal e-etwas a-anderes ausprobieren", sagte Caine. Das plötzliche Stottern überraschte Chris. Er hatte es damals gelegentlich in Yass und Boorowa bemerkt, aber es war noch nie so stark gewesen.

„Vermisst du deine Familie?"

„N-Natürlich", sagte Caine, „aber wir schreiben uns E-Mails und s-sprechen über Skype. Sie werden mich zu Weihnachten besuchen kommen. Mum meinte, dass sie eine Pause von dem vielen Schnee und der K-Kälte braucht."

„Oh, richtig", sagte Chris. „Wo du herkommst, ist es zu Weihnachten kalt."

„Wir hatten in den meisten Jahren meiner Kindheit weiße Weihnachten", erwiderte Caine. „Und dann bin ich nach Philadelphia gezogen – dort gab es noch mehr Schnee. Es wird seltsam sein, Weihnachten inmitten des Sommers zu feiern. Fühlst du dich jetzt besser?"

Chris hielt inne, und stellte fest, dass dem so war. „Ja, danke."

„Gut. Ich bin froh, dass Jesse da war, um dir im Krankenhaus beizustehen. Ich hätte nicht gewollt, dass du ganz alleine eine Panikattacke durchstehen musst."

„Jesse hat recht. Es liegt nur daran, dass ich in Yass bin", beharrte Chris. „Ich hatte nichts dergleichen auf der Station."

„Ich bin froh, dass du dich auf der Station sicher fühlst", erwiderte Caine. „Onkel Michael wollte, dass es ein Ort ist, wo die Leute sich zu Hause fühlen und sie selbst sein können."

„Ich habe nachgedacht", sagte Chris. „Jetzt, da der Gips endlich ab ist, würde ich gerne mehr mit den Jackaroos arbeiten. Es macht mir nichts aus, Kami zu helfen, aber ich bin wirklich kein Koch, nicht so wie er jedenfalls. Wenn ich auf Lang Downs bleiben will, muss ich etwas finden, was ich gerne tue, nicht nur etwas, was mich beschäftigt hält."

„Es war nie beabsichtigt, dass der Küchenposten etwas Dauerhaftes sein sollte", versicherte ihm Caine. „Du wirst ein bisschen Zeit brauchen, bis dein Ellbogen stark genug ist, um die schwereren Aufgaben zu übernehmen. Aber es gibt keinen Grund, dich nicht mit den Jackaroos arbeiten zu lassen, die die Schafe im Auge behalten. Kannst du reiten?"

„Ich habe schon mal auf einem Pferd gesessen", sagte Chris. „Aber ich würde das nicht reiten nennen."

Caine lachte. „Ich kann dich verstehen. Wir werden sehen, was Macklin davon hält. Aber ich denke, ich bin mittlerweile soweit, dass ich dir Titan überlassen und zu einem anderen Pferd wechseln kann."

„Ich will dir nicht dein Pferd wegnehmen", protestierte Chris.

„Er ist nicht *mein* Pferd", meinte Caine. „Es ist das Pferd, das Macklin mir gegeben hat, als er mir noch nicht zutraute, mit einem anderen zurechtzukommen.

Es ist ein gutes Pferd. Es hat mir geholfen, Neils Leben zu retten, also denk nicht, dass ich dir einen alten Gaul gebe. So wie du dich anhörst, brauchst du seine Beständigkeit mehr als ich. Nach sechs Monaten mit fast täglichen Ausritten bin ich schon um einiges selbstbewusster als zu Anfang. Wenn du nicht reiten willst, kannst du einen der Utes nehmen. Aber, wie Macklin mir sagte, als ich zum ersten Mal mit ihm rausgefahren bin, man ist in einem Ute nicht so involviert wie auf einem Pferderücken."

„Ich wäre vielleicht sicherer, bis ich mir sicher sein kann, dass mein Arm nicht einfach nachgibt. Aber ich mag den Gedanken, zu Pferd draußen unterwegs zu sein."

„Es ist mit nichts vergleichbar", sagte Caine mit einem zufriedenen Lächeln. „Ich könnte jetzt nicht mehr zurück, selbst wenn ich wollte."

Als er aus dem Fenster sah und das „geschäftige" Treiben in Yass beobachtete, dachte Chris, dass er Caine verstehen konnte. „Vermisst du die Stadt?"

Caine zuckte die Schultern. „Als ich in Philadelphia g-gelebt habe, habe ich hin und wieder eine Sinfonie oder eine Ballettvorführung besucht, aber es war nichts, was ich jedes Wochenende getan habe, noch nicht mal jeden Monat. Wenn ich es w-wieder einmal erleben möchte, werden Macklin und ich für ein paar Tage nach Sydney fahren."

Chris versuchte erfolglos, sich Macklin in einem Sinfoniekonzert vorzustellen. Aber er kannte die beiden Männer schon gut genug, um zu wissen, dass Macklin Caine begleiten würde, wenn dieser ihn fragen sollte. Macklin würde für Caine durch die Hölle gehen.

Jesse trödelte so lang wie möglich herum, während er den Rest der Dinge zusammensuchte, die er brauchte (oder von denen er zumindest behauptet hatte, sie zu brauchen), ehe er zu den Kondomen ging. Er hoffte, dass er lange genug gewartet hatte, dass Macklin bis dahin schon an der Kasse oder draußen wäre. Als er um die Ecke und in den nächsten Gang trat, stand er Macklin gegenüber. Jesse blickte auf die Artikel, die Macklin dabeihatte, und wurde knallrot, als er das Gleitmittel sah.

„Ich … wollte nur …"

„Schnapp dir deine Kondome und beeil dich", sagte Macklin. „Chris und Caine warten, und ich will nicht, dass Chris noch eine weitere Panikattacke erleidet."

Jesse stöhnte peinlich berührt auf, als Macklin wegging. Obwohl er versucht hatte, so diskret wie nur möglich zu sein, hatte Macklin ihn einfach so durchschaut. Er nahm sich eine Packung Kondome und ging zur Kasse. Wenigstens war Macklin schon auf den Weg nach draußen, als er dort ankam, was Jesse zumindest den wissenden Blick ersparte, während er bezahlte. Er wusste jedoch nicht, wie er seine Tasche ins Hotelzimmer in Boorowa tragen sollte, immerhin wusste Macklin, was

sich darin befand. Er würde sich unglaublich schuldig fühlen, wenn er in Chris'
Zimmer schleichen würde. Vielleicht war es besser zu warten, bis sie wieder auf
Lang Downs waren. Allerdings waren da noch Chris' Panikattacken, und Jesse war
sich nicht sicher, ob es so eine gute Idee war, ihn damit alleine zu lassen.

Er beschloss, darüber nachzudenken, wenn sie in Boorowa ankamen. Jesse
ging zurück zum Wagen und setzte für Caine und Chris ein Lächeln auf.

„Hast du alles bekommen?", fragte Caine.

Jesse errötete erneut. „Ja", murmelte er. „Keine Sorge."

„Was ist los?", fragte Chris mit gedämpften Ton, als Macklin das Auto
startete und aus der Stadt fuhr.

„Ich erzähl es dir später", flüsterte Jesse zurück. „Geht's dir gut? Keine
Panikattacke mehr?"

„Nein", sagte Chris. „Aber ich bin froh, wenn ich wieder auf der Station bin,
wo ich jeden kenne. Hier fühle ich mich nicht sicher."

Jesse konnte sich nicht vorstellen, wie Chris sich in der Stadt fühlen musste,
in der er fast totgeschlagen worden war. Er drückte Chris' Oberschenkel, um ihn zu
ermutigen. „Bei mir bist du sicher."

„Ich weiß", sagte Chris, „aber das scheint die Schmetterlinge in meinem
Bauch nicht davon abzuhalten, mir den Atem zu nehmen."

„Wir werden in einer Stunde in Boorowa sein", versicherte Jesse. „Du
kannst dich in deinem Hotelzimmer einsperren, wenn du willst."

„Ich will es nicht so weit kommen lassen", erwiderte Chris. „Ich will mit dir
und den anderen das Abendessen genießen. Jetzt, wo der Gips weg ist und ich eine
größere Hilfe sein kann, will ich den Rest des Teams auch besser kennenlernen."

„Du kannst abends in den Baracken rumhängen", schlug Jesse vor. „Selbst
wenn du im Stationshaus übernachtest, kannst du uns Gesellschaft leisten, bis es
Zeit ist, die Lichter zu löschen."

„Ich könnte vielleicht ohnehin bald dorthin umziehen", sagte Chris. „Ich
bin zuerst nur im Stationshaus geblieben, da ich in der Küche geholfen habe und
Seth mich gebraucht hat. Aber ich werde nicht mehr lange in der Küche arbeiten,
und Seth braucht mich nicht mehr so sehr wie zu Anfang, als wir auf die Station
gekommen sind. Ich habe ihn nicht mehr so glücklich und entspannt gesehen, seit
Mum Tony geheiratet hat."

„Ich glaube, ein Zimmer ist noch frei", sagte Jesse. Er hätte Chris gerne
vorgeschlagen, sich ein Zimmer zu teilen, aber er bezweifelte, dass die andern
Jackaroos das akzeptieren würden. Sie billigten zwar Caine und Macklin, und sie
würden vielleicht auch Chris und Jesse dulden, wenn sie weiterhin diskret blieben,
jedoch bezweifelte er, dass sie wissen wollten, was sie beide anstellten, wenn sie
sich ein Zimmer teilen würden.

Er wollte nicht darüber nachdenken, daher wechselte er das Thema. „Wir
sollten ein paar der Dehnübungen machen, die der Doktor angeordnet hat, damit
du so früh wie möglich deine Beweglichkeit zurückbekommst. Du wirst dir nicht

den Ellbogen verletzen wollen, indem du zu arbeiten anfängst, bevor du bereit dazu bist."

"MR. ARMSTRONG, wir haben Sie heute noch nicht erwartet."

"Wir haben nicht erwartet, heute Nacht schon zurückzukommen, Adelaide", erwiderte Macklin mit einem Lächeln für die Rezeptionistin des Hotels, in dem sie immer übernachteten, wenn sie in Boorowa waren. "Wir brauchen drei Zimmer für die Nacht."

"Es tut mir leid, es gibt leider nur noch zwei freie Zimmer", sagte sie. "Wenn ich gewusst hätte, dass Sie schon heute zurückkommen, hätte ich für Sie reserviert."

"Ist schon gut", unterbrach Jesse das Gespräch. "Chris und ich können uns ein Zimmer teilen. Ist halb so wild."

Er hoffte, dass die Bräune seiner Wangen die Röte verbarg. Macklin wandte sich um und hob eine Augenbraue, sagte aber nichts. "Dann nehmen wir die zwei Zimmer."

Adelaide reichte ihnen die Schlüssel. Als sie die Treppen zu ihren Zimmern im ersten Stock hochgingen, blickte Macklin über seine Schulter zu Jesse. "Die Wände hier sind nicht so dick, das heißt, wer auch immer das Zimmer neben euch hat, wird jedes laute Geräusch sofort hören."

An Jesses Seite fing Chris an zu husten. Jesse ließ die anderen zwei vorgehen.

"Was hast du im Geschäft zu ihm gesagt?", fragte Chris, als Caine und Macklin außer Hörweite waren.

"Nichts", sagte Jesse. "Aber er hat gesehen, dass ich Kondome gekauft habe. Er, äh, er hatte eine Flasche Gleitmittel in der Hand."

"Also, hat er uns jetzt die Erlaubnis erteilt oder hat er uns gesagt, dass wir nicht rummachen sollen?"

"Ich weiß es nicht", sagte Jesse. "Komm, wir sollten das nicht hier draußen diskutieren, wo uns jeder hören kann."

Sie fanden das Zimmer, das ihnen für die Nacht zugeteilt wurde, und traten ein. Als die Tür sich hinter ihnen geschlossen hatte, ließ sich Chris auf das Bett fallen. "Also, was ist passiert?"

Jesse setzte sich neben Chris und zog ihn in seine Arme. "Ich hatte schon alles andere, was ich brauchte. Nicht, dass es viel war, aber ich hatte gehofft, dass Macklin schon fertig wäre und an der Kasse stehen würde, bevor ich die Kondome hole. Aber er stand genau in diesem Gang, als ich dorthin kam. Er hat mich nur angesehen und mir gesagt, dass ich mich beeilen und die Kondome holen soll, bevor du noch eine weitere Panikattacke erleiden würdest, während du im Auto wartest."

"Klang er verärgert?", fragte Chris nervös.

"Nein, ich denke nicht", sagte Jesse. Er umarmte Chris etwas fester. "Er klang ziemlich gelassen. Ich weiß nicht, ob es das besser oder schlechter macht."

„Besser", befand Chris. „Peinlich, aber noch immer besser, als wenn er aufgebracht gewesen wäre und wir noch mehr herumschleichen müssten, um zusammen zu sein."

„Auch wieder wahr", stimmte Jesse zu. „Es wäre mir trotzdem lieber, wenn er nichts wüsste." Es war ihm nicht peinlich, mit Chris zusammen zu sein, aber sie hatten noch nicht besprochen, wie es weitergehen sollte, über ab und zu gemeinsam Dampf abzulassen hinaus. Wenn Jesse darüber nachdachte, wie sich das zwischen ihnen entwickeln könnte, dann war es sein eigenes Problem und nichts, was er mit dem Vorarbeiter oder sonst jemandem besprechen wollte. Chris war an seinen Bruder gebunden, und somit auch an Lang Downs. Zumindest für den Moment. Jesses Anstellung endete im März. Damit blieben ihnen nur noch ein paar Monate. Er wollte es genießen, anstatt es sich damit zu ruinieren, über etwas nachzudenken, was nicht sein konnte. „Ich will nicht, dass sie Mutmaßungen über uns anstellen."

„Nein", stimmte Chris zu. „Ich schätze, wir sollten ihnen nicht noch mehr Gründe dazu geben."

Jesse grinste. „Wie leise kannst du sein?"

Chris grinste zurück. „Vielleicht musst du heute leise sein."

Jesse hob eine Augenbraue. „Wenn dein Arm dein Gewicht halten kann ..."

15

CAINE BISS sich den ganzen Weg über zu ihrem Zimmer auf die Zunge. Er hatte keine Ahnung, was im Geschäft in Yass zwischen Jesse und Macklin vorgefallen war, aber etwas musste passiert sein, da Macklin solche direkten Worte wählte. Caine konnte nur hoffen, dass Macklin langsam lockerer wurde und auch bei einer bestimmten Sache einlenkte. Er fühlte sich schlecht dabei, immer auf dem Thema herumzureiten. Er konnte nicht einmal sagen, warum es so wichtig für ihn war. Solange Macklin diesen kleinen Teil von sich zurückhielt, konnte Caine diese ständige Furcht, dass Macklin weniger an ihrer Beziehung interessiert war als er, nicht ablegen.

Es war ein völlig lächerlicher Gedanke, und er wusste das auch, aber es änderte nichts an diesem nagenden Zweifel. Er hatte Macklin alles gegeben. Er wollte, dass Macklin ihm dies auch zurückgab.

„Also, wer mischt sich jetzt ein?", neckte er, sobald sie die Tür hinter sich geschlossen hatten.

„Ich habe mich nicht eingemischt", bestand Macklin. „Ich habe gesehen, dass Jesse bei Woolworth Kondome gekauft hat und ich habe mir gedacht, dass eine kleine Warnung angebracht wäre."

„Vorsicht", scherzte Caine, „sonst fange ich noch an zu denken, dass du willst, dass ich unsere Wette gewinne."

Macklins Blick verfinsterte sich und er wich, sehr zu Caines Überraschung, zurück.

„Übertreib es nicht, Welpe", sagte Macklin ernster, als Caine ihn bisher gehört hatte. „Ich weiß, was du willst. Aber eine dumme Wette ist nicht der richtige Weg, um es zu bekommen. Ich bin einfach noch nicht bereit."

Fragen drängten sich Caine auf, die nach Antworten verlangten, den Grund wissen wollten. Was sollte er noch tun? Er hatte schon alles getan, um Macklin zu beweisen, dass er bleiben würde, dass Macklin ihm hiermit ebenso vertrauen konnte wie er ihm, was sein Herz und sein Zuhause anging, vertraute. Dann blickte er zu Macklin, sah die steife, abwehrende Haltung seiner Schultern. Als wäre er auf einen Streit oder einen Schlag gefasst – oder beides. Caine gab nach. Egal wie sehr ihn Macklins kontinuierliche Ablehnung verwirrte und verletzte, es würde nicht besser werden, wenn sie deswegen stritten. „Ich schätze, dann du musst das neue Gleitmittel an mir anwenden."

Macklin lächelte und schloss Caine in seine Arme.

„Es tut mir leid, Welpe. Ich versuche es doch."

„Und ich werde weiterhin versuchen, geduldig zu sein."

ALS SIE später im Bett lagen, unterdrückte Macklin ein Seufzen und lauschte Caines leisem Schnarchen. Er wollte Caine geben, was dieser sich wünschte. Er hasste diesen verletzten Ausdruck, den Caine nicht ganz verstecken konnte, wann immer Macklin sich weigerte, ihn toppen zu lassen. Er wusste, dass sein Verhalten nicht rational war, aber er konnte diese Furcht, die Kontrolle an jemand anderen abzugeben, nicht überwinden. Zu einem kleinen Teil lag es an seinem Vater, aber zum größten Teil lag es an den Jackaroos, die seine Befehle ausführten. Er hatte die vereinzelten Kommentare gehört, als die Männer über ihn und Caine mutmaßten, und nicht wussten, dass er in der Nähe war. „Auf keinen Fall lässt sich ein Mann wie Armstrong von irgendjemandem vögeln."

Sie konnten akzeptieren, dass er schwul war und mit Caine zusammenlebte, aber sie erwarteten noch immer, dass er der unbeugsame Vorarbeiter war. Derjenige, der für immer und überall das Sagen hatte. Als er und Caine ihre Differenzen beigelegt und eine gemeinsame Zukunft begonnen hatten, verloren sie ein paar Männer, die sie sich nicht leisten konnten zu verlieren. Es waren nicht so viele, wie Macklin befürchtet hatte, aber noch immer zu viele. Sie hatten neue Arbeiter in Yass angeheuert, aber nicht alle waren von Jesses Kaliber, geschweige denn vom Kaliber der Männer, die gegangen waren. Er hatte es bewerkstelligt, dass es funktionierte, und Caine darüber im Dunkeln gelassen, wie viele Überstunden Macklin und die ganzjährigen Jackaroos leisteten, um die Dinge am Laufen zu halten. Caine hatte viele Pläne für die Station, gute Pläne, an die Macklin glaubte. Sie konnten sie umsetzen, wenn sie die Männer, die sie brauchten, gut ausbilden und halten konnten. Sie konnten sich keinen weiteren Rückschlag leisten. Nicht jetzt. In ein, zwei Jahren, wenn sie den schlimmen Winter finanziell ausgeglichen hatten, der Michaels Tod vorausgegangen war, würde es ihnen nicht so viel ausmachen. Aber dieses Jahr brauchten sie jeden Cent von jedem Strang Wolle und jedem Lamm, welches sie verkaufen konnten. Caine schien sich keine Sorgen darüber zu machen, dass sie im letzten Quartal ein wenig in die roten Zahlen gerutscht waren. Aber dann hatte er angekündigt, dass seine Eltern – seine *Mutter*, der die Station eigentlich gehörte – zu Weihnachten kamen. Sie würden in sechs Wochen ankommen, und Macklin beabsichtigte, Mrs. Neiheisel zu beweisen, dass sie die richtige Entscheidung getroffen hatte, als sie Lang Downs behalten und Caine hierhergeschickt hatte, um sie zu leiten. Er wusste von Caine, dass dieser seine Eltern dazu überredet hatte. Er bezweifelte nicht, dass Caine noch immer zu dieser Entscheidung stand. Trotzdem hatte Macklin das Gefühl, dass er bald eine Inspektion über sich ergehen lassen müsste, als ob er mit heruntergelassenen Hosen erwischt worden wäre, und das, nachdem er den Sohn des Bosses gevögelt hatte.

Caine war auf der Station aufgeblüht. Er stotterte kaum noch. Er hatte den Respekt und die Zuneigung der Ganzjährigen und vieler neuer Jackaroos gewonnen. Sogar Kami mochte ihn, was eine Leistung für sich war. Macklin war sich nämlich ziemlich sicher, dass Kami aus Prinzip niemanden mochte. Sie würden vielleicht nie reich sein – der größte Wert der Station war das Land selbst – aber sie würden auch nie hungern müssen. In ein bis zwei Jahren würden sie von der ständig wachsenden Nachfrage nach biologischem Fleisch profitieren. Sie mussten die Sache durchziehen. Caines Mutter musste zulassen, dass sie die Sache durchzogen, und das bedeutete, sie davon zu überzeugen, dass er der richtige Mann war, um an Caines Seite zu stehen. Etwas, was er nie schaffen würde, wenn die Männer ihn nicht mehr respektierten.

„Schlaf endlich", murmelte Caine an seiner Seite. „Was auch immer das Problem ist – es ist nicht so schlimm wie du denkst. Wir werden uns morgen darum kümmern."

Macklin errötete, da er beim Grübeln erwischt worden war. Er rollte sich auf die Seite und schmiegte sich an Caines Rücken. Für den Moment wollte er alle negativen Gedanken aus seinem Kopf verbannen. Er konnte ein anderes Mal darüber nachdenken.

„FUCK, DAS tut weh", sagte Chris, als er die Dehnübungen machte, welche die Beweglichkeit der Sehnen in seinem Ellbogen wiederherstellen sollten. „Ich kann das nicht."

„Doch, du kannst es", widersprach Jesse. Die Sonne hatte fast den Horizont im Westen erreicht, aber es würde noch ein paar Stunden dauern, ehe es dunkel war. Die Hitze des Tages hatte sich endlich abgekühlt, sodass sie auf der Veranda vor der Baracke sitzen konnten, um Chris' Übungen zu machen. „Dein Ellbogen ist schon viel beweglicher als zu der Zeit, als der Gips abgenommen wurde. In der Nacht in Boorowa konntest du ihn kaum bewegen. Jetzt hast du mindestens fünfzig Prozent deiner Beweglichkeit wiedererlangt. Du wirst auch stärker. Du hättest die volle Mistgabel nicht heben können, als man dir gerade erst den Gips entfernt hatte."

„Eine volle Mistgabel, bevor mein Arm nachgegeben hat", murmelte Chris. „Ich bin euch wirklich eine große Hilfe."

„Hör auf." Jesse schlug Chris leicht gegen den Hinterkopf. „Du bemitleidest dich gerade selbst. Das ist *nicht* attraktiv."

„Ja, toll. Hilflos zu sein ist auch nicht attraktiv."

Jesse seufzte. Sie hatten ein und dieselbe Diskussion an jedem Abend in den letzten zwei Wochen geführt. Jesse konnte die Fortschritte sehen, wusste aber nicht, warum Chris seine Augen davor verschloss. Die meiste Zeit sah er Chris als einen Gleichaltrigen an, aber gelegentlich tat er etwas, wodurch Jesse der Altersunterschied bewusst wurde. Acht Jahre waren nicht unüberwindbar, und die meiste Zeit war es unbedeutend, aber in diesem Moment schien es wie eine unüberbrückbare Kluft zwischen ihnen.

„Du bist nicht hilflos", sagte er etwas schärfer als beabsichtigt. „Mit jedem Tag gewinnst du an Stärke und Beweglichkeit. Jeder außer dir sieht das. Und jedem geht deine Selbstmitleidstour auf die Nerven. Reiß dich endlich zusammen."

Als Jesse Chris' geschockten Gesichtsausdruck sah, wollte er sich beinahe entschuldigen, aber er durfte nicht nachgeben, da sich ansonsten nichts ändern würde. Er wollte seinen Chris zurück – den Chris, der flirtete, lachte und das Beste aus einer noch so schlechten Situation machte – und nicht ein weinerliches Kind, welches den Arsch nicht hochbekam und sich nur ständig darüber beklagte, wie sehr die Übungen schmerzten. Jesse glaubte ihm, dass sie wehtaten, aber sie waren ein notwendiges Übel, wenn Chris sich vollständig erholen wollte.

„Tut mir leid, dass ich so eine Last bin", sagte Chris steif. Er stand auf und wollte die Veranda verlassen. „Ich werde dich nicht weiter stören."

„Verdammte Scheiße, Chris, warte. So habe ich das nicht gemeint." Er griff sich Chris' gesunden Arm und zog ihn zurück. „Dir zu helfen ist keine Belastung und dich bei mir zu haben auch nicht. Es ist nur frustrierend, dass du immer so schlecht gelaunt bist. Ich vermisse es, mit dir zu lachen. Deinen Gips entfernt zu bekommen sollte es besser, nicht schlechter machen. Schau, ich soll morgen mit Neil und Ian ins Hochland reiten. Warum kommst du nicht mit? Wir werden mit den Hunden arbeiten, die Herde beobachten ... Nichts, was du oder dein Arm nicht schaffen könntet. Du kannst dann einmal eine andere Seite eines Jackaroos kennenlernen. Es geht nicht immer darum, Schafe zu scheren und Lämmer zu füttern."

„Ich werde Macklin fragen müssen", sagte Chris. „Ich weiß nicht, was er für morgen geplant hat. Aber wenn er ja sagt, wäre das sicherlich eine großartige Sache. Caine hat mir mit dem Reiten geholfen, und Titan ist ziemlich sanftmütig. Mit euch zu reiten sollte daher kein Problem sein."

CHRIS WAR sich nicht mehr so sicher, ob es eine gute Idee gewesen war, Jesse, Neil und Ian zu begleiten, da sein Ellbogen bereits beim Aufsteigen zu schmerzen begann. Er biss die Zähne zusammen, versuchte es erneut und schaffte es, sich in den Sattel zu ziehen. Keiner schien sein wenig elegantes Aufsteigen bemerkt zu haben, oder sie waren zu taktvoll, um es zu erwähnen. Chris konnte mit beiden Möglichkeiten leben.

Sie ritten einen Moment später los, Neil und sein Hund Max an der Spitze. Glücklicherweise schien es niemand eilig zu haben, denn Männer und Tiere fühlten sich anscheinend noch träge in der Dunkelheit vor der Dämmerung. Chris ließ Titan den anderen Pferden mit wenig Führung folgen. Er vertraute darauf, dass dieser nicht vom Weg abkam. Glücklicherweise schien Caines Einschätzung zuzutreffen, denn Titan trottete den anderen hinterher, sodass Chris währenddessen seinen Ellbogen dehnen und strecken konnte. Er musste seine Beweglichkeit so schnell wie möglich zurückerlangen.

Als die Morgendämmerung einsetzte und der Himmel heller wurde, wandte Chris seine Aufmerksamkeit statt seiner Verletzung den Männern vor ihm zu. Neil und Ian lebten das ganze Jahr auf der Station, waren Vollzeit-Jackaroos. Jesse mochte zwar nur im Sommer auf den Stationen arbeiten, aber er saß genauso fest im Sattel wie die beiden anderen. Seine Körpersprache verriet, wie entspannt er auf einem Pferderücken war.

Die Sonne lugte gerade so über den Horizont, was kein Kunststück war, nachdem sie das Tal verlassen hatten. Neil führte sie zu einer der Treiberhütten, die Chris und Jesse zu Beginn der Saison neu ausgestattet hatten.

„Morgen", sagte Kyle, der aus der Hütte trat.

„Morgen", gab Neil zurück. „Wie war die Nacht?"

„Ruhig", antwortete Kyle. „Aber ich habe ein paar Spuren an der Grenze der Koppel entdeckt, als wir gestern heraufgekommen sind. Ich würde sagen, es war ein Dingo, und die Spuren waren nicht alt."

„Vor allem, da es erst vor ein paar Tagen geregnet hat", stimmte Neil zu. „Hast du gestern Nacht etwas gesehen?"

„Nein, die Herde war ruhig, und wir haben weder etwas gehört noch gesehen, was auf einen Dingo hindeuten würde."

„Wir hoffen jetzt mal, dass er nur vorbeizieht", sagte Ian. „Aber danke für die Warnung."

„Max wird uns wissen lassen, wenn der Dingo zurückkommt", sagte Neil. „Wir können ein paar Minuten rasten und eine Tasse Kaffee trinken." Er hielt die Thermoskannen hoch, die er bei sich hatte.

Chris war nicht wirklich ein Kaffeetrinker, aber es war so früh am Morgen noch recht frisch und etwas Heißes klang wundervoll.

„Ich habe Tee, wenn du den lieber magst", bot Jesse an.

Chris' Gesicht hellte sich sofort auf. „Dann nehme ich etwas davon, wenn es dir nichts ausmacht, zu teilen."

„Ich habe ihn mitgenommen, um ihn zu teilen", versicherte Jesse. „Denk aber das nächste Mal daran, noch eine Thermoskanne mitzunehmen. Es schadet nie, mehr dabei zu haben."

Chris errötete, aber Neil klopfte ihm auf die Schulter. „Keine Sorge, Kumpel. Du wirst alle Tricks lernen, wenn du dich an uns hältst."

„Hört sich gut an."

„Wir werden einen Jackaroo aus dir machen", stimmte Ian zu. „Du bist nicht schlechter als ein paar der Neuen, die wir diese Saison am Hals haben, und obwohl du unerfahren bist, lächelst du dabei und gibst dein Bestes. Ich hoffe, dass Macklin ein paar der Schwachköpfe am Ende des Sommers loswird. Ich habe kein Problem mit ihm und dem Boss – Sieh mich nicht so an, Neil. Du warst derjenige mit der schlechten Einstellung, nicht ich! – aber es hat uns diesen Sommer einiges gekostet."

„Inwiefern?", fragte Chris.

„Wir haben mehr Leute als sonst verloren. Typen, die nicht zurückgekommen sind, nachdem sie das über Caine herausgefunden haben. Und nicht jeder, den wir angeheuert haben, um sie zu ersetzen, ist so gut wie die Leute, die wir verloren haben", sagte Neil. „Aber wir schaffen das schon."

„Und das wird auch weiterhin so sein", stimmte Ian zu. „Wir arbeiten in diesem Sommer nur länger als sonst."

„Ich werde nicht mehr lange eine Last für die Station sein", versprach Chris. „Meinem Arm geht es mit jedem Tag besser."

„Jetzt legst du mir Worte in den Mund", protestierte Ian. „Du hast die ganze Zeit, als du den Gips getragen hast, Kami geholfen. Und jetzt, obwohl du dich noch schonen musst, tust du trotzdem dein Möglichstes. Ich hatte einen Freund in der Schule, der sich den Ellbogen verletzt hat. Er hat sich nicht ordentlich darum gekümmert, nachdem man ihm den Gips abnahm, und hat sich nie vollständig davon erholt. Niemand verlangt von dir, schneller als möglich gesund zu werden. Der Unterschied liegt in deiner Einstellung. Du sorgst dich, dass du eine Belastung sein könntest. Du hast dich freiwillig gemeldet, um mit uns heute auszureiten, um mehr zu lernen. Das ist ein ganz anderes Paar Schuhe, als das, was ein paar dieser Schwachköpfe tun. Sie versuchen, so wenig wie möglich zu tun, ohne einen Arschtritt von Macklin zu bekommen."

„Es macht euch echt nichts aus, wenn ich mitkomme?", fragte Chris.

„Überhaupt nicht", sagte Neil und trank anschießend seinen Kaffee aus. Ein Bellen von Max erregte seine Aufmerksamkeit. „Lasst uns nachsehen, was Max gefunden hat."

Sie gingen zurück auf die offene Koppel, wo eine kleine Herde von etwa dreißig Schafen friedlich graste. Max stand auf einer Erhöhung in der Nähe, in voller Alarmbereitschaft.

„Was auch immer es ist, Max mag es nicht", sagte Ian.

„Was bedeutet, dass ich es auch nicht mag", fügte Neil hinzu, als er auf sein Pferd stieg. „Chris, vielleicht solltest du hier unten bleiben."

„Nein, ich komme mit", beharrte Chris. Diesmal war es einfacher für ihn, auf Titan aufzusteigen. Der Ritt hatte seinen Ellbogen gelockert. „Ich werde euch nicht im Weg stehen, aber ich muss so etwas sehen, damit ich lernen kann."

Max bellte erneut, als sie zu der Erhebung kamen. „Was hast du gefunden, Max?", fragte Neil, als sie sich dem Hund näherten.

Max jaulte wieder, und Neil stieg ab. „Verdammte Schlangen", murmelte er. „Sieht aus, als wäre sie zertrampelt worden, aber jetzt müssen wir die Lämmer überprüfen. Es ist nur eine Tigerschlange, keine braune. Wenn ein Lamm gebissen wurde, können wir es in dieser Saison keinem Metzger verkaufen."

„Der Biss würde es nicht töten?", fragte Chris.

„Nein", sagte Neil. „Das Gift macht es nur krank. Tödlich wäre es nur, wenn die Schlange ein Neugeborenes gebissen hätte. Aus diesem Grund behalten wir sie im Tal, bis die Lämmer ein paar Monate alt sind." Er nahm einen Stock und benutzte diesen, um den Schlangenkörper über den Zaun und in einen Busch auf der anderen Seite zu werfen. „Da, kein Problem mehr."

„Abgesehen davon, dass wir nach den Schafen sehen müssen", sagte Jesse.

„Nun, ja, ich war optimistisch."

Jesse und Ian lachten, und die vier ritten zurück zur Herde. „Ian, du könntest zusammen mit Chris die Schafe untersuchen. Jesse und ich treiben die Streuner zur Herde zurück."

„Alles klar", sagte Ian. „Bereit mit ein paar Schafen zu ringen, Chris?"

„Ich bin bereit", sagte Chris. Er weigerte sich, sich Sorgen um seinen Arm und darüber zu machen, ob er ein ausgewachsenes Schaf in seinem momentanen Zustand handhaben konnte.

Ian führte Chris zu der größten Gruppe Schafe und stieg leichtfüßig ab. „Prüf ihre Beine", sagte er. „Die Schlange war nicht groß genug, um ihre Bäuche zu erwischen."

„Wonach soll ich suchen? Ich weiß, nach Bissstellen, aber ihre Wolle wächst schon wieder nach. Ich bin mir nicht sicher, ob ich die Haut sehen kann."

„Schwellungen, Hinken, alles, was auf eine Verletzung hindeuten könnte", erklärte Ian. „Denn auch wenn es sich um keinen Schlangenbiss handelt, müssen wir sie näher untersuchen, wenn sie ein Problem haben."

Chris nickte und begann, die Schafe zu untersuchen. Er bemerkte, dass Ian über jedes Bein strich, also machte Chris es ihm nach. Er hoffte, den Unterschied zu fühlen, wenn ein Bein geschwollen war. Sobald er etwas Verdächtiges spüren würde, würde er Ian bitten, es noch einmal zu überprüfen.

„Verdammte Scheiße", murmelte Ian ein paar Minuten später.

„Hast du etwas gefunden?"

„Ja", sagte Ian. „Komm her und sag mir, was du davon hältst."

Chris dachte, dass er wohl am einfachsten wäre, Ian bei allem zuzustimmen, da er keine Ahnung hatte, auf was er achten sollte. Er sah dennoch gehorsam auf das Lamm, das Ian festhielt.

„Siehst du die Schwellung am Gelenk?"

„Ja, hier", sagte Chris, und zeigte darauf. „Am Fußgelenk."

„Ja, an der Fessel", sagte Ian. „Die Schlange hat vermutlich nur dieses hier erwischt, aber wir sollten sichergehen und die restlichen Schafe auch noch überprüfen."

„Was tun wir mit diesem Lamm?"

„Es erstmal isolieren", sagte Ian. „Es im Auge behalten und sichergehen, dass es überlebt. Wenn es das tut, müssen wir sehen, in welcher Verfassung es während der Zuchtzeit ist. Wir können es nicht an einen Metzger verkaufen. Wer weiß, wie lange das Gift noch im Körper bleibt, nachdem die Schwellung zurückgegangen ist. Ich weiß nicht, ob wir noch einen Bock brauchen, aber vielleicht können wir ihn an Taylor oder einen der anderen Viehzüchter verkaufen."

„Ja", sagte Chris. „Ich kann es fürs Erste zum Anbau der Treiberhütte bringen."

„Keine Sorge. Neil und Max werden es dorthin treiben, nachdem wir die restliche Herde überprüft haben. Der Kleine geht so steif, dass wir ihn kaum mit einem anderen Tier verwechseln werden."

„Also, die männlichen Lämmer werden an die Metzger verkauft?", fragte Chris, während sie die restlichen Tiere überprüften.

„So läuft es normalerweise", stimmte Ian zu. „Wir behalten ein paar Böcke für die Zucht, aber sie machen mehr Ärger, als sie es eigentlich wert sind. Deshalb behalten wir nicht mehr als unbedingt nötig. Und wir behalten nur genug weibliche Lämmer, um die alternden Zuchtschafe zu ersetzen. Wir verkaufen den Rest als Fleisch. Die Idee dahinter sind nachhaltige, biologische Methoden. Das bedeutet, wir brauchen eine beständige Herdengröße."

„Ich schätze, ich habe nie begriffen, wie kompliziert das ist."

Ian lachte. „Frag später einmal nach dem Zuchtbuch. Das ist kompliziert, aber Macklin hat es zu einer Kunst entwickelt. Ich habe auf ein paar anderen Stationen gearbeitet, bevor ich hierher gekommen bin. Du wirst keinen besseren Vorarbeiter finden als unseren, und mit Caine, der die ganze Recherche zu den biologischen Anbaumethoden betreibt, sind wir den großartigen Dingen schon sehr nahe."

„Obwohl ihr unterbesetzt seid?"

„Obwohl wir unterbesetzt sind. Dort kommen Neil und Jesse mit den Streunern. Lass sie uns untersuchen, während Neil und Max sich um unseren Invaliden kümmern."

Ian erläuterte Neil die Situation, während Chris die anderen Schafe untersuchte, die Jesse zu ihm hinübertrieb. Glücklicherweise schien kein weiteres verletzt zu sein.

„Es geht nichts über ein wenig Aufregung, um in den Tag zu starten", sagte Jesse, als sie fertig waren.

Chris grinste. „Also ist es nicht immer so aufregend?"

„Nein", meinte Jesse mit einem breiten Grinsen, welches Chris' Inneres in Aufruhr versetzte. „Die meiste Zeit sitzt oder steht man herum und wartet auf das Ende der Schicht. Gelegentlich prüft man auch die Zäune. Wo wir schon dabei sind ... Wenn du dich einem Ritt gewachsen fühlst, könnten wir die Zäune überprüfen, während Neil und Ian sich um das verletzte Lamm kümmern." Er wackelte zweideutig mit den Augenbrauen.

Chris lachte, konnte aber spüren, wie sein Körper auf diese Worte reagierte. Selbst wenn sie nur ein paar Küsse austauschen konnten, wäre es eine nette Pause von der verrückten Woche, die hinter ihnen lag. Chris war sogar knapp davor vorzuschlagen, die Treiberhütten erneut zu prüfen, nur um ein paar Minuten mit Jesse allein zu sein. Die Zäune zu kontrollieren würde ihnen zwar keine Zeit für Sex verschaffen, aber Chris würde nehmen, was er bekommen konnte.

„Lass mich nur den anderen sagen, wohin wir reiten", sagte Jesse.

Chris nickte und stieg wieder auf Titans Rücken. Er ignorierte seinen schmerzenden Arm, da er sich nicht von seiner Verletzung einschränken lassen wollte. Immerhin wollte er hier ein Leben aufbauen, und das konnte er nicht, ohne zu arbeiten.

Jesse gesellte sich etwas später zu ihm, sein Pferd am Zügel führend. Als er sah, dass Chris schon aufgesessen war, schwang er sich mit beneidenswerter Leichtigkeit in den Sattel, was das nagende Verlangen in Chris nur verstärkte. Neil und Ian mochten an ein paar der neuen Jackaroos verzweifeln, aber Jesse gehörte auf Lang Downs, da er ein Viehhirte wie Neil, Ian oder Macklin war.

„Bereit für ein kleines Rennen?", fragte Jesse.

„Ich weiß nicht", sagte Chris. „Ich bin kein nennenswerter Reiter, aber reite ruhig voraus, wenn du möchtest. Ich treffe dich am Grenzzaun."

„Sicher?"

Oh ja, Chris war sich sicher. Er wollte Jesse reiten und nicht nur auf seinem Pferd sitzen sehen.

„Okay, dann sehen wir uns dort", sagte Jesse. Er trieb sein Pferd zum Galopp an.

Chris folgte ihm um einiges langsamer, genoss aber die Aussicht, konnte so einen Mann und sein Tier in Einklang erleben. Eines Tages würde er vielleicht auch so reiten können. Aber für den Moment würde er einfach die Vorstellung genießen.

Wie versprochen wartete Jesse am Zaun auf ihn.

„Ich dachte, Caine hat die Zäune zu Beginn der Saison überprüfen lassen", sagte Chris, als sie an der Stacheldrahtbarriere entlang ritten.

„Sicher hat er das", gab Jesse zurück, „aber es kann viel passieren. Bäume können umstürzen, Pfosten verrotten. Es ist wie bei den Hütten. Es ist leicht, eine Packung Batterien mitzubringen, wenn man weiß, dass man sie braucht. Aber wenn keiner aufpasst, braucht man plötzlich einen ganzen Ute voller Vorräte. Es ist leicht, einen kleinen Abschnitt des Zaunes zu reparieren, wenn man es früh genug erkennt. Wenn man damit wartet, wird es zu einem ziemlich großen Aufwand."

„Ich schätze, das macht Sinn."

Jesse blickte den Weg zurück, den sie gekommen waren, ehe er Chris am gesunden Arm näher zog und küsste.

„Mmm", machte Jesse. „Es ist schon zu lange her, seit wir das getan haben."

Chris lächelte und küsste ihn erneut. „Wir sollten etwas dagegen tun."

„Das sollten wir", stimmte Jesse zu. Er zog sich zurück, um von seinem Pferd zu steigen. „Komm her."

Chris glitt in Jesses Arme und ignorierte Titans Schnauben. Das Pferd würde darüber hinwegkommen. Chris wollte seinen Lover küssen. Das Wort brachte seine Gedanken zum Stillstand, selbst als Jesse ihn küsste. Chris' Körper reagierte, aber seine Gedanken kreisten weiterhin um dieses eine Wort. Lover. Waren sie Lover? Sie hatten Sex. Sie verbrachten Zeit miteinander, sogar, wenn sie keinen Sex hatten.

Sie waren Freunde. Sie unterstützten einander. Nun, Jesse unterstütze Chris. Chris war sich nicht sicher, wie viel Unterstützung er Jesse bislang gegeben hatte. All diese Dinge schienen eine positive Antwort zu ergeben, aber Lover waren Leute wie Caine und Macklin. Feste Paare. Er und Jesse schliefen nur miteinander und verbrachten Zeit zusammen. Oder?

Dann unterbrach Jesses Zunge Chris' Gedanken, da sie an seinen Lippen entlangfuhr, sie anschließend teilte und an dem feuchten Muskel in seinem Mund spielte. Seine Sorgen über Kleinigkeiten schwanden, als Jesse seine Arme ergriff und ihn näher zog.

„Komm heute Abend zu den Baracken", sagte Jesse, als er den Kuss unterbrach. „Wir werden einfach darauf warten, dass die anderen zu Bett gehen, und dann kannst du in mein Zimmer schleichen. Bitte, Chris. Ich brauche dich."

Chris stöhnte. „Ich schätze, du hast kein Kondom in der Hosentasche, oder?"

„Ich arbeite gerade."

„Das hat dich nicht aufgehalten, als wir die Hütten überprüft haben."

„Neil und Ian sind gerade mal auf der anderen Seite der Anhöhe. Sie könnten jeden Moment nach uns sehen."

„Dann muss ich wohl schnell sein." Chris zog an Jesses Gürtel. „Du kannst mich nicht ohne Kondom ficken, aber ich kann deine Lust lindern."

„Das ist eine schlechte Idee", sagte Jesse.

Chris zuckte die Schultern, als er auf die Knie sank. „Sagst du nein?"

Jesse schüttelte den Kopf, daher knöpfte Chris seine Jeans auf und schlüpfte mit einer Hand hinein, das Ziehen im Ellbogen ignorierend. Er würde seinen Arm nicht lange beanspruchen. Nur lange genug, dass er seinen Mund um seinen Preis schließen konnte.

Chris' Körper erschauderte, als er Jesse von seiner Kleidung befreite und über dessen bereits feuchte Spitze leckte. Er war nicht exhibitionistisch veranlagt, aber das war es auch nicht, denn niemand sah zu. Es war die Möglichkeit, entdeckt zu werden, die einen zusätzlichen Reiz bot, während seine Lippen an Jesses Schaft nach unten glitten, und er ihn ganz aufnahm. Sie mussten sich beeilen. Sie konnten jeden Moment unterbrochen werden, und Chris wollte nicht mit heruntergelassenen Hosen erwischt werden. Oder, in diesem Fall, mit Jesses heruntergelassenen Hosen.

Als Chris nach oben blickte, war er von Jesses Gesichtsausdruck vollkommen eingenommen. Dessen Augen brannten voller Leidenschaft, und dennoch waren sie stets auf den Horizont gerichtet, für den Fall, dass Neil oder Ian auftauchen würden. Das spornte Chris an. Er streichelte Jesses Hoden und ermutigte ihn, möglichst schnell zum Höhepunkt zu kommen.

Jesse musste so verzweifelt wie Chris gewesen sein, denn bereits nach erfreulich kurzer Zeit versteifte er sich unter Chris' Händen und Mund, als er seine Erlösung fand.

Chris leckte sich die Lippen und zog sich zurück. „Das sollte dich bis heute Nacht befriedigen."

„Was ist mit dir?", fragte Jesse. „Verdammt. Da ist Max." Er richtete schnell seine Kleidung. „Ich wollte nichts anderes tun, als dich zu küssen."

„Max kann nicht petzen."

„Nein, aber wo Max ist, ist Neil nicht weit entfernt."

Chris ließ sich von Jesse auf die Beine ziehen.

„Habt ihr etwas gefunden?", rief Neil. Er stand auf der Anhöhe, die zwischen ihnen und der Treiberhütte lag.

„Nein", rief Jesse zurück. „Nur etwas Gestrüpp, das sich im Zaun verfangen hat. Wir wollten trotzdem sichergehen, dass der Draht unbeschädigt ist."

„Guter Mann!", sagte Neil.

„Wie geht es dem Lamm?"

„Er wird eine Weile humpeln, aber nichts deutet darauf hin, dass es schlimmer wird. Wir werden es ein paar Tage im Anbau halten, wo es warm und trocken ist, damit die Schwellung zurückgeht. Habt ihr weitere Dingospuren gefunden?"

„Nein", sagte Jesse, „aber wir haben auch gerade erst angefangen, als wir den Zaun näher begutachten mussten. Wir werden diesen Abschnitt noch fertigmachen und euch anschließend bei der Hütte treffen, in Ordnung?"

Neil nickte zustimmend und ging zurück zum Unterstand.

„Das war knapp", seufzte Jesse, als Neil außer Hörweite war. „Lass uns das hier fertigmachen."

„Sei nicht so", meinte Chris, stieg jedoch sofort wieder auf Titan auf. „Er hat uns nicht erwischt, und er ist Caines größter Befürworter."

„Weil Caine ihm das Leben gerettet hat", erinnerte Jesse Chris. „Von dem, was ich gehört habe, war Neil davor ziemlich eklig zu Caine."

„Er weiß, dass ich schwul bin."

„Es gibt einen Unterschied zwischen wissen und dich mit meinem Schwanz im Mund zu erwischen, während wir eigentlich arbeiten sollten. Das darf nicht noch mal passieren. Ein Kuss ist akzeptabel, aber nicht mehr."

Chris war noch immer der Meinung, dass Jesse übertrieb, aber er ließ es auf sich beruhen.

Sie überprüften den Rest des Zaunes und ritten anschließend zur Hütte zurück. „Was jetzt?"

„Jetzt sitzen wir hier und starren die Schafe an, bis es Zeit für das Mittagessen ist", gab Jesse zurück. „Solange sie uns nicht brauchen, können wir uns ein wenig entspannen."

„Klingt gut", sagte Chris. Er stieg ab und wollte nach Titans Sattel greifen.

„Lockere den Gurt, aber sattle ihn nicht ab", sagte Ian. „Wenn wir schnell aufsitzen müssen, wirst du dafür dankbar sein."

„Warum sollten wir das müssen?", fragte Chris, wenngleich er Ians Ratschlag befolgte.

„Kyle hat Dingospuren gesehen. Wenn einer in der Nähe ist, haben wir auf dem Pferderücken eine viel bessere Chance, ihn zu vertreiben. Wir Menschen sind nicht besonders furchterregend oder schnell, aber ein großes Pferd schon. Ein gut platzierter Kick von Titan, und der Dingo ist tot."

„Ist das erlaubt? Ich dachte, sie wären geschützt."

„Wir können es Titan nicht antrainieren", sagte Neil, „aber wenn er es tut, um sich selbst zu verteidigen, ist das ein Problem für den Dingo und nicht für uns. Sie sind Quälgeister, nichts anderes."

SIE RÄUMTEN gerade die Reste ihres Mittagessens weg, als Max' wildes Gebell sie unterbrach. Die drei erfahreneren Jackaroos ließen alles fallen und rannten ohne zu zögern zur Tür. Chris folgte etwas langsamer, da er nicht wusste, ob er ihnen eine Hilfe sein würde.

Auf der gegenüberliegenden Seite der Weide raste Max gerade auf eine Gruppe Dingos zu, die auf der Erhöhung aufgetaucht waren.

„Verdammte Scheiße!", rief Neil. „Die jagen nur in Rudeln, wenn sie am Verhungern sind." Er zog den Sattelgurt enger, ehe er sich auf sein Pferd schwang und es über die Weide trieb. Ian folgte ihm nur Sekunden später.

„Bleib hier", sagte Jesse zu Chris, als er aufstieg. „Du reitest noch nicht so gut, und das hier könnte chaotisch werden."

„Soll ich Hilfe rufen?", rief Chris Jesse hinterher.

„Es wird vorbei sein, bevor sie hier ankommen würden!", schrie Jesse zurück, als er sein Pferd in einen schrägen Winkel zu dem Weg trieb, den Neil und Ian genommen hatten, um einen Dingo zu vertreiben, der aus einer anderen Richtung gekommen war, mit der Absicht, die Herde in Richtung des Rudels zu treiben.

Chris sah beklommen zu, als die drei Männer ihr Bestes taten, um die Dingos zu vertreiben. Max war ebenfalls mitten im Gefecht. Ein besonders übles Knäuel aus Hund und Dingo ließ Chris zusammenzucken, aber als Ian heranritt, um das Chaos zu unterbrechen, war Max der Sieger. Der Dingo, mit dem er sich angelegt hatte, humpelte, so schnell es ihm auf drei Beinen möglich war, davon.

So unvermittelt, wie er begonnen hatte, war der Aufruhr wieder vorbei. Jesse, Ian und Neil ritten zurück zu Chris, Max trottete stolz neben ihnen her.

„Scheiß Dingos", knurrte Neil, als er sich vom Pferd schwang. Chris ergriff die Zügel, die Neil achtlos fallen gelassen hatte, als jener sich hinkniete, um Max zu untersuchen.

„Geht es Max gut?", fragte Chris.

„Es scheint so", sagte Neil. Er strich über Max' Seiten und Beine, um sie auf Bisswunden zu überprüfen. „Der Dingo hat eindeutig mehr abbekommen."

„Ich habe nicht gewusst, dass Dingos so dreist werden können", fügte Chris hinzu. „Ich habe immer gehört, dass sie ziemlich scheue Kreaturen sind."

Jesse stieß Chris' Arm an, und schüttelte den Kopf. Chris nahm den Hinweis zur Kenntnis und ließ das Thema sein, erst recht als Neil ihn wütend anstarrte.

Vorsicht war besser als Nachsicht, entschied Chris und zog sich mit Neils Pferd zurück. Er führte es zu dem kleinen Unterstand, wo er den Sattelgurt nur ein wenig lockerte, falls sie die Pferde noch einmal brauchen sollten.

„Dingos sind ein wunder Punkt für viele Jackaroos", sagte Jesse einen Augenblick später vom Eingang des Anbaus her. „Ich kenne Neils Gründe nicht, aber es würde mich nicht überraschen, wenn er wegen ihnen schon einmal einen Hund verloren hätte. Max ist verdammt jung für einen Jackaroo mit Neils Erfahrung."

Chris schauderte. „Ja, dann er hätte jeden Grund, auf die Dingos sauer zu sein."

„Selbst die von uns, die keinen derartigen Grund haben, mögen sie nicht", fügte Jesse hinzu. „Sie sind eine Bedrohung für unsere Schafe. Ein einziger Dingo könnte kein ausgewachsenes Mutterschaf erlegen, aber so ein Rudel wie das eben? Die hätten mit mehreren abhauen können. Ich weiß nicht, wie Caine das handhabt, aber ich war schon auf Stationen, wo einem die Kosten für das Tier vom Lohn abgezogen wurden."

„Echt?"

„Nicht auf allen, und wie gesagt, ich weiß nicht, wie sie das auf Lang Downs regeln. Aber ja, auf solchen Stationen argumentiert man, dass du nachlässig warst, wenn ein Schaf während deiner Schicht von einem Dingo gerissen wird. Dann musst du dem Stationsbesitzer die Kosten für das Tier erstatten. Und glaub mir, Schafe sind nicht billig."

„Das ist ziemlich geldgierig."

„So ist das nun mal", meinte Jesse mit einem Schulterzucken. „Die meisten Stationen kommen gerade so über die Runden. Es sei denn, sie sind riesig und industrialisiert. Ich bin gespannt, was aus Caines Bio-Zertifizierungs-Plan wird. Es ist nämlich das genaue Gegenteil von dem, wohin sich die anderen Stationen entwickeln."

„Bist du der Meinung, dass es nicht funktionieren wird?"

„Ich weiß es nicht", sagte Jesse. „Und solange er mich am Ende bezahlt, ist es auch nicht mein Problem. Das ist mein Job, nicht mein Leben."

Diese Worte machten Chris klar, wie deutlich das Bild, das er sich von seiner Zukunft zu machen begonnen hatte, Jesses Sichtweise auf seinen zukünftigen Lebensweg widersprach. Er hätte es besser wissen sollen, als in Jesses Unterstützung mehr hinein zu interpretieren als die Freundschaft, die er ihm anfangs angeboten hatte. Jesse hatte ihm nie Anlass dazu gegeben, zu denken, dass es mehr als das war, aber Chris hatte zu hoffen begonnen. Er hatte offensichtlich falsch gelegen.

16

CHRIS SASS an diesem Abend mit Seth und Jason in der Kantine, da er seinem Bruder nicht das Gefühl geben wollte, dass er ihn vernachlässigte, weil Chris den ganzen Tag mit den Jackaroos verbracht hatte. Als Jesse die Kantine betrat, waren schon alle Plätze an ihrem Tisch besetzt. Chris lächelte entschuldigend, machte aber keine Anstalten, für ihn Platz zu machen oder einen Stuhl heranzuziehen, dass Jesse sich zu ihnen setzen konnte.

Jesse hatte ihm nichts vorgemacht, nicht wirklich, aber Chris wollte dennoch zeigen, dass er unabhängig war. Er war in die Falle getappt, von ihnen als ein Paar zu denken und Jesse in Familienangelegenheiten gedanklich miteinzubeziehen. Das war ein Fehler. Jesse war ein Freund mit gewissen Vorzügen, mit dem er bis zum Ende des Sommers Spaß haben konnte.

Das Abendessen war fast beendet, als Neil aufstand und mit der Gabel leicht gegen sein Glas schlug. Die Gespräche in der Kantine stoppten abrupt.

„Entschuldigt, dass ich euch unterbreche", sagte Neil und räusperte sich. Chris kämpfte gegen ein Lachen an, da der sonst so selbstsichere Jackaroo vollkommen unbehaglich wirkte. Neil würde aber nicht dort stehen, wenn er nichts Wichtiges zu sagen hätte.

„Ich wollte euch allen sagen, dass Molly mir die große Ehre erwiesen hat, mich am Ende dieses Sommers zu heiraten."

Die Männer brachen in Jubel und Applaus aus, als besagte Frau ebenfalls aufstand. Neil legte einen Arm um sie und hielt sie an seiner Seite, als die Jackaroos sich um sie drängten, um Neil die Hand zu schütteln oder ihm auf die Schulter zu klopfen und ihn einen glücklichen Kerl zu nennen.

Chris mischte sich in die Menge, hielt sich jedoch zurück, um denjenigen, die Neil besser kannten, den Vortritt zu lassen. „Herzlichen Glückwunsch", sagte er, als er das Paar erreichte. „Ich hoffe, dass ihr glücklich werdet."

„Das werden wir", sagte Molly mit einem Lächeln.

Chris trat zur Seite, um jemand anderem Platz zu machen, und stieß gegen Jesse.

„Hi", sagte er, da er nicht unhöflich sein wollte.

„Hi", sagte Jesse. „Ich habe es vermisst, mit dir zu Abend zu essen. Sorry, dass ich spät dran war."

So einfach diese Worte auch waren, sie entspannten etwas in Chris' Brust. Er hatte Jesses Worte zu Mittag als eine Zurückweisung aufgefasst, aber so waren sie nicht gemeint gewesen, zumindest nicht wirklich. Jesse dachte möglicherweise nicht an etwas Festes – und er hatte auch keinen Grund dazu; sie hatten nie darüber

gesprochen, wie es nach dem Sommer weitergehen würde – aber er genoss Chris'
Gesellschaft. Sie waren Freunde, und Chris konnte das nicht ignorieren. Er hatte
nur wenig Freunde, sodass er nicht einfach jemanden abschreiben konnte, weil er
zu schnell zu viel wollte.

„Es tut mir leid, dass ich dir keinen Platz freigehalten habe", gab Chris
zurück. „Als ich bemerkte, dass du nicht da warst, war der Tisch bereits voll."

„Dann trinken wir eben ein Bier zusammen", sagte Jesse mit einem Grinsen.
„Paul hat es für mich bei der heutigen Einkaufstour in Boorowa mitgebracht. Es ist
in der Baracke, wenn du eines willst."

„Sicher", sagte Chris. Er hatte ohnehin vorgehabt, mehr Zeit in der Baracke
verbringen, da Caine und Macklin wohl irgendwann ihr Haus wieder für sich haben
wollten. Das war ein weiterer Grund, den Abend dort zu verbringen. „Ich möchte
zuerst nur sichergehen, dass Seth mich nicht braucht."

„Chris …" Jesse packte Chris' Arm, bevor dieser sich umdrehen konnte.
„Er ist sechzehn. Er wird es nicht mögen, wenn du ständig an seiner Seite bist.
Seth kann sich ohnehin nicht in allzu große Schwierigkeiten bringen, nicht, wenn
jemand da ist, um ihn aufzuhalten."

Chris zögerte einen Moment und blickte zu Seth, der noch immer bei Jason
saß und mit ihm redete. Jasons Vater war in der Nähe, unterhielt sich mit Neil,
Molly und ein paar anderen Ganzjährigen.

„Es wird ihm gut gehen", wiederholte Jesse. Der Griff seiner Hand an Chris'
Arm wandelte sich zu einer Liebkosung, und Chris gab nach.

„Ich könnte ein Bier gebrauchen."

„ALSO … VERHEIRATET, was?", sagte Macklin. Er kam zu Neil und Molly herüber,
als die meisten anderen Arbeiter gegangen waren. „Werdet ihr in diesem kleinen
Haus genug Platz haben?"

„Wir werden das schon schaffen", sagte Neil. „Vielleicht bauen wir noch
einen Raum an, wenn es im Winter weniger zu tun gibt."

„Das könntet ihr tun", sagte Macklin langsam. „Ihr wärt nicht die Ersten,
aber es gibt auch noch dieses große, leerstehende Haus, das ich nicht mehr benutze.
Es wäre doch eine Verschwendung anzubauen, wenn ihr einfach nur auf die andere
Straßenseite ziehen müsstet, und den Platz hättet, den ihr benötigt."

„Aber das ist das Haus des Vorarbeiters", protestierte Neil.

„Es war das Haus des Vorarbeiters", erinnerte ihn Macklin. „Es sei denn, du
glaubst, dass Caine mich bald feuern könnte."

„Er war nicht so dumm, als er noch ein Hereingeschneiter war", konterte
Neil. „Und er wird es auch jetzt nicht sein, da du sein Partner bist."

„Und wenn ich mich zurückziehen würde", fuhr Macklin fort, „würde ich
ihm sagen, dass er dich als Vorarbeiter anheuern sollte, dann wäre es ohnehin
deines. Außer, du willst es wirklich nicht?"

„Wir nehmen es gerne", unterbrach Molly. „Das ist sehr großzügig von dir."

„Betrachtet es als ein vorzeitiges Hochzeitsgeschenk", sagte Macklin. „Ich bin mir ziemlich sicher, dass all meine Sachen schon raus sind, aber ich werde heute Abend noch einmal nachsehen. Dann könnt ihr an eurem nächsten freien Tag anfangen, eure Sachen einzuräumen. Sobald ihr euch eingerichtet habt, frage ich Chris und Seth, ob sie etwas Platz für sich wollen, statt weiterhin im Stationshaus zu leben."

„Sie würden es schätzen", sagte Neil. „Besonders Chris."

„Oh?", fragte Macklin, wobei er sich vorstellen konnte, was Neil damit sagen wollte.

„Neil, das geht dich nichts an", schimpfte Molly.

„Ich möchte niemanden in Schwierigkeiten bringen", sagte Neil. „Es ist nur, nun, ich denke, dass Chris und Jesse etwas am Laufen haben."

„Stört es dich?", fragte Macklin. Er erinnerte sich nur zu gut an Neils Reaktion, als er herausgefunden hatte, dass Caine schwul war.

Neil zuckte die Schultern. „Sie stören mich nicht. Jesse ist ein guter Jackaroo und Chris ist ein fleißiger Arbeiter und lernt schnell. Ich habe nicht erwartet, von Schwuchteln umgeben zu sein, aber solche, wie auf dieser Station, habe ich auch noch nie kennengelernt."

„Neil!" Molly schlug ihm gegen den Hinterkopf. „Du schaffst es noch, dass du gefeuert wirst."

„Ich weiß, was er meint", sagte Macklin, obwohl ihm ein unangenehmer Schauer über den Rücken lief, als Neil dieses Schimpfwort, so unschuldig es auch gemeint war, aussprach.

„Es ist trotzdem nicht angemessen", beharrte Molly. „Daran arbeiten wir noch."

Neil sah gebührend beschämt aus. Macklin grinste und ließ sie alleine, damit sie den Abend genießen konnten. Er sah sich nach Chris um, fand den jungen Jackaroo allerdings nicht, zumindest nicht auf der Veranda der Schlafbaracken. Er dachte darüber nach, weiter nach ihm zu suchen, aber er würde Chris am Morgen oder irgendwann im Laufe des nächsten Tages treffen. Chris und Seth würden ohnehin warten müssen, bis Neil ausgezogen war. Stattdessen ging er zurück zu dem Haus, in dem er fünfzehn Jahre gelebt hatte, bevor Caine kam und seine ganze Welt auf den Kopf stellte. Er glaubte nicht, dass er noch etwas zurückgelassen hatte, aber er wollte noch einmal nachsehen, um ganz sicher zu sein.

„Was ist in der Tasche?", fragte Caine, als Macklin ins Haus kam.

„Zeug", antwortete Macklin, und stellte die Tasche auf dem Tisch ab. „Ich kann nicht von Neil und Molly erwarten, dass sie sich mit dem ganzen Krempel herumschlagen, den ich zurückgelassen habe, weil ich ihn nicht mehr benutze."

„Wovon redest du?", fragte Caine. Er klappte den Laptop zu, sodass er Macklin seine ungeteilte Aufmerksamkeit schenken konnte.

„Neil und Molly werden heiraten."

„Das habe ich gehört", sagte Caine. „Was hat das mit deinem alten Kram zu tun?"

„Neils Haus reicht für einen Junggesellen, aber nicht für eine Familie", erklärte Macklin. „Ich dachte, dass sie ins Vorarbeiterhaus ziehen könnten, da ich es nicht mehr benutze. So haben sie genug Platz, und wenn sie über Kinder nachdenken, werden sie auch nicht anbauen müssen."

„Was war denn noch dort?"

„Hauptsächlich alte Kleidung, die mir nicht mehr passt", sagte Macklin. „Nichts Wichtiges, aber auch nichts, womit sich Neil und Molly herumschlagen müssten."

„Sollen wir alles wegwerfen?", fragte Caine. Er griff nach der Tasche, doch Macklin zog sie so schnell zurück, dass Caine verwundert blinzelte. Was auch immer in der Tasche war, es war nicht nur Müll, aber Caine sprach Macklin nicht darauf an. Er würde bis morgen warten und einen Blick hineinwerfen, wenn Macklin auf den Weiden war.

„Ich, nun ... Ich habe ein altes Bild gefunden, das ich schon ganz vergessen hatte", sagte Macklin langsam. „Ich werde es verstauen, den Rest können wir wegwerfen."

„Darf ich es sehen?", fragte Caine.

Macklin griff in die Tasche und zog einen einfachen Plastikrahmen heraus. Caine nahm ihn und betrachtete das Foto darin. Ein Teenager stand neben einer müde aussehenden Frau mittleren Alters. Caine konnte sehen, dass der Junge auf dem Bild zu dem Mann herangewachsen war, der vor ihm stand. „Deine Mutter ist hübsch."

„Sie ist abgewrackt."

„Sie ist hübsch", bestand Caine. „Und sie liebt dich offenbar sehr."

Macklin nickte knapp, was Caine als Zeichen deutete, dieses Thema auf sich beruhen zu lassen. Er legte das Bild zur Seite und zog Macklin in seine Arme.

„Wie schnell werden Neil und Molly einziehen?"

„Das ist ihre Entscheidung", sagte Macklin. „Chris und Seth könnten dann Neils Haus haben, sobald der umgezogen ist. Ich weiß, es ist ein wenig klein für zwei Personen, aber besser, als wenn sie weiterhin hier bei uns wohnen."

„Du möchtest, dass wir das Haus wieder für uns haben?", neckte Caine.

„Nun, es ist schwer, dich im Wohnzimmer zu vögeln, wenn ich ständig aufpassen muss, dass uns keiner erwischt."

Caine lachte. „Schon gut." Er war versucht zu scherzen, dass sie die Plätze tauschen könnten, aber das war in Boorowa nach hinten losgegangen. Dass Macklin sein Haus aufgab, nicht vorübergehend, sondern auf eine Art und Weise, dass er niemals wieder dort einziehen könnte, würde für den Moment als Beweis für seine Treue reichen müssen. Vielleicht könnte Caine es nochmals ansprechen, wenn seine Eltern wieder abgereist waren, aber vorerst würde er nehmen, was ihm

Macklin bereit war zu geben, und diesem auch zeigen, wie sehr er diese Gesten schätze.

Vielleicht würde er morgen damit anfangen, nach Macklins Mutter zu suchen. Selbst wenn Macklin nicht beabsichtigte, sie wiederzusehen, würde es ihm vielleicht helfen zu wissen, was mit ihr passiert war.

17

Sechs Wochen später

„ICH HATTE nicht erwartet, dass ihr Weihnachtsdekoration habt", sagte Jesse, als er das kleine Haus betrat, in welchem jetzt Chris und Seth lebten, nachdem Molly und Neil ins Vorarbeiterhaus umgezogen waren. „Wart ihr in Boorowa?"

„Nein, Caine hat sie mir überlassen. Er wusste, dass ich nichts habe, und da er selbst mehr als genug hat, soll ich es als ein Willkommensgeschenk betrachten", sagte Chris. „Ich denke, dass ich schon lange genug hier bin, um mich nicht mehr für ein Willkommensgeschenk zu qualifizieren, aber es war trotzdem eine nette Geste von ihm."

„Er ist ein unglaublicher Mann", stimmte Jesse zu. „Selbst nach drei Monaten überrascht es mich noch immer, dass er jeden Arbeiter wie ein Familienmitglied behandelt. Auch diejenigen, die nur für diese Saison hier sind."

„Vielleicht werden diejenigen, die eigentlich nur für eine Saison bleiben wollten, es sich ja auf Grund seiner Freundlichkeit anders überlegen", meinte Chris.

„Das ist möglich", gab Jesse zurück. „Man weiß nie, was ein wenig Freundlichkeit bewirken mag."

Es war nicht ganz die Antwort, die Chris sich erhofft hatte, aber er war noch nicht dazu bereit, Jesse geradeheraus zu fragen, ob er bleiben würde. Als Chris auf Lang Downs ankam, war Jesses Gesellschaft sein Anker gewesen, da er noch niemanden kannte. Er genoss ihre gemeinsame Zeit, egal ob als Freunde mit oder ohne gewissen Vorzügen, doch Chris hatte mittlerweile noch andere Freundschaften auf der Station geschlossen und er hatte sich die verschiedenen täglichen Aufgaben eingeprägt. Er ritt vielleicht noch nicht so gut wie Ian, oder kannte sich noch nicht so gut mit Hunden aus wie Neil, aber er war dabei zu lernen. Er *brauchte* Jesse nicht mehr so wie am Anfang. Wenn Jesse im März gehen sollte, würde er ihn vermissen, aber nicht völlig verloren sein. Er wünschte nur, dass er Jesses Gefühle ihm gegenüber jenseits der Freundschaft und Lust besser einschätzen könnte.

„Du bist ganz schön still." Jesses Stimme unterbrach Chris' Gedanken. „Vermisst du deine Mutter?"

„Ein wenig", sagte Chris, sich an diese Ausrede klammernd. „Sie konnte es sich nie leisten, ein großes Weihnachtsfest zu feiern. Und Tony war ein Geizkragen, also wurde es auch nicht besser, als sie verheiratet waren. Aber wir hatten unsere Traditionen."

„Du und Seth könnt diese Traditionen ja weiterführen", schlug Jesse vor.

„Das ist es ja", sagte Chris. „Ich bin mir nicht sicher, ob ich das noch will. Unser Leben auf Lang Downs ist völlig anders als unser Leben davor. Es war nicht alles schlecht, aber es war auch nicht alles gut. Abgesehen davon, dass ich Mum vermisse, bin ich hier viel glücklicher, als ich es unter Tonys Dach jemals war. Das Geld war immer so knapp, dass ich nie gewusst habe, ob wir überhaupt genug zum Abendessen haben würden. Ein sicherer Job, ein sicheres Zuhause, regelmäßige Mahlzeiten … Freunde. Ich habe es hier besser als je zuvor und Seth auch, selbst wenn er sich darüber beschwert, dass es keinen Kabelempfang gibt und er nicht ins Kino gehen kann."

„Sag ihm, dass es hierfür den Winter gibt", sagte Jesse. „Was denkst du, warum ich zu der Zeit für zehn Wochen in Melbourne bin?"

„Um alles zu vögeln, was nicht bei drei auf den Bäumen ist, da du nicht weißt, wie es auf der nächsten Station sein wird?", witzelte Chris, auch wenn ihm das Herz bei dem Gedanken wehtat.

„Hey, ich treibe es nicht mit jedem", protestierte Jesse. „Ich meine, ich lehne natürlich keine guten Angebote ab, aber ich lege es nicht jeden Tag darauf an, wenn ich in der Stadt bin."

Das beruhigte Chris nicht. „Hat jemand erwähnt, wie oder ob auf der Station Weihnachten gefeiert wird?"

Jesse schüttelte den Kopf. „Die meisten sprechen davon, dass Caines Eltern hierherkommen. Anscheinend ist seine Mutter diejenige, die die Station besitzt, deshalb ist jeder besorgt, ob er einen guten Eindruck auf sie machen wird."

„Du nicht?"

„Von dem, was ich über Caine gehört habe, wusste er bei seiner Ankunft überhaupt nichts über Schafe. Ich kann mir daher nicht vorstellen, dass seine Mutter mehr weiß als er zu Anfang. Ich denke, sie möchte einfach nur ihren Sohn besuchen und nicht die Station überprüfen. Das soll nicht heißen, dass wir unhöflich oder faul sein sollten, aber ich denke nicht, dass es in eine Inspektion ausarten wird, obwohl dies alle zu denken scheinen."

„Und wenn du falsch liegst?"

„Dann wird sie mir dabei zusehen, wie ich meinen Job mache, so wie immer", gab Jesse zurück. „Macklin scheint mit meiner Arbeit zufrieden zu sein. Ich kann mir nicht vorstellen, dass sie anspruchsvoller ist, selbst wenn sie tatsächlich die Station überprüfen möchte."

„Das ist wahr."

„Hör auf, dir Sorgen zu machen." Jesse stieß Chris mit seiner Schulter an. „Wo ist Seth?"

„Er bleibt noch bei Jason, da sie ein Projekt für die Schule fertigmachen müssen. Patrick hat gesagt, dass Seth wohl bei ihnen übernachten wird."

„Also haben wir das Haus für uns?"

Chris grinste. „Hättest du eine Idee?"

„Auf der Couch rummachen", gab Jesse zurück. „Das können wir ja nicht, wenn Seth da ist."

Jesse war ein regelmäßiger Besucher, weshalb Seth seine Anwesenheit nicht mehr kommentierte. Aber auf eine unausgesprochene Vereinbarung hin beschränkten Chris und Jesse ihre Interaktionen in Seths Anwesenheit auf eine freundschaftliche Ebene. Wären sie ein Paar in einer festen Beziehung, hätte es Chris nichts ausgemacht, vor Seth kleine Zärtlichkeiten auszutauschen. Aber Seth war schon oft genug enttäuscht worden. Chris wollte es nicht noch schlimmer machen, indem er eine Illusion mit Jesse erschuf, die zerbrechen würde, wenn der Herbst kam.

„Worauf warten wir noch?", fragte Chris mit einem Grinsen, als er sich gegen Jesses Schulter lehnte. Jesse zog ihn näher, küsste ihn aber nicht sofort. Chris machte es nichts aus. Hier zu sitzen, Jesses Geruch einzuatmen, die Wärme von Jesses Körper auf der Haut zu spüren … Chris dachte, dass er die ganze Nacht so dasitzen könnte, und es wäre mehr als genug für ihn.

Jesses Lippen glitten an der empfindlichen Haut hinter Chris' Ohr entlang, und Chris beschloss, dass mehr allerdings auch schön wäre.

Er neigte den Kopf zur Seite und genoss es, gehalten zu werden. Er hatte immer der Starke sein müssen. Chris' früheste Erinnerungen waren die an seine Mutter, als sie ihm sagte, dass er für seinen Bruder stark sein musste, dass er ihm zeigen musste, dass alles in Ordnung war, auch wenn dem nicht so war, und dass er sich stets beherrschen musste, auch wenn alles andere aus dem Ruder lief. Bei Jesse musste er nicht stark sein. Er musste sich nicht unter Kontrolle haben. Er konnte sich auf Jesses Freundschaft verlassen, denn er würde da sein und Chris unterstützen. Er seufzte und lehnte den Kopf mehr zur Seite, lud zu weiteren sanften Berührungen ein.

Das war es, was er die ganze Zeit vermisst hatte. All seine verstohlenen Begegnungen mit seinen Mitschülern als Teenager und in den Bars und Clubs hatten ihm dieses Gefühl nicht geben können. Diese Verbindung, diese Sanftheit … selbst wenn Jesse nicht mehr versprochen hatte, als Chris' vergangene Ficks, wusste Chris dennoch, dass dies hier von Bedeutung war. Es war vielleicht keine Liebe, aber zumindest Kameradschaft, Freundschaft, Unterstützung. Es war etwas Wahres und Gutes, und es ließ Chris erkennen, wie viel er verpasst hatte.

Er summte leise und keuchte dann, als Jesses Kosen seines Halses zu einem leichten Knabbern wurde.

„Keine Male", sagte Chris automatisch.

„Warum?", fragte Jesse. „Wer würde es schon bemerken und sich daran stören?"

„Seth würde es bemerken."

„Aber würde es ihn stören?"

Chris schüttelte den Kopf.

Jesse biss leicht in die mittlerweile gebräunte Haut, ehe er sie wieder sanfter koste. Chris seufzte leise, wusste jedoch nicht, ob aus Erleichterung oder Enttäuschung. Dann zog Jesse den Kragen von Chris' Shirt zur Seite, biss und saugte so hart an Chris' Haut, dass der vor Lust keuchte.

„Verdammte Scheiße", stöhnte er, als Jesse seinen Griff an Chris' Schulter wieder lockerte.

Jesse lehnte sich näher, sodass er Chris' Gesicht sehen konnte. „Du hast es gemocht. Streite es nicht ab."

„Tue ich nicht." Chris drückte eine Hand in seinen Schritt. „Ich brauche nur eine Minute, sonst komme ich in meinen Hosen."

„Das wäre natürlich schlimm." Jesse zog Chris' Hand weg und drückte ihn auf die Couch hinunter. Er schob sich über Chris', bis sie Gesicht an Gesicht und Hüfte an Hüfte dort lagen. „Ich werde einfach hier liegen und dich so lange küssen, bis du dich wieder etwas beruhigt hast."

So wie Jesse sich an ihm rieb und ihn küsste, würde Chris wohl nie seine Selbstkontrolle zurückerlangen. Aber er beschwerte sich nicht, nicht wenn es sich so gut anfühlte. Zu Chris' Überraschung hörte Jesse auf, sich an ihm zu reiben, sobald er eine gemütliche Position auf der Couch gefunden hatte, und tat nichts mehr, außer Chris zu küssen.

Lange, träge, tiefe Küsse. Seelenraubende Küsse.

Die Art Küsse, die Chris hungrig nach mehr als nur Sex werden ließen.

Er atmete tief ein und gab das Denken auf, ließ sich mit dem Herzen voran in diese süchtig machenden Küsse fallen.

Jesse war kein großer Mann, nicht wie Macklin oder Kami, aber er war größer und breiter als Chris. Chris' Körper hatte noch das Schlaksige der Jugend, und ihr Größenunterschied gab Chris das Gefühl, dass Jesses Körper ihn vollkommen umschloss. Chris legte seine Arme um Jesses Hals; nicht, dass dieser versucht hätte, sich von ihm zu lösen. Es war mehr ein Weg, sein Bedürfnis nach Berührungen zu stillen. Er strich über Jesses Rücken, bewunderte seine Stärke. Chris hatte zwar ein paar Muskeln aufgebaut, seit er mit den anderen Jackaroos arbeitete, aber noch lange nicht genug, um Jesses Körperbau nicht mehr unglaublich heiß zu finden. Er schob eine Hand unter Jesses Shirt, die andere ließ er in dessen braunes Haar gleiten. Es war lang und struppig geworden seit sie auf Lang Downs angekommen waren, und Chris hoffte, dass Jesse es für den Rest des Sommers nicht abschneiden würde.

„Ich mag deine langen Haare", murmelte er gegen Jesses Lippen.

„Es sieht unordentlich aus", protestierte Jesse.

„Deshalb mag ich es ja", gab Chris zurück. Er ließ alle weiteren Proteste verstummen, indem er den Kuss vertiefte. Ihre Zungen umspielten einander träge, und Chris wollte, dass Jesse von diesem Moment genauso gefesselt war wie er selbst. So wie Jesse sich ihm entgegenbewegte, hatte Chris damit wohl Erfolg.

Als Jesse den Kopf erneut hob, sein Atem über Chris' Haut strich, lächelte dieser und gab es auf, sich Illusionen zu machen. Für Jesse war das vielleicht nicht mehr, als sich am Ende eines harten Tages etwas zu entspannen, eine bessere Option als ein Wochenendausflug nach Melbourne. Doch für Chris war es mehr geworden. Er hatte sich in Jesse verliebt.

Er wusste, dass Jesse ihm nicht dieselben Gefühle entgegenbrachte, aber er konnte damit leben. Jesse würde auch nicht bleiben, wenn er von Chris' Gefühlen wüsste. Er konnte Jesses Gefühle und Handlungen nicht beeinflussen, doch als Jesse sich vorbeugte und ihn erneut küsste, stellte Chris fest, dass ihn das nicht kümmerte. Er konnte bestimmen, für wen sein Herz schlug. Jesse würde es vielleicht nicht behalten, aber wenn die andere Option war, es hier und jetzt zu beenden, erkannte Chris, dass er lieber später ein gebrochenes Herz haben würde, jetzt mit allem was er hatte zu lieben, als das Gefühl nie erlebt zu haben.

MACKLIN FUHR schweigend, während Caine sich über die Rücklehne nach vorne beugte, um sich mit seinem Vater zu unterhalten, der auf dem Beifahrersitz neben Macklin saß. Macklin hatte nicht gewusst, was er davon halten sollte, aber Caine hatte erklärt, dass seinem Vater schlecht wurde, wenn er auf dem Rücksitz sitzen musste. Macklin wollte sich nicht die ganze Fahrt über um Caines Vater sorgen, besonders dann nicht, wenn sie von den asphaltierten Straßen auf die von Taylor Peak wechseln würden.

Caines Eltern waren seit ihrer Ankunft am Vortag sehr umgänglich gewesen, sie hatten darauf bestanden, dass Macklin sie mit ihren Vornamen ansprach. Macklin hatte sich allerdings nicht entspannt, seit er und Caine Lang Downs verlassen hatten. Er konnte nicht über die Tatsache hinwegsehen, dass die Frau neben Caine die Station verkaufen konnte, wenn sie es wollte. Er hatte damit gekämpft, als Caine vor fast einem Jahr hergekommen war. Caine hatte ihn für sich gewonnen, aber Mrs. Neiheisel war eine unbekannte Größe. Und Macklin hasste es, sich zu fühlen, als wäre er nicht Herr der Lage.

Sie war sehr herzlich gewesen, hatte Macklin umarmt und gesagt, dass sie sehr froh war, ihn endlich kennenzulernen. Sie hatte ihn über sich, seine Familie, seine Geschichte, aber nicht über die Station selbst ausgefragt. Natürlich konnte Macklin kaum über sich sprechen, ohne die Station zu erwähnen. Er wollte ihr nicht von seinem Leben vor Lang Downs erzählen, es war schwer genug gewesen, sich Caine gegenüber zu öffnen.

„Wie lange noch, bis wir ankommen?", frage Caines Mutter. Ihr amerikanischer Akzent war Caines so ähnlich, dass Macklin nicht anders konnte als zu lächeln.

„In einer halben Stunde werden wir Taylor Peak erreichen", sagte Macklin. „Das müssen wir durchqueren und dann durch einen großen Teil von Lang Downs fahren. Es ist etwa fünf Stunden von Boorowa entfernt. Wir können auf den unbefestigten Straßen nicht so schnell fahren."

„Ich wusste nicht, dass es so abgelegen ist."

„Mum, ich habe dir alles darüber erzählt", sagte Caine.

„Ja, ich weiß, Schatz, aber fünf Stunden sind eine Fahrt nach Chicago durch drei Staaten."

„Auf der Interstate mit siebzig Meilen die Stunde, nicht auf unbefestigten Farmstraßen, wo man zehn, maximal zwanzig fahren kann", erinnerte Caine sie. Macklins Magen zog sich ein wenig zusammen, als er sich daran erinnerte, wie sehr sich das Leben von Caines Mutter von dem Leben im Outback unterschied. Sie würde einen Blick auf die rustikale Station werfen und sie loswerden wollen.

„Ich weiß, ich weiß. Es ist nur so viel auf einmal. Ich werde mich sicher daran gewöhnen. Es kann nicht so seltsam sein wie Weihnachten im Sommer. Ich bin Weihnachten an 30 Grad Fahrenheit gewöhnt, nicht an 30 Grad Celsius."

„Da sind wir uns einig", lachte Caine. „Ich habe zu Weihnachten noch nie Shorts getragen."

Er griff nach vorne und drückte Macklins Schulter. Diese kleine Geste beruhigte Macklin. Caine lachte über Weihnachten im Sommer, wenn Macklin es seltsam fand, dass es zu Weihnachten kalt sein sollte. Er scherzte vielleicht mit seiner Mutter über die Entfernungen, aber er liebte Macklin, und das machte den Unterschied. Macklin nahm eine Hand lange genug vom Steuer, um den Druck zu erwidern.

„MEINE ELTERN mögen dich", sagte Caine in jener Nacht, als sie sich bettfertig machten. Caines Eltern hatten sich nach dem Abendessen sofort zurückgezogen, da sie noch immer unter Jetlag litten. Caine und Macklin hatten noch überprüft, was sich an Arbeit angesammelt hatte, während sie fort gewesen waren. Neil hatte seine Verpflichtungen ernst genommen, und Macklin war beeindruckt, wie wenig Arbeit liegen geblieben war.

„Bist du sicher?"

Die Verletzlichkeit in Macklins Stimme zerrte an Caine. Er hatte viele verschiedene Stimmlagen in den neun Monaten gehört, in denen sie sich schon kannten. Zweifel kam nur äußerst selten vor.

„Ja, ich bin mir sicher", sagte Caine. „Meine Mutter hat dich umarmt, bevor sie zu Bett gegangen ist. Sie hätte das nicht getan, wenn sie dich nicht mögen würde. Mein Vater hat dir die Hand geschüttelt. Er hätte auch einfach nur *Gute Nacht* sagen können. Ich weiß, es ist subtil, aber sie sind meine Eltern. Ich weiß, wie sie ticken. Ich weiß, wie sie sich John gegenüber verhalten haben, und zu ihm waren sie nie so freundlich wie zu dir heute Abend."

„Der Idiot?", knurrte Macklin. „Er war so dumm, dich nicht zu behalten, warum sollten sie ihn also mögen?"

„Meine Rede." Caine küsste Macklin sanft. „Sie haben dich gerade erst getroffen und sehen schon den Unterschied zwischen dir und ihm. Stell dir vor, was sie von dir halten werden, nachdem sie ein paar Wochen hier waren."

Schweigen war Macklins einzige Antwort, aber er erwiderte Caines Kuss und zog ihn ins Bett. Das war Antwort genug.

CAINE VERBRACHTE den Großteil des nächsten Tages mit seiner Mutter. Sein Vater hatte beschlossen, Macklin zu begleiten, um sich die Ställe anzusehen. Caines Mutter dagegen hatte kein wirkliches Interesse an den Schafen. „Du bist hier glücklich."

„Das bin ich", antwortete Caine, auch wenn es keine Frage gewesen war.

„Das merke ich. Du hast nicht ein einziges Mal gestottert, seit du uns vom Flughafen abgeholt hast."

„Es ist hier … anders." Caine bemühte sich um Worte, die sein neues Leben beschrieben, und all die Veränderungen, die es mit sich gebracht hatte. „Es ist nicht das Leben, von dem ich in der Highschool oder im College geträumt habe. Ich habe mir immer vorgestellt, dass ich in einer Stadt wie Philadelphia oder New York wohnen und dort in einer großen Buchhaltungs- oder Werbefirma arbeiten würde. Dass ich etwas Wichtiges machen würde, doch das hätte niemals geschehen können. Ich mag die Ausbildung dafür haben, aber ich hatte nicht das Selbstvertrauen, um dieses Leben Realität werden zu lassen. So sehr ich auch dachte, das wäre, was ich wollte, hatte ich nicht den Elan, es zu verwirklichen. Das hier ist nicht das, was ich jemals erwartet habe, aber ich will es. Ich habe große Pläne, Mum. Wir haben damit begonnen, auf Bio umzusteigen. In sechs bis zwölf Monaten haben wir das erste Stadium der Zertifizierung abgeschlossen und können unsere Wolle und das Fleisch mit dem Zertifikat „Stufe 1 biologisch" vermarkten. Es dauert anschließend noch zwei Jahre bis zur A-Note, aber selbst in der Zwischenzeit können wir schon mehr dafür verlangen. Wir werden Onkel Michaels Traum weiterführen."

„Ich zweifle nicht daran, dass du das schaffst." Caines Mutter umarmte ihn fest. „Du warst immer zu so viel mehr imstande, als dein Leben dir erlaubt hat. Ich bin froh, dass du endlich einen Ort gefunden hast, der dich voranbringt und nicht zurückhält."

„Du weißt, dass es eher an dem Mann als an dem Ort liegt." Caines Ehrlichkeit verlangte, dass er Macklins Rolle in seiner Entwicklung hervorhob.

„Schatz, du hättest die Aufmerksamkeit eines solchen Mannes niemals erregen können, wenn du es nicht von Anfang an in dir gehabt hättest. Ich bin vielleicht alt, aber ich erinnere mich an Männer wie deinen Macklin. Er hätte dich links liegen gelassen, wenn du nicht dieses Selbstvertrauen in dir gehabt hättest, das nur darauf gewartet hat, aus dir herauszukommen."

„Also macht es dir nichts aus, wenn ich in Australien bleibe?"

„Natürlich macht es mir was aus", schimpfte sie. „Du bist viel zu weit weg, um dich regelmäßig besuchen zu können. Aber ich akzeptiere es, und ich bin mir sicher, dass es Onkel Michael nicht anders ergangen wäre. Ich bin froh, dass du mir ausgeredet hast, die Station zu verkaufen. Du gehörst hierher."

„Das tue ich", stimmte Caine zu.

„Sobald dein Vater und Macklin zurückkommen, sollten wir kurz über das Geschäft sprechen."

„Ich habe keine Berichte vorbereitet", scherzte Caine. „Du hast mir nicht gesagt, dass du die Buchhaltung sehen willst."

„Das will ich nicht", sagte seine Mutter. „Ich werde es dir erklären, sobald sie da sind."

Caine war sich nicht sicher, ob er das gut finden sollte. Aber seine Mutter wirkte weder angespannt noch verärgert, also waren es vermutlich keine schlechten Neuigkeiten.

„Macklin mag eigentlich keine Überraschungen."

„Alle mögen Überraschungen", bestand seine Mutter. „Besonders solche."

„DU LEISTEST hier beeindruckende Arbeit", sagte Mr. Neiheisel – *Len*, wie Macklin sich gedanklich verbesserte – als Macklin ihm die Schurställe zeigte, die nun leer waren. Die Lämmer waren schon groß genug, um mit ihren Muttertieren auf die höher gelegenen Weiden zu gehen. „Ich werde nicht behaupten, dass ich irgendwas von Schafszucht verstehe, aber sogar ich kann sehen, dass du hier einiges leistest."

„Caine leistet gute Arbeit", sagte Macklin.

„Lass uns ehrlich sein, Macklin. Ich liebe meinen Sohn, aber ich kenne ihn. Er ist ein guter Mann, aber kein Cowboy. Wenn er etwas aus der Station macht, dann nur, weil du ihm alles beigebracht hast, was er wissen muss."

„Das ist nicht wahr", beharrte Macklin. „Die Idee der Bio-Zertifizierung kam von ihm. Er hat recherchiert, alle Vereinbarungen getroffen und die nötigen Dokumente ausgefüllt. Ich habe ihm nur erklärt, was wir schon tun, damit er weiß, wo wir anfangen müssen. Die Verbesserungen waren seine Idee."

Len schüttelte den Kopf. „Dann hast du bessere Arbeit geleistet, als du bemerkt hast. Caines Stottern war sein Leben lang ein Mühlstein um seinen Hals. Ich habe ihn nicht einmal stottern gehört, seit wir angekommen sind."

Macklin hatte es gehört, aber er würde Caines Vater sicherlich nicht erklären, dass jener noch stotterte, wenn er und Macklin Sex hatten. Vor allem, wenn es langsam, lange, und ... Macklin räusperte sich, um das Bild von Caine, der sich unter ihm krümmte, aus seinen Gedanken zu vertreiben. Er wollte Caines Vater *diese* Reaktion nicht erklären müssen.

„Er stottert nur noch selten. Nur, wenn ihn etwas wirklich aufregt, und die Männer hier mögen ihn, sodass sie versuchen, dies zu vermeiden. Aber es liegt an seinem Selbstvertrauen und an diesem Ort, nicht daran, was ich getan habe."

Len sah Macklin scharf an, was den Vorarbeiter daran erinnerte, dass der Vater seines Partners nicht nur ein stattlicher, jovialer alter Mann war. Bevor er in Rente ging, war er ein scharfsinniger Geschäftsmann gewesen, der andere Menschen mit einem einzigen, schnellen Blick durchschauen konnte. „Du hast ihn geliebt. Das ist alles, was es brauchte."

Macklin hätte beinahe erneut widersprochen. Er wusste, dass Caines Wandel in dessen Innerem stattgefunden hatte, aber Macklin war die Jahre des Versteckens leid. Die letzten sechs Monate mit Caine hatten ihm gezeigt, wie gut das Leben sein konnte, und sich seine Gefühle einzugestehen, war ein Teil davon. „Dann bin ich froh, dass es funktioniert hat."

Len nickte kurz, dann wandte er sich wieder der Station zu. „Dann zeig mir den Rest des Tales. Ich werde nicht auf einem Pferd reiten, aber Caine hat gesagt, dass wir den Großteil der Produktion beobachten könnten, ohne hinaus in die Berge zu gehen."

„ALSO, DU wolltest etwas Geschäftliches besprechen?", sagte Caine zu seiner Mutter, nachdem sie zu Mittag gegessen hatten. Macklin, der neben ihm saß, verspannte sich, doch Caine ignorierte es. Seine Mutter war gut gelaunt gewesen, als sie ihn darauf angesprochen hatte, daher konnten es keine schlechten Neuigkeiten sein.

„Wir haben mit unserem Steuerberater gesprochen. Wenn der Wert und die Einnahmen der Station bei unseren Steuern auftauchen, ist dies in unserem Alter eher ungünstig", erklärte Len. „Das lässt unser Netto so sehr steigen, dass unser Renteneinkommen entwertet wird und die Steuern in die Höhe schießen."

„Was bedeutet das?", fragte Macklin knapp.

„Das bedeutet, dass wir ein Weihnachtsgeschenk für Caine haben", sagte Mrs. Neiheisel mit einem warmen Lächeln. „Sobald Caines Unterschrift auf den notariell beurkundeten Dokumenten steht, oder wie auch immer das australische Äquivalent lautet, gehört die Station ihm. Er hätte sie nach meinem Tod sowieso bekommen. Auf diese Weise müsst ihr euch nicht mehr darum sorgen, mir Rechenschaft ablegen zu müssen. Nicht, dass das jemals der Fall gewesen wäre. Es war von Anfang an Caines Projekt."

„Jetzt ist es seines, in jedem erdenklichen Sinne", fügte Len hinzu. „Alles, was ich heute gesehen habe, hat mich nur darin bestätigt, dass es die richtige Entscheidung für alle Betroffenen ist."

„Danke, Mum", sagte Caine. Er stand auf, um sie fest in seine Arme zu schließen. „Dafür, dass du mir vor einem Jahr diese Chance gegeben hast und dafür, dass du sie mir für immer gibst. Ich werde dich nicht enttäuschen."

„Du könntest mich nie enttäuschen, Schatz", sagte sie, ihre Hände zärtlich an seine Wangen gelegt. „Ich habe dich hier beobachtet und gesehen, dass du hierhin gehörst. Und was noch wichtiger ist, ich sehe, dass dir das auch bewusst ist. Du wirst härter für diesen Ort kämpfen als ich es je könnte. In Wahrheit hat die Station schon immer dir gehört. Jetzt gehört sie dir auch legal, und ich kann beruhigt sein, weil ich weiß, dass du hier glücklich bist."

Sie umarmte Caine noch einmal, bevor sie die Hand ihres Ehemannes ergriff. „Lass uns spazieren gehen, Len. Ich denke, unsere Söhne haben eine Menge zu besprechen."

Stille kehrte ein, bis Caines Eltern das Haus verlassen hatten. Caine wandte sich um, und blickte zu Macklin, der noch immer auf der Couch saß. Es schien, als hätte er keinen Muskel gerührt, seit Caines Mutter ihre Ankündigung gemacht hatte.

„Alles in Ordnung?", fragte Caine und kam zurück, um sich neben seinen Partner zu setzen.

„Sie hat Söhne gesagt."

„Das hat sie", sagte Caine. „Ist das ein Problem?"

„Nein! Natürlich nicht", gab Macklin zurück. „Aber sie hat Söhne gesagt. Sie hat mich doch erst vor ein paar Tagen kennengelernt."

„Sie hat auch nicht mehr Zeit gebraucht, um zu sehen, dass ich glücklich bin und wir einander lieben. Mum und ich haben lange miteinander gesprochen, als ich mein Coming-out hatte. Darüber, ob ich jemals heiraten würde oder nicht, und wie das wohl aussehen würde. Es würde immerhin keine kirchliche Heirat geben und auch keine Braut im weißen Kleid. Ich erinnere mich daran, wie schlecht ich mich gefühlt habe, da sie diese Chance niemals bekommen würde. Weißt du, was sie gesagt hat?"

„Was?", fragte Macklin so leise, dass Caine ihn kaum hörte.

„Sie hat mir gesagt, dass sie diesen ganzen Prunk nicht braucht, um jemanden als Teil der Familie anzusehen. Wenn ich den richtigen Mann finden würde, würde sie ihn nur ansehen müssen und dann wüsste sie es. Und wenn sie das täte, dann wäre er genauso ihr Sohn wie ich es bin. Nichts würde daran etwas ändern, nicht einmal, wenn mir etwas passieren sollte und nur noch mein Partner übrig bleiben würde", sagte Caine. „Sie h-hat dich angesehen, und v-v-verstanden."

„Du stotterst."

Caine zuckte die Schultern. „U-Unmöglich, es n-nicht zu tun, w-wenn ich v-versuche, die T-Tränen zurückzuhalten."

„Freudentränen?"

Caine nickte.

„Ich auch."

Dieses Geständnis zerbrach das letzte bisschen von Caines Selbstbeherrschung. Ihm kamen die Tränen, sie liefen ihm über das Gesicht, als er lachte und Macklin in die Arme zog. Der Kuss war nass und etwas ungeschickt, voll süßer Freude und salziger Tränen, aber es kümmerte keinen von ihnen. Sie küssten sich, lachten, und küssten sich wieder und wieder, bis die Tränen versiegten, und nur das Glücksgefühl zurückblieb.

Schließlich drehte Caine sich, sodass er sich in Macklins Armbeuge kuscheln konnte. „Also, wo können wir die Dokumente beglaubigen lassen?"

„In Boorowa", sagte Macklin. „Es gibt keinen Notar in der Nähe, außer Taylor hat jemanden angeheuert, von dem ich nichts weiß."

„Das können wir in ein paar Tagen machen", sagte Caine. „Oder, wenn wir meine Eltern wieder nach Sydney bringen. Sie müssen nämlich noch eine Änderung vornehmen, bevor wir unterschreiben."

„Was für eine?", fragte Macklin.

„Dein Name soll auch in der Urkunde stehen."

„Caine", protestierte Macklin.

„Macklin", imitierte Caine ihn. „Sag es nicht. Sag mir nicht, dass du nur der Vorarbeiter bist oder was auch immer du für idiotische Gedanken hast. Du bist das Rückgrat der Station und das ist mir bewusst. Jeder weiß das, außer dir, offensichtlich. Du hast Onkel Michael wie einen Vater geliebt. Du hast mehr als die Hälfte deines Lebens hier verbracht. Wenn irgendjemand die Station nach Onkel Michaels Tod hätte erben sollen, dann du. Ich hätte meine Mutter nie um diese Urkunde gebeten, aber sie hat sie uns gegeben."

„Sie hat sie dir gegeben."

Caine schnaubte. „Haben wir die gleiche Unterhaltung gehört? Sie hat ausdrücklich verlangt, dass du anwesend bist, wenn wir über geschäftliche Dinge sprechen. Sie hat dir ihre Entscheidung erklärt. Sie hat dich ihren Sohn genannt. Auf der Urkunde steht vielleicht nur mein Name, aber nur aus dem Grund, dass sie dich noch nicht kannte, als sie die Unterlagen vorbereiten ließ. Wenn sie hergekommen wäre und du, nun ja, nicht du wärst, hätte sie mir einfach die Unterlagen überreichen können. Aber sie ist hergekommen, du bist, wer du bist, und sie haben es beide gesehen. Mehr noch, du bist mein Liebhaber, mein *Partner*. Wenn es in Australien legal wäre, würde ich dich heiraten, dann würden wir nicht einmal dieses Gespräch führen. Unter den gegebenen Umständen … betrachte es als einen Heiratsantrag."

„Lass … lass mich eine Minute nachdenken", sagte Macklin. „Du kommst in Fahrt und bist so verdammt überzeugend, dass ich die Argumente dafür vergesse, dass es eine schlechte Idee ist."

„Es ist keine schlechte Idee", widersprach Caine.

Macklin starrte ihn an, also schloss Caine seinen Mund, und wartete schweigend ab, während Macklin seine Gedanken sortierte.

„Meinst du das ernst?", fragte Macklin endlich. „Würdest du mich heiraten, wenn wir könnten?"

Caine wusste nicht, ob er Macklin durchschütteln sollte, da er sich auf diesen kleinen Teil des Gesprächs konzentrierte, der nie zur Diskussion stehen sollte, oder ihn küssen, um ihm zu versichern, wie ernst er es meinte. Caine entschied sich für ein simples „Ja".

Macklin wurde erneut still.

„Ich hatte erwartet, dass ich den Rest meines Lebens alleine verbringe. Als Michael starb, hatte ich erwartet, dass mir die Station bleiben würde, wenn der neue Besitzer mich nicht feuern oder sonst etwas tun würde. Ich habe meine Familie aufgegeben, als ich weggelaufen bin. Mein Adoptivvater war gestorben. Niemand würde jemals einen schwulen Viehzüchter akzeptieren. Ich hatte gedacht, dass es vorbei wäre. Ich hätte nur den Respekt der Jackaroos, hoffentlich das Vertrauen meines Arbeitgebers, und eine Woche in Sydney im Winter gehabt, und das hätte genügen müssen."

„Und jetzt?", fragte Caine sanft. Sein Herz brach schier bei dem Gedanken daran, wie viel Verzweiflung in diesen Worten steckte.

„Jetzt weiß ich nicht, was ich denken soll", gab Macklin zu. „Ich kann nicht denken, denn jedes Mal, wenn ich es tue, muss ich daran denken, dass ich alles verlieren könnte, so wie es bisher immer geschehen ist. Du bist meine Welt. Du weißt das. Ich … Ich kann diese Gedanken trotzdem einfach nicht abschütteln."

„Du bist auch meine Welt", sagte Caine. Er nahm Macklins Hand. „Der Rest gehört eben zum Leben dazu. Dass dein Name auf der Urkunde stehen soll, ist sinnvoll, denn ich würde nicht wollen, dass jemand anderes Entscheidungen für die Station trifft, wenn ich es nicht kann. Wenn mir etwas zustoßen sollte, würde ich wollen, dass du die Station übernimmst. Der schnellste Weg, das sicherzustellen, ist, dass du mein Partner wirst - nicht nur in der Realität, da wir ohne dich untergehen würden, und versuch nicht, mir das auszureden, ich kenne die Wahrheit – sondern auch auf legalem Wege, damit sich keiner einmischen kann. Vielleicht werden wir noch ein paar Jackaroos verlieren, wenn wir das tun. Vielleicht werden wir noch härter arbeiten müssen, damit wir auch die Aufgaben schaffen, die wegen des Trainings der neuen Jackaroos liegenbleiben."

Macklins Gesichtsausdruck verriet, dass er gehofft hatte, dass Caine dieses kleine Detail übersehen hatte.

„Ja, ich habe es bemerkt", fuhr Caine fort, „aber das beweist nur, dass ich recht habe. Du hast zum Erfolg der Station beigetragen. Es wird sich nichts ändern, außer dem rechtlichen Aspekt. Bitte, sag ja."

Macklin schluckte deutlich, rang mit einem inneren Dämon und Caine überließ es Macklin, ihn selbst zu besiegen. Er hatte alles gesagt, was er sagen konnte. Der Rest lag bei Macklin. Und wenn er nein sagen sollte, würde Caine in einem Jahr wieder fragen und im Jahr danach und im nächsten Jahr, bis Macklin nachgeben würde.

„Ja."

MACKLIN HATTE sich nie erlaubt, von so einem Moment zu träumen, daher hatte er keine Ahnung gehabt, wie dies ablaufen würden. Es fühlte sich richtig an, als Caine ihn auf die Couch drückte, ihn schnell und hart küsste und immer wieder „Ich liebe dich" flüsterte. Macklin konnte nicht antworten, da Caine es nicht zuließ. Aber innerlich antwortete er auf jede Liebeserklärung, während Ängste, von denen er gedacht hatte, dass er sie längst begraben waren, einen schnellen und endgültigen Tod starben. Caines Mutter würde die Station nicht verkaufen. Caine würde sich hier nicht langweilen und auch nicht weggehen. Caine wusste über alle Probleme der Station Bescheid, von denen Macklin dachte, dass er sie vor ihm verborgen hätte, und Caine wollte dennoch weitermachen. Caines Eltern wollten ihn. Caine wollte ihn.

Caine *wollte* ihn.

„Vielleicht sollten wir nach oben gehen", sagte Macklin, als er den Kuss unterbrach. „Wir wollen doch nicht, dass sie zurückkommen und uns auf der Couch erwischen. Es kümmert sie vielleicht nicht, dass wir schwul sind, aber sie müssen es auch nicht sehen."

Caine grinste und stand auf, hielt Macklin die Hand hin. Macklin ergriff sie. Er plante, sie auch den Rest seines Lebens ergreifen.

Sie gingen nach oben in ihr Schlafzimmer, Hand in Hand, hielten manchmal kurz an, um sich zu küssen. Aber die meiste Zeit gingen sie einfach zusammen, als wäre es die natürlichste Sache der Welt. Macklin war sich nicht sicher, ob es wirklich das Natürlichste oder das Komplizierteste war, aber er wusste tief in seinem Inneren: Es war das Wichtigste.

Im Schlafzimmer drehte Caine sich in Macklins Armen und ließ ihn erneut diese süchtig machenden Küsse spüren. Macklin ließ sich in die Küsse fallen, schöpfte daraus den Mut für das, was folgen würde.

Caine wollte ihn.

Sie zogen sich langsam aus, eher sanft als lustvoll. Doch die Lust würde kommen, das war Macklin bewusst, aber erst, wenn sie sich so sehr geliebt hatten, dass Lust eine Nebensächlichkeit war. Macklin bedeckte jedes Stückchen Haut, das sichtbar wurde, mit Küssen, Berührungen, Lecken oder Streicheln. Er ehrte seinen Partner, wie es sein Herz und die neue Verbindung zwischen ihnen verlangte. Als Caine endlich nackt war, erwiderte er den Gefallen, und Macklin wusste, dass er ohne jeden Zweifel geliebt wurde. Seine Beine zitterten, als Caine ihn ausgezogen hatte, und er musste sich am Bettpfosten festhalten, um weiterhin aufrecht zu stehen, aber er verlangte nicht, dass Caine sich beeilte. Dieser Moment durfte nicht durch Eile zerstört werden.

Endlich erhob sich Caine wieder, und ihre Körper berührten sich von den Zehen bis zu den Lippen. Macklin küsste Caine tief, genoss es, dessen Mund so einzunehmen. Sein Lover schmeckte süß, was keinen Sinn ergab, da sie Curry gegessen hatten, aber Macklin wollte keine Erklärung dafür. Es war genug, Caine zu schmecken, seinen Mund zu erforschen, mit der Leichtigkeit der Gewohnheit und der Zielstrebigkeit des ersten Mals. Caine lehnte sich an ihn, fragte stumm nach mehr, und Macklin kam dem nach. Seine Hände fuhren Caines Rücken hinab und kamen auf dessen Hintern zum Stillstand. Er zog ihn näher, um ihre Hüften aneinanderzupressen. Caine stöhnte in den Kuss und rieb sich verlangender an Macklin.

„Komm noch nicht", warnte Macklin. Er zog sich gerade so weit zurück, dass ein wenig Luft zwischen ihnen war. „Du kannst mich nicht nehmen, wenn du zuerst kommst."

„Was? Aber du wolltest doch nicht …"

„Und jetzt will ich." Der Gedanke machte Macklin noch immer nervös, aber es war an der Zeit loszulassen. Caine wollte ihn. Nichts anderes zählte.

„Du wirst es nicht bereuen", versprach Caine. „Es wird dir gefallen."

„Ich weiß", sagte Macklin. Das war nie das Problem. Das Problem waren seine eigenen Blockaden und Zweifel, aber sie alle erschienen so unbedeutend angesichts Caines Antrages. Wenn sie deswegen noch mehr Männer verlieren würden, würden sie einfach neue anheuern. Wenn sie deswegen doppelt so viele Stunden arbeiten mussten, dann würden sie auch das tun.

Caine wollte ihn.

Dagegen verblasste alles andere.

„Leg dich hin", sagte Caine und gab Macklin einen sanften Stoß in Richtung Bett.

Macklin legte sich in die Kissen zurück, sein Blick war auf Caine fixiert, als dieser das Gleitmittel aus dem Nachtkästchen holte und sich neben Macklin kniete. Er war wirklich der schönste Mann, den er je gesehen hatte. Macklin hob eine Hand an Caines Wange, als dieser seine Erektion mit einer glitschigen Hand streichelte. „Ich dachte, du willst mich ficken."

„Das werde ich, aber erst werde ich dir etwas Gutes tun."

„Ich fühle mich schon gut genug, wenn du im selben Raum bist, Welpe."

„Dann wird sich das noch besser anfühlen."

Macklin grinste, als Caine an seinen Nippeln knabberte und dort verweilte, bis sie hart und empfindlich waren. Die ganze Zeit über bewegte Caine seine Hand langsam über Macklins Schaft. Macklin wälzte sich auf dem Bett, spreizte die Beine und drückte die Fersen in die Matratze, damit er in Caines Hand stoßen konnte. Caine grinste und verlagerte seine Aufmerksamkeit von Macklins Nippeln auf dessen Hoden. Er leckte und saugte an ihnen, ohne diesen verdammten, langsamen Rhythmus seiner Hand zu beschleunigen. Als die Finger von Caines anderer Hand tiefer wanderten, verspannte Macklin sich nicht mal einen kurzen Augenblick. Er hatte sich an solche Berührungen gewöhnt, was nicht hieß, dass er immun dagegen war. Aber er verspannte sich nicht mehr abwehrend, als die Finger in ihn eindrangen und ihn sanft zu spreizen begannen.

„Warte nicht zu lange, Welpe."

„Warum?"

„Weil ich sonst komme."

„Kannst du ihn kein ein zweites Mal hochbekommen?", neckte Caine.

„Ich bin nicht mehr zwanzig."

159

„Ich wette, ich könnte dich überzeugen", sagte Caine. Er strich über Macklins Prostata und leckte über seine Gliedspitze. „Ich kenne all deine Hotspots."

Macklin konnte nicht dagegen argumentieren. „Ich will nicht länger warten. Ich will dich, Caine."

Caines Antwort war, Macklin zu küssen, bis sich dessen Finger in Caines Rücken gruben. Dann fühlte er Caines Gewicht auf sich, und wie dessen Glied langsam gegen seinen Eingang drückte, bis die Spitze eindrang. Sie erstarrten beide, keuchten.

„Ich liebe dich."

Das instinktive Bedürfnis den Muskel zusammenzuziehen schwand und Macklin entspannte sich vollkommen, erlaubte Caine, tiefer einzudringen. „Du bist in mir."

„Ein wenig", sagte Caine und drückte sich etwas tiefer hinein. „Alles okay?"

„Hab mich nie besser gefühlt." Macklin meinte es ernst. All die Gründe, sich zu weigern, erschienen angesichts des Gefühls der überwältigenden Stimmigkeit mit einem Mal völlig lächerlich. Er gehörte zu Caine, und Caine zu ihm. Die Station - und die Zukunft - gehörte ihnen beiden. Das Verlangen, das sich langsam aufgebaut hatte, verlangte nun nach mehr Aufmerksamkeit. Er schlang die Beine um Caines Hüften, ermutigte ihn sich zu bewegen. Er fühlte jeden Stoß, als sich Caine in ihm versenkte. Noch immer vorsichtig, aber weniger zögernd als zu Beginn.

Der Geruch von Moschus und Lust umgab sie, und Macklin atmete ihn mit jedem Atemzug ein. Seine Augen schlossen sich unwillkürlich, blendeten den Anblick von Caines geliebtem Gesicht aus, doch Macklin musste es nicht sehen, um zu wissen, dass es von Verlangen und Liebe erfüllt war, während Caine sie dem Höhepunkt entgegentrieb.

„Bitte …", flehte Macklin leise.

Caines Hand legte sich wieder um Macklins Erektion, lieferte die letzte Stimulation, die Macklin brauchte. Er schauderte und schrie, als der Orgasmus ihn überrollte. Sekunden später folgte Caine. Macklin konnte etwas Klebriges zwischen seinen Schenkeln fühlen, sodass er erneut vor Verlangen erschauderte. Er würde nicht so bald für eine zweite Runde bereit sein, aber er würde diese Erinnerung den ganzen Tag über bei sich tragen, sodass er heute Nacht mehr als bereit sein würde.

„Danke", sagte er leise.

„Für was?", fragte Caine.

„Dass du mich genug liebst, um zu bleiben."

Caines einzige Antwort war ein weiterer, langer Kuss.

18

JEDER AUF der Station war zum Weihnachtsessen gekommen. Sogar die Familien, die zuvor schon privat gefeiert hatten oder es später noch tun würden. Chris war froh, dass die Leute so zahlreich erschienen waren, denn es nahm ihm ein wenig von dem Gefühl, seine Mutter zu vermissen und Seth keine ordentliche Feier bieten zu können. Ihr kleines Haus war nicht wirklich weihnachtlich geschmückt, abgesehen von dem Kranz, den Caine ihnen gegeben hatte, aber Seth war trotzdem in Weihnachtsstimmung.

„Wie schmeckt der Schinken?", fragte Jesse, der sich mit einem Teller voll Lamm, Schinken, Kartoffeln und allen Beilagen für ein perfektes Weihnachtsessen neben Chris setzte.

„Lecker", sagte Chris, der gerade ein weiteres Stück mit seiner Gabel aufspießte. „Aber alles, was Kami kocht, ist lecker."

„Eine der großen Freuden auf Lang Downs", stimmte Jesse zu.

Chris schmollte. „Bin ich das nicht?"

„Das habe ich nicht gesagt." Jesse tippte mit der Gabel gegen Chris' vorgeschobene Unterlippe. „Ich habe gesagt, dass es *eine* der großen Freuden auf Lang Downs ist, nicht die einzige, oder gar die größte."

Chris wusste, dass er es dabei hätte belassen sollen, aber er konnte sich nicht zurückhalten. „Was ist die Größte?"

„Wenn ich sagen würde, meine Homosexualität nicht verstecken zu müssen, müsste ich heute wohl in der Baracke schlafen, oder?", neckte Jesse.

„Vielleicht auch nicht", sagte Chris nach einem kurzen inneren Streitgespräch. „Immerhin bedeutet dich nicht verstecken zu müssen auch, dass du mehr Zeit mit mir verbringen kannst."

Jesse grinste und schüttelte den Kopf. „Das Beste in diesem Sommer warst zweifellos du, Chris. Ich habe dich doch nur aufgezogen."

Chris wollte antworten, dass er das gewusst hatte und auch Jesse das Beste in diesem Sommer war, aber diese Worte würden zu viel Bedeutung haben, vor allem jetzt, da er sich seine Gefühle für Jesse eingestanden hatte. Jesses Kommentar war zwar keine Liebeserklärung, aber er war dennoch bedeutend, und das ließ Chris' Herz ein wenig schneller schlagen.

Er wollte so viel mehr sagen, aber manche Gespräche sollte man eher in einem privaten Rahmen führen. Die Kantine während eines Weihnachtsessens bot nichts, was Privatsphäre ähnelte, daher wechselte Chris das Thema. „Seth hat in ein paar Wochen Geburtstag. Meine Mum hat immer ein großes Ding daraus gemacht, damit er sich nicht fühlt, als würde er neben Weihnachten vergessen werden. Ich weiß nicht, was ich hier für ihn tun könnte."

„Wir feiern eine Überraschungsparty", sagte Jesse sofort. „Jason wird Seth von eurem Haus fernhalten, während alle herüberkommen. Wir müssen nicht die ganze Station einladen, wenn du das nicht willst, aber ich wette, wenn du es richtig groß feiern möchtest, würden Caine und Macklin uns die Kantine benutzen lassen."

„Das *würde* Seth guttun", sagte Chris. „Sie haben aber schon so viel für uns getan. Ich kann sie nicht um noch mehr bitten."

„Das ist es ja", sagte Jesse. „Kami ist der Koch der Station, kochen muss er sowieso, also wäre es für ihn kein zusätzlicher Aufwand, vielleicht mit Ausnahme eines Kuchens, den er backen könnte. Wir müssten etwas Dekoration in Boorowa kaufen. Du müsstest sie also nur fragen, ob du die Kantine benutzen darfst, statt zuhause zu feiern. Und das kostet sie nichts."

„Ja, da hast du recht." Chris ließ sich die Idee durch den Kopf gehen. „Ich bin mir noch nicht sicher, ob ich das wirklich gut finde, aber es ist für Seth. Es war ein hartes Jahr, er verdient etwas besonderes."

„Genau", sagte Jesse. „Wir werden nach dem Abendessen mit Caine reden. Wenn er ablehnen sollte, feiern wir in deinem Haus."

Chris war noch immer nicht wohl dabei, Caine und Macklin um einen weiteren Gefallen zu bitten. Aber es war für Seth, und für ihn würde er Dinge tun, die er für sich selbst nie in Betracht ziehen würde.

„Was ist sein Lieblingsessen?", fragte Jesse. „Wir könnten Kami fragen, ob er es an diesem Abend zubereiten könnte. Wenn wir ihn ein paar Wochen vorher fragen, sollte es eigentlich kein Problem sein, das Menü umzustellen, selbst wenn er so weit voraus plant."

„Er plant die Mahlzeiten immer einen Monat im Voraus, damit er sicher sein kann, dass er alles vorrätig hat", sagte Chris. „Wenn es jedoch etwas ist, was er regelmäßig zubereitet, sollte es ohnehin kein Problem sein."

„Also, was soll er für Seth zubereiten?", fragte Jesse.

„Ich weiß es nicht", gestand Chris. Er wand sich innerlich bei dem Gedanken, dass er so wenig von seinem Bruder wusste, obwohl sie so viel Zeit zusammen verbrachten. „Bevor wir nach Lang Downs gekommen sind, haben wir das gegessen, was wir uns leisten konnten. Manchmal habe ich etwas vom Restaurant mitgenommen. Hier haben wir immer das gegessen, was Kami gekocht hat. Es war für uns keine Option, darüber nachzudenken, was wir auswählen würden, wenn wir die Wahl hätten."

„Und wenn wir ihn fragen, würde es die Überraschung ruinieren", sagte Jesse. „Da ist Caine. Wir sollten ihn gleich fragen, ob wir die Kantine nutzen dürfen. Wenn er es erlaubt, können wir uns über den Rest Gedanken machen."

Chris prüfte erst, ob Seth noch immer mit Jason und den anderen Kindern beschäftigt war. Als er sah, dass Seth ihn nicht beachtete, nickte Chris und winkte Caine zu sich.

„Fröhliche Weihnachten", sagte Caine. „Habt ihr Spaß?"

„Ja, sehr sogar", sagte Jesse. „Chris wollte dich um einen Gefallen bitten."

Chris starrte Jesse kurz an. „Fröhliche Weihnachten", sagte er zuerst. „In ein paar Wochen ist Seths Geburtstag und unsere Mum hat immer eine große Party organisiert, damit er sich nicht fühlt, als würde sein Geburtstag neben dem Weihnachtstrubel untergehen. Ich weiß, dass es viel verlangt ist, aber könnten wir seine Party in der Kantine feiern?"

„Natürlich", sagte Caine sofort. „Wir werden Kami bitten, einen Kuchen zu backen, und alle werden mitfeiern."

„Es soll eine Überraschung werden", sagte Chris. „Wir haben uns gedacht, dass Jason ihn ablenken könnte."

„Jason wird nichts dagegen haben", sagte Caine. „Er liebt Überraschungen. Das wird eine Party, die Seth niemals vergessen wird."

„Es reicht schon, wenn die Kantine geschmückt ist und alle anwesend sind."

Caine runzelte die Stirn. „Wann ist sein Geburtstag?"

Chris nannte ihm das Datum.

„Meine Eltern werden zu diesem Zeitpunkt noch hier sein. Das heißt, wir könnten Seth sagen, dass es eine Abschiedsparty für meine Eltern ist, da sie bald darauf abreisen, und ich nicht weiß, wann ich sie wiedersehen werde. So wird er nicht misstrauisch werden, falls er etwas von den Vorbereitungen mitbekommt."

„Aber dann haben deine Eltern ja keine Abschiedsparty", protestierte Chris.

„Nein, sie werden Seths Geburtstag feiern und das werden sie viel mehr genießen. Vertrau mir. Mein Vater hasst es, wenn die Leute wegen ihm einen Wirbel veranstalten. So kann ich es tun, ohne dass er sich aufregt, und zugleich machen wir Seth eine Freude. Du und Jesse werdet festlegen, was ihr tun wollt und lasst es dann Kami wissen. Ich werde ihm sagen, dass er es möglich machen soll. Wenn es eine Extratour in die Stadt bedeutet, nun, es gibt immer genug einzukaufen, also wird es garantiert nicht umsonst sein."

Emotionen stiegen Chris' Kehle hoch, sodass es ihm schwerfiel zu sprechen. Kami hatte ihm vor ein paar Monaten gesagt, dass er nur die Hand ausstrecken und annehmen musste, was Lang Downs ihm anbot. Chris hatte ihm damals nicht wirklich geglaubt. Selbst das Angebot, in Neils altes Haus zu ziehen, hatte ihn nicht ganz überzeugt. Denn immerhin würden sie so nicht weiter bei Caine und Macklin im Stationshaus leben. Das hier war anders. Caine hatte keinen Grund, das zu tun, außer um Seth eine Freude zu machen. Irgendwann in den letzten drei Monaten war Chris ein Teil von Lang Downs geworden, und nun profitierte er davon, genau wie Kami es versprochen hatte.

„Danke", sagte Chris, zu gerührt, um mehr zu sagen.

„ICH HABE dir gesagt, dass er ja sagen wird", meinte Jesse, als sie wieder in Chris' Haus waren. Seth hatte darum gebeten, den Abend bei Jason bleiben zu dürfen, und Patrick wiederholte die Einladung, als Chris nachfragte. Also hatten Chris und Jesse das Haus für sich. Jesse beschwerte sich nicht. Seit Chris und Seth ins kleine Haus umgezogen waren, hatte er mehr Zeit mit Chris verbracht als davor, aber es war einfach nicht genug.

„Ich war nicht besorgt, dass er nein sagen könnte, ich wollte ihn nur nicht unnötig belasten", erklärte Chris. „Ich bin noch immer nicht überzeugt, dass ich niemanden zur Last falle, aber Caine hat uns engagiert, also werden wir tun, was er sagt."

Jesse konnte Chris' Besorgnis verstehen, aber Chris hatte keine Vergleichsmöglichkeit. „Lang Downs ist die einzige Station, auf der du je gearbeitet hast", sagte er. „Du siehst es nicht, weil du es mit nichts anderem vergleichen kannst, aber selbst so eine Weihnachtsfeier wie heute fand auf keiner anderen Station statt, auf der ich gearbeitet habe. Der Viehzüchter hätte uns vielleicht den Tag frei gegeben, und wir hätten vor den Baracken gegrillt, aber wir hätten es selbst organisieren und alle Einkäufe erledigen müssen. Der Gedanke, mit dem Züchter und seiner Familie in der Kantine zu feiern, oder dass die Saisonarbeiter wie Familienmitglieder behandelt werden, ist mir vor Lang Downs nie gekommen. Aber hier ist es völlig selbstverständlich, weil es Caines Art ist, und niemand wirkt überrascht, das heißt, auch Caines Onkel muss es so gehandhabt haben, aber es ist noch immer etwas Besonderes. Lang Downs ist besonders. Es ist ein Ort, an den man Sommer für Sommer zurückkommt, egal, was man im Winter tut."

„Also mache ich mir umsonst Sorgen?"

„So ähnlich", stimmte Jesse zu. „Aber ich verspreche, dass ich es dir nicht unter die Nase reiben werde. Was soll Kami zum Essen machen?"

„Ein gutes, altmodisches Barbecue", sagte Chris nach einer Weile. „Steaks, Lamm, Würstchen, Barbecue-Beilagen, all die guten Sachen. Wir werden in der Kantine essen, aber es wird sich wie eine großartige Party anfühlen, mit dem Grill draußen und all den Menschen, die mit uns feiern werden."

„Seth wird das lieben", stimmte Jesse zu. „Wir müssen noch in die Stadt fahren, um ihm ein Geschenk zu besorgen. Auch wenn alle ihm die Party schenken, willst du ihm sicherlich noch ein Geschenk machen, und ich würde ihm auch gerne etwas kaufen."

Jesse hatte gesehen, wie sehr Seth sich weiterentwickelt hatte, seit sie auf der Station lebten. Soweit Jesse wusste, hatte Seth auch keine weiteren Streiche mehr gespielt, nachdem er sich an Patricks Werkzeugkiste vergriffen hatte. Stattdessen war er an Jasons Seite aufgeblüht und hatte viel über die Station und die Schafzucht gelernt. Nach dem, was Chris erzählte, hatte Seth den Schulstoff fast vollständig aufgeholt und würde die Highschool während des nächsten Schuljahres abschließen können. „Hat Seth mal davon gesprochen, was er nach dem Schulabschluss machen will?"

„Er liebt Maschinen", sagte Chris. „Ich kann mir vorstellen, dass er später als Mechaniker arbeiten möchte."

„Denkst du, dass er auf der Station bleiben wird?"

„Das weiß ich nicht. Ich werde aber jede seiner Entscheidungen unterstützen."

Das gehörte zu den Dingen, die Chris so bemerkenswert machten. Er hatte auf die harte Tour gelernt, wie gefährlich Intoleranz war, und wollte seinem Bruder diese Erfahrung um jeden Preis ersparen. Seth wusste das jetzt vielleicht noch nicht zu schätzen, aber Jesse hoffte, dass es noch dazu kommen würde.

19

„Happy Birthday, Seth!"

Der Chor aus Glückwünschen schallte durch die Kantine, als Seth und Jason hereinkamen. Seth sah so erschrocken aus, dass Chris beinahe laut gelacht hätte. Dann begriff Seth langsam, und seine Überraschung wandelte sich zu Dankbarkeit. Seth suchte ihn in der Menge, rannte zu ihm, und schlang seine Arme so fest um Chris, dass der kaum noch atmen konnte. Atmen war unwichtig, entschied Chris, und erwiderte die Umarmung ebenso fest. „Happy Birthday", wiederholte er.

„Hast du das für mich getan?"

„Mit ein wenig Hilfe von Jesse, Caine und Kami", sagte Chris. „Wir wollten deinen ersten Geburtstag hier zu etwas Besonderem machen."

Seth sah sich um, blickte in die lächelnden Gesichter, auf die Dekoration, das viele Essen und den Berg von Geschenken. „Das ist euch gelungen. Das ist der Wahnsinn."

„Geh schon." Chris schob Seth in Richtung des Essens. „Alle haben auf dich gewartet, um endlich mit dem Essen anzufangen."

Nachdem das Abendessen beendet war, drehte jemand – Jesse fand nie heraus wer – das Radio auf. Er half dabei, die Tische zur Seite zu schieben, um die Mitte der Kantine in eine Tanzfläche zu verwandeln.

Zu Jesses Überraschung zog Caines Mutter Seth mit auf die Tanzfläche. Seth lachte und versuchte, sich zu weigern, aber in diesem Moment sah man, von wem Caine seine Hartnäckigkeit geerbt hatte. Seth gab schließlich nach. Der Tanz war eher komisch als anmutig, aber er lockte alle anderen auf die Tanzfläche. Als der Song vorbei war, nahm Molly Mrs. Neiheisels Platz als Seths Partnerin ein, sehr zu Seths Freude und Verblüffung, wenn er dessen Gesichtsausdruck richtig deutete. Jesse hatte kein romantisches Interesse an Frauen, aber er konnte sehen, warum Neil – oder Seth – Molly attraktiv fanden.

Caines Mutter wanderte zu Macklin weiter, der um einiges besser tanzte, als Jesse erwartet hatte. Er sah Macklin eher als einen Einzelgänger an, nicht als jemanden, der viel Zeit mit Tanzen oder etwas Ähnlichem verbrachte. Aber Macklin schlug sich ziemlich gut.

„Du bist dran, Caine", rief Mrs. Neiheisel, als das Lied zu Ende war. Caine kam herüber, um ihre Hand zu nehmen, aber sie schüttelte den Kopf und schob ihn zu Macklin.

Jesse hielt die Luft an. Er war sich nicht sicher, wie die anderen darauf reagieren würden. Caine lachte und schüttelte den Kopf, doch seine Mutter bestand darauf, und Neil stimmte schnell zu. Innerhalb weniger Sekunden feuerte der gesamte Raum Caine an, mit Macklin zu tanzen.

„Fein, ihr habt gewonnen", rief Caine lachend und nahm Macklins Hand.

Die Musik begann erneut, und Jesse konnte sehen, dass sie noch nie zusammen getanzt hatten. Sie brauchten eine Weile, um sich einig zu werden, wer führen sollte, aber sie hatten bald ihren Rhythmus gefunden.

„Du solltest mit Chris tanzen", sagte Seth, der an Jesses Seite aufgetaucht war.

„Was?" Jesse war von Seths Vorschlag so überrascht, dass er kein anderes Wort herausbrachte.

„Alle wollten, dass Caine und Macklin tanzen", sagte Seth. „Keinen wird es kümmern, wenn du und Chris es auch tut."

„Chris und ich sind nicht ..." Jesse deutete mit einem hilflosen Wink in Richtung Caine und Macklin. Panik schnürte ihm beim bloßen Gedanken die Kehle zu. Er hatte nicht bemerkt, dass Seth über ihn und Chris Bescheid wusste, noch weniger, dass es vielleicht auch anderen aufgefallen war. Sie waren Freunde, sicher, und sie schliefen miteinander, wenn sie Zeit und Energie dazu hatten. Aber sie waren nicht zusammen. Sie waren kein Paar. Sie hatten nicht diese Art Beziehung, die es ihnen erlaubte, vor den anderen zu tanzen.

„Mach keine Witze", schnaubte Seth. „Chris ist Hals über Kopf in dich verliebt, und versuch jetzt nicht, mir Gegenteiliges zu erzählen. Ich kenne meinen Bruder dafür zu gut."

Jesse schluckte hart und sah zu Chris hinüber, der soeben mit Molly tanzte, sorglos und wunderschön und so begehrenswert. Jesse hatte kein Problem damit, sich einzugestehen, dass er Chris begehrte, was nicht hieß, dass er es laut aussprechen würde. Manche Dinge musste Seth nicht hören. Aber mehr als das?

Jesse hatte nie so gedacht. Er war ein Herumtreiber und es gefiel ihm so. Acht oder neun Monate auf einer Station arbeiten, dann ein paar Monate frei haben, ohne Stress, ohne Verantwortung, nichts, was ihn belastet hätte, wenn das nächste gute Angebot kam. Chris war nicht so. Er war an Seth gebunden, wenn schon an nichts anderes, aber Jesse hatte in Chris' Augen den Wunsch gesehen, einen Ort Zuhause nennen zu können. Lang Downs konnte ihm das bieten, eine Heimat und eine Zukunft, nicht nur für Seth, sondern auch für Chris, etwas, was beide verloren geglaubt hatten. Chris verdiente das. Er hatte etwas Besseres verdient als jemanden, der sich nur über die laufende Saison hinaus festlegen wollte. Sicher, Jesse mochte Lang Downs. Er hatte mehr oder weniger schon beschlossen, im nächsten Jahr zurückzukommen, aber weiter war er noch nicht gekommen.

Er hatte gedacht, dass Chris mit dem Stand ihrer Beziehung zufrieden war. Chris hatte nie etwas gesagt, was darauf hingedeutet hätte, dass er mehr von Jesse wollte, als sie hatten. Seths Worte deuteten aber etwas völlig anderes an.

Sie besagten, dass Chris eine Beziehung, eine Familie, den weißen Gartenzaun und all das Drumherum wollte. Der Gedanke setzte sich in Jesses Kopf fest und ließ ihn panisch werden. Das war nicht sein Leben, seine Zukunft. Er konnte das nicht haben. Er wollte es auch nicht. Er hatte es nie gewollt.

„Also, was werden wir zu Chris' Geburtstag tun?", fragte Seth, womit er Jesse aus den Gedanken riss. „Wenn du jetzt nicht mit ihm tanzen möchtest, können wir genauso gut die nächste Party planen."

„Wann hat er Geburtstag?", fragte Jesse beschämt, da er es nicht wusste.

„Ende Mai", gab Seth zurück.

„Da werde ich nicht mehr hier sein", antwortete Jesse automatisch. „Die Saison ist davor zu Ende."

„Du meinst, du wirst nicht bleiben?", fragte Seth. „Aber ich dachte ..."

Er rannte davon, bevor Jesse etwas sagen konnte.

„Verdammte Scheiße", murmelte Jesse. Er folgte ihm nach draußen, konnte Seth aber nicht mehr sehen. „Fuck."

„Gibt es ein Problem?", fragte Macklin, der unter dem Türrahmen stand.

„Nein ... Ja ... Ich weiß nicht. Ich ..." Das Durcheinander in seinem Kopf verschlimmerte sich, als er zwischen dem Bedürfnis, Seth zu folgen um die Dinge richtigzustellen und dem Drang, einfach davonzulaufen, so lange er noch konnte, entscheiden musste. Er konnte spüren, wie sich die Verantwortung anschlich, bereit war, ihn festzunageln, bis sie alles Leben aus ihm gesaugt hatte. Er atmete tief durch, um sich zu beruhigen. „Ich brauche eine freie Woche. Ich kann hier nicht denken. Ich bin vollkommen durcheinander und hier kann ich keinen klaren Gedanken fassen."

„Weglaufen war noch nie eine Lösung", meinte Macklin.

„Ich renne nicht davon. Ich muss mir nur über einige Dinge klar werden und wenn ich hier bleibe, werde ich nur alles schlimmer machen. Das kann ich Chris und Seth nicht antun."

„Dann ist gehen die bessere Lösung?"

„Sie haben etwas Besseres als mich verdient, Macklin. Ich bin ein nichtsnutziger Herumtreiber ohne Pläne, die über das Ende der Saison hinausgehen. Sie sind eine Familie und sie brauchen jemanden, bei dem sie sich darauf verlassen können, ein Teil davon zu sein."

„Dann sei diese Person."

„Ich weiß nicht, ob ich das kann", gestand Jesse ehrlich. „Es ist nicht leicht, diese Entscheidung zu treffen."

„Ich denke tatsächlich, dass es das ist", sagte Macklin. „Es ist noch nicht so lange her, als ich auch an diesem Punkt stand. Ich war genauso verwirrt und verloren wie du. Du musst nur entscheiden, was du willst."

„Ich habe nur für eine Saison unterschrieben."

„Verträge können neu verhandelt werden."

Jesse schüttelte den Kopf. „Ich muss nachdenken."

„Sei in einer Woche zurück, oder du wirst hier keine Arbeit mehr haben."

„Danke." Jesse rannte zu den Baracken. Er griff sich seine Tasche, warf wahllos ein paar Sachen hinein und holte seine Schlüssel heraus. Er hatte sein Auto nicht mehr gefahren, seit er auf die Station gekommen war. Auf den rauen Straßen und den Weiden bevorzugte er die Utes der Station, aber er konnte nicht mit einem von denen wegfahren. Nachdem er seine Tasche in den Kofferraum geworfen hatte, lenkte er den Wagen in Richtung Taylor Peak und Boorowa.

„HAST DU Jesse gesehen?"

Chris' Stimme holte Macklin aus seinen finsteren Gedanken. Er hatte den jüngeren Jackaroo durchschütteln und ihm sagen wollen, dass er einen gewaltigen Fehler machte, wenn er jetzt wegrannte, aber manche Lektionen mussten auf die harte Tour gelernt werden.

„Ja", sagte Macklin. Er starrte auf die Rücklichter, die aus dem Tal verschwanden. „Er ist gegangen."

„Was? Wohin?"

„Das hat er nicht gesagt." Macklin wünschte sich, Chris eine bessere Antwort geben zu können. Er hätte Jesse einfach sagen sollen, dass er sich wie ein Mann verhalten sollte, aber dafür war es zu spät.

„Wird er zurückkommen?"

„Das werden wir in einer Woche sehen", sagte Macklin. „Ich weiß nicht, was heute Nacht passiert ist, aber von dem bisschen, was er erzählt hat, scheint er eine Zukunft gesehen zu haben, der er nie ins Gesicht schauen wollte, und hat deshalb wohl Angst bekommen. Wenn du einen Ratschlag von jemandem hören willst, der in der gleichen Position war: Gib ihm ein wenig Zeit, damit er herausfinden kann, was er möchte, aber nicht zu viel. Manchmal ist ein schneller, harter Tritt in den Hintern die beste Lösung."

„Ein wenig schwierig, wenn ich nicht weiß, wohin er geht."

„Dann müssen wir darauf hoffen, dass er zurückkommt", sagte Macklin, „oder dass du herausfindest, wohin er gehen würde, wenn er sich für einige Zeit in der Menge verlieren will."

„Ich ... Ich sollte ihm ein *Fick dich* entgegenschleudern und ihn vergessen", sagte Chris mit brüchiger Stimme.

„Das kannst du tun", stimmte Macklin zu. „Keiner würde es dir verübeln, wenn du es tun würdest. Am wenigsten Jesse, da er der Meinung ist, er wäre ein nichtsnutziger Herumtreiber, um seine Worte zu verwenden. Du kannst ihn abschreiben, eure gemeinsamen Erlebnisse unter Erfahrungen verbuchen und weitermachen. Beziehungen enden, die Leute lernen aus ihnen, und das Leben geht weiter."

„Er ist nicht nichtsnutzig", protestierte Chris.

„Das habe ich auch nicht gesagt." Macklin lächelte ein wenig darüber, dass Chris Jesse trotz seiner Flucht verteidigte. „Ich habe gesagt, dass er denkt, er sei es. Und aus diesem Grund würde er dich nicht aufhalten, wenn du beschließen solltest, ihn zu vergessen."

„Sollte ich das deiner Meinung nach tun?"

Verdammt, Chris war noch so jung. Macklin wollte ihm den Kopf tätscheln und ihn ins Bett schicken, aber er bat um Hilfe.

„Ich weiß nicht, was du tun sollst", antwortete Macklin ehrlich. „Ich weiß nicht, was zwischen euch passiert ist, was für Versprechen ihr euch gegeben oder nicht gegeben habt. Ich weiß nicht, was du willst. Ich kann mir denken, was Jesse glaubt zu wollen, aber ich denke nicht, dass er es wirklich weiß. Er sagte, er müsse nachdenken. Ich gebe dir denselben Rat. Während er weg ist, solltest du darüber nachdenken, was du im Idealfall von ihm willst. Falls dieser Fall nicht eintreten sollte, solltest du zumindest wissen, mit was du leben kannst. Und wenn er zurückkommt, musst du mit ihm darüber reden, oder all dein Nachdenken war umsonst."

Chris nickte langsam.

„Chris", sagte Macklin, als jener gehen wollte. „Wie auch immer du dich entscheidest, was auch immer mit Jesse geschehen wird … Du und Seth habt hier ein Zuhause, solange ihr wollt. Wenn das Jesse miteinbezieht, ist das in Ordnung, aber du hast dir deinen Platz auf der Station verdient und Seth auch."

Der erstickte Laut, der an Macklins Ohren drang, hätte ein Schluchzen sein können, aber Chris rannte davon, ehe Macklin sich sicher war und entscheiden konnte, was er machen sollte.

„Alles in Ordnung?"

Macklin seufzte und zog Caine an seine Seite. „Nur gut, dass wir diese dumme Wette abgebrochen haben, sonst würdest du nie oben liegen."

Caine runzelte die Stirn. „Ärger im Paradies?"

„Jesse ist gegangen und ich bin mir sicher, dass Chris sich gerade in seinem Haus versteckt und weint. Ich weiß nicht, was ich tun soll."

„Ich schätze, wir sollten deinem Ratschlag folgen, und sie selbst einen Weg finden lassen – außer natürlich, sie bitten um Hilfe."

CHRIS STOLPERTE in sein Zimmer, blind von den Tränen, die er nicht vergießen wollte. Er blickte auf die zerknitterten Bettlaken und verlor den Kampf.

Jesse hatte mit ihm in der letzten Nacht *geschlafen*. Kein Sex mit anschließendem Zurückschleichen zu den Schlafbaracken. Er hatte ihn die ganze Nacht gehalten, als wollte er ihn nicht mehr loslassen. Sie hatten keinen Sex gehabt und Chris war froh, dass seine Laken nicht danach rochen. Aber er hatte sich dazu hinreißen lassen zu träumen, als er an diesem Morgen in Jesses Armen aufgewacht war.

Alles schien den Tag über völlig in Ordnung zu sein. Sie hatten nicht viel Zeit miteinander verbracht. Jesse war mit Ian und Kyle zur nördlichen Weide geritten, während Chris mit Neil und ein paar anderen etwas näher an der Station gearbeitet hatte. Aber Jesse hatte am Frühstückstisch zufrieden gewirkt und beim Abendessen mit ihm und Seth gelacht und gescherzt. Nichts hatte darauf hingedeutet, dass Jesse wegen etwas zwischen ihnen besorgt gewesen war.

War es wegen Caine und Macklin gewesen, die zusammen getanzt hatten? Chris hatte mit den anderen gepfiffen, als Caines Mutter sie dazu gedrängt hatte. Wenn Caine und Macklin offener miteinander umgehen würden, könnte das die Lage für Chris und Jesse einfacher machen, wenn sie denn beschlossen, auf der Station zu bleiben. Er hatte Jesses Reaktionen allerdings nicht gesehen, also hatte er keine Ahnung, ob es Jesse aus irgendeinem Grund gestört hatte.

Es war jetzt nicht mehr von Bedeutung, da Jesse weg war. Er war ohne eine Erklärung gegangen.

„Zum Teufel mit ihm", murmelte Chris wütend. „Wenn das seine Art ist, brauche ich ihn sowieso nicht. Ich habe Besseres zu tun, als meine Zeit mit jemandem zu verschwenden, der bei den kleinsten Anzeichen von Problemen wegläuft."

„Chris?"

Der Klang von Seths Stimme, die beinahe genauso aufgelöst klang wie seine eigene, ließ Chris aufschrecken. „Einen Moment", rief er zu Seth. Er schlüpfte ins Badezimmer und wusch sich das Gesicht, um sich ein wenig zu fangen. Er erwartete nicht, dass Seth es nicht bemerken würde, aber so würde er sich vielleicht besser beherrschen können, wenn sein Bruder fragte, was los war.

„Hey", sagte Chris, als er ins Wohnzimmer kam. Er atmete tief durch, um seine Stimme und seine Emotionen unter Kontrolle zu halten, während er mit Seth sprach. „Was ist los?"

„Ich hab's versaut", sagte Seth und sah Chris dabei voller Reue an, sodass dieser wusste, dass er niemals böse auf ihn sein könnte.

„Was hast du getan?"

„Ich dachte, dass du und Jesse zusammen seid", sagte Seth. „Ich habe ihn gefragt, ob er mit mir deine Geburtstagsparty planen möchte. Er meinte, er wäre zu diesem Zeitpunkt nicht mehr hier, weil die Saison schon zu Ende wäre. Ich, äh, ich habe ihm irgendwie gesagt, dass du ihn liebst."

Das erklärte das Weglaufen. Chris schloss die Augen, als er gegen den Drang ankämpfte, einfach zu schreien.

„Du hättest mich ihm das vielleicht zuerst sagen lassen sollen", sagte er, als er wieder sprechen konnte.

„Wie hätte ich wissen sollen, dass du es ihm noch nicht gesagt hast?", fragte Seth. „Er ist immer hier. Ihr küsst euch, wenn ihr glaubt, dass niemand in eurer Nähe ist. Er hat gestern Nacht hier geschlafen. Das sah ziemlich nach einem Paar für mich aus."

„Ich weiß", seufzte Chris. „Aber Jesse hat es offensichtlich nicht so gesehen. Er ist heute Nacht gegangen. Macklin hat ihm eine Woche frei gegeben."

„Wird er zurückkommen?"

Das war die große Frage.

„Ich weiß es nicht", sagte Chris, weil er seinen Bruder nicht anlügen wollte. „Wir müssen abwarten."

„Und was ist, wenn er nicht zurückkommt?", fragte Seth.

„Wir bleiben hier und arbeiten weiter." Chris war entschlossen, diese Möglichkeit zu akzeptieren, damit er vorbereitet war, falls sie eintreten sollte. „Du musst noch deinen Schulabschluss machen, wenn du eine Lehre als Mechaniker beginnen willst, und ich habe hier einen Job. Jesses Entscheidung wird daran nichts ändern."

„Was, wenn er zurückkommt?", fragte Seth kleinlaut.

„Dann hängt es davon ab, was er zu sagen hat", antwortete Chris. „Ich werde mich nicht auf jemanden einlassen, auf den man sich nicht verlassen kann."

„Tut mir leid, dass ich ihn verscheucht habe."

Chris zog seinen Bruder in eine Umarmung. „Wenn er von uns abgeschreckt worden ist, dann wäre das ohnehin irgendwann passiert. Es ist besser, es zu wissen und darüber hinwegzukommen, als eine Zukunft mit ihm als fixen Bestandteil zu planen. Es tut mir leid, dass wir deine Party mit unserem Drama versaut haben."

172

20

JESSE STARRTE auf die Bierflasche in seiner Hand, den einzigen Alkohol, den er bei seiner Ankunft in Boorowa mitten in der Nacht finden konnte. Er hatte Glück gehabt, dass überhaupt noch etwas geöffnet war, aber er hatte ein Sixpack und ein Hotelzimmer bekommen, also war er für die Nacht gerüstet. Jetzt, mit drei Bier intus, war er dazu übergegangen, in Selbstmitleid zu versinken. Er hatte sich nicht hierfür gemeldet. Er hatte für einen Sommer Arbeit und vielleicht ein wenig Spaß mit einem anderen Jackaroo unterschrieben. Das hatte er beides bekommen, aber offensichtlich einiges mehr, als er erwartet hatte.

Er trank noch einen Schluck Bier.

Er *mochte* sein Leben, wie es war. Er mochte es, einen Ort am Ende des Sommers verlassen zu können und nicht zurückkommen zu müssen, wenn ihm nicht danach war. Er mochte die Freiheit, zu wissen, dass niemand von ihm abhängig war, mit Ausnahme bei seiner Arbeit als Jackaroo. Er konnte gut mit Schafen umgehen, mit Menschen allerdings weniger.

Wenn er akzeptierte, was Seth gesagt hatte, würde er nicht nur mit Chris, sondern auch mit Seth zusammenleben. Er würde vielleicht darüber nachdenken, wenn es nur Chris beträfe. Der war erwachsen und somit für seine eigenen Entscheidungen verantwortlich, aber Seth war noch ein Kind, und er würde von ihren Entscheidungen betroffen sein.

Das Teufelchen auf seiner Schulter wies darauf hin, dass Seth schon durch seinen Fortgang in Mitleidenschaft gezogen worden war, aber er begründete diesen Entschluss damit, dass er Seth so nur einmal verletzt hatte und es nicht immer wieder täte, da er sich sicher war, dass er, wenn er bleiben sollte, ständig schlechte Entscheidungen treffen würde.

Natürlich hatte er Macklin gesagt, dass er in einer Woche zurückkommen würde, und er musste sich daher irgendwann Chris und Seth stellen. Außer, wenn er eben nicht nach Lang Downs zurückkehrte. Er würde seinen halben Lohn und die Möglichkeit, wieder auf der Station zu arbeiten, verlieren. Nicht zu vergessen die fehlenden Referenzen, wenn er sich nächsten Sommer um einen Job als Jackaroo bewarb. Aber das wäre es fast wert, nur um nicht den Schmerz in ihren Augen zu sehen.

Er könnte sich in Melbourne einen Job als Kellner suchen, um das verlorene Einkommen wettzumachen. Außerdem hatte er noch seine Referenzen der vergangenen Sommer. Es wäre nicht ideal, aber besser als nichts.

Besser, als Chris noch mehr zu verletzen, als er es schon getan hatte.

Wann hatte Chris sich in ihn verliebt? Wann hatte Seth angefangen, sie als Familie zu sehen?

Jesse hatte keine Ahnung, und so betrunken, wie er wurde, als er die vierte Flasche öffnete, bezweifelte er, dass er es herausfinden würde. Die Schuld blieb, trotz des Alkohols. Hatte er etwas getan, das in Chris falsche Hoffnungen weckte? Hatte er etwas gesagt, das den anderen Mann denken ließ, dass Jesse mehr geben wollte, als sie ursprünglich vereinbart hatten?

Sie waren sich von Anfang an einig gewesen. Sie hatten gesagt, dass sie nicht wie Caine und Macklin waren, sondern lediglich Freunde mit gewissen Vorzügen. Chris selbst hatte das mehr als einmal ausgesprochen und Jesse hatte dabei keinerlei Zweifel oder Bedenken in dessen Stimme bemerkt.

Sicher, er hatte Chris in Yass geholfen, aber er hätte dies für jeden Freund in Not getan. Zugegeben, er hatte keine anderen Freunde, die diese Art Hilfe benötigten, aber er hätte nicht gezögert. Hatte Chris seine Anwesenheit im Krankenhaus missverstanden? Daraus eine tiefere Verbindung abgeleitet, als Jesse beabsichtigt hatte?

Jesse nahm an, dass das möglich war. Chris hatte das Wort „Freund" benutzt, als er mit dem Doktor gesprochen hatte. Das hätte aber auch eine Art Selbsterhaltungstrieb sein können. Immerhin war er in Yass fast zu Tode geprügelt worden. Sich ein zweites Mal einem Fremden auf diese Weise zu öffnen wäre unglaublich riskant gewesen. Besonders, da eine Gruppe Teenager, die die Straße entlang gingen, ausgereicht hatte, um bei Chris eine Panikattacke auszulösen.

Sie hatten sich in Boorowa in dieser Nacht ein Hotelzimmer geteilt, aber sie hatten keine Wahl gehabt. Es waren nur zwei Zimmer frei gewesen, also hatten sie nur die Möglichkeit gehabt, es zu teilen oder im Auto zu übernachten. Jesse hatte das ein paar Mal getan, aber es war keine Erfahrung, die er unbedingt wiederholen wollte, wenn er wählen konnte. Aber er hätte sich das Zimmer auch mit jedem anderen Jackaroo auf Lang Downs geteilt, statt im Auto zu schlafen, also war das wohl auch nicht der Grund für den Wandel von Chris' Gefühlen gewesen.

Sie hatten eine Menge Zeit damit verbracht, gemeinsam auf der Station zu arbeiten, aber das war vor allem Caines und Macklins Entscheidung gewesen, nicht Jesses. Er und Chris waren ein gutes Team und es hatte ihm nichts ausgemacht, Chris anzuleiten. Also war es nur logisch gewesen, sie zusammenarbeiten zu lassen, und Jesse hatte sich nicht beschwert. Immerhin hatte das bedeutet, dass sie einen gelegentlichen Kuss (oder Blowjob, wenn Chris seinen Willen bekam) austauschen konnten. Jesse hatte dies allerdings immer für die typische Geilheit eines Mannes in den frühen Zwanzigern gehalten. War es für Chris mehr gewesen? Ein Zeichen der Verbundenheit, welches Jesse nicht zu geben beabsichtigt hatte?

Gott, das hoffte er nicht.

Er konnte mit einer Menge fertig werden, aber Chris unabsichtlich etwas vorzumachen, würde ihn fertigmachen. Er war immer stolz darauf gewesen, dass er mit offenen Karten spielte. Wenn er etwas gesagt oder getan hatte, das angedeutet hatte, er würde mehr wollen, würde er sich noch mehr hassen als ohnehin schon.

Er kippte sein Bier hinunter. Er wollte aufhören zu denken, damit er schlafen konnte, aber sein Kopf wollte keine Ruhe geben. Er trank einen weiteren großen Schluck und hoffte, sich im Delirium zu verlieren, wenn er schon nicht schlafen konnte.

„Du SOLLTEST etwas über australische Viehhirten wissen."

Chris erschrak so sehr, dass er fast die Mistgabel fallen ließ, mit der er vorgegeben hatte, die Ställe zu säubern, während er Jesses Flucht immer wieder aufs Neue in seinen Gedanken durchkaute.

„Wie bitte?"

„Ich sagte, dass du etwas über australische Viehhirten wissen solltest", wiederholte Caine. „Komm, machen wir einen Spaziergang. Der Stall ist nicht der richtige Ort für ein vertrauliches Gespräch."

„Werden wir denn eines haben?" Chris wusste nicht, was er davon halten sollte. Er zweifelte nicht daran, dass Caine ihm einen guten Ratschlag geben konnte, aber das würde bedeuten, dem Viehzüchter von ihm und Jesse zu erzählen, und Chris hatte nie jemanden gehabt, dem er irgendetwas hätte anvertrauen können, das seine Sexualität betraf.

„Ich denke, es ist an der Zeit." Caine führte Chris aus der Scheune und auf die Veranda des Stationshauses. „Macklin hat mich zu Beginn der Saison gebeten, nichts zu sagen, aber du brauchst jetzt einen Freund, und der Mann, der bis jetzt diese Rolle eingenommen hat, ist der Grund dafür. Ich liebe Macklin, aber er ist nicht der gesprächige Typ. Also muss ich diese Rolle übernehmen."

„Das sagst du so einfach", sagte Chris mit mehr als nur ein wenig Neid.

„Ich bin nicht hier aufgewachsen, daran musst du denken. Als könntest du das vergessen, wenn du mich sprechen hörst, aber es ist mehr als nur ein Akzent oder eine Wortwahl dann und wann", sagte Caine. „Ich habe meinen Eltern in der Highschool gesagt, dass ich schwul bin, und es war überhaupt kein Problem. Auf dem College hat es auch keinen gekümmert, auch wenn es einen Typen im Wohnheim gab, der ein Problem damit hatte. Ich bin nach Philadelphia gezogen, habe einen Typen getroffen, von dem ich glaubte, dass wir den Rest unseres Lebens zusammen sein würden. Wir bewohnten ein Apartment in der sogenannten schwulen Nachbarschaft – ja, genau so war es. Sicher, ich bin hin und wieder an ein Arschloch geraten, aber sonst habe ich als offen schwuler Mann ein ziemlich ruhiges Leben gehabt."

„Also, warum bist du hierher gekommen?", fragte Chris. „Glaub bitte nicht, dass ich der Meinung wäre, du hättest das nicht tun sollen, aber warum hast du alles aufgegeben, um im Outback zu leben?"

„Weil mein Job eine S-Sackgasse war, der T-Typ, mit dem ich d-damals z-zusammen war, mich v-verlassen hat, ich mir somit das Apartment nicht mehr leisten konnte und ich schon immer die Schafsstation meines Onkels besuchen wollte", erklärte Caine. „Meine Mutter wollte sie v-verkaufen. Sie hatte keinen Grund, sie zu behalten oder zu führen. Es war so ziemlich meine letzte Chance, und selbst wenn ich es v-vermasselt hätte, wäre ich danach nicht s-schlechter dagestanden."

„Du stotterst. Du stotterst nie."

Caine lachte. „Du hast mich ja auch vor einem Jahr noch nicht gekannt. Ich stottere jetzt nicht mehr so oft, aber starke Emotionen sind noch immer ein Auslöser dafür. Ich will darauf hinaus, dass ich nie verstecken musste, dass ich schwul bin. Daher ist es einfach für mich, darüber zu reden, dass ich mit Macklin zusammen bin. Ich denke nicht anders darüber, als Neil es tun würde, wenn er Leuten erzählt, dass er Molly heiraten wird. Aber ich bin hier schon lange genug, um zu wissen, dass ich als Einziger hier draußen so denke. Ehrlich gesagt dauerte es nicht einmal vierundzwanzig Stunden, um das zu begreifen. Also, ja, ich spreche es einfach aus und die Leute um mich herum sind an einem Punkt angelangt, an dem ich ziemlich einfach so leben kann. Aber das bedeutet nicht, dass es einfach war, so weit zu kommen. Du hast Macklin getroffen. Du glaubst sicher nicht, dass er offen schwul gelebt hat, bevor ich gekommen bin."

„Nein", sagte Chris. „Du hast recht. Ich konnte nicht glauben, dass er gestern Nacht mit dir getanzt hat."

„Das konnte er auch nicht", meinte Caine. „Er ist ein Viehhirte durch und durch. Stahlhart und unerschütterlich wie die Berge, auf denen wir stehen. Alles, was eine Schwäche andeuten würde, wird ausgemerzt, bevor es Wurzeln schlagen kann. Es ist einer der vielen Gründe, warum ich ihn liebe. Er wird mir immer eine Schulter zum Anlehnen bieten, seine Stärke mit mir teilen, auch wenn ich manchmal am liebsten seinen Kopf gegen die Wand schlagen würde, weil er mindestens genauso stur und in seinen Gewohnheiten festgefahren ist, wie er stark ist. Das ist es, was du über australische Viehhirten wissen musst. Sie respektieren Stärke und Willenskraft. Sie sind stark genug – oder vielleicht verklemmt genug – um ihre Gefühle abzuschalten und sich von dem abzuwenden, was sie wirklich begehren, nur weil sie glauben, dass es falsch oder schlecht oder was auch immer wäre. Macklin hat es bei mir versucht, und ich würde wagen, zu behaupten, dass Jesse das Gleiche bei dir macht."

„Also, was soll ich tun?", fragte Chris.

„Das hängt ganz davon ab", antwortete Caine. „Es ist wie mit Wasser, das einen Stein zermürbt. Es ist möglich, zu ihnen durchzudringen und sich in ihr Herz zu schleichen, aber es kostet eine Menge Arbeit und ist nichts, was über Nacht passiert. Ich hatte im gewissen Sinne Glück. Ich wäre fast ertrunken und das hat Macklin beinahe zu Tode erschreckt. Wenn das nicht passiert wäre, würde ich vielleicht noch immer daran arbeiten, weil es noch nicht einmal ein Jahr her ist, seit ich angekommen bin, und noch weniger, seit ich begriffen habe, dass Macklin das ist, was ich will. Also ist die erste Frage nicht, was du tun sollst. Die erste Frage ist, was du von Jesse willst."

„Nichts im Moment", murmelte Chris.

„Ich verurteile dich dafür nicht." Caine drückte Chris' Schulter leicht. „Und wenn das wirklich deine Antwort ist, dann brauchst du dich um nichts sorgen. Du kannst alles vergessen, was ich dir gesagt habe. Nun ja, für die Zukunft solltest du es dir vielleicht merken, falls du noch einmal einen sturen Viehhirten findest, mit dem du dein Glück versuchen willst."

„Nein, das ist nicht wirklich meine Antwort", gestand Chris. „Ich bin wütend und verletzt, weil er ohne ein Wort zu sagen gegangen ist, aber Macklin scheint zu denken, dass er ziemlich durcheinander war. Vielleicht war es, weil Seth die Katze aus dem Sack gelassen und ihm gesagt hat, dass ich mich in ihn verliebt habe."

„Ich schätze, du hast nie mit ihm darüber gesprochen?"

Chris schüttelte den Kopf. „Es hatte sich nie wie der richtige Zeitpunkt angefühlt, und außerdem haben wir nur herumgemacht. Es war nicht vorgesehen, dass daraus etwas Ernstes wird. Wir wollten nur zwei Typen sein, die hin und wieder ein wenig Dampf zusammen ablassen. Das schadet niemanden."

„Das tut es nicht", stimmte Caine zu. „Also ist Jesses Problem, dass er denkt, du hättest mittendrin die Regeln geändert, und er weiß nicht, wie er damit umgehen soll."

„Deswegen habe ich ihm nichts gesagt", sagte Chris. „Meine Gefühle sind mein Problem, nicht seines. Ich meine, ich hatte gehofft, dass er irgendwann dasselbe fühlen würde. Aber ich wollte keine große Sache daraus machen oder ihn um etwas bitten. Oder erwarten, dass es etwas ändert."

„Hättest du ihn am Ende der Saison gehen lassen?"

„So weit war ich noch nicht. Aber ich wusste, dass er gehen wollte. Er hat davon gesprochen, den Winter in Melbourne zu verbringen, also wusste ich, dass er nicht sesshaft werden wollte. Aber er hat auch gesagt, dass er möglicherweise im nächsten Sommer zurückkommen würde, also habe ich gedacht, wir könnten dort weitermachen, wo wir aufgehört hatten, und dass im nächsten Sommer dann alles anders wird."

„So wie das klingt, kennst du die Antwort auf meine erste Frage bereits", sagte Caine. „Du willst ihn, egal wie es ausgehen wird."

„Ja, aber wird er mich noch wollen, wenn er weiß, wie ich fühle?"

„Das kann ich dir nicht beantworten. Aber ich wiederhole, was ich über sture Viehhirten gesagt habe. Wenn Macklin gedacht hätte, dass die Station und ich ohne ihn besser dran wären, wäre er gegangen und nie mehr zurückgekommen. Zum Glück habe ich ihn eines Besseren belehrt, ehe er es tun konnte, aber ich habe keinen Zweifel daran, dass es hätte passieren können. Wenn Jesse sich in den Kopf gesetzt hat, dass er schlecht für dich ist, dann wird er gehen, egal, was er wirklich will. Und das nur, weil er verdammt stur ist und durch das Verstecken seines wahren

Ichs einen harten Kern aufgebaut hat, der ihn schützen soll, falls doch jemand die Wahrheit herausfindet. Zugegeben, Macklin hatte ein paar Jahre mehr Zeit, um das aufzubauen als Jesse, aber er ist auf Lang Downs, seit er sechzehn ist, und bis vor einem Jahr hatte er notfalls Onkel Michael, der ihn unterstützt hätte. Jesse ist von Station zu Station gewandert und musste so jedes Mal von vorne beginnen, die Leute davon zu überzeugen, dass er genauso hart und zäh ist wie sie."

„Was soll ich also tun?"

„Kämpf um ihn."

DIE BAR in Melbourne, in der Jesse die meisten Winternächte verbrachte, war auch im Sommer überfüllt und schmuddelig. Aber die Drinks waren noch immer billig und die Männer willig. Jesse wollte nur noch vergessen, mithilfe harter Drinks und eines festen Arsches. Ein anonymer Fick, um Chris vergessen zu können. Genau das, was der Doktor verordnet hatte.

Wenn er nur jemanden finden konnte.

Die blonden Typen hatte er gleich ausgeschlossen, weil es damit enden würde, dass er sich ein Paar dunkle Augen zu den hellen Haaren vorstellen würde. Die Brünetten waren ihm auch nicht recht. Sie waren zu groß, zu klein, zu muskulös, zu schmal. Es gab genug verführerische Blicke, die ihm galten, sodass er sich leicht hätte jemanden aussuchen können, aber er war offensichtlich noch nicht betrunken genug, da keiner mehr als einen entfernten Funken Interesse in ihm weckte.

„Du bist früh zurück", meinte der Barkeeper, als er Jesse einen weiteren Drink brachte. „Normalerweise bist du nicht vor Ende April hier."

„Ich habe eine Woche freigenommen", sagte Jesse. Er weigerte sich daran zu denken, warum er überhaupt hier war. „Wohin sollte ich sonst gehen?"

„Ich wüsste ein paar Stammgäste, die sehr glücklich darüber sind, dich zu sehen, egal ob du früh zurück bist oder nicht", meinte der Barkeeper mit einem anzüglichen Blick.

„Umso besser", sagte Jesse fröhlich, auch wenn er sich nicht so fühlte. „Oder, noch besser, spendiere einem einen Drink von mir."

„Willst du nicht erst wissen, wer es ist?"

„Nicht wichtig", brummte Jesse. „Ich suche nach Sex, keiner Romanze."

Der Barkeeper sah skeptisch aus, aber er deutete auf einen Typen am Ende der Bar – zum Glück nicht blond – und Jesse nickte. Ein paar Minuten später kam der Mann zu ihm, um sich neben Jesse an die Bar zu lehnen. „Willkommen zurück."

„Es ist nur für ein paar Tage", sagte Jesse. Er wollte ihm keine falschen Hoffnungen machen, denn das hatte er bei Chris schon zur Genüge getan.

„Ein paar Tage sind gut genug", sagte der Mann. „Ich bin Matt."

„Jesse."

„Willst du tanzen, Jesse?"

Tanzen war so ziemlich das Letzte, was Jesse wollte, nachdem er zu viel Angst gehabt hatte, es mit Chris zu tun, aber er würde eine Art Vorspiel brauchen, ehe er den Typen in die Toilette oder ein Hinterzimmer schleppen und vögeln könnte. „Warum nicht?"

Matt grinste und zog Jesse auf die Tanzfläche. Er rieb sich mehr an ihm, als wirklich zu tanzen, während er Jesses Brust durch das Shirt streichelte.

Jesses Körper reagierte auf die Stimulation. Seine Nippel wurden hart und sein Schwanz steif. Matt grinste und drehte sich in Jesses lockerer Umarmung um, damit er seinen Hintern gegen Jesses Schritt drücken konnte. Jesse stöhnte und nutzte die neue Position aus, um Matt seinerseits zu streicheln. Der Mann war heiß und offensichtlich willig und die Kombination aus Lust und Alkohol machte es leicht, die Verzweiflung zu vergessen, die ihn mitten im Sommer nach Melbourne geführt hatte. Er schloss die Augen und ließ sich vom Rhythmus der Musik treiben. Er hätte nicht so mit Chris tanzen können, selbst wenn er Seths Drängen nachgegeben hätte. Er hätte es gesittet halten müssen, nicht wie diese rohe und gierige Suche nach Erlösung. Matt kümmerte es nicht, wer ihnen zusah, und keiner in der Bar störte sich daran, wie obszön sie sich aneinander rieben. Verdammt, die halbe Bar würde vermutlich zu jubeln anfangen, wenn Jesse Matt das Shirt ausziehen und ihnen eine richtige Show bieten würde.

Wenn die Art, wie Matt sich an ihm rieb und laut genug stöhnte, dass man es trotz der Musik hören konnte, sobald Jesse ihn in die Nippel zwickte, ein Zeichen war, dann hätte Matt es auch nicht gestört.

„Lass uns woanders hingehen", murmelte Jesse, als er mit seiner Hand von Matts Brust zu dessen Schritt strich. „Ich will das hier spüren."

Matt warf ihm ein verführerisches Lächeln zu, und zog ihn in den düsteren Flur, Richtung der Toiletten. Jesse ignorierte sein Gewissen, das ihn anbrüllte, dass das hier falsch war, dass er es am nächsten Morgen bereuen würde, dass Matt etwas Besseres verdiente, als ein Mittel zu sein, um vergessen zu können. Selbst wenn es ihm anscheinend nichts ausmachte, nur ein schneller Fick zu sein.

Die fluoreszierenden Lichter der Toilette waren grell nach der verhältnismäßig düsteren Bar und Jesse zuckte zusammen, als sein Kopf zu pochen begann. Sein Magen rebellierte von den Mengen, die er getrunken hatte, bevor er mit Matt tanzte. Matt fiel Jesses Unbehagen jedoch nicht auf. Er zog ihn weiter zu einer offenen Toilettenkabine und schloss hinter ihnen die Tür.

Chris hätte es bemerkt, flüsterte Jesses Gewissen. *Chris hätte es gekümmert.*

Jesse brachte die nervende Stimme zum Schweigen, indem er Matt gegen die Wand drückte und seine Hand in dessen Jeans schob. „Du hast es eilig", schnurrte Matt. „Ich mag das."

Nicht, dass ich eine Wahl hätte, dachte Jesse zynisch. Sie waren in der Toilette einer Bar und konnten jederzeit erwischt werden. Das war nicht der Moment, um es langsam und nett zu gestalten.

179

Matt öffnete Jesses Jeans, befreite seinen Schwanz und begann ihn zu reiben. Sein Griff war eng, fast zu eng, aber seine Hand war geschmeidig. Die Hand eines Stadtmenschen.

Nicht Chris' Hand.

Jesse öffnete Matts Hemd, und eine glatte Brust kam zum Vorschein. Jesse strich überrascht darüber, nur um einen Hauch von Stoppeln zu fühlen.

Gewachst.

Falsch.

Er erinnerte sich daran, dass er Matts Entscheidungen nicht gutheißen musste, um mit ihm zu vögeln. Deswegen konzentrierte er sich auf Matts Hose, aber als er sie nach unten schob und die fast völlig abrasierten Schamhaare sah, stöhnte er und drehte sich weg.

„Tut mir leid", sagte er. „Ich kann das nicht tun."

„Was meinst du damit, du kannst das nicht tun?", fragte Matt hinter ihm. „Du hattest kein Problem damit, mich fast schon auf der Tanzfläche zu ficken."

Jesses Magen rebellierte, Galle stieg ihm die Kehle hoch.

„Ich sagte, dass ich das nicht tun kann", wiederholte Jesse. Er richtete seine Kleidung und wandte sich wieder Matt zu. Er öffnete die Toilettentür und bedeutete Matt zu gehen. „Geh raus."

„Arschloch!", schrie Matt.

Die Beleidigungen gingen noch weiter, nachdem Jesse dem Mann die Tür vor der Nase zugeworfen hatte, da die Worte durch die dünnen Trennwände gut zu hören waren. Jesse blendete sie allerdings schon bald aus. Nichts, was Matt sagte, konnte schlimmer sein als das, was Jesse sich selbst sagte.

Er wollte keinen gefühllosen Fick. Er wollte keinen herausgeputzten, schönen Körper, der sich von allem, was sich bewegte, ficken ließ.

Er wollte Chris.

Sein Magen hob sich und er fiel auf die Knie. Alles, was er getrunken hatte, kam in einer widerlichen Welle zurück. Er übergab sich heftig und würgte, als die Galle ihn fast erstickte.

Er hatte Chris gehabt. Er hatte nicht nur Sex gehabt, sondern auch Freundschaft und sogar Liebe, und er hatte es einfach weggeworfen, als wäre es genauso bedeutungslos wie alle anderen Bekanntschaften, die er gehabt hatte.

Schweiß lief ihm über das Gesicht, als ihn die Übelkeit wieder erzittern ließ und er sich erneut übergab. Er dachte nicht, dass er noch etwas im Magen hatte, aber sein Körper war anderer Meinung. Immer wieder verkrampfte er sich, und er fühlte sich schwach und zittrig.

Er hatte es versaut. Trotz Jesses Unfähigkeit zu sehen, was vor ihm war, hatte Chris sich in ihn verliebt, allen Fehlern und Mängeln zum Trotz. Jesse hatte weder versucht, Chris zu beeindrucken, noch hatte er sich ihm so genähert, wie er es getan hätte, wenn er eine Beziehung von Anfang an gewollt hätte. Dennoch liebte Chris ihn.

Das Erbrechen verwandelte sich in trockenes Würgen. Sein Körper versuchte noch immer, den Alkohol loszuwerden, obwohl sein Magen leer war. Jesses Keuchen wurde zu einem Schluchzen.

Fuck, er war tief gesunken. Auf seinen Knien, in einer schmuddeligen Toilette, die seit Monaten nicht mehr geputzt worden war, nach Alkohol und Galle stinkend.

Es geschah ihm ganz recht.

21

CHRIS SASS draußen auf der Veranda seines kleinen Hauses und blickte hinauf zu den Sternen, die seine Gedanken um Jesse kreisen ließen. Er erinnerte sich an all die Nächte, in denen er mit Jesse hier gesessen hatte und dieser ihm Konstellationen gezeigt oder sie die Sterne einfach nur beobachtet hatten. Nicht, dass Chris an etwas anderes denken konnte, seit Caine vor zwei Tagen mit ihm gesprochen hatte.

Kämpf um ihn.

So einfache Worte, aber Chris hatte keine Ahnung, wie er beginnen sollte. Wenn Jesse in den Baracken schlafen würde, wo er hingehörte, wäre es einfach. Er würde weiterhin mit ihm sprechen, ihn verführen und lieben, bis Jesse keine Wahl mehr hätte und einsehen musste, dass es zwischen ihnen sehr gut lief. Aber Jesse war nicht hier, und Chris wusste nicht, ob er zurückkommen würde.

Er hatte dem Drang, in Jesses Zimmer zu schleichen, um zu sehen, ob er noch etwas zurückgelassen hatte, widerstanden. Natürlich waren Kleidung und solche Dinge ersetzbar, aber wenn er etwas zurückgelassen hatte, bedeutete das, dass er zurückkommen wollte. Wenn das Zimmer allerdings völlig leer war …

Er wollte nicht einmal daran denken.

Er konnte warten und sehen, ob Jesse zurückkommen würde, seine Stimmung abschätzen, wenn er ankam, aber das konnte wohl kaum dem Begriff „um ihn kämpfen" gerecht werden. Vielleicht wäre es egal. Vielleicht würde Jesse seine inneren Dämonen abschütteln und zurückkehren, und alles wäre gut. Aber jetzt war die Katze aus dem Sack. Chris war sich nicht einmal sicher, ob sie zu dieser *Normalität* zurückkehren konnten. Jesse wusste jetzt, was er fühlte, auch wenn Chris es ihm gegenüber noch nicht ausgesprochen hatte. Selbst wenn Chris sagen würde, dass sich an ihrer Vereinbarung nichts ändern musste, würden seine Gefühle noch immer da sein, zwischen ihnen stehen, und er würde sich immer fragen, womit er Jesse das nächste Mal in die Flucht schlagen würde. Das alles unter der Voraussetzung, dass Jesse an ihrer Vereinbarung noch interessiert war, obwohl er von Chris' Gefühlen wusste.

„Bist du noch immer hier draußen?", fragte Seth und streckte den Kopf zur Tür heraus.

„Ja", sagte Chris. „Ich denke nur nach."

„Über Jesse?"

„Ja."

„Willst du darüber reden?"

„Willst du es denn hören?", fragte Chris mit einem Lachen.

„Nun, vielleicht nicht alle Details", meinte Seth, „aber du bist mein Bruder. Du hast dich in den letzten Monaten um mich gekümmert und das hier ist irgendwie meine Schuld. Wenn du reden willst, dann werde ich dir zuhören."

„Ich muss herausfinden, was ich von Jesse will", sagte Chris langsam. „Es gibt natürlich keine Garantie, dass ich das tatsächlich bekomme. Aber wenn ich nicht weiß, was ich möchte, womit ich leben kann und womit nicht, wie soll ich dann herausfinden, in welche Richtung es gehen soll, wenn er zurückkommt?"

„Also, was willst du?", fragte Seth. Er setzte sich auf den anderen Stuhl.

„Das, was Caine und Macklin haben", sagte Chris. Er lachte beinahe vor Erleichterung, als er es das erste Mal laut aussprach. „Gott, ich dachte schon, ich würde es nie sagen. Ich habe nicht geglaubt, dass ich es je sagen *könnte*. Ist das okay für dich?"

„Ich hatte nie ein Problem damit, dass du schwul bist", erinnerte Seth ihn. „Ich mag Jesse und ich mag das Leben hier auf der Station. Wenn du mit ihm zusammenziehen und den Rest deines Lebens hier verbringen willst, ist das okay für mich."

„Ich schätze, ich sollte dann wohl herausfinden, wie das funktionieren soll, was?"

„Weißt du, wohin er gegangen ist?"

„Nicht genau", sagte Chris. „Er hat Melbourne mehr als einmal erwähnt. Hat erzählt, dass er die Winter mit Freunden dort verbringt. Aber Melbourne ist nicht Yass oder Boorowa. Nur dort aufzutauchen reicht nicht, um ihn zu finden."

„Du könntest versuchen, ihn anzurufen", schlug Seth vor. „Ich bin mir sicher, dass Caine seine Kontaktinformationen hat."

Chris blinzelte ein paar Mal. „Gott, du bist brillant. Okay, als erstes werde ich Caine morgen früh nach Jesses Nummer fragen und dann folge ich ihm. Ist es okay für dich, wenn du ein paar Tage allein hier bist?"

„Alleine?", fragte Seth lachend. „Wie viele Leute leben hier, hm? Ich werde Glück haben, wenn ich einen kurzen Augenblick alleine sein kann, während du weg bist. Alle werden nach mir sehen."

„Also ist es okay für dich?", fragte Chris.

Seth grinste. „Klar."

JESSE WACHTE erst am Nachmittag wieder auf. Er fühlte sich noch immer zittrig und verkatert. Sein Freund war schon auf der Arbeit, aber Jesse kannte sich im Apartment gut genug aus, um in die Küche zu stolpern und eine Kanne Tee aufzusetzen. Er hoffte, dass das Koffein helfen würde, seinen Kopf frei zu bekommen. Das Wasser, das er am Abend zuvor noch getrunken hatte, nachdem er in das Apartment zurückgekommen war, hatte nicht geholfen, aber wenigstens ging es seinem Magen ein klein wenig besser.

Er bereitete die erste Tasse Tee völlig automatisch zu. Die Macht der Gewohnheit lenkte ihn dabei. Als er sich die zweite Tasse eingoss, begann sein Hirn wieder zu arbeiten. Und er spürte erneut das Verlustgefühl, das ihn letzte Nacht in die Knie gezwungen hatte.

Er hatte sich das mit Chris versaut. Er wusste das, aber vielleicht war es nicht so hoffnungslos, wie es ihm letzte Nacht in seinem Suff erschienen war. Wenn Seth recht hatte und Chris ihn wirklich liebte, könnte Chris ihm vielleicht verzeihen. Nicht, dass Jesse annahm, dass es leicht werden würde. Er war über den Gedanken, dass Chris ihn lieben könnte, nicht nur erschrocken; er war davongelaufen. Und so wie sich die Dinge entwickelt hatten, erwartete er nicht, dass es wieder wie früher werden würde. Ignoranz hatte es Jesse erlaubt, zu glauben, dass der Status quo für beide zufriedenstellend war. Aber diese Scheuklappen hatte er verloren. Wenn er zurückging, wenn er Chris um Verzeihung und um eine zweite Chance bat, musste er dazu bereit sein, Chris' Gefühle und auch die Folgen zu akzeptieren. Er musste dazu bereit sein, sich festzulegen.

Der Gedanke ließ ihn zappelig werden. Er hatte jahrelang alles vermieden, was ihn an einen Ort gebunden hätte, doch er ignorierte das Gefühl. Es hatte ihn in diesen Schlamassel hineingeritten. Er durfte nicht mehr beim ersten Anzeichen einer Bindung weglaufen, er musste sich entscheiden, was er Chris anbieten konnte, denn wenn er unvorbereitet auftauchte, hätte Chris jedes Recht, ihn abzuweisen.

Konnte er zurückgehen und anbieten, zu bleiben? Konnte er sich Chris verpflichten, einer Familie mit Seth, einem Leben auf Lang Downs?

Er hatte schon mehr oder weniger beschlossen, dass er nächsten Sommer wieder auf Lang Downs arbeiten würde, somit wäre zumindest die dritte Frage geklärt. Er *konnte* sich dort ein Leben aufbauen, ein gutes noch dazu, wenn man die Erzählungen der anderen Ganzjährigen als Maßstab nahm.

Er hatte es die letzten zehn Jahre genossen, ungebunden zu sein, aber er konnte dieses Leben nicht endlos lange so weiterführen. Er hatte das immer gewusst, doch er hatte sich immer vorgestellt, dass er irgendwann einen Job als Mechaniker in einer Werkstatt in Melbourne oder Sydney annehmen könnte. Dort würde er nicht sofort abgewiesen werden, nur weil er schwul war. Dort hatte er auch die größten Chancen auf gelegentliche Bettgesellschaft. Er hatte diesen Plan allerdings ausgearbeitet, ehe er nach Lang Downs gekommen war. Er hatte sich nie träumen lassen, eine Schafsstation zu finden, von der er nicht vertrieben wurde, und schon gar keine, wo er mit einem Partner leben könnte.

Lang Downs konnte seine Heimat sein, wenn er es wollte.

Damit blieben noch die Fragen Chris und Seth betreffend übrig.

Er genoss Chris' Gesellschaft. Sie waren Freunde. Sie arbeiteten gut zusammen. Sie fühlten sich wohl miteinander, egal ob sie Schafe hüteten, in den Baracken herumhingen oder wie die Verrückten vögelten. Nichts davon war wirklich mit Liebe gleichzusetzen.

Die letzte Nacht hatte ihm jedoch gezeigt, dass es mehr als ein Fick war. Er hatte versucht, einfach nur mit jemandem zu ficken, und es war nicht mit dem vergleichbar gewesen, was er mit Chris gehabt hatte. Vielleicht hatte er es nicht gleich erkannt, aber er hatte den Unterschied sofort gemerkt, er hatte den Unterschied zwischen einem Gelegenheitsfick und Sex mit jemandem, den er kannte und mochte, sofort gespürt.

Er war vielleicht noch nicht bereit gewesen, es Liebe zu nennen, aber er hatte gewusst, dass Chis mehr war als ein weiterer schneller Fick. Das Problem war nicht, dass sich etwas zwischen ihnen ändern würde, sondern zuzugeben, dass etwas zwischen ihnen war. Das Risiko, das diese Aussage beinhaltete, verunsicherte ihn und ließ seinen Magen erneut rumoren, aber er erinnerte sich daran, dass er diesen Sprung nicht ohne ein Sicherheitsnetz unternahm. Er wusste, dass Chris ihn liebte, oder, um genauer zu sein, dass Seth dachte, dass Chris ihn liebte. Aber das war schon nahe genug dran.

Das brachte ihn zu Seth zurück. Chris war nicht alleine zu haben. Eine Beziehung mit Chris bedeutete auch, dass er ein wenig Verantwortung für Seth übernehmen musste, zumindest für das nächste Jahr und eventuell darüber hinaus. Seth war kein Baby mehr, welches ständig beaufsichtigt werden musste, aber er war ein Teil von Chris' Leben, würde sich Aufmerksamkeit wünschen (und verdienen), und zwar von Chris und jedem, der mehr als ein vorübergehender Bestandteil in Chris' Leben sein wollte. Es würde Jesse nicht zu einem Vater machen, aber es würde ihn um einiges näher an den Platz eines älteren Bruders oder Onkels bringen, als er je erwartet hatte.

Er hob die Teetasse wieder zum Mund, nur um festzustellen, dass sie leer war. Er starrte auf den Bodensatz hinunter und wog seine Möglichkeiten ab. Entweder ein Leben auf Lang Downs, geoutet, mit Chris als festem Partner und mit Seth, der die nächsten ein bis zwei Jahre noch bei ihnen leben würde, ehe er zur Universität ging und in den Ferien zu Besuch kommen würde. Oder aber eine endlose Folge von Nächten wie die vorangegangene. Auf einmal schien die Wahl so eindeutig.

Er stellte die Tasse ins Waschbecken und sah sich nach Papier um, um seinem Freund eine Notiz zu hinterlassen. Er musste nach Lang Downs zurück.

Er würde ganz schön kriechen müssen.

CHRIS PARKTE das Auto vor dem Boorowa Hotel. Er hatte gehofft, sofort nach dem Frühstück aufbrechen zu können, sodass er vor dem Abend in Melbourne ankommen und hoffentlich Jesse vor dieser Nacht finden würde. Die Umstände hatten sich allerdings gegen ihn verschworen, und er war erst lange nach dem Mittagessen weggekommen. Wenn er pünktlich losgefahren wäre, hätte er die zwölf Stunden Autofahrt nach Melbourne möglicherweise an einem Tag geschafft, aber wie die Dinge lagen, wäre er höchstens bis nach Yass gekommen, wenn er weiterfuhr. Der Gedanke, eine Nacht alleine in Yass zu verbringen, war mehr als

185

genug, um in Boorowa einen Stopp über die Nacht einzulegen. Eine Stunde Fahrt mehr am nächsten Tag nahm er lieber in Kauf als eine erneute Panikattacke, nur weil jemand an seiner Zimmertür vorbeiging.

Er würde zu Abend essen, sich eine Mütze Schlaf holen, morgen zeitig losfahren und zur Mittagszeit in Melbourne ankommen. Dort konnte er Jesse anrufen und herausfinden, wo sie sich treffen sollten. Falls er falsch lag und Jesse nicht in der Stadt war, würde er einfach in Melbourne entscheiden, wie es weitergehen sollte. Für diesen Abend war ein Schlafplatz genug.

Das Hotel war nicht vollständig belegt, daher nahm er das billigste verfügbare Zimmer, warf seine Tasche aufs Bett und ging hinunter zum Abendessen. Als er seine Mahlzeit beendet hatte, hörte er eine allzu bekannte Stimme nach einem Tisch fragen.

„Du brauchst keinen Tisch", unterbrach er Jesse und den Kellner. „Du kannst dich zu mir setzen."

Das Lächeln, das sich auf Jesses Gesicht ausbreitete, ließ Chris' Herz vor Hoffnung, Liebe und Verlangen höherschlagen. „Chris! Was machst du denn hier?"

Chris schüttelte den Kopf. Er wollte nicht hier darüber sprechen, wo jeder ihrem Gespräch folgen konnte. Stattdessen schob er den Stuhl ihm gegenüber mit dem Fuß zurück. Jesse setzte sich, bestellte ein Getränk und sah Chris erwartungsvoll an, nachdem der Kellner gegangen war.

„Ich wollte dich suchen", sagte Chris, wobei er leise sprach. „Ich wollte nicht riskieren, dass du möglicherweise nicht mehr zurückkommst."

„Ich komme zurück", gab Jesse zur Antwort. „Ich werde immer zurückkommen."

Chris mochte die Vorstellung, mit Ausnahme eines kleinen Details. „Heißt das, dass du wieder weggehen willst?"

Der Kellner unterbrach sie, um Jesses Getränk zu servieren. Jesse bestellte sich Würstchen mit Kartoffelbrei, ohne auch nur einen Blick auf die Karte zu werfen.

„Vielleicht ist das nicht der beste Ort, um darüber zu sprechen", sagte Jesse, nachdem der Kellner wieder gegangen war. „Ich habe ein Zimmer, wir können dort nach dem Essen darüber sprechen."

„Ich habe auch eines", erwiderte Chris. Er und Jesse hatten sich das letzte Mal, als sie in der Stadt gewesen waren, ein Zimmer geteilt, aber an diesem Tag war kein anderes verfügbar gewesen und Chris hatte Panikattacken durchlebt. Jetzt gab es diese Ausreden nicht. Und solange Chris nicht wusste, was Jesse beabsichtigte, hielt er es für keine gute Idee, sich ein Bett zu teilen. Sie hatten den Fehler schon einmal begangen. Er wollte ihn nicht wiederholen. Sie konnten sich in Jesses Zimmer unterhalten, aber Chris würde anschließend in sein eigenes zurückkehren, um dort zu schlafen. Es sei denn, Jesse sagte genau die richtigen Dinge.

„Wo warst du?", fragte Chris, während sie auf Jesses Essen warteten.

„Ich war in Melbourne bei einem Freund", antwortete Jesse.

186

„Warum bist du gegangen?"

„Das besprechen wir besser später."

Chris nickte, und Stille kehrte ein. Sie hatten oft Stunden schweigend verbracht, wenn sie die Zäune überprüften oder nachts die Schafe überwachten, aber die Stille zwischen ihnen war nie so angespannt gewesen wie jetzt. Chris zappelte auf seinem Stuhl herum und suchte nach einem unverfänglichen Gesprächsthema, aber es fiel ihm nichts ein. Er konnte zwar mit den wichtigen Dingen warten, bis sie alleine waren, aber er schaffe es nicht, die Zeit bis dahin mit belanglosem Geplauder zu füllen.

„Wie geht es Seth?", fragte Jesse, als der Kellner das Essen brachte und die Stille zwischen ihnen unangenehm wurde.

„Ihm geht es gut", sagte Chris. „Er fühlt sich allerdings schuldig."

„Er hat nichts falsch gemacht", gab Jesse zurück. „Er hat mich nur einige Dinge sehen lassen, die ich vorher nicht bemerkt hatte. Oder hättest du mich im April gehen lassen, ohne etwas zu sagen?"

„Es wäre davon abhängig gewesen, was bis dahin passiert wäre", antwortete Chris ehrlich. „Du hast mir nie ein Zeichen gegeben, dass du bleiben willst."

„Es gab nie einen Grund, darüber nachzudenken."

„Oh, und mit mir zu …" Jesses Zischen ließ Chris verstummen. Er beugte sich vor, und wisperte: „Und mit mir zu schlafen, selbst dann, wenn wir nicht gevögelt haben, war kein Grund darüber nachzudenken, ob sich vielleicht etwas geändert hat?"

„Ich war ein blinder, dämlicher Hornochse", seufzte Jesse. Er schob das Essen auf dem Teller hin und her und sah dabei so verloren aus, dass Chris ihn fast bemitleidete. „Ich schulde allen eine Entschuldigung, und du bekommst deine, sobald wir ein wenig mehr Privatsphäre haben."

„Gut." Chris versuchte, die Wut und den Schmerz aus seiner Stimme fernzuhalten. Er glaubte nicht, dass Caine mit seinem Ratschlag, um Jesse zu kämpfen, gemeint hatte, Jesse herunterzuputzen.

Jesse aß noch ein paar Bissen, ehe er seinen Teller wegschob. „Gehen wir."

Sie bezahlten und gingen zu den Zimmern hinauf. Sie erreichten Chris' Zimmer zuerst, daher sperrte er die Tür auf und bedeutete Jesse, ebenfalls einzutreten. So konnte er im Notfall Jesse hinauswerfen, wenn ihm das Gespräch zu viel wurde.

Kämpf um ihn, nicht mit ihm, ermahnte sich Chris im Stillen.

„Warum bist du gegangen?"

„Ist das wirklich wichtig?", fragte Jesse. „Ist es nicht bedeutender, dass ich zurückgekommen bin?"

„Ich weiß es nicht. Warum bist du zurückgekommen?"

„Weil ich etwas begriffen habe, als ich mir in einer Bar in Melbourne betrunken die Seele aus dem Leib gekotzt habe. Ich habe nicht gewusst, wie gut es mir ging, bis ich alles beinahe weggeworfen habe. Sobald ich in der Lage war zu fahren, bin ich nach Lang Downs aufgebrochen."

Chris hob eine Augenbraue.

„Ich wollte zurück zu dir."

Schon besser.

Chris wollte sich in Jesses Arme werfen und ihn küssen, aber sie hatten noch nichts geklärt.

„Was passiert jetzt?"

„Was möchtest du?", fragte Jesse im Gegenzug.

„Ich bin nicht derjenige, der die Nerven verloren hat und Hals über Kopf weggelaufen ist", erinnerte ihn Chris. „Ich bin nicht derjenige, der hier eine Erklärung abliefern muss."

„Aber das ist es ja", sagte Jesse. „Ich kann dir nicht sagen, was passieren wird, solange ich nicht weiß, was du willst. Denn ich möchte dir das geben, was du willst."

Das klang zu gut, um wahr zu sein. „Lass es, verdammt. Du sprichst in Rätseln. Antworte mir einfach. Warum bist du abgehauen, und warum bist du zurückgekommen?"

Jesse nahm Chris' Hand und zog ihn näher. „Seth hat mir gesagt, dass du dich in mich verliebt hast, und angefangen, deinen Geburtstag zu planen und von einer Familie zu sprechen, als wäre es schon beschlossen. Ich hatte nie über so etwas nachgedacht, deshalb reagierte ich auch so panisch. Ich habe die Saison nicht mit dem Gedanken begonnen, mich irgendwo niederzulassen und dort zu bleiben. Selbst als ich dich das erste Mal geküsst habe, habe ich nicht so gedacht. Es sollte ein netter Zeitvertreib für den Sommer werden. Ich hatte nicht geplant, mich in dich zu verlieben. Ich musste erst wegrennen, um das zu begreifen."

„Deswegen bist du abgehauen." Die Worte besänftigten den Schmerz und die Wut, die er gefühlt hatte, seit er die Rücklichter von Jesses Wagen in der Nacht verschwinden sah. „Warum bist du zurückgekommen?"

„Weil ich nicht ganz so dumm bin, die beste Chance auf eine Zukunft wegzuwerfen, die ich je bekommen werde", sagte Jesse. „Ich bin genug herumgekommen, um zu wissen, dass es nicht viele Stationen wie Lang Downs gibt." Chris runzelte die Stirn und wollte schon protestieren, aber Jesse hob die Hand und brachte ihn zum Schweigen. „Es ist mehr als das, aber es ist auch ein Grund. Du bist an Lang Downs gebunden. Ich weiß nicht, ob du es bemerkt hast, aber du hast bereits die Station in deine Zukunft eingebunden. Du hast dich dort verankert, mit Seth, ob du das nun beabsichtigt hast oder nicht. Also muss ich, wenn ich bei dir bleiben will, auch auf Lang Downs bleiben wollen und das wurde mir klar, als ich weg war. Ich will all das. Ich will dich, Seth, Lang Downs und eine Zukunft, von der ich nie geglaubt habe, dass sie möglich sein könnte.

Vielleicht werde ich Mist bauen, aber ich will es versuchen. Gibst du mir eine zweite Chance?"

„Ich wollte dich suchen gehen", sagte Chris langsam. „Ich hatte beschlossen, dass du nicht die Möglichkeit bekommen solltest, einfach wegzugehen und so zu tun, als hätte sich seit Beginn der Saison nichts geändert. Ich wollte, wenn nötig, um uns kämpfen."

„Das musst du nicht", sagte Jesse. „Auch wenn ich den Gedanken mag, dass du es tun würdest. Es ist vielleicht ganz gut, dass du mich gestern nicht gesehen hast. Du hättest mich dann vielleicht nicht mehr gewollt."

„Du hast gesagt, dass du ausgegangen bist", erinnerte sich Chris, plötzlich wieder argwöhnisch. „Hast du jemanden mitgenommen und gevögelt?"

„Nein", sagte Jesse. „Ich dachte, dass ich es tun würde, aber das habe ich nicht. Ich konnte es nicht. Ich habe jeden Typen mit dir verglichen und wollte sie nicht, weil sie nicht du waren. Als ich heute Morgen nüchtern genug war, um zu fahren, bin ich nach Norden aufgebrochen. Ich bin froh, dass ich hier angehalten habe, statt den ganzen Weg zurückzufahren. Wir hätten uns sonst verpasst."

„Ich wollte dich anrufen, sobald ich in Melbourne bin", sagte Chris mit einem Lachen. „Das wäre blöd gewesen, wenn du in Lang Downs gewesen wärst und ich in Melbourne."

„Heißt das, du verzeihst mir?" Jesse lehnte seine Stirn gegen die von Chris.

„Ich weiß nicht. Du hast mich noch nicht geküsst. Bist du wirklich in mich verliebt?"

Jesse grollte, was Chris leicht schaudern ließ. „Ja, Chris, ich liebe dich."

Chris strich durch Jesses Haare. „Dann küss mich, und ich werde dir vergeben."

ERLEICHTERUNG DURCHSTRÖMTE Jesse, als Chris ihm durch die Haare strich. Er beugte sich ein klein wenig nach vorne und küsste ihn sanft. Er erwartete nicht, dass es lange so bleiben würde, aber er genoss den Moment. Ihre Lippen legten sich sanft aufeinander und Chris tat nichts, um den Kuss zu vertiefen. Seine Finger strichen durch Jesses Haar, aber er löste sich nicht aus dessen Umarmung.

Die Emotionen überwältigten Jesse, er zog Chris eng an sich, vergrub sein Gesicht in die Beuge von Chris' Hals. „Tut mir leid, dass ich es versaut habe."

„Hey." Chris zog sich zurück und hob Jesses Kinn, sodass sich ihre Blicke trafen. „So ist das Leben eben manchmal. Wir sind wieder da, wo wir sein sollten. Nun, größtenteils, und wir sind wieder auf dem richtigen Weg. Nichts ist versaut."

Jesse nickte. „Ich denke, es wird etwas dauern, ehe ich es wirklich begreife. Die letzte Nacht war, nun, schlimm."

„Du liebst mich, ich liebe dich. Wir haben einen Ort, an dem wir zusammensein können. Der Rest ist nur eine Frage der Details", sagte Chris. „Und darüber können wir uns für den Rest unseres Lebens Gedanken machen, wenn es sein muss."

Jesse atmete tief durch, als er die Worte von Chris selbst hörte. Nicht, dass er Seth nicht vertraut hätte, aber er hatte nicht gewusst, wie sehr er Chris' Bestätigung brauchte.

„Ich schätze nicht, dass du Kondome dabei hast." Jesse sah ihn hoffnungsvoll an.

„Ich wollte um dich kämpfen, richtig?", gab Chris zurück. „Natürlich habe ich Kondome dabei. Ich wusste nicht, was du alles mitgenommen hattest, und ich wollte nicht dein Zimmer durchsuchen. Ich hätte vielleicht aufgegeben, bevor ich die Station verlassen konnte, wenn es leer gewesen wäre."

„Es war nicht leer", sagte Jesse. „Ich wollte zurückkommen. Nun, letzte Nacht, als ich realisiert hatte, wie sehr ich es vermasselt habe, habe ich darüber nachgedacht, nicht mehr zurückzukehren, aber ich bin am Morgen wieder vernünftig geworden."

„Gut." Chris küsste Jesse schnell und öffnete dann seine Tasche, aus der er Kondome und Gleitmittel hervorholte. „Caine hat mich gewarnt, dass ich dich vielleicht zur Vernunft bringen müsste und ich hätte auch mein Bestes getan, aber das hier ist viel besser."

„Sofortiger Versöhnungssex?", neckte Jesse.

„Hast du einen besseren Vorschlag?"

„Nein."

Jesse küsste Chris erneut, diesmal mit mehr Leidenschaft. Er leckte an Chris' Lippen entlang, die sich willig öffneten. Er hoffte, genauso einfach in Chris eindringen zu können. Er nutzte dessen Zustimmung aus, schlang ihre Zungen umeinander, während sich sein Oberschenkel zwischen Chris' Beine schob. Chris bewegte sich gegen ihn, rieb sich provokativ an ihm. Es fühlte sich so gut an, so richtig, nach dieser hoffnungslosen Leere, die er letzte Nacht gespürt hatte. Jesse legte seine Hände auf Chris' Hintern, forderte ihn auf, sich schneller und härter zu bewegen. Chris stöhnte und folgte seiner Führung.

Jesse attackierte Chris' Mund mit harten, nahezu brutalen Küssen, die aus Verzweiflung und beinahe erlittenem Verlust geboren waren. Chris erwiderte Kuss für Kuss, Biss für Biss, bis sie schließlich gegenseitig an ihren Kleidern zerrten. Jesse zog sich endlich zurück.

„Nackt. Jetzt."

Chris stöhnte und riss sich praktisch die Kleider vom Leib. Sein leicht behaarter, wunderbar *realer* Körper kam zum Vorschein. Jesse kam auf ihn zu und stieß ihn aufs Bett. Er folgte Chris, biss in seine Nippel, ehe er sie mit seiner Zunge besänftigte. Er tat alles, was nur möglich war, um Chris nahezu wahnsinnig zu machen.

Es funktionierte, so wie dieser sich unter ihm wand.

Er fuhr mit seiner Zunge von Chris' Rippen zu seinem Bauch hinab, und verweilte kurz beim Bauchnabel. Doch der verlockende Geruch zog ihn weiter nach unten.

Chris schmeckte so verdammt gut. Als Jesse über Chris' Glied leckte, brachte ihn dessen stummer Schrei zum Grinsen, und ließ ihn nach mehr Geräuschen seines Liebhabers verlangen.

Gott, alleine das Wort zu denken, ließ ihn schaudern. Er wollte Chris' Körper mit seinem eigenen bedecken, ihn ins Nirwana vögeln und ihn anschließend die ganze Nacht in seinen Armen halten. Und morgen Nacht. Und die darauf folgende Nacht.

Er saugte Chris tiefer in seinen Mund und erinnerte sich daran, dass er all das tun konnte. Heute Nacht, morgen Nacht, für immer.

„Ich ... halte das nicht mehr aus", stöhnte Chris.

Jesse dachte für einen Moment darüber nach, Chris jetzt zum Höhepunkt zu bringen und ihn dann für eine zweite Runde scharfzumachen. Chris war erst zwanzig, da war das kein Problem. Aber Jesse wollte nicht warten. Er zog sich zurück und schälte sich schnell aus seinen Kleidern, bevor er seinen Körper an Chris presste. Der Schweißfilm auf dessen Haut machte es einfacher, sich aneinander zu reiben.

„Genug Vorspiel", stöhnte Chris. „Fick mich endlich."

Jesse nahm das Gleitmittel und bereitete Chris zügig vor, angetrieben von dem lustvollen Stöhnen seines Geliebten. Ein anderes Mal würde er sich Zeit lassen und Chris mit seinen Fingern ficken, aber seine eigene Geduld schwand, und das Verlangen, ihr Versprechen zu besiegeln, ließ ihn sich beeilen.

Als er seine Finger zurückzog und sich stattdessen in Chris versenkte, lehnte er sich ihm entgegen, um ihn zu küssen. Er imitierte die Bewegungen seiner Hüften mit seiner Zunge, beanspruchte Chris für sich, und gab sich ihm gleichzeitig in jeder erdenklichen Weise hin.

Chris erwiderte die Leidenschaft mit seinen Küssen, mit seinen Berührungen, bis Jesse glaubte, sich aufzulösen. Zu explodieren, weil seine Haut niemals so viel Glück, Lust und Liebe zusammenhalten konnte.

Chris kam unter ihm, wand sich und schauderte, als sein Körper Erlösung fand. Jesse biss sich auf die Lippe, wollte Chris' Vergnügen verlängern, aber er konnte sich nicht mehr zurückhalten und erlag seinem eigenen Orgasmus.

Er brach über Chris zusammen, all die Aufregung und der Alkohol der letzten Tage holten ihn ein. Er fühlte sich ausgehöhlt und wie neu geboren.

Chris' Arme schlangen sich um ihn, hielten ihn fest, als er sich auf die Seite rollen wollte. „Geh nicht."

„Ich wollte nicht gehen", versprach Jesse. „Ich will dich nur nicht zerdrücken."

Chris legte seine Beine um Jesses. „Zerdrück mich ruhig."

JESSE ATMETE tief durch, als er am nächsten Tag kurz nach dem Mittagessen aus dem Auto stieg. Er und Chris hatten jeweils ihr eigenes Auto zurück nach Lang Downs gefahren, aber er hatte Chris im Rückspiegel immer im Auge behalten.

„Du bist früher zurück, als ich erwartet hatte", begrüßte ihn Macklin, der aus einem Stall kam.

„Ich habe meine Gedanken schneller sortiert als erwartet", gab Jesse zurück.

Macklin nickte. „Es gibt Ställe, die ausgemistet werden müssen."

Jesse schätzte, dass das so nahe an einem „Willkommen zurück" dran war, wie es nur ging, nachdem er fortgelaufen war. Aber er wollte nicht nur für eine Saison bleiben, sondern für immer. „Damit fange ich an, sobald ich mich umgezogen habe, aber zuerst ..." Jesse holte tief Luft. Er wollte das hier. Chris trat hinter ihn und legte einen Arm um seine Taille. Diese simple Geste zerschlug jeden Zweifel. „Habt ihr noch Platz für jemanden, der bleiben will?"

Macklin antwortete nicht sofort. Er studierte Jesses Gesicht, achtete genau auf Chris' Haltung, und sah dann in dessen Gesicht. „Du wirst entweder in der Baracke bleiben, oder zu Chris und Seth ziehen müssen. Das einzige leere Haus bewohnen jetzt Neil und Molly."

„Ist das ein Ja?"

„Schmeiß deine Sachen irgendwo hin und geh an die Arbeit. Ich erwarte von meinen Ganzjährigen, dass sie mit einem guten Beispiel vorangehen. Das gilt auch für dich, Chris."

Er stapfte davon, ehe Jesse ihn aufhalten konnte.

„Das ist ein Ja", sagte Chris, als ob Jesse es angezweifelt hätte, doch es ließ ihn lächeln.

„Also, wohin soll ich meine Sachen werfen?", fragte Jesse, da er keine Mutmaßungen anstellen wollte.

„In unser Haus natürlich."

Jesse lehnte sich näher und küsste Chris.

Es tat gut, zu Hause zu sein.

ARIEL TACHNA lebt außerhalb von Houston mit ihrem Ehemann, ihrer Tochter, ihrem Sohn und ihrer Katze. Bevor sie dorthin zog, reiste sie durch die ganze Welt. Sie verliebte sich in Frankreich, wo sie ihren Mann traf, und in Indien. Dort möchte sie sich gerne eines Tages zur Ruhe setzen. Sie spricht zwei Sprachen fließend und vier weitere – so einigermaßen. In Sprachen hat sie sich genauso verliebt wie in das Schreiben.

Besuchen Sie Ariels Homepage auf http://www.arieltachna.com/ und ihren Blog auf http://arieltachna.livejournal.com/, oder schreiben Sie ihr eine E-Mail an arieltachna@gmail.com.

ARIEL TACHNA

DEIN STERN
AM HIMMEL

Buch 1 in der Serie – Lang Downs

Caine Neiheisel steckt nicht nur in seinem Job in einer Sackgasse fest,
sondern auch in seiner Beziehung, als die Chance seines Lebens in seinen Schoß
fällt: Seine Mutter hat die Schafstation ihres Onkels in New South Wales, Australien,
geerbt, und Caine sieht es als die Chance auf einen Neuanfang, draußen auf einer
Ranch, wo sein Stottern ihn nicht zurückhalten und sein Wille zu arbeiten seine
Unerfahrenheit wettmachen würde.

Unglücklicherweise wechselt Macklin Armstrong, der Vorarbeiter von Lang
Downs, der eigentlich Caines größter Verbündeter sein sollte, zwischen kühlem
und völlig abweisendem Verhalten, und die anderen Arbeiter sind eher über Caines
Stottern amüsiert, als durch seine Entschlossenheit beeindruckt … Zumindest, bis
sie herausfinden, dass er schwul ist und ihre Belustigung sich in Zorn verwandelt.
Es wird Caines ganze Entschlossenheit – und einen Sabotageakt eines feindlich
gesinnten Nachbarn – brauchen, um die Männer von Lang Downs zu vereinen und
Caine und Macklin eine Chance auf Liebe zu geben.

www.dreamspinner-de.com

ALLIANZ
DES BLUTES

ARIEL TACHNA

Buch 1 in der Serie – Blutspartnerschaft

Können ein verzweifelter Magier und ein verbitterter, desillusionierter Vampir einen Weg finden, Partner zu werden und ihre Welt zu retten?

In einer Welt, in der ein Krieg der Magier tobt, werden Vampire von vielen als minderwertig angesehen, als die stereotypischen Geschöpfe der Nacht, denen die Menschen zum Opfer fallen. Doch der Krieg wird immer bedrohlicher und die Magier wissen, dass sie Hilfe brauchen, um das Geschick zu ihren Gunsten zu wenden. Die dunklen Magier wollen die bestehende Welt auslöschen, und die Stärke der Vampire könnte den Ausschlag geben, um das zu verhindern.

Die Magier gehen das Wagnis ein, den Chef de la Cour der Vampire zu einem geheimen Treffen zu überreden, um ihn von ihrem guten Willen zu überzeugen und seine Unterstützung zu gewinnen. Alain Magnier, ein verzweifelter Magier, und Orlando St. Clair, ein verbitterter, desillusionierter Vampir, treffen sich in Paris auf einem Friedhof. Das Schicksal der Welt hängt vom Ausgang dieses Treffens ab. Werden die Vampire sich dem Kampf gegen die dunklen Magier anschließen und sich mit den Magiern auf eine Partnerschaft einlassen, um den Krieg gemeinsam zu gewinnen?

PAKT
DES
BLUTES

ARIEL TACHNA

Fortsetzung zu *Allianz des Blutes*
Buch 2 in der Serie – Blutspartnerschaft

Magier und Vampire haben eine Allianz geschmiedet, die auf Partnerschaften des Blutes und der Magie gründet. Sie hoffen, damit dem Krieg gegen die dunklen Magier eine entscheidende Wendung geben zu können. Einige Partnerschaften sind ebenso erfolgreich, wie die zwischen Alain Magnier und Orlando St. Clair. Auf andere trifft das nicht zu. Es kommt zu Streit, Vorwürfen und sogar offener Feindschaft zwischen den Partnern, obwohl sie durch ein gemeinsames Ziel verbunden sind.

Thierry Dumont ist entschlossen, dem Beispiel seines besten Freundes Alain zu folgen. Er ist mit dem Vampir Sebastien Noyer eine Partnerschaft eingegangen. Obwohl er sich, so kurz nach dem gewaltsamen Tod seiner Frau, in der Nähe des Vampirs – eines Mannes – unbehaglich fühlt. Aber sie stellen fest, dass ihre gemeinsame Verzweiflung die beste Voraussetzung ist, um einen Bund zu schließen. Thierry und Sebastien stellen den Schutz ihres Partners über alles und unterstützen sich vorbehaltlos.

Durch die Erfolge der Allianz bestärkt, beschließen das Oberhaupt der Magier und der Chef de la Cour der Vampire, ihr neues Bündnis der Öffentlichkeit bekannt zu machen. Sie erhoffen sich dadurch zusätzliche Unterstützung in ihrem Kampf gegen die dunklen Magier, die das Leben auf der Erde in seiner bisherigen Form zu vernichten drohen. Aber die Allianz erleidet auch Rückschläge, denn die Partnerschaften bringen nicht nur Vorteile mit sich, sondern gefährden auch das magische Gleichgewicht der Erde. Und diese Gefahr könnte sich als größer erweisen, als der Krieg selbst.

www.dreamspinnerpress.com

KONFLIKT
DES BLUTES

ARIEL TACHNA

Fortsetzung zu *Pakt des Blutes*
Buch 3 in der Serie – Blutspartnerschaft

Die Allianz des Blutes zwischen Magiern und Vampiren wird stärker und fügt den dunklen Magiern empfindlichere Verluste zu. Immer verzweifelter suchen sie nach Informationen, um die drohende Niederlage abzuwenden. Sie wissen nicht, dass auch die Allianz unter wachsenden Spannungen in einigen Partnerschaften zu leiden hat.

Der Konflikt breitet sich aus. Es gibt Partnerschaften, die weder persönlich noch professionell harmonieren und die drohen, die Allianz von innen heraus zu zerstören. Alain Magnier und Orlando St. Clair versuchen, ein Auseinanderbrechen der Allianz zu verhindern. Sie werden unterstützt durch Thierry Dumont und Sebastien Noyer, aber auch durch Raymond Payet und Jean Bellaiche, den Chef de la Cour von Paris, die beide selbst noch darum kämpfen, ihre Partnerschaft auf eine stabile Grundlage zu stellen, um durch ihr Vorbild andere überzeugen zu können.

Während der Krieg immer brutaler wird und sich auf beiden Seiten die Verluste häufen, suchen die dunklen Magier immer noch nach Wegen, die Allianz zu zerstören. Derweil durchforsten die Blutspartner alte Quellen, um hinter den Vorurteilen und Legenden das entscheidende Quäntchen Wahrheit zu finden, dass die Geschicke des Krieges endgültig zu ihren Gunsten wenden kann.

www.dreamspinner-de.com

Ihre beiden Väter

Ariel Tachna

Srikkanth Bhattacharya ist ein schwuler Junggeselle, der das Leben genießt und völlig glücklich damit ist, bis er einen Anruf vom Krankenhaus bekommt. Seine beste Freundin Jill ist dort während einer Geburt gestorben. Sri hatte zugestimmt, das Sperma zu spenden um Jill ihren Traum, Mutter zu sein, zu erfüllen. Doch hatte er nie erwartet, Entscheidungen für das kleine Mädchen treffen zu müssen. Er beabsichtigt, sie zur Adoption zu geben. Doch als er sie das erste Mal sieht, kann Sri sich nicht dazu durchringen. Völlig überraschend wird er zum Vater und muss lernen, damit umzugehen.

Sein Mitbewohner und Freund, Jaime Frias, hilft ihm freiwillig, ohne zu ahnen, dass er sich in das Baby und Sri verlieben wird. Alles scheint perfekt, bis ein Besuch des Jugendamtes Sri in Bedrängnis bringt, als müsse er sich zwischen seiner Tochter und der Beziehung zu dem Mann, den er liebt, entscheiden.

www.dreamspinner-de.com

Von ARIEL TACHNA

Ihre Beiden Väter

BLUTSPARTNERSCHAFT
Allianz des Blutes
Pakt des Blutes
Konflikt des Blutes
Versöhnung des Blutes

LANG DOWNS
Dein Stern am Himmel
Hol Dir einen Stern

Veröffentlicht von DREAMSPINNER PRESS
www.dreamspinner-de.com